대통령의 선생님이 쓴

소설 훈민정음

안문길 지음

주식회사 자유지성사

차례

천도(遷都) ·9

성군의 탄생 ·17

제1차 왕자의 난 ·27

제2차 왕자의 난과 태종의 등극 ·37

경복궁의 봄 ·43

유모 이씨와 농촌 생활 ·54

충녕과 서연관 이수의 만남 ·68

수학(修學) ·81

이두·한자의 이해 ·90

부자(父子) ·106

세자 책봉 ·128

조선 4대 임금 세종 ·136

세종의 고뇌 ·139

집현전 설치 ·152

문자 혁명의 기틀을 다지다 ·162

스승 이수의 죽음 ·167

악인(樂人) 박연 ·173

정관보와 율관 제작 ·183

선조(先祖)의 정신 세계 ·189

신묘한 음의 세계 ·200

세종과 취옥 ·220

집현전 모임 ·226

성음 연구 ·235

재회 ·245

취옥, 후궁이 되다 ·255

웅혼한 민족 ·261

북악의 가을 ·276

글자꼴을 확정짓다 ·290

새 문자의 윤곽이 드러나다 ·307

별리 ·320

글자에 숨을 불어 넣다 ·333

제규약 ·342

반대 상소문 ·352

상소문에 대한 세종의 대처 ·357

용비어천가 ·363

위대한 임금, 위대한 글자 ·368

작가의 말 : 우리 글이 있다는 기쁨 ·379

나랏말쓰미 듕귁에 달아

문쭝와로 서르 스못디 아니홀씨

이런 젼추로 어린 빅셩이 니르고져 홇배 이셔도

무춤내 제쁘들 시러펴디 몯홇 노미 하니라

내 이룰 윙호야 어엿비 너겨

새로 스믈 여듧쫑룰 밍フ노니

사룸마다 호여 수비 너겨

날로 뿌메 뻔한킈 호고져 홇 사루미니라.

천도(遷都)

인왕산 마루 위로 솔개 한 마리가 솟구쳐 올랐다.

먹이를 노리며 공중을 맴돌던 솔개는 눈 아래로 펼쳐진 광경에 놀라 창공에 붙박여 움직일 줄 몰랐다. 태고의 푸르름과 정적만이 깔려 있던 산아래 들판에서는 이제껏 보도 듣도 못했던 대역사가 벌어지고 있었다. 머리에 흰 띠를 동여 맨 수천의 사람들이 흙을 나르고 돌을 쪼고 나무를 깎으며, 개미떼처럼 이리저리 돌아다니며 분주히 무슨 일인가에 열중하고 있었다.

에— — -혜-
남문을 열고— 파루—를 치니—
계-명 산천이 밝아- 온— 다-

소나무 둥치에 도끼날을 박던 노꾼 하나가 일이 힘겨웠던지 타령 한 곡조를 뽑아 내었다.

에— — -혜-에 -혜 에 헤이야
얼럴럴 거리고 방아 하로—다

옆에서 둥치를 둘러 싸고 일을 거들던 패들이 타령에 맞춰 흥조를 놓았다.

에— — -헤-
　　덜-커덩 소리가 웬 소—리냐—
　　경복궁 짓느라고 회방아 치는-소-리냐—

　도끼날을 박던 노꾼이 좀더 흥을 내어 가락에 힘을 주었다.

　　에— — -헤- 에— — — —에—헤에 헤이야
　　얼럴럴-거리고 방아 하로-다

　이번에는 건너편에서 흙일하던 노꾼들까지 합세하였다.

　　에— — -헤-
　　을축-사월-갑자— 일에—
　　경—복궁—이룩-일—쎄-

　나무 패던 패거리들이 한꺼번에 목청을 올렸다.

　　에— — -헤- 에—헤-에 헤이야
　　얼럴럴-거리고 방아 하로—다

　어느 틈엔지 주변에서 일하던 노꾼 모두가 노래에 끼어 들었다.

　　에— — -헤-
　　단-산- 봉황은 죽실을- 물고—
　　벽오동 속으로 넘-나—든—다
　　에— — -헤- 에— — — — -에—헤에 헤이야
　　얼럴럴 거리고 방아 하로—다

수백의 노꾼들이 한꺼번에 내어 뽑는 노랫가락은 골짜기를 타고 인왕과 북악의 봉우리에 메아리쳐서, 세상은 온통 노래 소리로 뒤덮인 듯하였다.

한동안 노역에 찌들려 허덕거리던 노꾼들은 경복궁 타령에 시름도 잊은 채 잠시 흥에 겨워 어깨춤까지 들먹거렸다.

뗑 뗑 뗑—

갑자기 성 위에서 징 소리가 울렸다. 일을 재촉하는 사령의 징 소리였다. 역꾼들은 부르던 노래를 멈추고 또다시 하던 일에 정신을 쏟기 시작했다. 북악은 다시 망치 소리, 도끼질 소리로 가득하였다.

"제길헐, 이 일이 언제 끝이 날꼬."

맨 처음 타령을 놓았던 노꾼이 나무 둥치에 헛도끼질을 하며 중얼거렸다.

"언제긴 언제야, 부지하세월이지. 개만도 못한 인생이 세월 타령이라니……."

같이 도끼질을 하던, 얼굴이 온통 수염으로 덮인 덥석부리 사내가 핀잔을 주었다.

"새 세상이 되었으면 뭔가 달라진 것이 있어야 할 것 아닌가?"

중키의 사내가 나무 둥치에 힘껏 도끼날을 박았다.

"새 세상 좋아하지 말게. 우리 같은 천민이야 나라가 망하든 임금이 바뀌든 무슨 대수란 말인가. 돌멩이에 바람 스쳐 간다고 미꾸라지 되는 것 봤나? 그저 시키는 대로 일이나 실컷 하다가 쓰러져 죽으면 그뿐이지."

덥석부리 사나이가 코방귀를 뀌었다.

"그래도 그렇지, 나라가 새로 서고 새 임금이 등극했으면 백성들도 예전보다는 나아진 것이 있어야 하지 않는가 말일세. 그런데 지금 우리의 처지는 어떤가. 일년이 넘도록 부모님이 어떻게 지내시는지 처자식이 끼니나 굶지 않는지 도무지 알 수가 없으니. 이놈의 역노꾼 신세는 언제나 면하려는지……."

중키의 사내가 푹— 하고 한숨을 터뜨리자 텁석부리 사내도 할 말을 잃고 숙연히 고개를 떨구었다.

"기다려 보세, 지금 막 시작인데 나랏님인들 어쩔 수 있겠는가. 살다가 보면 요순 같은 성군이 나와 강구연월 태평성대를 이루어 함포고복 배 두드리며 사는지 어찌 알겠나. 기다리고 또 기다려 보세."

묵묵히 대패질을 하던 중늙은이가 사내들을 달랬다.

오백 년 고려 사직을 무너뜨린 태조 이성계는 조선 개국과 더불어 새로운 도읍을 축성하기로 마음먹었다. 나라의 출발을 좀더 상큼하게 열어 보겠다는 의욕 때문이기도 했지만 역성 혁명이라는 미명 아래 벌어졌던 피비린내 나는 현장을 되도록이면 멀리 피하고 싶은 의도가 마음 속에 깔려 있었다.

한 나라가 세워지려면 그에 따른 희생도 그만큼 많을 수밖에 없었겠으나, 비록 칼자루를 쥐었다고 하더라도 인간의 내면에 깔린 양심과 하늘에 대한 두려움까지 떨쳐 버릴 수는 없기 때문이다.

태조는 왕사(王師)인 무학(無學)과 함께 옛부터 왕도가 설 것이라고 예언이 떠돌던 충청도 계룡산으로 몸소 행차를 하였다.

그리고 지세를 자세히 살핀 다음 그 해 겨울이 지나고 날씨가 따뜻해지자 역꾼을 풀어 정전의 터를 다지고, 기초를 닦게 했다.

그러나 일부 신하들은 계룡산 도읍 건설을 반대하였다. 특히 하륜이 그랬다. 그는 풍수지리에 얼마간의 지식을 갖추고 있었다.

"한 나라의 수도는 그 나라의 변방을 둘러볼 때, 가장 중앙에 위치하고 있어야 합니다. 그런데 이 곳의 지형은 나라의 중앙에서 남서로 기울어져 있을 뿐 아니라 산세는 서북으로 뻗어 내려오는 반면 물줄기는 동남쪽으로 흘러가 장생방(長生方)을 깨뜨리는 것이므로 흉지에 속해 있습니다. 만약 이런 곳에 터를 잡는다면 분명 비운이 낄 것이니, 왕궁의 터로서는 적당치가 않습니다."

하륜의 말을 들은 태조는 선뜻 결정을 내리지 못하고 망설였다.

그리고 풍수지리에 통달한 사람 몇을 따로 불러 자세히 알아 보았다. 그들의 말도 하륜의 말과 대동소이했다. 그렇게 되니 굳이 계룡산 천도를 고집할 명분이 서지 않았다.

결국 그 해 겨울, 태조는 한창 진척되던 공사를 중지시켜 버렸다.

서울로 올라온 태조는 음양산정도감(陰陽刪定圖監)을 설치하고 상신(相臣)들과 풍수지리에 밝은 이들을 모아 천도의 터를 다시 물색하기로 하였다.

개국에 공이 컸던 정도전·남은 등은 이미 고려조부터 남경으로 이궁이 있는 한양을 천거하였다. 마침 태조도 한양 쪽으로 마음이 쏠리고 있던 터였다.

결국 한양에 도읍을 정하기로 마음을 굳힌 태조는 무학에게 한양으로 내려가 궁터를 알아 볼 것을 명하였다.

왕명을 받든 무학 대사는 즉시 한양을 향해 발걸음을 재촉하였다.

국가 이념이 바뀌고 나라가 온통 배불의 소용돌이 속에 휩싸여 있는데도 언제나 자신을 가까이하고, 믿고, 의지해 주는 군왕에게 대사는 깊이 감동하고 있었다.

사실 어떻게 보면 한양 천도의 빌미를 마련한 사람은 무학이었다. 윤회의 수레바퀴 속에서 나라가 흥하고 망하는 것은 어쩔 수 없는 공과 색의 평범한 이치였다.

그는 이미 고려말부터 개경의 기운이 쇠하고 있음을 감지하고 있던 것이다. 그러므로 왕성한 의욕을 가지고 출발하는 새 왕조의 터로서는 한양이 적격이라고 생각하고 있었다.

한양에 도착한 무학은 곧 인왕산에 올랐다.

그는 곧바로 선바위로 올라갔다. 인왕사가 아주 가깝게 마주 바라보이는 언덕 위의 그 바위는 무학 대사가 즐겨 찾는 곳이었다.

"천하의 명당이로고!"

선바위에서 사방을 살펴보던 무학 대사는 무릎을 치며 탄성을 질렀다.

좌우로 인왕산과 안산이 어깨동무를 한 채 병풍처럼 둘러 있고, 남으로는 한강을 향해 훤하게 가슴을 열어젖힌 산세와 평평하고 안온한 지세는 왕궁으로서 나무랄 데 없는 명당임에 틀림없었다.

"저 터에 궁이 선다면 선바위의 불심이 그 위에 충만하리라."

천여 년을 누려 왔던 불국의 명성은 고려의 멸망과 함께 풍전등화처럼 그 기운이 가물거리기 시작했다. 평생을 불가에 몸담고 있던 무학 대사로서는 난감한 일이 아닐 수 없었다. 그로서는 이 나라가 다시 한 번 숭불 대국으로서의 모습을 갖춰 줄 것을 마음 깊이 기원하고 있었다.

무학 대사는 개경으로 발걸음을 되돌렸다. 개경에 도착한 그는 지체하지 않고 곧바로 수창궁에 들러 태조를 알현하였다.

태조가 그를 반갑게 맞았다.

"수고가 많았소. 그래, 눈여겨 둔 곳이라도 있었소?"

"황공하온 말씀이오나, 이 불자의 생각으로는 삼각산 서편 인왕산과 안산 사이, 햇볕 잘 들고 바람 잔 곳 무악이 새 궁터로는 가장 적당한 곳이 아닌가 여겨지옵니다."

"그래요? 그 곳이 그토록 명당이란 말입니까? 내 중신들과 의논하여 건도의 준비를 하도록 명하리다. 대사께서는 좀더 자세한 말씀을 들려 주시구려."

태조는 지극히 만족한 얼굴로 대사를 바라보았다. 무학 대사는 다시 머리를 조아렸다.

"우선 좌 청룡의 인왕산이 우 백호 안산과 얼굴을 마주 보고 있으며 그 가운데로 무악의 등성이가 우뚝 서서 두 산의 팔을 정답게 겯고 있어 그 안에 들어앉으면 마음이 평안해지옵니다. 마음이 평안하면 나라가 태평하고 세상이 평안해질 것이옵니다. 또한 성터의 위치가 서편에 치우쳐 있다 함은 서방정토가 지척에 있음을 뜻하오며, 더구나 바로 머리 위에서 선바위가 내려다보고 있어 어떠한 악귀도 감히 넘보지 못하도록 부처님의 가호가 끊이지 않고 궁성에 미칠 것입니다. 또한 뒤로는 산세가 험준하여 천혜의 요새를 이루었으며, 재 너머로는 일찍이 원과 명으로 사신이 가던 길이 뚫려 있어 외국과의 교역도 수월하옵고, 앞쪽으로는 가깝게 한수의 물줄기가 젖줄을 이루고 있어 농과 상이 조화를 이루는 요충이라 할 수 있사옵니다. 그러하므로 소승이 이제껏 보아 온 성터로서는 그에 버금가는 곳은 다시 없을 것으로 사료되옵니다."

태조와 무학 대사는 시간 가는 줄 모르고 새로운 왕궁터에 대해 이야기를 나누며 즐거워하였다.

그러나 이 소식을 전해 들은 정도전·남은 등은 고개를 가로저었다.

"무악이 비록 천하의 명당이요, 요충이기는 하나 땅이 너무 비좁습니다. 천만 년 사직을 두고 먼 앞을 바라볼 때 부가옹의 백간 집터는 될 수 있을지 모르오나 궁터로는 궁색하기 이를 데 없사옵니다. 소신이 생각하는 바로는 인왕을 백호로 삼고 낙산을 청룡으로 삼아 그 사이 툭 터진 널찍한 터에 왕궁을 들임이 마땅한 줄 사료되옵니다."

정도전이 머리를 조아려 간곡히 말하였다.

정도전은 조선 창업의 일등공신이었다. 왕조의 기초를 다지기 위한 여러 가지 정책을 수립하고 강력한 추진력으로 밀고 나가는 태조에게 있어서 그는 오른팔과도 같은 존재였다. 정도전은 오랫동안 나라를 괴롭혀 온 원을 물리치고 명과의 친화 정책을 도모하자는 주장을 펴는 동시에, 차제에 군사를 길러 힘이 쇠약해진 명나라까지 정벌해 국권을 강화할 것을 권하였다. 또한 안으로는 전제와 군제를 개혁하고, 고려조로부터 내려온 사회의 병폐였던 불교 이념을 치유하기 위해서는 새로운 이념의 도입이 절대 필요하다는 신념을 가지고 있었다. 또한 불씨잡변을 저술하고 척불소를 올리는 등 불교 배척에 앞장서는 한편 주자학의 이념을 체계화시키고 이론화시켜 조선 사회의 사상적 방향을 제시한 당대 지성의 대표적 인물이 바로 그였다.

태조는 결국 정도전의 의견을 수렴하기로 결정하였다. 그리하여 인왕산과 낙산 사이에 경복궁을 짓기로 결정하고 선바위도 도성 밖으로 밀어 내어 불(佛)의 힘이 궁 안으로 스미지 못하도록 차단시켜 버렸다.

　얼마 후 선바위를 다시 찾은 무악은 자신이 천거했던 무악의 땅을 바라보며, "장차 저 곳에선 삼천 홀아비의 한숨이 그치지 않겠구나" 하고 중얼거렸다. 그리고 경복궁 터를 돌아보고는, "피비린내가 홍건하도다" 하며 자리를 떴다.

　이리하여 새 도읍지는 한양으로 낙착되었고, 드디어 산세 수려한 인왕산과 낙산 사이의 널찍한 터에서는 궁성을 짓는 대역사가 이루어지기 시작했던 것이다.

성군의 탄생

　태조 3년, 경복궁의 제 모습이 갖추어지자, 왕궁은 송도에서 한양으로 옮겨 앉았다.

　이에 따라 왕실 가족들도 거처를 옮겼는데, 태조의 다섯째 아들 정안군(방원)도 경복궁 서문인 연추문 건너편에 준수방(俊秀坊)을 짓고 자리를 잡았다. 준수방은 인왕산과 자하문 사이의 양지 바른 곳으로, 양편 골짜기에서 흐르는 백옥 같은 물이 여울을 이루고, 기암괴석이 충충하여 마치 한 폭의 산수화를 연상시킬 만큼 산세가 수려한 곳이었다.

　또한 이 곳은 왕궁이 눈앞에 있었다. 따라서 중요한 일이 있을 때면 언제든 한달음에 달려가 일을 처리할 수 있는 자리였다.

　세월은 흐르는 물과 같이 빨라서, 한양으로 천도를 한 지 두 해가 훌쩍 지나갔다.

　봄이 무르익어 가고 있었다.

　삼천리 금수강산 봄을 맞아 어느 곳인들 아름답지 않은 곳이 있을까마는 온갖 꽃이 흐드러지게 피어 있는 인왕과 북악이 병풍처럼 둘러싼 왕궁은 그 화려함이 극치를 이루고 있었다.

　짙붉은 진달래가 꽃잎을 떨구자, 곧바로 철쭉이 꽃망울을 터뜨렸다.

　정안군이 기거하는 준수방 골짜기에도 온통 꽃의 축제로 들떠 있었다.

　봄은 길지 않았다. 철쭉이 지자 나뭇잎들은 더욱더 푸른 기운을 띠고 여름을 준비했다.

양지 바른 곳에 위치한 준수방 주변은 다른 곳보다 더 빠르게 초여름 햇살이 찾아들었다. 정안군은 오랜 만에 책장을 펼쳤다. 그러나 글이 눈에 들어오지 않았다. 며칠 전 경회루 연회에서 있었던 일들이 자꾸 마음에 걸렸던 것이다. 초조하고 불안했다.

태조는 한양 천도와 경복궁 완공을 송축하는 한편 나랏일에 수고를 아끼지 않았던 대신들의 노고를 풀어 주기 위해 경회루에서 연회를 베풀었다.

경회루는 주로 외국의 사신을 접대하기 위해 만든 연회석 장소였다.

그러나 이날만큼은 특별히 만조백관을 한 자리에 모아 놓고 연회를 베푸는 자리로 마련되었다. 태조 옆에는 개국 공신, 그리고 지체 높은 문무 백관들이 자리하였고, 일곱 왕자와 왕실 가족들은 좀더 떨어진 자리에서 상을 받았다.

장악원 악사들이 울긋불긋한 제복을 입고 당악과 향악을 연주하였다. 그리고 관습도감에서 불려온 절세의 기녀들이 나비같이 춤을 추며 낭랑한 목청으로 노래를 불렀다. 왼손에 약(籥)을, 오른손엔 적(翟)을 들고서 보태평(保太平) 곡에 맞춰 춤과 노래를 곁들이는 그녀들의 모습은 하늘에서 내려온 선녀처럼 아름다웠다.

무릇 천명은 쉽지 않으매
덕이 있으므로 흥하나니
높고 높으신 우리의 열성조께서
크게 명을 받으시어
신령스런 계책과 성스런 덕업이
크게 빛나시고 크게 이으시도다
운수에 응하여 태평을 여시고
지극한 사랑으로 백성을 다스리시며
후손의 길 열어 주시고 도우시니
만만세 잇고 이으리

이렇듯 밝은 일 무엇으로 기리오리
마땅히 노래하여 축송하여 올리리다.

노래가 끝나자 태조는 만조백관을 둘러보며 그 동안의 노고를 치하하고, 사찬상(賜饌床)의 산해진미를 마음껏 들도록 권하였다.

좌정한 백관들은 술과 안주를 권커니 잣거니 하면서 창업에 대한 어려움과 자신들의 공업을 스스로 자찬하느라 바빴다.

무희들의 아름다운 춤과 노래, 정대업(定大業)과 보태평을 연주하는 악공들의 손길도 시간이 갈수록 흥에 겨워 있었다.

"오늘 같은 광영은 모두 그대들의 덕이오."

태조는 정도전·남은·심효생 등 개국공신들에게 술을 하사하였다.

"황공무지로소이다. 모두 하해 같으신 전하의 은덕 때문이옵니다."

모두 고개를 조아려 예를 드렸다.

"자, 잔을 드시오. 그간 노고가 많았소. 오늘밤은 모든 시름 잊어버리고 마음껏 즐겨 봅시다."

태조가 높이 술잔을 치켜들어 잔을 비우자, 모두들 즐거운 표정으로 잔을 비우기 시작했다.

한 순배 술잔이 돌아가고 거나해진 장내는 잔치 기분으로 흥청거렸다.

"전하, 오늘의 이 기쁨을 노래로 대신해 볼까 하옵니다."

정도전이 자리에서 일어났다.

"좋지요. 오늘같이 즐거운 날 노래가 없어서야 무슨 재미겠소."

예전엔 양주 고을
경계에 새 도읍 빼어나네
개국성왕께옵서 성대를 이룩하였네
도성다워라 지금의 모습 도성다워라
위 덩더둥셩

앞은 한강수 뒤엔 삼각산
덕(德)이 가득한 강산 사이에서
만세를 누리소서

노래가 끝나자 모두 손뼉을 치며 즐거워하였다.
"처음 들어 본 노래 같은데, 어디서 배우셨소?"
태조가 정도전에게 술잔을 내리며 웃음을 머금었다.
"배운 노래가 아니오고, <신도가(新都歌)>라 하여 소신이 즉흥적으로
지은 노래입니다."
정도전은 머리를 조아리며 대답했다.
"그래요? 참, 오랜만에 좋은 노래를 들었구려. 또 다른 노래를 알고
있거든 한번 들려 주시겠소?"
"예, 그러하옵지요."
정도전은 <정동방곡>과 <납씨가>도 불렀다. 위화도 회군과 원의
나하추를 물리친 태조의 무공을 찬양한 노래였다.
노래를 들으면서 태조는 만족한 미소를 지었다. 무엇보다 저와 같은
충신들이 곁에 있다는 사실이 너무도 고마웠다.
주연은 밤이 이슥할 때까지 계속되었다. 모두들 취해 있었다.
"창업의 기초도 다져지고 천도의 역사도 이루었으니, 이제는 세자를
책봉하여 짐의 뒤를 잇게 하는 일만 남았구려……."
태조가 혼잣말처럼 중얼거렸다. 술기운에 젖어 있던 좌중의 대신들
은 이 말이 떨어지는 순간 바짝 긴장하지 않을 수가 없었다.
고려를 무너뜨리고 조선을 일으키는 동안 대신들은 견마지로를 다해
열심히 일했다. 그런데 미처 자리도 잡기 전에 군왕이 바뀐다면 그 동
안 쌓아올린 공은 어찌 될 것이며, 자신들의 위치와 처지는 또 어떻게
될 것인가? 노심초사하지 않을 수 없었다.
"전하께서 혈기가 강성하시고 중첩되는 국사에 무리 없이 전념하고
있는 지금 세자 운운은 시기가 너무 이르옵니다."

"왕조의 기초가 다져졌다고는 하나 아직도 미흡한 곳이 없지 않은데, 다른 쪽으로 힘을 쓰는 것은 국력의 낭비이옵니다."

몇몇 대신들이 정신을 차리고 간하였다.

그들은 한결같이 왕의 마음을 돌리려고 애썼다. 하지만 태조의 생각은 여전하였다.

"그대들도 짐의 뜻이 어디에 있는지 헤아려야 될 것이오. 목전에 일을 당하여 허둥대기보다는 미리미리 다져 둬야 매사가 순조로울 것 아니겠소?"

태조는 이 자리에서 은근히 자신의 의향을 비춤으로써 대신들에게 어떤 묵계를 주고 싶었던 것이다.

태조는 일찍이 여덟 아들을 두었다. 첫째부터 여섯째까지는 신의 왕후 한씨의 소생이었고, 나머지 두 아들은 신덕 왕후 강씨의 소생이었다. 신의 왕후는 이미 세상을 뜬 뒤여서 태조는 신덕 왕후에게 마음을 붙이고 있었고, 그 소생인 방번과 방석에게 정을 두고 아끼고 있었다.

태조는 은근히 그 두 아들 중 하나에게 왕위를 물려 주고 싶어했다. 물론 그것은 재색을 겸비하고 왕의 총애를 받고 있는 신덕 왕후의 간곡한 소망에서 비롯된 것이기도 하였다.

"그러하시다면 무엇을 걱정하고 계시오니까? 지금은 주자학의 시대가 아니옵니까. 일찍이 유가에서는 장자상속을 법도로 삼고 있으니, 법도대로 따르오면……."

취중에 누군가가 입을 열었다. 그러나 다른 쪽에서 얼른 반대 의견이 제시되고 있었다.

"꼭 그렇지만은 않사옵니다. 열성조께서는 오래 전부터 북쪽에서 사셨습니다. 비록 여진의 관습이긴 하오나 그들은 노쇠한 부모를 끝까지 모시는 말자에게 모든 재산을 물려 주고 있습니다. 그러하오니 말자에게도 기회를 주는 것이……. 하오나 이러한 대사는 전하께옵서 신중히 생각하시어 판단할 일이옵지 소신들이 이래라 저래라 관여할 일은 아닌 줄로 사료되옵니다."

태조의 내심을 알아차린 정도전 쪽에서 나온 말이었다.

잠시 침묵이 흘렀다. 듣기에 따라서 취중에 아무렇게나 흘려 버리는 말들 같았지만 그 속에는 드러나지 않는 속셈들이 숨어 있었다.

이들과 조금 떨어진 자리에는 신의 왕후의 소생인 대군들이 모여 앉아 술잔을 나누고 있었다. 그들은 부왕과 대신들의 담화에 전혀 관심을 갖지 않은 듯 태연해 보였다. 그러나 정안군은 그렇지 않았다. 그는 취중에서도 귀를 곤두세우고, 오가는 말을 하나도 빼 놓지 않고 듣고 있었던 것이다.

그리고 며칠이 지난 지금까지 그 이야기들은 정안군의 머릿속을 떠나지 않고 맴돌고 있었다.

"말자상속이라."

정안군은 책장을 덮으며 혼잣말로 뇌까렸다. 생각할수록 심각한 문제가 아닐 수 없었다. 요즈음 부왕의 태도나 대신들의 움직임으로 보아 막내를 세자로 옹위하려는 것이 틀림없었다.

정안군은 어릴 때부터 두뇌가 명석하여 13세의 어린 나이에 성균관에 입학하였고, 17세에 문과에 급제하여 밀직대사언이라는 벼슬을 지내기도 하였다. 그러나 그는 호방하고 활달한 기질을 지니고 있었다. 가만히 앉아 책을 읽는 문(文)보다는 말을 타고 용맹을 떨치는 무(武) 쪽을 더 선호하고 있었으므로, 일찍이 아버지 이성계를 따라서 몽고·여진·왜구를 토벌하는 데 앞장서 왔던 것이다.

그리고 위화도 회군과 함께 창업의 걸림돌이었던, 고려의 마지막 기둥 정몽주·최영 등을 망설이지 않고 제거해 버렸으며, 아버지 이성계가 수창궁으로 들어가 왕좌에 앉게 되는 데에도 그의 역할이 지대하였다.

그런 탓에 다음의 왕위는 자신 아니면, 같은 어머니 몸에서 태어난 형제 중 하나에게 돌아가야 마땅하다고 믿고 있었다. 공덕이라고는 털 끝만큼도 쌓은 적이 없는 배다른 동생에게 세자 자리가 돌아간다는 것은 생각할 수조차 없는 일이었다.

"난감한 일이로고."

정안군은 창문을 활짝 열어젖뜨렸다. 싱그런 초여름 바람이 인왕산 너머로부터 내려와 추녀 끝 풍경을 흔들었다.

땡그렁 땡그렁, 맑은 풍경 소리에 뜰안 가득 고여 있던 산들바람이 가볍게 일렁거렸다. 그러나 정안군은 그런 따위에 한눈을 팔 만큼 한가하질 못했다.

방 문이 소리 없이 열리고 사람의 기척이 있었다.

"무얼 그리 골똘히 생각하고 계십니까? 차나 한 잔 드시지요."

부인인 정녕 옹주가 찻잔을 들고 방으로 들어오며 남편의 눈치를 살폈다.

"아, 아무것도 아니오. 날씨가 너무 화창하기에……."

정안군은 자리를 고쳐 앉았다. 정녕 옹주는 찻잔에 차를 부어 정안군 앞으로 다소곳이 내밀었다. 옆방에서는 맏이 제(禔)가 막내 보(補)를 어르며 노는 소리가 들렸다.

"애들이 탈없이 잘 커야 할 텐데……."

정안군은 부인이 따라 준 차로 입술을 축이며 생각을 돌렸다.

"어련하겠어요. 누구의 아들인데요."

부인이 남편을 바라보며 빙긋이 웃어 보였다.

"첫째는 벌써부터 대군을 닮아 적극적이며 활달한 성격이고, 둘째는 형과는 달리 꼼꼼하고 조심성 많은 성격이에요. 나중에 첫째는 변방을 지키는 장수가 되고 아우는 도덕 높은 학자가 되어 나라에 보탬을 준다면 그보다 큰 경사가 어디 있겠습니까?"

정녕 옹주가 얼굴에 홍조를 띠며, 자기 잔에 차를 따랐다.

"장수와 학자라……."

정안군은 부인이 한 말을 시큰둥하게 받아넘겼다.

"그런데……."

정녕 옹주가 찻잔을 집어들다 말고 잠시 머뭇거렸다.

"무슨 할 말이라도 있소? 할 말이 있으면 해 보시오."

정안군은 부인을 향해 고개를 돌렸다.

"꿈이 하도 이상해서……."

부인은 말꼬리를 흐렸다.

"꿈이라, 그래 어떤 꿈을 꾸셨길래 이상하다는 게요? 얘길 해 봐요, 해몽은 내가 할 테니."

정안군은 잠시 시름도 잊은 채, 부인의 말을 재촉했다.

"조금 전 따뜻한 햇볕이 방 안으로 들어와, 바느질을 하다가 깜빡 잠이 들었지 뭡니까. 그런데 꿈 속에서 검은 소와 붉은 해, 그리고 빨간 옷을 입은 동자 아이를 보았어요."

옹주는 잠깐 꾸었던 꿈을 자세하게 설명했다.

"그런데요? 그림처럼 그냥 스쳐 지나갔다는 말입니까?"

성미 급한 정안군은 호기심에 다시 부인을 다그쳤다. 옹주가 고개를 가로저었다.

"바로 저기 보이는 북악산 꼭대기였어요. 검은 소가 붉은 해를 두 뿔로 떠받치고 있었는데, 갑자기 봉우리가 무너지면서 소가 발을 헛딛고 옆으로 넘어지지 않겠어요?"

"그래, 어떻게 되었소?"

"그러니 어쩌겠어요. 해가 산 아래로 굴러 떨어졌으니 세상이 온통 불바다가 되었지요."

"그럼 온 세상이 새까맣게 타 버렸겠구려."

정안군이 계속 물었다.

"그런데 얼굴 생김새가 말끔하고 눈동자가 새까만 붉은 옷을 입은 동자가 어디선가 갑자기 달려오더니, 그 해를 냉큼 삼켜 버리지 않았 겠습니까?"

정녕 옹주는 아직도 놀라움에서 덜 깬 듯 가슴에 손을 얹고 숨을 몰아 쉬었다.

"그래, 그리고 그 동자는 어찌 되었소?"

"몰라요."

"모르다니, 뭘 모른단 말이오. 혹시 그 아이가 부인까지 삼켜 버린 건 아니오?"

정안군이 장난기 섞인 말투로 부인의 말을 넘겨짚었다.

"제 몸 안으로……."

정녕 옹주가 부끄러운 듯 작은 목소리로 말했다.

"그거 대단한 꿈을 꾸었구려."

확실치는 않았으나 옹주의 꿈이 범상치 않다는 예감이 정안군의 머리를 스쳤다.

"길몽일까요?"

부인이 남편의 눈치를 살폈다.

"그런 것 같소. 해는 군왕을 상징하고, 불은 번영을 뜻하니 장차 나라에 큰 경사가 있을 것이라는 계시가 아닌가 생각되오."

대충 해몽은 하였으나, 과연 해를 삼킨 동자의 정체가 무엇을 뜻하는 것인지 정안군도 궁금하였다. 세자 책정에 불만을 품고 있던 그에게 부인의 꿈은 무언가를 암시하고 있는 것만 같았던 것이다.

"부인, 그 꿈 내게 팔지 않겠소? 원하는 만큼 값을 쳐서 드리리다."

정안군이 웃으면서 부인의 의향을 떠 보았다.

"부부지간은 일심동체라 했는데, 팔고사고가 어디 있습니까. 내 그냥 드릴 터이니 몽땅 가져가십시오."

정녕 옹주는 흔쾌히 자기의 꿈을 남편에게 넘겨 주었다.

정안군은 부인 가까이 다가앉았다.

"생각해 보니 태몽인 것 같소."

남편의 말에 부인의 얼굴이 더욱 빨개지고 있었다.

"아마도 머잖아 우리에게 그런 귀한 아들이 태어날 모양이구려."

정안군은 누가 들을세라 부인의 귀에 대고 가만히 속삭였다.

정말 그 꿈은 길몽 중의 대길몽이었다. 정안군의 예측대로 얼마 후 부인의 몸에 태기가 있었고, 태아는 별 탈 없이 열 달 동안 무럭무럭 자랐다.

그리고 이듬해인 태조 6년(서기 1397. 5. 15), 한 아기가 고고의 성을 울리며 세상에 태어났다. 사내 아이였다.

붉은 해를 머금은 아이. 머금은 붉은 빛을 서서히 세상에 토해 낼 아이. 세 번째 아들을 얻은 정안군의 기쁨은 이루 말할 수 없이 컸다. 그것은 한 왕가의 기쁨만은 아니었다. 수천 년 역사를 누려 갈 민족 전체의 기쁨이며 경사였다.

정안군은 아기의 이름을 도(裪), 자를 원정(元正)이라 지었다. 정안군의 나이 31세 때였다.

그러나 원정의 탄생으로 해서 달라진 것은 아무것도 없었다.

얼마 후 태조는 신덕 왕후와 배극렴·조준 등의 뜻대로 여덟 번째 아들 방석을 세자로 책봉해 버렸던 것이다. 그리고 주위의 반대나 방해가 염려되어 정도전·남은·심효생 등에게 세자를 보필하도록 명하였다.

맏아들 진안 대군을 뺀 나머지 신의 왕후 한씨 소생의 아들들은 크게 마음이 상했다.

진안 대군 방우는 고려를 멸망시키고 왕위에 오르는 아버지를 보면서 인생의 무상함을 깨닫고 황해도 해주로 들어가 나타나지 않고 있었다. 궁에 남아 있던 방과·방의·방간·방원·방연 등 형제들은 태조의 판단에 아연실색하지 않을 수 없었다. 그 중에서도 다섯째, 정안군 방원의 낙담은 이만저만이 아니었다.

그런 모습을 지켜보면서 혜안 깊은 노신들은 땅이 꺼지는 한숨을 몰아쉬었다.

제 1 차 왕자의 난

노신들의 염려는 차츰 현실로 나타나기 시작했다.

조선 창업의 주역으로 방원과 목숨을 같이했던 정도전·남은 등까지 태조의 명을 받들어 세자 방석을 보필하게 되자 신의 왕후 소생 왕자들의 불만은 극에 다다를 수밖에 없었다. 특히 성질이 불같은 정안군 방원의 불만은 하늘을 찌를 듯하였다.

이제까지 정안군의 행동으로 보아 언제 어느 때 그의 화살이 날아 들는지 예측할 수 없는 일이었기 때문에 대신들은 바짝 긴장하지 않을 수 없었다.

그러한 가운데 한씨 소생 왕자와 강씨 소생 왕자들 사이에는 암암리에 상대를 제거해 버리려 한다는 소문이 어둠처럼 맴돌았다.

운명이 달린 문제였다. 대신 중 어느 누구도 선뜻 나서서 왕자들 간의 그 깊은 골을 메울 용기를 낼 사람은 없었다.

시간이 지날수록 왕자들 사이의 골은 자꾸만 깊이 패이기 시작하였고 급기야는 상대의 숨통을 노리는 적과 적의 상황으로 대립하기에 이르렀다.

그런 화약고 같은 상황에 불을 지른 사람은 하륜(河崙)이었다.

하륜은 일찍이 고려 때부터 조정에 등용되어 비범한 인물로 지목된 사람이었다. 조선이 들어서자 그는 곧 태조의 눈에 뜨이게 되었다.

건국 직후 제일 먼저 추진한 천도 문제에 있어 그는 가장 중추적 역할을 하였다. 태조가 새 도읍지로 정한 충청도 계룡땅을 버리고 한양으로 생각을 바꾸게 한 것도 그였다.

"국도는 반드시 나라의 중앙에 있어야 합니다. 그런데 계룡은 남쪽에 치우쳐 나라의 힘을 한 곳으로 모으기가 불편합니다……."

무악의 땅이 비좁다는 의견 때문에 북한산 아래쪽으로 약간의 위치만 옮겼을 뿐 그의 뜻대로 새 궁이 자리를 잡을 수 있었다.

그러나 하륜이 조정에서 자신의 뜻을 활짝 펴 나가려면 정도전이라는 장벽을 뛰어넘어야만 했다.

그러나 지금 정도전은 태조의 오른팔이 되어 신흥 국가의 모든 정책을 떠맡고 있는 당대 최고의 권력자가 아닌가. 그런데 그를 어찌 쉽게 뛰어넘을 수 있겠는가?

태조 5년, 이태조가 명나라 황제에게 올린 하표(賀表)의 문장 내용이 정중하지 못하다 하여 문제가 된 사건이 있었다.

명나라에서는 이 글을 쓴 작자를 그들 땅으로 압송하라는 지시를 내렸다. 이 글을 쓴 사람들은 정도전·권근·정탁, 그렇게 셋이었다.

하륜이 먼저 입을 열었다.

"지금 나라가 초창되어 백도(百度)가 정돈되지 못했는데 명나라의 미움을 산다면 어떤 일이 벌어질지 예측하기 어렵사옵니다. 그러하온즉 그들의 뜻에 따르는 수밖에 없을 듯하옵니다."

권근·정탁이 하륜의 말에 찬성하였다.

그러나 정도전은 의견이 달랐다.

"무조건 명나라에 굽힐 것이 아니라 차제에 군사를 일으켜 요동으로 쳐들어가 명나라를 제압하는 것이 옳을 것입니다."

그는 명나라에 무릎을 꿇기보다 군사의 힘을 길러 요동으로 쳐들어갈 것을 주장하였다.

결국 이 사건은 하륜의 승리로 끝이 나서 그는 계품사(計稟使)라는 자격으로 권근·정탁과 함께 명나라로 떠났고 정도전은 병을 핑계삼아 두문불출 꼼짝하지 않고 누워 있었다.

하륜은 자신의 뜻대로 명나라로 들어가 명제(明帝)의 마음을 돌렸다.

그리고 무사히 한양으로 돌아와 태조를 안심시켜 주었다.

그러나 그 일로 인해 정도전과 하륜 사이에는 보이지 않는 금이 가기 시작하였다. 그 후 정도전·남은 등은 세자 방석을 보필하는 보도관(補道官)이 되어 태조의 신망을 한몸에 받았다.

그러나 하륜은 충청도로 외임폄출(外任貶黜)되는 수모를 겪게 되었던 것이다. 겉으로 나타난 것은 아니지만, 정안군 방원을 받들고 있다는 것이 숨겨진 원인이었다.

하륜은 자기를 제거하기 위한 정도전의 계략임을 쉽게 눈치챌 수 있었다.

고려 말부터 시작된, 정권을 쟁취하려는 알력과 암투, 음모는 아직 시작에 불과하였다. 이러한 수많은 난제를 과감히 뚫고 나가려면 역시 용맹과 과단성을 가진 정안군 같은 사람이 있어야만 가능했다.

이 난세 속에서는 그만큼 걸출한 인물을 찾을 수 없다는 게 하륜의 생각이었다.

"누가 다음 왕이 되어야 하는가?"

누가 다음 왕이 되느냐에 따라서 지금의 난세가 평정될 수 있느냐, 더 어려워지느냐가 결정될 일이었다.

하륜은 여덟 명의 왕자 중 막내인 방석이 세자로 책봉되자 크게 상심하였다. 방석이 세자가 되었다는 것 때문만은 아니었다.

다가올 앞날에 대한 불안감 때문이었다. 고려의 멸망에서 보아 왔던 참살의 현장이 불 보듯 눈앞에서 어른거렸던 것이다. 지금의 분위기로 보아 제2, 제3의 개혁이 일어나지 않는다는 보장이 없었다. 그런 그의 예감은 미래를 보는 자만이 가질 수 있는 것이었다.

그는 평소에 풍수와 천문 지리에 능통했다. 그가 주로 대하는 책들도 그런 것들이었다.

그래서 천도의 문제가 계룡 땅으로 거의 확정되었을 때 능통한 여러 이론을 앞세워 태조의 마음을 돌릴 수 있었던 것이다.

특히 천문을 보는 눈만큼은 누구보다 탁월했다.

지금의 정세는 모든 것이 혼미하기만 했다. 그 난세를 헤쳐 나갈 수 있는 인물은 지금 없었다. 다음 세대에 가서야 가능했다. 그렇다면 누가 왕이 되느냐에 따라서 나라의 정세가 뒤바뀔 것이었다. 그러자면 다음 세대를 이어 갈 왕은 강력한 추진력과 지모와 술수를 지닌 인물이어야 했다.

태조가 세자로 책봉한 방석은 결코 그런 강력한 인물이 되지 못했다.

나라의 초석이 아직 다져지지 않은 지금, 나약하기 그지없는 방석이 어찌 다음 세대를 이어갈 수 있을 것인가. 적어도 정안군 같은 인물이라면 몰라도…….

하륜의 생각은 변함이 없었다.

하륜은 누구보다도 정안군을 잘 알고 있었다. 고려 멸망 때 쓰러져 가는 사직을 사수하려던 최영·정몽주에게 거침없이 철퇴를 휘둘렀던 사람도 정안군이었다.

그리고 지금도 그의 곁에는 언제고 함께 들고 일어날 수 있는 당차고 용맹한 측근들이 많았다. 우선 정녕 옹주의 친정이 그러했다. 친정 아버지 민제(閔霽)를 비롯하여 그의 네 아들인 무구(無咎)·무질(無疾)·무휼(無恤)·무회(無悔) 등은 그 어느 누구도 당하지 못할 세도가이며 전략가였다. 그들은 정안군의 사병을 훈련시키는 권모와 술수를 겸비한 맹장들이기도 했다.

그 외에 이숙번·조영무·마천록·박포 등 개국에 공을 세운 무관들이 정안군 주위에 그득했다. 만약 이들이 하나가 되어 마음만 먹는다면 세상을 다시 한 번 뒤엎기란 식은죽 먹듯 쉬운 일이었다.

하륜은 결코 가벼운 인물이 아니었다. 그는 그런 사실들을 누구에게도 발설하지 않았다. 정안군 방원에게조차도.

그렇지만 외지로 떠나기 전에 정안군을 한 번은 만나야 한다고, 하륜은 속으로 다짐을 했다.

그리고 그로부터 며칠 후 하륜은 드디어 정안군과 자리를 같이하는 기회를 갖게 되었다. 하륜이 진천의 임지로 떠나는 전날 저녁, 그를 위한 조촐한 모임이 있었는데 그 자리에는 정안군도 참석했던 것이다.

하륜을 위해 모인 자리인만큼 술잔은 자연히 하륜 쪽으로 쏠렸다. 술이라면 말술이라도 마다않고 마시는 하륜이었으나, 잠깐 사이 술에 취해 정신을 잃고 말았다.

술잔이 두어 순배 돌고 밤이 이슥해지자 모두 거나해져 한마디씩 목청을 돋웠다. 그들은 주로 정안군의 측근이었다.

모두 세자 책봉에 대한 부당함을 지적하는 소리를 내뱉었다.

"지금은 유가(儒家)의 시대인고로 말자(末子) 상속이 아닌 장자(長子) 상속이 필연이지 않소?"

"그렇다면 영안군 방과에게 왕위가 물려지는 것이 마땅한 일 아닌가?"

첫째 진안군 방우는 일찍이 산 속으로 숨어들어 불가에 귀의했으므로 그들의 대화에서는 언급되지 않았다.

그러나 정안군은 한 마디 말도 없이 술잔만 들이켜고 있었다. 그는 장자도 말자도 아닌 다섯째였기 때문에 그때까지만 해도 왕위 계승과는 아무런 연관이 없다고 생각하고 있었다. 다만 그가 서운해 하는 것은 이제까지 아버지 태조를 도와 개국에 앞장섰던 공을 인정해 주지 않는다는 데 있었다.

횡설수설 정신없이 떠들고 있는 가운데 하륜이 벌떡 일어나 비틀거리며 술상을 뒤집은 것은 한 순간의 일이었다. 상 위에 있던 그릇들이 방바닥에 나뒹굴었다. 눈깜짝할 사이에 벌어진 일이었다. 그런데 공교롭게도 정안군 방원 쪽으로 온갖 음식이 튀었다. 정안군은 꼼짝없이 날아온 오물을 뒤집어쓰고 말았다.

정안군이 몹시 화를 내며 자리를 박차고 일어나 밖으로 나가 버리는 동안 사람들은 숨도 제대로 쉬지 못하고 그 자리에 머물러 있었다.

정안군이 횡하니 나가 버리고 나자, 그제서야 앉아 있던 사람들은 정신이 번쩍 들었다.

"너무 지나치지 않소?"

"성미 급한 정안군의 비위를 건드렸으니 어떤 벌이 내릴는지, 이거 참 보통 일이 아니로구만."

그들은 하륜의 지나친 행동을 나무라며 전전긍긍하였다. 하륜도 그제서야 정신을 차렸는지 주섬주섬 자리를 털고 일어나 옷매무새를 고쳤다.

"어이구 미안하게 되었네. 내가 너무 술이 취해서……."

그러나 거기 모인 사람들은 하륜이 단순하게 술에 취해 주정을 부린 것만은 아니라고 여겼다. 먼 시골로 좌천이 되는 까닭에 술이 취해 불만을 토로한 것이라고 생각하고 있었던 것이다. 때아닌 좌천이 그로 하여금 그런 술주정을 부리게 했다는 것쯤 이해할 수 있으나 화를 내고 가 버린 정안군이 큰일이라고 서로 입을 모았다.

"대군께서 크게 화가 나신 모양이로군. 하지만 걱정들 마시게. 내 곧 뒤따라가 사죄드리고 용서를 빌 테니."

하륜은 곧바로 정안군의 가마를 뒤쫓기 시작했다.

하륜은 준수방 근처에 이르러서야 정안군을 따라잡을 수 있었다.

"뭣하러 따라오셨소. 주정이나 더 피우시지 않고?"

정안군은 그대로 가마에 앉아서 분을 삭이지 못한 듯 퉁명스런 목소리로 말했다. 어둠 속에서 그의 눈은 금방이라도 터져 버릴 것처럼 이글거렸다.

"드릴 말씀이 있습니다. 사실 제가 한 실수는 술에 취해 한 행동이 아닙니다."

하륜은 눈을 똑바로 뜨고, 또렷한 소리로 말하였다.

그제서야 정안군이 고개를 돌렸다. 정안군과 하륜의 눈이 허공에서 마주쳤다. 두 사람은 눈이 마주치는 순간 서로의 눈에서 폭발하듯 이글거리는 불꽃을 보았다.

"여기서는 좀……."

하륜이 주위를 살폈다.

"들어오시게."

정안군은 곧바로 준수방으로 들어가 하륜을 밀실로 안내하였다.

밀실에서 정안군과 마주한 하륜은 잠시 떨리는 가슴을 진정시켰다. 그리고 여지껏 꿈꿔 왔던 소망을 숨기지 않고 정안군에게 털어놓았다.

"나더러 역모를 하라구요?"

하륜의 말에 정안군은 소스라칠 듯 놀라워했다.

"역모가 아닙니다. 흐름입니다. 원형리정(原形理正)은 천도지상(天道之上)이라 하지 않았습니까? 이는 만물의 이치와 같은 것이며, 시대의 흐름이며 대군께서 걸어야 할 숙명인 것입니다. 어차피 둘째 형님인 영안군께서는 일을 일으킬 위인이 못 되시니 그렇다 치더라도 위로 두 대군이 있습니다. 모두 개국에 공이 큰 분들이시고 이번 일에 대해 나름대로의 불만을 가지고 있습니다. 아래로 무안군 역시 자신의 아우에게 세자의 자리를 빼앗겼다는 부끄러움으로 괴로워하고 있을 것입니다. 또한 정도전·남은 등의 세력이 날로 커지고 있어 언제 어느 때 왕가에 해를 끼칠지 알 수 없는 일입니다. 이러한 여러 정황으로 보아 지금 겉으로는 평안을 유지하고 있는 듯하나 이 나라는 한 치 앞도 내다볼 수 없는, 바람 앞의 촛불과 같습니다. 이 나라를 제대로 끌고 갈 수 있는 인물은 강력한 추진력과 지모, 술수에 뛰어난 인물이어야 하옵니다. 그렇다면 과연 누가 다음 세대를 끌어 가야 옳겠습니까? 만약 여기에서 한발 물러선다면……."

하륜이 잠시 말을 끊었다. 정안군은 마른침을 삼키고 하륜의 다음 말을 기다렸다.

"물러선다면?"

정안군의 목소리는 가늘게 떨리고 있었다.

"배 다른 형제가 서로 화목하기란 심히 어려운 일입니다. 관습으로 보아 후처 소생에게 모든 재산이 돌아간다면 조강지처인 전처 소생들의 불만이 어떠하겠습니까? 그 불만이 자신들에게 화로 돌아올 것이라 믿는 후처 소생은 당연히 그에 대한 방비책을 세울 것이옵니다. 때로는 목숨을 거는 무서운 싸움이 시작될 수도 있을 것입니다. 지금 세자를 둘러싼 무리들이 세력을 키워 나간다면 머지 않아 그 화는 대군의 형제들, 그 중에도 제일 껄끄러운 상대인 대군에게 미칠 것은 불 보듯 뻔한 일이 아니옵니까?"

하륜은 거기까지 말을 하고 다시 입을 다물었다. 방원은 굳은 듯이 앉아 있었다.

한동안 밀실에는 무거운 침묵만이 맴돌았다.

다시 먼저 입을 연 쪽은 하륜이었다.

"촌각이 화급합니다. 때를 놓치지 마십시오."

그러나 정안군은 움직일 줄 몰랐다. 그대로 바위처럼 굳어 버린 것만 같았다.

하륜은 꼼짝하지 않고 앉아 있는 정안군을 그대로 놔둔 채 준수방을 나왔다.

밤은 깊어서 하늘에는 수많은 별들이 반짝이고 있었다. 서쪽으로 흘러가는 은하수를 따라 개똥벌레들이 날았다. 하륜은 조금도 흐트러짐이 없이 서쪽으로 서쪽으로 정연히 흐르고 있는 별들을 한동안 바라보고 있었다. 동쪽으로부터 한 개의 별똥별이 흘러와 인왕산 너머로 사라져 갔다.

'무악의 땅에 별빛이 스미니 대길(大吉)이로고.'

하륜은 잠시 팔괘를 펼쳐 보고는 입가에 미소를 띠었다. 오늘 정안군을 만나 속에 품고 있던 말을 다 털어놓은 것이 무엇보다 속시원했고 다행스러웠다.

그 후 정안군 방원은 하륜의 말에 따라 행동을 개시하였다. 처남인 민무질 그리고 이숙번·박포와 함께 군사를 규합하여 곧바로 왕궁으로 쳐들어가 무안군 방번과 세자 의안군 방석을 참살하고 세자의 보도관인 정도전·남은 등 세자를 싸고 돌던 인물들을 제거해 버렸다.

피비린내 나는 혈육간의 싸움은 눈깜짝할 사이에 막을 내려 버렸다.

그 싸움을 말릴 사람은 적어도 조정에는 없었다. 태조마저도 너무

나이가 들었고 힘이 부쳐 실권을 빼앗겼으므로 정안군의 세력을 막을 힘을 상실한 뒤였다.

다른 사람도 아닌, 자기 자식의 손에 또 다른 자신의 자식이 낙엽처럼 떨어져 나가는 것을 목격한 태조는 너무도 큰 충격에 정신을 잃고 말았다. 그는 모든 것을 포기하고 함경북도 함흥으로 내려가 버렸다.

한 곳으로 흐르던 물이 갑자기 물길을 틀었다. 나라의 주인이 바뀐 것이다.

그러나 실권을 손에 쥔 정안군이었지만 자신의 야심찬 행동을 그대로 드러낼 만큼 단순한 인물이 아니었다. 그는 장자(長子)에 해당하는 둘째 형 영안군 방과를 용상에 앉혔다.

그가 방과를 용상에 앉힌 것은 불안에 떠는 민심을 바로잡으려는 데 우선 목적이 있었다. 그리고 형제를 죽여 가면서 용상을 차지한 왕을 따를 백성은 한 명도 없으리라는 판단도 잃지 않고 있었다. 시간이 필요했다. 그런 불미스러운 기억들이 세월의 건너편으로 사라질 때까지.

이렇게 하여 조선은 2대 임금 정종의 시대가 시작되었다. 겉으로 보기엔 피비린내를 풍겼던 왕자의 난도 차츰 평정된 것처럼 보여졌다.

물은 어디서 와서 어디로 흘러가는 것일까. 고려의 멸망을 보아왔던 백성들은 다시금 뒤바뀐 정세를 몹시 불안해 하였다. 언제 다시 그런 피비린내가 또다시 시작될지 아무도 예측할 수 없는 일이었다.

나라가 풍전등화의 상황일수록 사람들은 숨을 죽이게 마련이었다. 그러나 이런 때일수록 약한 백성들은 자신이 맡고 있는 일에 묵묵히 책임을 다하려고 애를 쓰게 마련이었다.

새 임금이 된 정종은 형제끼리 피비린내 나는 싸움을 벌였던 경복궁을 끔찍하게 싫어했다. 그는 이 곳이 아닌 다른 곳으로 거처를 옮기는 일을 강력하게 주장하였다.

그렇게 해서 고려의 옛 궁성인 개경의 수창궁으로 다시 자리를 옮겼다. 정안군도 가족을 데리고 수창궁에 자리를 잡았다.

이때 원정의 나이는 이제 갓 한 살이었다. 세상의 희노애락이라든가

길흉화복 같은 것과는 관계없이 그저 천진난만하게 부모의 사랑을 받
으며 자라고 있었다.

아주 멀리서부터 그를 향해 달려오는 도도한 물줄기는 아랑곳하지
않은 채 유모의 품에 안겨 방실방실 웃고 있었다.

제 2 차 왕자의 난과 태종의 등극

세월은 아무렇게나 흐르지 않는다. 봄이면 버드나무에 물이 오르고, 아이들은 그 나뭇가지를 잘라 피리로 만들어 불고 놀았다.

필리리 필리리…….

아이들의 피리 소리에 맞춰 노고지리가 우짖으며 어린 새끼를 위해 부리나케 먹이를 물어 날랐다.

진달래가 피고 지면 곧바로 철쭉이 피었고, 산들 바람이 코끝을 스치면 곧바로 여름이었다. 농부들은 보릿고개의 시름도 잊은 채 농사일에 열중하며 때때로 허리를 펴고서 흥겨운 노랫가락에 몸을 맡기고는 하였다. 들판에 누렇게 익은 벼들이 일렁거리면 어김없이 고추잠자리가 날았고, 기다린 것처럼 아이들은 메뚜기를 잡으러 들판으로 쏘다녔다.

대접감이 담장 위에서 터질 듯이 익어 가고 있을 무렵이면 논둑에는 볏가리가 우뚝우뚝 솟아 여름 내내 피땀 흘린 농부들의 수고를 치하하는 것만 같았다.

수창궁에서도 어김없이 세월이 흘러 가고 있었다.

정안군에 의해 용상에 앉은 정종은 수도를 한성에서 다시 개경으로 옮긴 뒤 정사에 전념하였다.

하륜의 말대로 신덕 왕후의 소생인 방번·방석은 깨끗이 제거되었다. 그리고 신의 왕후의 둘째 아들인 영안군 방과가 임금 자리에 올랐으니 장자상속의 관습을 이어 받은 셈이 되었다.

어디로 보나 조정은 이제 안정된 기틀을 잡아 여유를 찾는 듯하였다. 그러나 그 이면에는 또 다른 불씨가 싹트고 있었다.

정안군의 바로 윗형인 넷째 회안군 방간이 다음 왕위는 자신의 것이라는 믿음을 갖고 세력을 키워 나가기 시작했던 것이다.

"어차피, 정종은 몸이 쇠약하고 또한 정사를 돌볼 능력도 없으니 머지 않아 임금의 자리를 내어 놓을 것이다. 그러면 다음 차례는 셋째 형인 익산군 방의일 것이나 그 역시 왕위보다는 자신을 처신하기에도 급급한 위인이 아닌가. 그렇다면 순서로 보아 분명 다음 왕위는 나에게 돌아올 것이 분명하다."

방간은 자신만만했다. 그러나 회안군 방간에게는 바로 밑의 아우인 정안군 방원이 눈엣가시였다.

먼젓번 왕자의 난에는 두 사람이 서로 투합하여 세자를 제거하는 데 앞장섰었지만 지금은 형편이 많이 달라졌다. 방원이 존재하는 한 그의 앞길이 순조로울 수만은 없었다. 또한 언제 전과 같은 끔찍스러운 일이 벌어질지 전혀 예측할 수 없는 일이었다.

"차제에 정안군을 없애 버려야 합니다. 호랑이를 키워 호랑이 밥이 되려 하십니까?"

"정안군을 살려 두시는 한 절대 용상에 오르실 수가 없을 것이옵니다."

"그러하옵니다. 기회는 그다지 많지 않사옵니다. 지금 기회를 놓치면 영원히 그 뜻을 이룰 수 없사옵니다. 서두르십시오."

박포를 위시한 측근들이 방간을 부추겼다.

그것은 방간도 원하는 바였다. 어떤 방법으로든 방원을 제거해야만 자신의 앞날이 훤히 트일 수 있었다. 바로 눈앞에 와 있는 기회를 지금 잡지 못한다면 자신의 영달은 영원히 불가능하리라는 것쯤 그도 잘 알고 있었다.

방간은 아우 방원을 제거하기로 결심을 굳혔다.

"정안군에게 가서 내가 저녁 술자리를 함께 하잔다고 전하시오. 감

히 내 청을 거역하지는 않을 거요. 그래서 왔다가 돌아가는 길에 제거
해 버립시다."

방간의 명을 받은 하인이 방원에게로 향했다.

그러나 그렇게 녹녹히 속아넘어갈 방원이 아니었다. 그는 이미 방간
의 속셈을 한눈에 꿰고 있었던 것이다.

"그들의 계략이옵니다. 머지 않아 그들은 우리가 그들의 술수를 알
아차렸음을 눈치챌 것입니다. 그렇게 되면 그들이 언제 어느 때 이 곳
으로 쳐들어올지 모를 것이니 만반의 대비책을 강구하고 있어야 합니
다."

하륜과 이무가 방원에게 사태의 위급함을 알렸다. 그리고 촌각을 지
체하지 말고 군사를 모아 적의 공격에 대비할 것을 권하였다.

"급하옵니다. 서둘러야 하옵니다."

누구보다 방간의 뜻을 잘 헤아리고 있던 하륜은 대답을 미루고 있는
방원에게 간청하였다. 방원이 망설이고 있다고 여겼던 것이다. 앞서 있
었던 왕자의 난이 방원에게 치명적인 아픔이 되고 있음을 익히 알고
있던 터라, 방원은 또다시 일어날 일에 대해 심사숙고하지 않을 수 없
었다.

"먹느냐, 먹히느냐. 시간이 없습니다. 이렇게 하찮은 감상에 빠져 있
을 여유가 없사옵니다."

"음……."

방원의 입에서는 깊은 신음 소리가 흘러나왔다.

드디어 바위처럼 입을 다물고 있던 방원의 입이 열렸다.

"서두르시오!"

아니나다를까, 얼마 안 있어 회안군의 군대가 정안군의 숙소인 추동
잠저를 향해 쳐들어 온다는 급보가 들어왔다.

하륜과 이무 등은 황급히 군사들을 중무장시켰다. 말을 탄 방원이
앞으로 나서자 중무장한 군사들의 함성이 하늘을 찌를 듯했다.

방간과 방원의 군사가 정면으로 맞섰다.

말발굽 소리와 창칼이 부딪치는 소리가 밤하늘에 메아리치고 말울음 소리와 칼에 맞은 군사의 비명 소리가 송도의 거리를 덮었다.

죽고 죽이는 사람들. 살려 달라고 아우성치는 부상자들. 주인을 잃고 우와좌왕하는 말과 땅바닥에 나뒹구는 창과 칼……

치열한 혈전은 영원히 끝날 것 같지 않았다. 밤하늘마저도 그 피비린내 나는 현장을 보지 않으려는 듯 얼굴을 가리고 있었다. 간혹 길게 꼬리를 늘어뜨린 유성이 어둔 하늘을 칼처럼 가르며 멀리 사라지고는 하였다.

날이 차츰 밝아오고 있었다. 사기 드높던 방간의 군대는 시간이 갈수록 차츰 뒤로 밀리기 시작했다. 방원은 그 기회를 놓치지 않았다. 하륜의 말처럼 하찮은 감상으로 처리할 일이 아니었다. 그야말로 먹느냐 먹히느냐의 문제였다.

날이 훤히 밝아 올 무렵 방원은 방간의 군대를 깨끗이 섬멸시켜 버렸다. 불과 하룻밤 사이에 일어난 일이었다.

방원은 신하들의 간곡한 주장에도 불구하고 방간을 죽이지는 않았다. 배다른 형제들은 어쩔 수 없다 하더라도 같은 어머니 뱃속에서 태어난 형제까지 죽일 수야 없었다. 설령 그를 살려 둠으로써 다소간 귀찮은 일이 벌어질 수도 있을 테지만, 만약 그렇게 한다면 영원히 천륜을 저버린 패륜아의 오명을 씻을 수가 없을 것이라는 판단에서였다.

방원의 뜻에 따라 방간은 토산(兎山)으로 귀양 보내졌다.

조선 왕조가 세워지기까지 두 번의 피비린내 나는 혈육간의 권력 쟁탈, 어쩌면 그것은 피할 수 없는 운명과도 같은 것일지 몰랐다.

두 번의 왕자의 난을 평정하고, 이제 정안군은 절대권력을 손아귀에 쥐게 되었다.

두 번씩이나 혈육간의 권력 쟁탈을 보았던 정종은 용상에 아무런 미련도 없었다. 그는 하루라도 빨리 권좌를 정안군에게 돌려 주고 차라리 평민이 되어 편안하게 살기를 원했다. 두 번씩이나 혈육과의 사투를 벌인 정안군을 보면서 자신의 입지도 칼날 위에 선 생선처럼 위급하다는 것을 실감치 않을 수 없었으리라.

권력의 허무함. 정종은 불과 2년여 동안 차지했던 용상을 미련없이 정안군에게 물려 주었다.

조선이 건국된 지 10년이 되는 해, 정안군은 개경의 수창궁에서 조선 제3대 임금으로 화려하게 등극하였다.

권좌에 오른 태종은 왕성한 의욕과 추진력으로 우선 두 번의 왕자의 난으로 피폐해진 조정을 새롭게 일으키려 진력하였다. 그리하여 여러 가지 새 정책을 만들어 공포하였다.

우선 고려의 유신과 유민들의 마음을 안정시킬 필요가 있었다. 제일 먼저 고려 태조인 왕건을 받들어 제사를 지내게 하였으며 고려의 마지막 충신으로 자신의 손에 의해 제거된 정몽주의 지위를 격상시켜 영의정 부사로 추종토록 하였다.

또한 그 동안 자신의 안위와 권력 쟁탈의 도구로 썼던 사병을 분산시켜 불필요한 힘의 낭비를 없앴다. 그리고 정책 의결 기관인 의정부를 세우는 한편, 백성들의 억울한 사정을 해소해 주기 위한 방편으로 대궐 문에 신문고를 달아 선정의 표시로 삼았다. 한편 자기 스스로는 책을 손에 들고 학문에 힘쓰면서 백성의 어버이로서 모범을 갖추려 애를 쓰기도 하였다.

그렇게 서서히 자신의 입지를 굳힌 태종은 개경의 수창궁에서 한양으로 또다시 거처를 옮겼다. 그 역시 피비린내 났던 개경이 마음에 닿을 리 없었다.

이로써 한양은 조선의 수도로서 다시 자리잡게 되었던 것이다.

나라는 다시 평온을 되찾은 듯했다. 혼란 뒤에는 질서가 새로이 확립되는 것은 당연한 이치였다. 혼란이 크면 클수록 질서가 잡히는 속도 또한 빠른 것이다.

태종의 세 왕자 양녕·효령·충녕과 이제 세 살인 성녕군도 부모를 따라 경복궁에 자리하였다.

새로 축조된 왕궁은 넓고 깨끗하고 수려하였다. 개경의 수창궁 생활에 익숙해져 있던 왕자들은 경복궁 생활이 생소하기만 하였다. 그러나 곧 익숙해져서 경복궁 뜰에 자리잡은 나무 한 그루, 풀 한 포기에 정을 들여 갔다.

양녕군은 이미 대군의 칭호를 받고 세자에 책봉된 상태였다. 세자 책봉이 나라의 앞날에 얼마나 큰 영향을 끼치는지 너무도 잘 알고 있던 태종은 어느 정도 조정이 안정되자 제일 먼저 세자 책봉부터 서둘렀던 것이다.

양녕군이 앞으로 아버지 태종의 뒤를 따라 나라를 이어 갈 군왕의 수업에 전념하는 동안 효령·충녕군도 학문에 열중하였다.

이제 그들은 예전의 철부지 어린 아이들이 아니었다. 양녕, 효령은 이미 사물을 보는 눈과 사리를 판단할 줄 아는 청소년의 길로 들어서고 있었다. 충녕 역시 나이는 어리지만 형들 못지 않게 예리하게 사리를 판단할 줄 아는 능력이 몸에 배여 있었다.

경복궁의 봄

경복궁 뒤뜰에도 봄이 왔다. 조선 특유의 정원으로 꾸며진 아름다운 뜨락에는 겨우내 얼어 붙었던 땅이 녹아 여기저기에서 시냇물이 흐르고 물 오른 나뭇가지에서는 새파란 잎과 함께 붉은 꽃망울이 툭툭 불거져 나오고 있었다.

태종의 어린 세 왕자 양녕(禔)·효령(補)·충녕(禑)은 어두컴컴한 방에서 나와 따뜻한 봄볕을 받으며 즐겁게 뛰어 놀고 있었다.

꾀꼴 꾀꼴.

울창한 숲 높은 나뭇가지 끝에서 꾀꼬리가 울었다.

맏이인 여덟 살 양녕은 나무 밑까지 뛰어가 꾀꼬리를 향해 힘껏 돌을 던졌다.

벌써부터 양녕에게는 사내다운 힘찬 기상이 보이기 시작했다.

"저거 무슨 새야?"

다섯 살박이 충녕이 초롱초롱한 눈을 굴리며 옆에서 조용히 흐르는 시냇물을 바라보고 있는 작은형 효령에게 물었다.

"꾀꼬리."

효령이 어린 동생을 바라보며 또박또박 이름을 가르쳐 주었다.

"꾀꼬리? 이름이 우습다. 꾀꼬리."

어린 충녕이 재미있다는 듯 깔깔거리며 꾀꼬리를 되뇌었다.

"꾀꼴꾀꼴 하고 우니까 꾀꼬리라고 부르는 거야."

비록 한 살 터울인 아우지만 효령은 형답게 자세히 설명을 덧붙였다.

"그럼, 글자로는 어떻게 쓸까?"

충녕은 웃음을 멈추고 자못 심각한 얼굴로 형을 바라보았다. 효령이 잠시 고개를 갸웃거렸다. 이제 막 한자에 눈이 쏠리기 시작한 효령에게 꾀꼬리를 한자로 쓴다는 것은 쉬운 일이 아니었다.

"음, 쓰는 건 아직 나도 잘 못해. 하지만 어마마마께선 저 새를 황앵이라 부르시던데."

"황앵? 그건 또 뭐야?"

충녕이 눈을 동그랗게 뜨고 형을 바라보았다.

"꾀꼬리. 꾀꼬리가 황앵이야."

"어떤 게 정말 이름이지?"

충녕이 고개를 갸웃거렸다.

"똑같애. 꾀꼬리가 황앵, 황앵이 꾀꼬리. 우리말로는 꾀꼬리인데 글자로 쓸 때에는 그렇게 쓰는 거야."

형의 대답에 충녕은 더 이상 묻지 않았다. 그러나 뭔가 지울 수 없는 의문은 어린 충녕의 마음 속에 깊이 박혀 있었다.

효령은 어린 동생에게서 이따금씩 대답하기 힘든 질문을 받는 때가 있었다. 아무때나 느닷없이 질문을 던지는 동생이 귀찮기도 하고, 자신도 알 수가 없는 것을 물을 때에는 답답하기도 하였지만 될 수 있으면 동생에게 실망을 주지 않으려 최선을 다했다. 어리디 어린 효령이었지만 이것은 효령의 순박하고 차분한 성격에서 비롯된 것이기도 했다.

충녕의 눈에는 비치는 모든 것이 신비롭고 놀라웠으며, 의문투성이였다.

세상에 막 태어난 새끼 사슴이 새까만 눈망울을 굴리며 한 발 한 발 새로운 세계를 향해 눈을 떠 나가듯이 충녕 또한 눈에 보이고 귀에 들리는 세상을 향해 호기심을 가지고 걸어나가고 있었다. 그리고 어떤 의문이 생기면 그저 흘려 버리는 일이 없이 의문이 풀릴 때까지 아무나 붙들고 묻고 또 물었다.

풀숲에서 나온 개구리 한 마리가 폴짝 연못 속으로 뛰어들었다.

"개굴개굴 개구리."

충녕은 금방 형 효령이 가르쳐 준 이름의 이치를 깨달아 노래 부르듯 종알거렸다.

그러나 충녕의 쏟아지는 질문에 가장 애를 먹는 쪽은 유모 이씨였다. 오늘도 충녕은 형들과 뜨락에서 뛰놀던 이야기와 함께 질문 보따리를 풀어 놓았다.

"유모, 형님이 그러시는데 꾀꼬리는 꾀꼴꾀꼴 하고 울어서 꾀꼬리라고 부르는데, 개구리는 개굴개굴, 매미는 맴맴, 뻐꾸기는 뻐꾹뻐꾹…… 그런데 참새는 왜 짹짹이라고 부르지 않을까?"

어린 왕자가 새까만 눈동자를 굴리며 진지하게 질문을 던질 때면 유모 이씨는 궁색한 답변을 하느라 땀을 뻘뻘 흘릴 지경이었다.

"그거야 옛날부터 사람들이 그렇게 불렀기 때문이지요. 꽥꽥거리고 우는 걸 다 오리라고 한다면 거위하고 구분할 수 없잖습니까?"

어린 왕자는 잘 이해가 가지 않는다는 듯 고개를 갸웃거렸다.

"그럼 황앵이란 무슨 뜻이지?"

충녕은 뜨락에서 뛰놀 때 형에게서 들었으나 깨달을 수 없었던 꾀꼬리와 황앵의 관계를 유모에게 물어보았다. 유모는 어린 왕자의 입에서 낯선 말이 나오자 당혹한 표정을 지었다. 그러나 그것이 새의 이름이라는 것을 깨닫고는 이내 낯빛을 바꿨다.

"그건 꾀꼬리를 한자로 읽거나 쓸 때 사용하는 이름이지요. 노란 깃털을 가졌기 때문에 누를 황, 꾀꼬리 앵 자. 이제 아시겠어요?"

유모는 설명을 마치고 휴우, 한숨을 내쉬었다. 충녕이 어려운 질문을 할 때마다 등줄기로 식은땀이 흘렀다. 도무지 어린 아이라고 믿어지지 않을 만큼 예리하고 날카로운 질문을 던질 때면 그에 적절한 대답을 하기 위해 전전긍긍하지 않을 수가 없었던 것이다.

"이상하다. 그냥 꾀꼬리 하고 말한 대로 쓰면 될 텐데……."

충녕은 그렇지 않겠느냐는 투로 유모의 표정을 살폈다.

"우리 나라엔 말은 있어도 글은 없답니다. 그래서 중국의 한자를 빌려다 쓰는 거지요."

"아무래도 이상해. 말이 있는데 글이 없다니. 그럼 중국에서는 글만 있고 말은 우리 나라 걸 빌려다 쓰겠네……."

"그건 아니구요, 중국에는 말과 글이 다 있는데 우리 나라는 말만 있고 글이 없어서 한자를 가져다 쓰는 거랍니다. 붓이나 먹이 없을 때 옆사람 걸 잠시 빌려다 쓰는 것과 같은 이치이지요."

유모는 자신이 아는 바를 다 동원하여 어린 왕자를 이해시키려 노력했다.

"왜 말만 있고, 글이 없는데?"

유모의 쉬운 설명에도 불구하고 충녕은 고개를 갸우뚱거렸다. 유모는 그런 충녕에게 더 자세한 설명을 할 수 없다는 것이 너무도 안타까웠다.

유모는 교육을 받거나 책을 들여다본 적이 없었다. 여염집 아낙도 책과는 거리가 먼 세상이었다. 더구나 유모는 천민 출신이었다. 그녀가 충녕의 질문과 호기심을 충족시켜 줄 수 없는 것은 당연한 일인지도 몰랐다.

유모가 충녕에게 들려 줄 수 있는 말이란 그 동안 귀동냥한 것이거나 경험에 의한 것에 불과했다. 그러나 유모는 마음씀이 깊고 총명했다. 무엇이든 한 번 들은 것이 있으면 놓치지 않고 기억하고 있었고, 또 궁중에 들어와 왕자의 젖어미가 된 뒤부터는 매사에 조심하면서 품위를 잃지 않으려 애를 썼다.

유모가 충녕에게 쏟은 정성은 몹시 지극했다. 어린 충녕이 작은 병치레만 해도 그 곁을 떠나지 않고 밤낮으로 간호를 했다. 유모는 충녕이 재롱을 떨며 안길 때가 가장 행복했다. 어느새 유모에게 충녕은 배 아파 낳은 자식보다 더 소중한 존재가 되어 있었다.

충녕에게 늘 웃음을 잃지 않고, 밝은 모습만을 보여 주었지만 그런 유모에게도 견디기 힘든 고통이 있었다.

난생 처음 낳아 본 아이의 죽음이었다. 아이는 낳자마자 죽었다. 미처 손을 쓸 틈도 없었다. 어미 심정으로 의원에게 한 번 보이기라도 했으면 죽음까지는 면할 수 있었으리라는 안타까움은 아직껏 가슴에서 지워지지 않고 있었다.

젖이 불어 고생하던 중 마침 왕가에서 젖어미를 구한다는 말이 유모 귀에 들어왔다. 그리고 다행스럽게도 이런 저런 까다로운 심사를 거쳐 세도가인 정안군의 셋째 아들 원정 아기의 젖어미로 들어오게 되었던 것이다.

그리고 정안군이 3대 임금인 태종이 된 뒤에도 원정 아기에게 젖을 물리고 있었던 탓에 그녀로서는 더 이상 높아질 수 없는 왕자의 젖어미로 자리하게 된 것이다.

충녕을 안고 있을 때면 유모는 어미가 새끼를 품는 기쁨이 어떤 것인지 비로소 느낄 수 있었다. 그리고 세월이 지날수록 원정 아기에게 정이 새록새록 들어 죽은 아이에 대한 슬픔도 차츰 잊을 수 있었다.

왕자의 궁금증이 늘어날수록 유모의 가슴도 답답하기만 하였다. 아기가 자신의 젖을 먹고 건강하게 무럭무럭 자라 주기를 바라는 마음만큼이나 지식, 지혜에도 도움을 주고 싶은 마음이 간절했던 것이다.

비록 속시원한 대답을 해 주지 못할 망정 정성껏 말상대를 해 주면서 유모는 왕자가 장차 훌륭한 인물이 될 것임을 믿어 의심치 않았다. 될성부른 나무 떡잎부터 안다고, 왕자가 해 보이는 행동 하나, 말 한 마디, 어디 나무랄 데가 없었던 것이다. 세상을 살아 오는 동안 많은 사람, 많은 아이들을 보아 왔지만 왕자처럼 총명하고 행동 바른 아이는 한 번도 본 적이 없었다.

핏덩이 때부터 품에 안고 키운 왕자였다. 아기를 안고 있으면 몸에서 향내가 배어 나와 범상한 아이가 아님을 느끼게 해 주었다.

몸에 열이 나 아프거나 배가 고플 때에도 유모의 기척이 있으면 울음을 뚝 그쳤다. 그리고는 이내 방글방글 웃으며 유모를 향해 손을 뻗었다.

아기는 젖을 뗄 때가 지났음에도 오랫동안 유모의 품을 파고 들었다. 이는 정이 깊고 상대에 대한 믿음이 굳음을 말해 주는 타고난 성품을 증명하는 것이었다. 그러나 질문을 하거나 생각하고 있던 말을 조리있게 종알거릴 때만은 어린 아이 같지가 않았다.

"우리 나라에는 공부한 사람들이 많대. 그래서 앞으로 많은 책을 읽어야 훌륭한 사람을 따를 수 있다는 거야. 아바마마께서 형들에게 늘 그렇게 타이르시는 소리를 들었어. 그런데, 글도 못 만들어 내면서 어떻게 공부를 하지……."

이런 질문을 스스로 던지며 생각에 잠길 때면 유모 또한 마음이 착잡하였다.

황당한 질문으로 유모를 곤경에 빠뜨린 적도 많았다.

"바람은 왜 눈에 보이지 않지?"

"사람은 왜 날개가 없는 거야?"

대체로 이런 물음이었다. 그리고 어느 것 하나 관심을 두지 않는 것이 없었다. 특히 하늘의 별을 바라볼 때에는 그렇게 즐거워할 수가 없었다.

별자리를 가르쳐 주는 것도 유모의 즐거운 고민거리였다. 때로는 밤 늦게까지 잠도 자지 않고 하늘을 바라보는 통에 왕후의 꾸지람을 듣기까지 했다.

그뿐만 아니었다. 어린 왕자는 소리에도 민감했다. 새 소리, 바람 소리, 물 흐르는 소리, 숲에서 나는 풀벌레 소리……

"뒷숲에서 여치가 우는데……."

"바람 소리가 그쳤으니까 비가 올 거야."

다른 사람의 귀에는 들리지 않아도 아이는 곧잘 이런저런 소리들을 구분해 내어 주위 사람들을 놀라게 하거나 즐겁게 했다.

충녕은 나이 칠팔 세가 되었어도 여전히 유모의 품을 떠나지 않으려 들었다.

궁 안은 부족한 것이라곤 없었다. 그러나 엄격한 예절과 규범, 그리고 눈에 보이지 않는 통제 속에서 살아 가야 하는 생활이었다. 그러므로 생각이 자유분방한 충녕으로서는 가장 자유로운 때가 유모와 함께 지내는 시간이었던 것이다.

그래서 충녕은 유모가 자기 곁을 떠나는 것을 몹시 싫어했다.

어느 날 유모가 성 밖 본가로 나들이 나간다는 소리를 듣자 충녕은 몹시 칭얼거렸다.

"나도 따라 갈래, 유모. 응?"

충녕은 어린 아이로 돌아가 몹시 보챘다. 유모로서야 당연히 데리고 가고 싶은 생각이 굴뚝 같았지만 하늘 같은 왕자를 함부로 궁 밖으로 데려갈 수는 없는 일이었다.

"그럼 세상 구경도 시킬 겸 데리고 가 보게."

왕후는 충녕의 고집을 꺾을 수가 없다는 것을 알고는 지나가는 말로 그렇게 말했다.

"바깥 세상은 낯설고 위험하옵니다."

유모는 왕자의 안녕이 염려되어 주저하였다.

"수행원 몇 명을 딸려 보내면 별일 없을 것일세."

오히려 왕후는 담담한 표정이었다. 왕후는 어린 왕자가 바깥 세상을 보고 나게 되면 좀더 철이 들게 될 것이라고 여겼던 것이다.

대궐 밖에서 어린 시절을 보냈었던 왕후 자신도 자유로운 생활에 대한 동경이 마음 속에 담겨 있었으므로 왕자에게도 그런 세상을 맛보여 주고 싶었다.

성 밖은 노비나 농민, 즉 천민들이 살았다.

초여름의 따뜻한 햇살과 함께 살랑거리는 바람이 흙냄새를 몰고 왔다. 하늘에는 종달새가 높이 떠서 지저귀고, 온갖 나무와 풀이 연푸른 잎으로 새 옷을 갈아 입어, 바야흐로 생명력이 넘치는 계절이 왔음을 알려 주었다.

유모 손을 잡고 들과 언덕을 지나면서 충녕은 이제까지와는 또 다른

세계를 보느라 정신이 없었다. 충녕의 눈에는 호기심과 의문으로 가득
차 있었다.

"저건 무어야?"

궁중에서는 볼 수 없었던 푸르르게 펼쳐진 들판을 보자 충녕은 눈동
자를 굴리며 물었다.

"논이지요. 저 파릇파릇한 풀이 자라면 거기서 조그만 열매가 매달
리는데 그것이 우리가 먹는 쌀이랍니다."

"쌀나무?"

충녕이 알겠다는 듯이 고개를 끄덕였다.

"쌀나무라고 하지 않고 벼라고 하지요."

유모가 미소를 띠며 가르쳐 주었다.

"그래, 맞아. 벼 화(禾)라는 글자를 알고 있지."

충녕은 유모의 말을 머리에 간직했다.

"저 새는 아까부터 하늘 높이 떠서 노래 부르고 있네. 아마 우리를
반기는 모양이야. 그렇지 유모?"

충녕은 새파란 하늘에 높이 떠 노래 부르는 종달새를 가리켰다.

"글쎄, 그런 것 같네요. 왕자님이 오랜 만에 성 밖을 나서시니 노고
지리도 반가운 모양입니다."

유모도 푸른 하늘에서 암수가 어울리며 노니는 노고지리를 반갑게
올려다보았다.

"저 새 이름이 노고지리야? 기분이 좋은 모양이지, 노래 소리가 예
쁜 걸 보니……."

"종달이가 노래하는 건 누구나 좋아하지요. 정신이 맑아지거든요."

"그런데 금방 노고지리라면서 종달이는 또 뭐야?"

충녕이 고개를 갸웃거렸다.

"같은 새 이름이랍니다. 어떤 때에는 종달이, 또 어떤 때에는 노고지
리."

유모는 아무렇지도 않게 대답했다. 그러나 충녕은 그런 사소한 이름

도 놓치지 않고 마음에 담았다.

"말이란 참 이상해. 한 가지 새에 여러 가지 이름이 있고, 이상한 글자로 써 놓구는 그 소리와는 딴 이름으로 부르기도 하고."

어린 충녕으로서는 어른들이 사용하는 말과 글을 이해할 수가 없었다.

"그런데 저 아이들의 옷은 왜 저렇게 더럽지?"

충녕의 눈에 오막살이 추녀 아래에서 햇볕을 쬐고 있는 아이들이 보였다. 성문 밖의 아이들은 천민의 자식들이었으므로 하나같이 남루한 옷에 꾀죄죄한 얼굴을 하고 있었다.

그런 모습은 아이들뿐만 아니라 어른들도 마찬가지였다.

"살아가기가 힘이 들어서 그렇답니다. 모두들 열심히 살아가려고 힘쓰고 있지만 먹을 것이 없어서 늘 배고파 한답니다. 그러니 옷인들 가려서 입을 수 있겠습니까?"

유모는 대수롭지 않게 말을 흘려 버렸다. 그러나 궁 안에서 부족함이 없이 살아온 충녕으로서는 궁핍이란 것이 무엇인지 알 수가 없었다.

"배가 고프다구? 어째서 먹을 것이 없는 거지? 저기 저렇게 논이 많은데……? 배가 고프면 밥을 먹으면 되잖아."

충녕은 답답하여 유모에게 다그쳤다.

"가난 구제는 나랏님도 어찌할 수가 없다고 하지 않습니까? 논이 많은 것 같지만 그렇지 않아요. 우리 나라는 산악이 많아서 농사 지을 농토가 모자라지요. 온 나라 백성들이 먹을 양식을 지으려면 더 많은 논밭이 있어야 한답니다."

"백성들이 불쌍해. 궁에 들어가면 아바마마께 논밭을 많이 만들라고 말씀드릴 거야."

충녕은 잠시 마음이 울적하였다. 유모는 어린 충녕의 말 한 마디 한 마디가 기특하기도 하고 고맙기도 하였다.

'저런 분이 나랏님이 된다면 백성들이 얼마나 태평을 누리며 살게 될까.'

유모의 머리에 얼핏 스쳐 가는 생각이 있었지만 그러나 얼른 생각을 거두었다.

"유모, 저건 또 뭐지?"

산자락에 볼록히 솟아오른 봉들을 보고 충녕이 물었다.

"무덤이지요. 세상 일을 마치고 잠든 사람들이 편안히 쉬는 곳이랍니다."

충녕은 유모의 말에 다시 울적하였다. 죽음에 대해서는 궁 안에서도 들은 바 있으므로 대강 짐작은 하고 있었지만 실상 봉들을 바라보고 있으려니 마음이 무거웠다.

에 야 하: 에- 아----상사---- 뒤 히야
얼-럴럴럴-- 상사 -디야
여보시오 농부님네--이 내 말을 들어 보소
어 허- -허 농부들 말 들어 보소
일 - 락 서산에 해는 떨-어지고 월 중-동령에 달 솟 는 다

여보시오 농부님네-- 이 내 말을 들어 보-소 아 나 농부-야-말-들-어요
폭양-볕에-살이 --검고 흙탕----물에 ---벼 가-군네
이 고생을 낙을 ----삼아 부모 처자--봉양하 니
어찌---아니 -낙이--런가

아 나 농부 말 들어 아 나 농 부야 말 들어
서 마지기 논뺌 이--가 반 -달만 -큼 남았네
제 -가 무슨 반--달이냐 초-생-달이 반달이로다-
에 -헤 에 헤 루 상 -사 뒤 히야

푸른 논 한가운데에서 농군들 한패거리가 꽹과리를 치고 패랭이를

돌리며 흥겹게 춤을 추고 있었다.

"백성들이라고 늘 배고프고 고달픈 것만은 아니랍니다. 보세요, 저 사람들이 흥겨워하는 모습을. 저들은 농사를 하늘과 땅 사이에서 가장 귀중하고 보람된 업으로 손꼽고 있답니다. 그래서 비록 힘들고 어려운 일이지만 가을걷이 때를 생각하면서 농사가 잘 되게 해 달라고 저렇게 노래 부르고 춤을 추며 흥겨워하고 있는 것이랍니다."

유모의 얼굴은 기쁨으로 가득 차 있었다.

"유모가 기뻐하니, 나도 기분이 좋아."

충녕은 벌써 농군들의 노랫가락에 맞춰 장단을 고르고 있었다. 궁에서 경사가 있어 장악원 악사들이 울긋불긋 옷을 차려 입고, 여러 악기를 연주할 때면 충녕은 누구보다도 먼저 달려가 노래를 듣곤 하였다. 처음에는 다른 어린 아이들과 같이, 그저 현란한 차림과 처음 보는 악기들이 신기한 나머지 재미삼아 쫓아다녔지만 여러 번 연주를 듣는 동안 흐르는 가락과 노래말 그리고 연주되는 악기에까지도 흥미를 가지게 되었다.

"유모, 궁중에서 듣던 노래는 천둥 번개 치는 소리 같은데, 농군들 노래는 매미하고 베짱이 우는 소리 같군."

칠팔세 어린 아이로서 이런 식의 평은 실로 탁월할 것이었다. 충녕은 그만큼 음을 듣는 능력에 남다른 데가 있었다.

충녕은 가던 길을 멈추고, 농군들이 부르는 노래에 취해 한동안 그 자리에 서서 움직일 줄을 몰랐다.

유모 이씨와 농촌 생활

흥인지문(興仁之門) 밖은 널따란 논밭이 시원히 펼쳐져 있는 농촌이었다. 논에는 이제 막 심어 놓은 벼포기들이 파릇파릇 솟아올라 봄의 싱그러움을 더해 주고 있었다

유모 이씨의 집은 면목산 끝자락 몇 채 안 되는 초가집들이 옹기종기 모여 있는 그 속에 있었다. 유모의 남편은 아이가 죽자 농사일에 흥미를 잃고 빈둥거리더니 장사를 하겠다고 어느 보부상을 따라 집을 떠나 버렸다. 그래서 지금 유모의 집에는 시어머니 혼자만 살고 있었다.

크지는 않았지만 토담을 둘러친 뜨락에는 장닭들이 한가로이 모이를 쪼고 있었고 장독대 옆에서 잠자던 누렁 강아지가 낯선 사람이 들어서자 컹컹거리며 꼬리를 늘어뜨렸다.

왕자의 거동을 알아챈 고을 수령이 황급히 달려와 동헌으로 들 것을 권유하였지만 충녕은 모처럼 찾아온 자유를 만끽하기 위해 수령의 청을 극구 사양하였다.

"어마마마와 약조를 하였습니다, 유모와 같이 지내기로. 난 여기가 좋으니 돌아들 가세요."

충녕은 고을 수령의 청을 한 마디로 거절하였다. 수령은 몇 번 간청하였으나 왕자의 고집을 꺾을 수 없음을 알고 어쩔 수 없이 물러가고 말았다.

궁중에서 어린 왕자가 마을에 행차했다는 소식은 순식간에 마을 전

체에 퍼졌다. 그러자 동네 사람들은 호기심 어린 눈으로 유모의 집 가까이로 모여 들었다.

"임금님께서 제일 사랑하시는 왕자님이시래."

"그렇지. 나이는 어리지만 여간 영특하지 않으시대요. 벌써 한문 글자를 다 깨치셨다지 뭐유."

"얼굴도 곱상하셔라. 빚어 놓은 송편 같구먼."

사람들의 입에서는 침이 마르지 않을 정도로 칭찬이 자자했다. 그러나 그 누구보다 흥미로워하는 것은 동네 꼬마들이었다. 궁중 생활을 말로만 듣던 아이들로선 평생을 통해 한 번 있을까말까한 기회를 놓치려 하지 않았다. 처음 보는 울긋불긋한 장옷이며 예쁜 꽃신, 그리고 하이얀 얼굴에 반짝이는 눈을 가진 왕자님을 가까이에서 보고 싶어 어쩔 줄을 몰라했다. 멀찍이 가서 놀라고 하는 사령의 호령 소리도 아이들에겐 별로 무섭게 들리지 않았다. 아이들은 똘망똘망한 눈동자를 굴리며 사령의 고함 소리를 요리조리 피해 한 번이라도 왕자님을 더 보려고 토담가를 맴돌았다.

"유모, 아이들과 놀면 안 될까?"

사립문 틈으로 아이들이 기웃거리자 충녕이 유모를 졸랐다.

"여염집 아이들은 몸에 땀이 배어 지저분하답니다. 글을 읽지 않아서 무지하구, 또 예의범절도 없구요. 그러니 왕자님과는 놀 처지가 못되지요. 그런 생각은 거두십시오."

유모가 충녕을 타일렀다. 그러나 모처럼 궁궐 밖으로 나왔는데 또다시 유모와 단둘이서만 방 안에 있자니 호기심 많은 충녕에게는 이만저만한 고역이 아닐 수 없었다.

"나두 저 애들처럼 뛰놀고 싶어, 유모. 여기까지 왔는데 왜 못 나가 놀게 하는 거야."

충녕은 사뭇 어리광이었다. 자유롭게 맨발로 뛰어 다니는 동네 아이들이 너무도 부러웠던 것이다.

"나중에 어마마마께 걱정 들을 일일랑 절대 하지 마시어요. 너무 가까이 하지 마시고 먼 발치에서 이야기나 몇 마디 나누십시오."

유모는 자꾸만 조르는 충녕이 안쓰러워 마지 못해 허락하였다. 그리고 보따리를 풀어 준비해 온 편한 옷으로 갈아 입혔다.

"아이들은 배운 것이 없답니다. 그러니 말투나 행동이 마음에 차지 않는다고 노여워해서는 안 됩니다."

유모는 아무래도 마음에 내키지 않아 충녕에게 다짐을 해 두었다. 충녕이 고개를 끄덕였다.

유모는 이웃 아이들 중 몇몇을 불렀다. 그리고는 매우 높고 귀한 분이시니 말과 행동을 조심하라는 말로 거듭거듭 타이른 뒤에 집 안으로 불러들였다. 그렇지 않아도 왕자님을 가까이에서 보려고 안달을 하던 아이들은 호기심과 흥분에 찬 얼굴로 조심조심 마당 안으로 들어왔다.

세 명의 사내 아이와 두 명의 계집아이였다. 모두 충녕과 비슷한 또래의 아이들이었다. 그러나 마당에 들어선 아이들은 선뜻 충녕 곁으로 가까이 갈 염을 내지 못하고 한쪽 구석에서 서성거렸다.

충녕은 다시 유모에게 달려가 궁에서 가지고 온 떡과 과자를 달라고 했다. 어린 아이 생각에도 그런 맛있는 것을 주면 그 애들이 친구로 놀아 줄 것 같았던 것이다.

떡과 과자를 손에 쥔 아이들의 표정은 금세 누그러졌다.

"네 이름이 뭐니?"

충녕은 콧물을 훌쩍거리는 사내 아이에게 이름을 물었다.

"덕배라 하옵니다."

사내 아이는 입에 밀어 넣은 떡이 목에 걸려 잠깐 캑캑거리다가 간신히 대답을 했다.

"너는?"

이번에는 사내 아이 옆에서 초롱초롱한 눈망울을 굴리고 섰는 계집 아이에게 이름을 물었다.

"달래라 하옵니다."

계집 아이가 수줍은 듯 낯을 붉히며 깍듯이 머리 숙여 인사를 했다.

얼굴이 복스럽고 건강해 보이는 여자 아이였다.

"너는 누구라고 부르지?"

충녕이 달래 뒤에 꼭꼭 숨어 있는 꼬마 계집 아이에게 물었다. 계집 아이는 부끄러운지 달래 뒤꼭지에 붙어서 발을 동동 구르며 숨어서 나올 줄을 몰랐다.

"말씀드리렴. 왕자님은 무서운 분이 아니란다."

유모가 꼬마 계집 아이를 달랬다.

"솔새라 하옵니다."

달래의 치맛자락을 붙들고 좀처럼 떨어질 것 같지 않던 솔새가 얼굴을 삐죽 내밀고 이름을 대었다.

"솔새? 그건 새 이름인데…… 재미난 이름을 가졌네. 누가 그런 이름을 지어 줬어?"

충녕이 다정하게 물었다.

"엄마가 지어 주셨습니다."

계집 아이의 새빨개진 얼굴에도 웃음이 번졌다. 유난히 눈이 크고 코가 오똑해 보이는 귀여운 아이였다.

"저는 영실이라 하옵고 여기 이 애는 종열이라 부르옵지요."

아이들 중에서 키가 좀 커 보이고 나이도 한두 살 더 들어 보이는 영실이라는 아이가 옆의 아이들을 소개하였다. 유모 말로는 공부를 못해 예의범절이 없다고 했는데, 충녕이 보기에는 그렇지 않았다. 그들의 옷맵시는 초라했지만 나무랄 데 없이 깍듯한 행동을 보이고 있었던 것이다.

차츰 분위기가 부드러워지자 아이들은 궁궐 생활에 대한 호기심을 한 가지씩 내 놓기 시작하였다.

"임금님께서는 키가 얼마나 크신가요. 아마도 마을 어귀에 있는 느티나무만은 하시겠지요?"

"궁궐에는 맛있는 음식이 많다던데 무슨 음식이 제일 맛이 있사옵니까?"

"왕자님께서는 옷을 혼자서 입으십니까? 잠은 누구랑 주무세요?"

모두 그런 식의 천진스런 질문이었다. 충녕은 그런 질문을 하는 아이들에게 조금은 미안한 생각이 들었지만, 궁금해 하는 사실을 아주 자세히 설명해 주었다. 자신에게는 조금도 신기할 것이 없는 궁중 생활인데, 아이들은 충녕의 입만 쳐다보며 벌어진 입을 다물 줄을 몰랐다.

역시 어린 아이들이었다. 금방 친해진 아이들은 웃고 떠들며 노느라 정신이 없었다. 그 중에서도 충녕의 웃음 소리는 더 크고 드높았다.

실상 궁중에서는 엄한 궁중 법도 때문에 웃음 한 번 제대로 웃을 수 없었다. 배를 움켜 쥘 정도로 우스운 일이 있어도 윗사람의 눈치를 살피느라 입을 막아야 했다.

그러나 여기서는 마음껏 웃어도 나무랄 사람이 없었다. 옷에 흙을 묻혀도, 땅바닥에 그대로 털퍼덕 앉아 놀아도 유모의 염려만 아니라면 상관없는 일이었다.

그런 충녕을 보면서 유모는 묘한 생각을 잠깐 해 보았다. 왕자를 저렇게 자유롭고 편안하게 자랄 수 있게 해 준다면 얼마나 좋을까, 하는 것이었다.

사람이 살면서 가장 필요한 것은 밥·옷·잠자리만은 아니었다. 어쩌면 저런 자유와 평범함이 아닐까. 만약 왕자가 저런 아이들 틈에 끼어 자랄 수 있다면 좀더 넓은 안목과 깊은 혜안을 지닐 수 있을 터였다. 책과 엄한 법도 속에서 배울 수 있는 것이 하나라면 저런 자유 속에서 배울 수 있는 것은 열 가지도 넘을 수 있었다.

"궁궐에는 예쁜 여자애들도 많이 있겠지요?"

유모가 한참 딴 생각에 빠져 있는 동안 불쑥 그런 질문을 던진 애가 있었다. 유모는 그제서야 정신을 차리고 그런 성숙한 질문을 던진 아이를 쳐다보았다. 솔새였다.

"대궐에도 공주나 옹주 등 많아. 하지만 남녀칠세부동석이라고 해서 남자 아이와 여자 아이가 같이 놀지는 못해. 솔새는 좋겠다, 남자 친구들이 많아서."

충녕이 솔새를 바라보며 빙긋이 웃었다. 그 모습이 마치 한두 살 많은 오라비가 누이를 흐뭇하게 바라보고 있는 모습이었다.

"달래야, 넌 노래를 잘 부르지? 그럼 왕자님께 좋아하는 노래나 한마디 불러 드리렴."

유모 이씨가 다소곳이 앉아 있는 달래를 바라보며 노래 한 곡을 청했다.

"솔새는 춤을 잘 추니 달래 노래에 맞춰 왕자님께 춤 한자락 추어 드리렴."

얼굴이 새빨개진 솔새가 고개를 살래살래 흔들었다. 달래도 선뜻 용기를 내지 못하고 망설이고 있었다.

"그래. 그렇게 해 봐. 왕자님이 즐거워하실 거야."

옆에 있던 아이들이 두 아이를 부추겼다. 두 아이들은 마지 못한 듯 자리에서 일어났다.

망설이던 것과 달리 달래는 자리에서 일어나자 꾀꼬리 같은 음성으로 노래를 부르기 시작했다. 솔새도 두 손을 사뿐히 들어 달래의 노래에 맞춰 춤을 추었다.

호미도 날이지마는
낫같이 들 리도 없습니다.
아버님도 어버이시지마는
위 덩더둥셩
어머니같이 사랑이 없습니다.
어머니같이 사랑이 없습니다.

아직 여덟 살 어린 나이였지만 달래는 꾀꼬리같이 맑은 목소리에 어른 못지 않은 노래 솜씨를 지니고 있었다.

노래와 춤이 끝나자 주위에 있던 아이들이 모두 손뼉을 치며 좋아하였다.

"<목주가>라는 옛 속악이지. 나도 궁중에서 잔치가 있을 때 장악원 악사들이 노래하는 걸 들은 적이 있어. 달래는 목소리가 참 예쁘구나. 솔새의 춤도 아름답고. 이 다음에 훌륭한 악인(樂人)이 될 거야."

충녕은 손뼉을 치며 두 아이를 칭찬해 주었다.

한동안 이야기를 즐기며 놀다 보니 벌써 날이 어둑해졌다.

"이제 그만들 돌아가거라. 왕자님은 먼 곳에서 오셔서 피곤하시단다. 내일 다시 한 번 놀러 오렴."

유모가 아이들을 돌려 보내려 하였다. 그러나 충녕은 아이들과 헤어지는 것이 싫었다. 밤새 이야기를 하며 놀고 싶었던 것이다.

"이제 돌아가야 합니다, 왕자님. 부모님이 기다리고 계시니까요. 내일 저희들은 냇가에 고기 잡으러 가자고 약속을 했는데 왕자님도 모시고 갔으면 좋겠습니다. 뜻이 어떠하시온지요."

가장 의젓해 보이던 영실이 충녕의 의향을 물었다.

"고기잡이?"

충녕은 얼른 유모의 표정을 살폈다. 물론 가고 싶었다. 그러나 그 사실이 왕실에 알려지면 농사나 고기잡이는 천한 백성들이나 하는 짓이라서 심한 꾸지람이 내려질 것이 뻔하였다. 자신 때문에 죄 없는 유모를 곤경에 빠뜨릴 수는 없는 일이었다. 그렇다고 안 간다고 한다면 오늘 하루 즐겁게 지내 준 친구들에게는 너무 미안한 일이었다.

"먼저 유모하고 의논해 봐야겠는걸. 나도 그런 델 가 봤으면 좋겠지만 유모가 허락을 하려는지……."

충녕이 그런 말을 하는 동안 유모는 아무 말도 하지 않았다. 충녕의 깊은 생각을 누구보다 잘 헤아렸기 때문이었다.

충녕의 말에 아이들은 더 이상 재촉하지 않았다.

아이들이 사립 문을 나서고 있었다. 충녕은 유모 곁에 앉아서 아이들이 재잘거리는 소리를 귀담아 들었다.

"하늘을 봐. 벌써 별이 많이 떴네. 저 별은 어제 이맘때에는 없던 별

인데 새로 생겨났군. 저쪽에 있었던 별은 없어져 버렸구. 북극성이 서편 하늘에서 반짝이니 유(酉)시쯤 됐겠는걸."

어른스레 별자리를 가리킨 사람은 분명 영실이었다.

저녁상을 물리고 자리에 누운 충녕은 쉽게 잠이 들 수가 없었다. 오늘 낮에 있었던 일들이 자꾸만 생생하게 떠오르는 것이었다. 달래의 노랫 소리, 솔새의 춤, 아이들의 천진스러운 물음, 그리고 영실의 별 이야기…….

"유모."

충녕이 유모를 가만히 불렀다.

"무슨 불편한 것이라도 있사옵니까?"

충녕이 잠들기를 기다리며 수틀에 바늘을 꽂던 유모가 고개를 돌렸다.

"아이들이 부러워."

충녕이 까만 눈동자를 굴리며 나직이 말하였다.

"무엇이 부럽단 말씀이옵니까? 평민의 아이들이란 늘 배가 고프고, 헐벗고, 무지해서 겨우 짐승의 때만 벗었을 뿐이온데 부러울 것이 뭐가 있겠습니까?"

"무지하지 않아."

충녕의 목소리에는 힘이 들어 있었다. 충녕의 눈에는 아이들 하나하나가 총명하고 천진스러워 보였다. 그리고 그 아이들은 충녕이 모르는 부분까지 다 알고 있는 것만 같았다. 자신은 지금 어느 누구도 감히 우러를 수 없는 한 나라 왕자로서 총애를 한몸에 받고 있지만, 그 아이들이 갖고 있는 자유는 없었다.

"무지하지 않다니요? 그 애들은 천자문은커녕 글자 근처에도 가 보지 못한 아이들이랍니다. 그리고 부모들은 농사 일에 바빠서 예법 같은 것도 가르칠 시간도 없구요."

유모의 말에 충녕은 고개를 흔들었다.

"얼마 전까지만 해도 나도 그랬었는 걸. 아마 내가 이런 곳에서 태어났다면 나도 그 애들과 마찬가지였을 거야. 그 애들도 글을 가르치기만 한다면 얼마든지 훌륭한 사람이 될 수 있을 텐데…….”

충녕은 잠시 말을 끊고 천장을 응시하며 생각에 빠져 있었다. 왜 모두가 똑같이 배울 수가 없는 것인가? 양반의 자식들만 공부를 하고 상민의 자식들은 그럴 수 없다는 것은 무엇 때문일까? 그건 불공평한 일이다. 비록 나이는 어리지만 충녕의 마음 속에는 이해하지 못할 세상 일이 너무도 답답하기만 하였다.

“글이란 아무나 하는 게 아닙니다. 그 어려운 한자를 어떻게 깨칠 수 있겠습니까. 어리석은 백성들이 글은 알아 무엇에 쓰겠습니까? 그저 논밭이나 갈고 짚신이나 만들고 나무나 패면 그만이지요. 설사 글을 안다 해도 어디에다 쓰겠습니까? 아무리 머리가 좋아 글을 깨친다 한들 과거를 보러 갈 수도 없는 처지인데요.”

유모 이씨는 지금 어린 왕자가 무슨 생각을 하고 있는지 그 속마음까지는 헤아리지 못했지만 어떻게 해서든 마음이 상하지 않게 달래려 애를 썼다.

충녕은 더 이상 아무 말도 하지 않았다. 이미 그렇게 만들어진 관습을 자신의 힘으로는 어떻게 달리 말해 볼 도리가 없다는 결론이 섰기 때문이었다. 하지만 가슴을 짓누르는 답답함을 감출 수는 없었다. 간편한 글자를 만들면 누구나 쉽게 글을 배울 수 있을 텐데…….’

“내일 아이들은 냇가에 고기 잡으러 간다고 같이 가자고 그러던데, 구경하면 안 될까?”

충녕이 유모 이씨 쪽으로 몸을 돌리며 말을 바꿨다.

“거길 가고 싶어서 아이들이 부럽다고 하셨군요. 고기 잡는 일은 천한 백성들에게는 일상적인 일이지만 지체 높으신 왕자님 같은 분이 어찌 아이들과 같이 발벗고 물 속에 들어가실 수야 있겠습니까? 정 가시고 싶으시다면 냇가 근처에 장막을 치고, 그 곳에 거하시면서 동네 아이들이 고기 잡는 걸 구경시켜 드릴 수는 있을지 모르겠습니다만…….”

“그래도 되는 거야?”

충녕은 유모가 그렇게라도 허락한 것이 너무도 기쁜지 벌떡 자리에서 일어났다.

"그러니 빨리 잠을 청하셔요. 내일은 더 피곤하실 테니."

유모 이씨는 다시 충녕을 자리에 눕히고는 가슴을 다독거려 주었다.

충녕은 유모의 손을 잡은 채로 눈을 감았다. 그리고 문 밖에서 들려오는 풀벌레 소리를 자장가로 들으며 스르르 깊은 잠 속으로 빠져 들었다.

밤이 점점 깊어지자 바람 소리도 잦아 들었고 어디선가 개가 달을 바라보며 컹컹 하고 공연히 짖어 보는 헛울음 소리 외에는 아무 소리도 들리지 않았다.

고된 하루를 시작해야 하는 농부들의 잠은 더 깊을 수밖에 없었다.

멀리서 새벽을 알리는 장닭이 울었다. 가끔씩 어미소를 찾는 송아지 울음 소리도 들리고, 독에다 물 붓는 소리, 아궁이에서 나무 타는 소리도 들렸다.

짹짹짹 짹……

처마 밑에서 참새들이 시끄럽게 울어 댔다. 그 시끄러운 소리 때문에 충녕은 잠에서 깨어났다. 꿈 속에서 고기잡이하는 꿈을 꾸느라 몇 번이고 환호성을 지르기도 했지만 오랜만에 달게 잔 잠이었다. 관솔 타는 매캐한 냄새가 문틈으로 스며들었다. 마른 풀잎이 타면서 나는 풋풋한 냄새도 있었다.

농촌의 아침은 대궐의 아침과는 또 다른 상큼함이 있었다.

충녕은 벌써 자리에서 일어나 옷매무새를 단정히 하고 초롱불 앞에 앉았다. 아침이면 일어나 먼저 책상에 앉아 책을 펼치는 것은 아주 오래된 습관이었다.

신체발부(身體髮膚)는 수지부모(受之父母)니
불감훼상(不敢毁傷)이 효지시야(孝之始也)요.

충녕은 소학의 효(孝) 부분을 낭랑히 낭독하였다. 몇 번이고 음송을 하면서 한자의 뜻을 차근차근 풀어서 전체의 의미를 마음에 새겼다.

몸이며 머리털이며 살은 부모님께 받자온 것이므로
감히 헐워 상하게 하지 않는 것이 효의 시작이요.

그러나 이러한 한문 문장은 글을 풀어 뜻을 아는 것은 아니었다.

처음에는 그저 형님들이 낭랑하게 외는 소리를 듣고 입으로 중얼거려 귀에 익혔다. 그리고 그것이 무슨 뜻이냐고 졸라서 의미를 알아 낸 다음 소리에서 뜻을 깨치는 그런 식이었다. 그러니까 소리가 곧 뜻이었다. 물론 먼저 글자의 뜻을 전부 공부한 다음에 한문 문장을 보고 글자 하나하나를 해석하는 것이 순서이겠지만 어린 충녕에게는 아직 그럴 능력이 없었다. 그러나 차츰 그런 것에 익숙해지자 글자 모양을 눈에 익히고 소릿값을 알아 낸 다음 또 그 뜻이 무엇인가를 물어 세 가지를 한데 합쳐서 문장 전체를 해득하는 나름대로의 방법을 쓰기 시작하였다.

그러므로 충녕은 정식으로 글을 깨치기 전부터 공부하기 시작하면 일반적으로 배우는 간단한 문장은 이미 외우고 있었던 것이다.

그런 충녕이지만 공부를 시작할 때마다 그 번거로움에 애를 먹었다. 글자를 익힌다, 소릿값을 익힌다, 뜻을 익힌다……. 여간 번거로울 수가 없었다.

거기에 같은 글자라도 한 가지만이 아니라 두세 가지의 뜻이 있는 것도 있고, 음(音)도 그러했다. 이런 걸 어린 아이나 학문을 처음 대하는 사람들이 어떻게 깨치고 이해할 수 있을 것인가? 공부를 하는 데 좀더 쉽게 깨칠 좋은 방법은 없는 것일까? 만약에 이 세 가지 중 한 가지 정도만이라도 줄일 수 있다면…….

늘 그런 생각이 머리에 떠오르곤 하였다.

충녕의 그러한 생각들은 결코 게으름에서 비롯된 것이 아니었다. 문득문득 그걸 해결할 수 있는 어떤 좋은 방법이 있을 것이라는 확신이 들었기 때문이다. 다만 자신의 나이가 너무 어려 문제를 해결할 능력이 아직은 없는 것만이 안타까울 따름이었다.

한낮이 되자 유모 이씨는 들떠 있는 충녕에게 나들이 옷을 입혔다. 그리고 가마에 앉혔다. 햇빛에 얼굴이 타지 않도록 깃털 우산이 씌워진 가마가 지나가자 사람들은 일손을 놓고 구경하였다.

면목산에서 흘러 내린 작은 시내가 몇 가닥이 합쳐져서 청계로 스며들었고 청계는 다시 여울을 이루어 한강으로 흘러 내렸다.

면목산은 한성 남쪽에 위치했다. 봄을 맞은 산은 수목이 빽빽하고 나무마다 푸릇푸릇 새싹이 돋아나고 있었다. 산등성이 여기저기에는 붉게 피어난 진달래꽃이 실바람에 하늘하늘 춤을 추었다.

새들은 나뭇가지 사이를 날며 저마다의 고운 목소리로 노래를 불러 산은 한층 생동감으로 가득 차 있었다.

가마는 그런 것들 사이로 한 마리 나비처럼 가볍게 흘러갔다.

아이들은 벼랑이 병풍처럼 둘러쳐 있는 야트막한 시냇가 맞은편에 모여 있었다.

흰 천을 늘어뜨린 포장이 쳐져 있고 몇몇의 마을 어른들과 사령들이 충녕을 맞을 차비를 갖춰 놓고 있었다. 성미 급한 아이들은 벌써 찢어진 소쿠리를 그물 삼아 물장구를 치며 이리저리 뛰면서 물고기를 쫓고 있었다.

"고기잡이에는 신경쓰지 마시고 따뜻한 봄볕이나 쬐며 즐겁게 지내십시오."

수염을 허옇게 늘어뜨린 마을 노인이 어린 왕자를 반갑게 맞이하였다.

포장 안에는 편안히 앉아 쉴 수 있는 자리를 깔아 놓았고, 마을에서 가져온 음식들도 차려져 있었다. 한 편에 커다란 놋대야에 물이 가득 담겨져 있었는데 그 안에는 이미 아이들이 잡아다 넣은 물고기들이 이리저리 헤엄을 치며 놀고 있었다.

조금 있으려니 아이들이 바가지를 조심조심 들고서 포장 안으로 들어왔다. 바가지에는 물고기들이 가득 들어 있었다. 바가지의 물을 놋대야에 붓자 놋대야는 작은 연못이 되었다. 그 연못에는 물고기로 가득했다.

"와 재주들도 좋구나. 어떻게 이렇게 많이 잡았지?"

충녕이 신기한 듯 놋대야의 물고기를 들여다보며 놀라워하였다. 경회루 연못의 잉어떼들이 연꽃 아래에서 헤엄치는 것을 보기는 했지만 이처럼 가까이에서 여러 가지 물고기를 보는 것은 처음이었다.

"이 넓적하게 생긴 놈은 붕어이구요, 아가미 옆에 동그란 점이 있는 건 버들치, 두 눈만 동글동글한 꼬마는 송사리, 그리고 여기 길쭉하며 수염이 달린 건 미꾸라지…… 저기 잽싸게 다니는 놈은 모래무지……."

영실이 나서서 헤엄치고 있는 대야 속의 물고기 이름을 낱낱이 설명해 주었다.

"그래, 저기 집게발이 달린 놈은 가재, 물방게도 있구나."

충녕도 어린 시절 수창궁 연못가에서 보아 왔던 몇 가지 물고기 이름을 외웠다.

아이들은 몇 번이고 냇가를 들락거리며 물고기를 잡아 날랐다. 고기가 잡힐 때마다 아이들은 신이 나서 재잘재잘 떠들었으므로 조용했던 시냇물가가 하루종일 시끌거렸다. 그러는 사이 농촌의 햇빛이 차츰 빛을 잃고 서쪽으로 기울었다.

"이제 그만들 놀거라, 저녁이 가까워졌으니. 그리고 잡은 고기는 다시 물가에 놓아 주어라."

흰 수염의 노인이 아이들을 타일렀다.

아이들은 조금은 서운해 하는 눈치였지만 놋대야에 담긴 고기들을 다시 바가지에 담아 시냇물에 놓아 주었다.

비록 짧은 하루였지만 농가에 나가 아이들과 함께 생활해 본 것은 충녕에게는 평생 잊지 못한 좋은 추억거리가 된 셈이었다.

사흘간의 농촌 생활이었지만 충녕은 많은 것을 보고 얻고 배웠다.

우선 백성들의 생활은 겉으로는 지저분하고 무질서해 보였지만 자유분방한 속에서도 나름대로의 질서가 있다는 사실이었다. 그리고 모두들 순박한 심성을 가지고 활기 넘치는 생활을 하고 있었다. 서로가 서로를 돕고 있다는 것도 느꼈다.

솔새와 달래의 예쁘고 앙징스런 모습과 구슬같이 맑은 노래, 별자리를 헤며 시간을 맞추는 영실이, 당차고 재기 넘치는 덕배, 말수는 적지만 문득문득 뼈대 있는 말을 던지는 종열이…….

그들은 결코 어리석거나 무능력한 아이들이 아니었다. 비록 책을 읽고 터득한 바는 없지만 스스로 깨우쳐 많을 것을 알고 있었으며, 나름대로 조리있는 생각과 합리적인 판단을 하고 있었다. 만일 그 아이들에게도 글을 가르쳐 준다면 얼마든지 나라에 보탬이 되는 훌륭한 사람이 될 수 있을 것이라고 충녕은 생각하였다. 이 얼마 안 되는 시간은 충녕에게는 세상을 살아 나가는 아주 깊고 유익한 추억의 시간이었다.

충녕과 서연관 이수의 만남

나이가 들어가면서 충녕의 눈에 글이 뜨이기 시작하였다. 어릴 때부터 세상것들에 대해 호기심과 경이의 눈으로 바라보기 좋아했던 충녕에게 책은 좋은 해답을 전해 주었으며 한편으로 등불이 되어 주기도 하였다.

충녕과 책과의 만남은 그만의 세계를 추구할 수 있는 또 다른 세상이었다.

첫돌 잔치 때 아무것도 모르는 어린 아이가 앞에 놓인 여러 가지 물건 가운데 책을 손에 들었을 때부터 그랬다.

그리고 어리광이나 부릴 서너 살 때, 어른들이 보는 책을 앞에 놓고 글자를 읽어 보려 애쓰던 모습이나 조금씩 철이 들어가면서 우리 글자가 없음을 안타까워하던 충녕과 책과의 만남은 숙명적인 것이었다.

칠팔 세가 되어 차츰 글읽기에 익숙해지고 글의 내용도 터득하게 되자 충녕의 학문적 깊이는 날개를 단 듯 빠르게 향상되어 나갔다.

학이시습지(學而時習之)면 불역열호(不亦說乎)아.
(배우고 때로 익히면 또한 기쁘지 아니한가?)

충녕은 논어의 첫 구절을 좋아했다. 그래서 시간만 나면 불경을 외우듯 입에 넣고 중얼거렸다.

어떻게 보면 이 글은 아주 평범하기 그지없는 말처럼 들리지만 머리에 간직하고 마음에 새기며 읽어 보면 새록새록 그 맛이 배어 나오는 의미 깊은 말이었다.

배움의 기쁨, 이것은 새로운 세상을 파헤쳐 나가는 개척자의 기쁨이었다. 충녕은 시간이 있을 때마다 이 학이시습지면 불역열호아를 되뇌면서 학문하는 기쁨을 만끽하였다.

유붕(有朋)이 자원방래(自原方來)하니 불역낙호(不亦樂乎)아.
(친한 벗이 먼 데서 찾아오니 또한 기쁘지 아니한가?)

이 역시 충녕에게 사람 대하는 기쁨을 일깨워 주는 말이었다. 사실상 궁중 생활은 엄격하였고 조그만 자투리 시간이라도 규칙적이고 법도에 맞는 생활을 해야 했다.

그런 관계로 다른 사람과의 접촉이 쉽지 않았다. 만나는 사람들이라고 해 봐야 왕자들이나 공주, 옹주들이 고작이었다.

그런 갇힌 공간에서 뜻에 맞는 친한 친구를 사귀기란 쉬운 일이 아니었다. 그런 까닭에 처음 사람을 만나면 어떻게 대해야 하는지 몰라 허둥대었다.

그러나 이 글을 알고부터는 나이 든 사람이나 어린 사람 그 어느 누구에게든 호의를 보이며 깊고 넓은 마음으로 대하는 지혜를 터득할 수 있었다.

인불지불온(人不知不慍)이면 불역군자호(不亦君子乎)아.
(남이 나를 알아 주지 않아도 노여워하지 않으니 또한 군자가 아니겠는가?)

이 역시 철학이나 종교와 같이 깊은 뜻으로 충녕의 마음에 와 닿는 말이었다. 여기서 충녕은 마음을 다스리는 법을 배웠고 겸양의 미덕이 무엇인가를 깨우쳤다. 그래서 충녕은 어떤 경우에서든 마음 속에서 일어나는 갈등을 지워 버리면서 당면한 처지를 신중히 생각하여 마음에 담아 깊이 새기고 여러 번 다지고 또 다져서 가장 현명하다고 판단되는 방향으로 귀결시키려고 노력하였다. 충녕은 책을 읽고 감동이 일어날 때마다 만약 모든 사람들이 글 속의 진리대로만 살아 간다면 그 자신은 물론 가정과 나라가 평안해질 것이라는 믿음을 갖고 있었다.

'나라의 모든 백성들이 글을 깨우쳐 책 속의 진리를 터득할 수만 있다면……'

충녕의 머릿속에는 항상 이런 생각이 떠나지 않았다. 글을 읽을 줄 모르는 사람은 얼마나 불쌍한가. 왜 우리에게는 우리의 글이 없는가. 한자는 우리 것이 아닌 것을…….

충녕이 학문에 심취하고 있는 사실을 그 누구보다 기뻐한 사람은 부왕인 태종이었다. 어릴 때부터 세 왕자 중에 머리가 영특하고 매사에 조리를 세워 행동하는 셋째를 늘 대견한 마음으로 바라보고 있던 터였다.

칠팔 세가 되어 벌써 제자백가(諸子百家)를 읊조리게 되자 태종은 왕자들, 특히 충녕에게 글을 가르칠 스승을 배려해 주어야겠다고 생각하였다. 태종은 택지(擇之) 이수(李穗)를 머리에 담고 있었다. 태조 2년 생원시(生員試)에 장원한 이수는 성품이 대쪽 같고 모든 학문에 통달해 있는 인재로서 조정에서는 누구나 인정하는 촉망받는 학자였다. 이미 태종이 경명행수(經明行修)한 사람을 구할 때 성균관에서 이수를 추천하였으나 본인이 마음에 내키지 않는다 하여 사퇴했던 사실이 있었다. 그러나 태종은 그러한 이수를 버릴 수 없었다. 만약 그같은 사람을 셋째 충녕에게 맞붙여 놓는다면 분명 매사에 불꽃 튀는 학문의 경쟁이 벌어질 것을 예견하고 있었다.

태종은 이수를 내헌에 들게 하였다.

"그대의 학문적 역량은 내 일찍이 들어 알고 있소. 셋째가 영특하고 일찍부터 책을 가까이 하기를 즐기니 그대가 곁에 두고 보살펴서 좋은 동량으로 키워 주기 바라오."

태종은 그윽한 눈으로 이수를 바라보면서 진실로 아들의 스승이 되어 줄 것을 간곡히 청하였다. 태종의 간청을 들은 이수는 더 이상 물러설 길이 없음을 알았다.

목적을 위해서라면 적이든 측근이든 희생의 제물로 삼고야 마는 태종의 성품을 그 누구보다 싫어했던 그였다. 그런 탓에 임금 가까이 있기보다는 성균관 글방 속에 묻혀 있기를 더 바라고 있었다. 하지만 태종의 말 가운데에는 거부하지 못할 어떤 힘 같은 것이 숨어 있었다.

"미력하고 보잘것없는 소신이 어찌 왕자님을 뫼셔 학문을 보탤 능력이 있겠사옵니까. 하오나 전하께옵서 원하신다면 힘이 닿는 데까지 정성껏 받들어 왕가에 보탬이 되는 그릇이 되도록 진력하겠나이다."

이수는 태종 앞에 배례하였다. 태종도 자리에서 일어나 이수의 손을 잡았다.

"고맙소. 왕자를 맡아 가르쳐 준다니 천군만마를 얻은 기쁨이구려. 이토록 좋은 날, 술이 없어서야 되겠습니까. 이렇게 만난 것도 인연이니 우리 술이나 한잔 나눕시다. 그대가 두주불사하다는 말은 내 일찍이 들어 알고 있소."

태종은 만면에 웃음이 가득하였다. 주안상을 들게 하여 가운데 놓고 이수와 마주하였다.

"그 동안 나라 안팎이 어수선하여 창업의 기틀이 흔들릴까 노심초사하였소. 남들이 보기에는 짐의 행동이 지나치게 과격하고 일방적이었을 것이라는 것을 짐 스스로가 잘 알고 있소. 하지만 그것은 나의 일면일 뿐 전부는 아니오. 이제 짐도 껍질을 벗고 새로운 마음과 각오로 정사에 임할 생각이오. 힘에 의해 이루어지는 정사는 끝이 길지 않다는 것을 내 누구보다 잘 알기 때문이오. 곧거나 강한 것은 반드시 부러지거나 꺾이고 마는 것이며, 피는 피를 부른다는 진리도 터득한 바 있소. 다만 그런 전후사를 꿰뚫고 있는 까닭에 먼저 손을 쓰거나 그 뿌리를 뽑기 위해 나름대로 최선을 다한 것뿐이오. 이제 나라의 기반도 다져지고 어느 정도 민심도 평안을 찾았으니, 지금부터는 학문을 크게 부흥시켜 문치(文治)의 덕(德)을 쌓을 생각이오. 나라가 바뀌는 과정에서 많은 인재들이 사라져 버렸으니 이제는 뛰어난 인재를 육성하는 것이 그 무엇보다 선결 문제라 생각하오. 셋째는 비록 세자는 아니나 이제껏 보아 온 애비의 눈에는 좋은 스승을 만난다면 장차 이 나라 학문을 크게 융성시킬 인물이 되리라 여겨지오. 부탁하건대, 그대가 맡아 가르쳐 큰 그릇이 되도록 힘써 주시오. 내 은혜에 보답하리다."

태종은 남에게 좀처럼 내보이지 않던 속마음을 아들의 스승이 될 덕망있는 학자 이수에게 내보였다.

집으로 돌아오는 길에 이수는 고개를 들어 하늘을 우러러 보았다. 하늘에는 수많은 별들이 가득히 들어차 있어서 마치 옥구슬을 뿌려 놓은 듯하였다.

"아름다운 세상이로구나!"

이수는 오랜 만에 마음이 트이는 듯했다. 난시(亂時)에는 웬만큼 큰 인물이 아니면 창칼 앞에 쓰러지게 마련이었다. 그 동안 조정에 나가 녹을 먹으며 지내 왔지만 왕권이 바뀌고 내정이 어수선할 때마다 마치 바늘 방석에 앉은 듯 불안하고 조바심 나는 나날이었다. 그러나 이제 나라의 기반이 안정되고 절대군주로 위엄을 떨치는 임금 태종이 자리하였으니 또 다른 정변은 없을 것이 분명했다. 더욱 다행스러운 것은 힘의 논리를 앞세워 정권을 장악한 임금이 문치의 덕을 쌓겠다는 포부를 피력하였으니 이보다 더 희망찬 일이 어디 있겠는가.

어느 시대에나 그러했듯이 젊은이들이란 항상 현실에 대한 불만으로 현실을 비판하고 개혁하여 미래에 자신들이 바라는 세계를 세우려는 희망을 버리지는 않고 있는 법이었다. 이수 역시 피비린내 나는 암울한 현실을 뛰어넘어 더 넓은 세계에 꿈을 실현하고 싶은 욕망을 가지고 있었다. 그러나 그것은 한낱 생각에 지나지 않을 뿐, 먼 발치에 서서 흘러가는 시간과 역사를 바라보는 방관자적 입장에 머물러 있었던 것이다.

뛰어난 탁견과 예지를 가지고 있는 이수가 충녕의 총명됨을 놓칠 리 없었다. 이수는 자신의 꿈을 어린 왕자로 하여금 실현시키고 싶었다.

　그리하여 전혀 다른 방향에서 흐르던 내와 여울은 한데 어우러져 강물을 이루었다. 하나가 된 강물은 또다시 힘찬 물줄기가 되어 도도히 대해로 뻗어 흘러가기 시작하였다.

　이수에게는 국수주의적이며 보수주의적인 면이 강했다. 물론 현실에 대한 비판적 안목을 갖고 있지 않은 것은 아니었으나 그보다 더 앞선 것은 민족과 국가에 대한 자긍심이었다. 그것은 할아버지의 영향이 컸다. 지금은 비록 조선 반도의 조그마한 땅덩이에서 비좁게 아옹다옹 살고 있지만 먼 옛날 지금의 중국 대륙을 장악하고 웅혼한 기상과 정기를 떨치던 민족혼을 언젠가는 다시 한 번 실현시켜야 한다는 포부를 마음 깊이 간직하고 있었다. 그리고 지금 당장은 아니나 훌륭한 임금이 나타나 국력이 신장된다면 결단코 예전의 영화를 다시 찾을 수 있을 것이라는 희망을 잃지 않고 있었다.

　이수는 비록 젊은 나이이기는 하지만 총명하고 이지적인 왕자 충녕에게 자신이 가지고 있는 꿈과 이상을 하나하나 전수시켜야겠다고 생각하였다.

　그는 어릴 때부터 중국의 논어나 맹자·대학·중용 등을 공부하면서도 민족의 정기가 담겨져 있는 옛 문헌을 찾아 읽기를 즐겨했다. 처음에는 할아버지의 영향 때문이었지만 그 속에 빠져 들자 새로운 세계가 보이기 시작했다. 그 중에서도 삼일신고나 천부경 같은 책들을 즐겨 읽었는데 그 속에 들어 있는 심오한 이론과 사상은 사서나 삼경에 비해 조금도 손색이 없는 내용으로 가득 차 있었다. 오히려 사서나 삼경 같은 책들은 선대의 문헌을 요약하거나 정리한 것에 지나지 않는다고 생각하였다.

　그러나 다만 지금이 중화(中華)의 시대인고로 왕자에게는 현실에 맞는 학문을 가르치지 않으면 안 되었다.

　이수 역시 어린 시절 총명한 아이들이 대개가 그러한 것처럼 보이고 들리는 세상 것들에 대해 호기심 어린 눈으로 바라보기를 좋아했다.

그래서 신기하거나 의심스러운 것이 있으면 서슴지 않고 주위 사람들에게 질문을 던졌다. 뜻하지 않은 질문을 받을 때마다. 주위 사람들은 당황해 하였다. 그러나 이러한 좌우충돌의 질문을 한 번도 마다 않고 받아 준 사람은 그의 할아버지였다.

어느 날 글방에서 돌아온 수가 할아버지에게 물었다.

"할아버지, 세상에서 가장 큰 것이 무엇이지요?"

오늘 글방에서 쉬는 시간에 아이들끼리 모여 세상에서 제일 큰 것이 무엇이냐는 수수께끼를 놓고 논쟁을 벌인 일이 있었기 때문이었다.

글방 아이들은 시간만 있으면 이런 엉뚱한 얘기를 내어놓고 떠들며 놀기를 좋아했다. 하늘·땅·바다 등을 놓고 서로의 답이 맞다는 주장으로 글방이 온통 떠나갈 듯 법석거렸다. 어느 한 아이는 하늘이라고 했고 또 한 아이는 땅이라고 했다. 그리고 어느 아이는 바다가 제일 넓고 크다고 목청을 돋구었다. 수는 산이 제일 크다는 주장을 내세웠다. 크기라든가 하늘 높이 치솟은 높이로 보아 산만큼 큰 것이 없는 듯 생각되었다.

그러나 아무도 큰 것에 대한 해답을 얻지 못한 채 논쟁만으로 그치고 말았다. 내일 어른들께 물어와서 다시 이야기하기로 하였다.

어린 손주의 질문을 받은 할아버지는 기특하다는 듯 빙긋이 입가에 미소를 머금었다.

어떻게 보면 이 녀석이 엉뚱한 질문을 던져 놓고 할애비를 골탕먹이려 들지 모른다는 생각도 들었다. 그러나 언제 어느 때든 손주에게는 진리를 가르치고 깨닫게 해야 한다는 것이 할아버지의 믿음이었다.

"그건 사람이란다."

할아버지는 태연하고 엄숙하게, 세상에서 가장 큰 것은 사람이라고 말했다. 산이라든가 하늘이라든가 땅 같은 대답을 기대했던 수는 세상에서 가장 큰 것이 사람이라는 할아버지의 말에 고개를 갸우뚱거렸다. 전혀 뜻밖의 대답이었기 때문이었다.

할아버지는 더 이상 다른 말을 하지 않으신 채 뒷짐을 지고 뒤뜰로 사라졌다. 할아버지의 말이라면 절대적 믿음을 가지고 있었던 수였지만 이번만은 왠지 할아버지의 말이 믿기지 않았다. 그래도 더 이상 그것에 대해 묻지 않았다.

할아버지의 말씀은 늘 진리였고 교훈이었다. 그는 할아버지뿐만 아니라 어른들의 말씀은 늘 머릿속에 간직하고 그 말의 참뜻을 찾으려 노력하였다. 그러나 이번 할아버지의 대답에서 세상에서 가장 큰 것이 사람이라고 한 뜻을 이해하기에는 그의 작은 소견으로는 무리였다.

이러한 수의 마음을 헤아렸음인지 며칠이 지난 어느 날 할아버지가 수를 불러 앉혔다.

"세상에서 제일 큰 것은 하늘이란다."

할아버지는 불쑥 이렇게 말씀하셨다.

"전번엔 사람이라 그러셨는데 이번에는 또 하늘이라 하십니까?"

수가 눈을 동그랗게 뜨고 할아버지를 바라보았다.

"그랬었던가? 내가 정신이 없어 잘못 말했나 보구나. 하여튼 세상에서 제일 큰 것은 하늘이란다."

할아버지는 시치미를 뚝 떼고 손자의 거동을 살폈다. 그러나 수 자신도 세상에서 제일 큰 것이 하늘이라는 데에는 어느 정도 같은 생각이었다. 그래서 고개를 끄덕이며 할아버지의 방을 나왔다.

그로부터 며칠 후 수가 글방에서 돌아와 대문에 들어서니 할아버지가 뒷짐을 지고 시부를 읊조리고 서 있었다. 아마도 수가 돌아오기를 기다리며 길목을 지키고 있었는 듯싶었다.

"이제 오느냐. 옷 갈아 입고 뒤뜰로 나오렴. 할애비하고 얘기나 좀 나누자꾸나."

수는 얼른 옷을 갈아 입고 뒤뜰로 나갔다. 높다란 담으로 둘러싸인 뒤뜰은 여러 가지 나무와 꽃들이 초여름 햇볕에 싱싱하게 잎을 틔우고 있었다. 몇십 년 자란 고목이 된 느티나무 아래 평상이 놓여 있었고, 허연 수염을 늘어뜨린 할아버지가 그 위에 신선처럼 앉아 있었다. 이수는 무릎을 꿇고 할아버지와 대면하였다.

"편안히 앉거라."

할아버지가 인자하게 일렀다.

"일전에 네가 나에게 세상에서 제일 큰 것이 무엇이냐고 물은 적이 있었지?"

"네, 하늘이라 그러셨지요."

어린 손자가 까만 눈동자를 굴리며 대답하였다.

"그 이전엔 무엇이라 그랬었느냐?"

할아버지가 다시 물었다.

"사람이라고 그러셨는데, 그건 잘못 대답하신 거라고 말씀하셨잖아요."

손자가 또렷한 목소리로 대답했다. 손자의 말을 들은 할아버지가 빙긋이 웃음을 머금었다.

"너에게 생각할 시간을 주려고 그런 것이었단다. 사실 네가 이 할애비에게 세상에서 제일 큰 것이 무엇이냐고 물어오기 이전부터 할애비는 너에게 이 세상에서 제일 큰 것을 가르쳐 주고 싶었었다. 하지만 아직도 네가 어리다고 생각했기 때문에 좀더 커서 나이도 들고 학문도 익히면 말해 주려고 했었었지. 지금도 그 마음에는 변함이 없단다. 다만 네가 먼저 질문을 했으니 말해 준 것뿐이지. 하늘, 사람 그리고 땅, 이 셋은 이 세상을 만드는 데 그 밑바탕이 되는 것이야. 하늘은 사람과 땅을 만들었으니 가장 큰 것이고, 땅은 하늘을 떠받들고 사람을 살게 하니 가장 큰 것이고, 사람은 하늘과 땅을 눈에 담고 마음에 담으니 가장 크단다. 지금 얼른 생각이 나지 않는다 하더라도 이담에까지 천천히 생각해 보려므나. 크다는 것을 알아야 큰 사람이 될 수 있단다. 명심하거라. 좀더 자라거든 또 한 번 이런 이야기를 나누어 보자꾸나."

할아버지는 눈망울을 굴리고 있는 어린 손자가 귀엽다는 듯 머리를 쓰다듬어 주었다. 그 후 이수는 할아버지가 알려 준 큰 것에 대한 의미를 마음에 담고 글 배우기에 힘을 쏟았다. 크게 가슴을 열어야 그만큼 많은 것을 채울 수 있다는 할아버지의 말뜻을 음미하면서……

글 읽기에 재미를 느낀 이수는 손에 잡히는 책이면 무엇이든지 가리지 않고 읽어 나갔다. 그리하여 그의 학문이 나날이 발전하였다.

역경(易經)을 통독했다고 생각한 어느 날 할아버지가 수를 불렀다. 십여 세가 된 이수는 예전의 어린 아이가 아니었고 할아버지도 성숙해 보이는 손자를 예전처럼 가볍게 대하지는 않았다.

"학문 익히기에 힘들지 않느냐?"

할아버지가 어느 때처럼 손자를 앞에 앉혀 놓고 물었다.

"괜찮습니다. 처음에는 그저 글자를 익히는 데 정신을 빼앗겼었습니다만 차츰 글의 의미를 깨닫게 되고 그 너머까지 생각을 하다 보니 무궁무진한 세계가 그 안에 있음에 놀랄 뿐입니다."

할아버지는 손자가 대견하다는 듯 고개를 끄덕였다.

"예전에 네가 할애비에게 세상에서 가장 큰 것이 무엇인가고 물은 적이 있었지?"

할아버지가 자세를 고쳐 앉으며 손자에게 물었다.

"말씀드린 적이 있었습니다."

수가 대답하였다.

"무엇이라 대답했든?"

할아버지가 다시 물었다.

"하늘·땅·사람이 제일 크다 하셨습니다."

수가 대답했다.

"세상에서 제일 큰 것은 하나밖에 없을 텐데, 너에게 셋을 말했었다. 그에 대한 의문은 없었느냐?"

할아버지의 눈과 손자의 눈이 마주쳤다.

"역경에서 보았습니다. 우주 만물의 밑거리가 하늘과 땅 그리고 사람이라고 써 있었습니다."

수가 주역의 내용을 할아버지에게 설명하였다.

"어떻게 생각하느냐?"

할아버지가 다시 물었다.

"아직은 깊은 속까지 들여다보지 못했으므로 숨은 뜻은 잘 모르겠습니다. 다만 성현의 넓은 역량에서 나오는 학문인고로 마음에 담아 차츰 그 뜻을 구하고자 하고 있습니다."

수는 할아버지에게 자신의 뜻을 솔직히 고백하였다. 할아버지는 종전처럼 다시 고개를 끄덕이며 다음 말을 이었다.

"내 살아 생전에 너에게 꼭 들려 주고 싶은 말이 있었다. 명심해 듣겠느냐?"

할아버지의 근엄하신 물음에 수는 대답 대신 머리를 끄덕이며 그윽한 눈으로 할아버지를 바라보았다.

"네가 내게 세상에서 제일 큰 것을 물어보았을 때 이런 이야기를 들려 주고 싶었다. 이 우주의 밑거리가 되는 하늘과 땅과 사람에 관한 이야기도 여기에 속하는 것이지. 지금 우리는 불과 삼천 리밖에 안 되는 조그만 땅덩이 안에서 살고 있다. 하지만 우리 민족의 터는 비좁은 이 곳만이 아니라 중국 대륙 전역이었다. 네가 수학하는 사서(四書)니 오경(五經)이니 하는 것도 그 근원을 따지고 보면 모든 것이 우리 선조들이 남겨 놓은 씨가 싹이 터서 이루어진 것들이다."

수가 잠시 고개를 갸웃거렸다.

"왜 내 말이 믿기지 않느냐?"

할아버지는 손자가 믿기지 않는다는 표정을 짓자 옆에 있는 책장문을 열어 새까맣게 손때가 묻은 두어 권의 고서를 꺼내 앞에 놓았다. 그리고 손자를 불러 가까이 오게 한 다음 책장 하나를 펼쳐 보였다. 책 속에는 알지 못할 이상한 그림과 지도 그리고 글자들로 채워져 있었다. 수가 어렸을 때 할아버지 방을 기웃거리면 가끔씩 할아버지 머리맡에서 눈에 띄던 것들이었는데 내용이 무척 복잡해 보였다. 그래서 그런 책을 들여다보는 할아버지가 이상하다고 생각했었다.

"네가 장차 선비로서 조정에 진출하게 되면 나라에 보탬이 되는 무언가를 이루어야 될 게다. 그러려면 학문을 열심히 닦고 실력을 쌓아야 되겠지. 그러나 우리 옛 선조의 찬란했던 역사를 알지 못하고서는 한 발자국도 앞으로 나가지 못할 것이다. 이 문헌을 보면 우리가 빌려 쓰는 한자도 우리의 옛 글자에서 따온 것이며 유가의 대성으로 모시는 공자님도 우리의 피가 면면히 흐르는 동이족이었다는 사실을 알 것이다."

할아버지는 이제까지 마음 깊이 숨겨 온 비밀을 털어놓기라도 하듯 근엄한 표정으로, 이제 막 세상에 발을 들여 놓을 손자에게 자신의 속마음을 털어놓았다.

"이 책은 천부경(天符經)이라는 우리 먼 조상이 이루어 놓은 정신적 유산이지. 이 속에는 이제까지 그 어느 민족도 상상하지 못한 심오한 사상이 숨겨져 있단다."

사서나 삼경 같은 중국의 학문을 최선의 작문으로만 여기고 거기에 몰두해 있던 수였다.

그러던 그로서는 할아버지의 말에 의아해 하면서도 또 다른 학문, 그것도 우리 민족이 이루어 놓은 세계가 있다는 것을 알고는 흥미를 갖지 않을 수 없었다.

"수야, 듣거라. 내가 이런 이야기를 너에게 들려 주는 것은 너의 정신 세계를 더욱 넓고 크게 일깨워 주기 위함이란다. 정신의 폭을 넓게 가지고 있으면 마음에 닿는 것들이 더욱 넓게 보여져서 세상을 대하는 태도가 달라질 것이다. 좀더 자세히 설명을 덧붙인다면, 천부경은 지금부터 오천여 년 전 우리 나라 고대 국가였던 한국(桓國)의 경서란다. 입에서 입으로 전해 내려 오던 것이 녹도문(鹿図文)으로 기록되었던 것을 훗날 최치원이라는 분이 81자의 한문(漢文)으로 다시 풀이하여 오늘에 이르게 된 것이다. 여기에 적혀 있듯이 일시무시일(一始無始一)이라 했으니 하나로 시작하되 하나요, 절삼극무진본(析三極無盡本)이라 했으니 삼극(三極)을 나누어도 근본이 다름이 없다 하였다. 즉 천일일(天一一), 하늘은 하나이며 첫 번째요, 지일이(地一二), 땅도 하나로되 천(天)과 함께 두 번째요, 인일삼(人一三)이라 했으니 하늘과 땅 그리고 사람이 합하여 셋이라 했다. 이는 천지인(天地人)은 삼재(三才), 즉 삼극(三

極)이니 세 개의 선(線)이 합하여 세모를 이루듯 어느 하나 중요하고 중요치 않은 것이 아니라 셋이 하나요 하나가 즉 셋, 그러니까 삼위일체라는 뜻이다. 네가 이미 익히고 있는 주역에서 보았듯이 이 천지인[三]의 삼극(三極)과 같은 괘(卦)나 ☯와 같은 삼태극(三太極)도 다 이 경전에 바탕을 두고 이루어진 것이다. 하나를 보면 둘을 생각하고 둘을 보면 셋·넷을 생각하여 한 곳에 머무르지 말고 더 크고 넓은 세상을 향해 나가려는 의지와 패기가 있어야 한다. 우리의 것을 바탕으로 융성해진 한족(漢族)처럼 우리도 다시 한 번 땅을 박차고 일어나서 이 세상 한가운데에 우뚝 서는 민족이 되어야 할 것이 아니겠느냐. 이 나라가 그른 길로 잘못 접어들어 문물을 융성시키지 못하고 감정에 사로잡혀 서로 반목하고 싸운다면 우리는 영원히 역사 속에 묻혀 버리는 비운의 민족이 될 것이다. 네가 만일 조정에 나가 나라의 녹을 먹게 되거든 이 할애비가 한 말을 깊이 마음에 새기고 굳은 신념으로 너의 뜻을 밀고 나가 이 나라가 단단하고 굳건한 초석을 다지도록 힘을 기울여야 한다."

할아버지는 손자 앞에서 자못 흥분하였다. 또한 이토록 진지하게 이야기를 들려 준 적도 없었다.

이수는 할아버지의 말을 마음 깊이 담았다. 그리고 할아버지가 들려 준 민족에 대한 자긍심이 그의 학문의 줄기가 되었고 인격으로 형성되었다.

청출어람이청어람(靑出於藍而靑於藍), 푸른 빛은 쪽빛에서 나왔으나 쪽빛보다 더 푸르다 했던가. 할아버지의 그런 가르침은 그가 왕가에 들어가 시강관(侍講官)이 되어 있던 무렵에는 사상과 신념과 포부로 무르익어 왕자들을 가르치는 밑거름이 되어 주었던 것이다.

수학(修學)

　왕자들의 공부를 떠맡게 된 시강관 이수는 임금인 태종이 권하던 말을 깊이 마음에 새겼다. 양녕·효령·충녕 세 왕자 중 세자 양녕은 학문을 익히기보다는 어린 나이지만 호방하고 낭만적인 성격으로서 한 곳에 깊이 몰두하거나 심사숙고하여 이치를 깨치려 하지 않았다. 그저 눈앞에서는 열심히 하려 노력하는 것 같아도 누가 보지 않거나 공부 시간이 아니면 밖으로 뛰어나가 활도 쏘고 연도 날리며 마음껏 뛰어놀았다. 그런 행동은 어느 여염집 아이라면 건강하고 활달한 행동이라 할 수 있었다. 그러나 앞으로 한 나라를 이끌어 갈 군왕의 품격을 갖추어야 하는 사람에게는 미흡하고 마땅치 않은 일이었다.

　이수는 또 둘째 왕자 효령을 생각해 보았다. 순박하고 차분하여 형 양녕과는 전혀 반대의 성격이었다. 형이나 아우와 함께 열심히 공부는 하였으나 몸이 약한 관계로 힘이 부쳐 애를 먹었고, 그만큼 진전이 없었다.

　셋째 충녕은 두 형보다 나이는 어리지만 머리가 영명하고 눈에 총기가 돌았다. 무언가 의심나는 것이 있으면 묻고 또 물어서 충분히 이해가 가야만 질문을 그쳤으며, 태도가 바르고, 마음이 깊었다. 또한 양녕 세자처럼 놀이에 몰두하는 것이 아니라 책을 가까이하고 모든 힘을 책 속에 쏟았다. 이수의 눈과 마음 속에는 충녕의 지기와 몸가짐이 화살처럼 들어와 박혔다.

　"아뢰옵기 황송하오나, 세 분 왕자님께는 각각의 스승이 있어서 그 성격과 능력에 따라 가르치는 것이 도움이 될 줄 아옵니다. 하옵고 저로서는 셋째 왕자님 충녕군을 맡아 가르쳤으면 하는 생각입니다."

이수는 태종에게 자신의 뜻을 아뢰었다. 태종은 쾌히 고개를 끄덕였다.

"짐도 그렇게 생각하고 있었소. 전에도 내 말씀드렸습니다. 셋째가 매사에 영특하여 시강관께서 맡아 가르쳐 주신다면 좋은 결과가 있으리라 기대한다고요. 오늘부터라도 좋으니 그렇게 하도록 하시오."

태종의 전폭적 지지를 받은 시강관 이수는 그가 가지고 있는 모든 학문과 마음에 간직한 뜻을 충녕에게 쏟을 것을 결심하였다.

충녕과 시강관 이수가 만난 것은 충녕의 나이 아홉 살, 이수의 나이 삼십 세 때였다. 어떻게 보면 아비와 자식 같은 사이였으나 시강관 이수는 매우 다정다감하고 때로는 엄격하고 냉철하게 충녕을 가르쳤다.

그는 애초부터 치밀한 계획을 세워 어린 왕자에게 무엇을 어떻게 어떤 방법으로 가르쳐 장차 어떠한 인물을 만들어야 할 것인가를 머릿속에 담고 있었다. 세자는 이미 양녕군으로 책봉되었으니, 충녕이 정치 일선에 설 것은 아니다. 그런 관계로 학문을 융성시키고 문화를 창달하려면 오히려 정치 일선에서 머리를 써야 하는 군왕보다는 오로지 학문에만 전념할 수 있고 추진해 펼칠 힘을 가진 대군 쪽이 더 유리하다고 판단되었다. 그래서 이수는 조바심을 갖지 않고 맨 밑바닥에서부터 아주 차근차근히 접근하였다.

경복궁 뜰에 봄이 가득했다. 겨우내 얼어붙었던 만물이 북한산 위에서 내려온 봄바람을 받아 순식간에 울긋불긋 꽃망울을 터뜨렸다.

이수는 충녕과 함께 대궐 뒤편에 있는 나무숲 길을 걷고 있었다. 숲에는 물이 오른 떡갈나무와 소나무·후박나무 들이 빽빽이 들어차 있었는데 높지 않은 나뭇가지 위에는 이름 모를 새들이 아름다운 소리로 지저귀고 있었다.

"참 아름다운 세상이로군요."

충녕이 우거진 숲과 새 소리와 숲 사이로 파랗게 트인 하늘을 바라보며 말하였다.

"보이는 것이 모두 아름답습니까?"

이수가 어린 왕자를 내려다보며 빙긋이 웃었다. 이수는 충녕이 매사를 긍정적으로 보는 마음이 대견하였다. 아름답다는 마음을 갖는 그것부터가 세상의 것을 사랑한다는 증거였다.

"저길 보십시오. 어미새가 새끼새에게 먹이를 물어다 주는군요. 참 신기하지도 하지……."

충녕은 가까운 나뭇가지 위에서 어미새가 새끼새에게 먹이를 물어다 주는 것을 보고 즐거워 어쩔 줄 몰라했다.

어린애들이라면 누구나 갖고 있는 마음이겠으나 이수는 이런 것 하나하나까지를 놓치지 않고 눈여겨 보았다. 그것은 그의 세상을 사는 안목에서 비롯된 것이었다.

이수는 성선설(性善說)과 성악설(性惡說)을 같은 수평 저울 위에 놓고 비교해 보았다. 사람은 태어날 때부터 착한 마음을 갖고 태어난다. 그 것이 가르침으로 지속되고 인격이 되어 남을 돕고 위하는 인간으로 세상을 이롭게 한다. 그러나 건강한 몸에 종기가 생겨 몸 전체로 퍼져 나가듯 아무리 착한 인간이라도 마음 한 구석에 언제든지 커질 수 있는 악의 씨가 있는 법. 때에 따라서는 착하게 여겨졌던 인간의 심성도 갑자기 그 반대쪽으로 돌변하여 온통 죄악과 공포로 몰아 넣을 수도 있다. 그는 고려의 멸망과 조선의 창업, 그리고 두 번씩이나 있었던 왕자의 난 등을 머리에 담고 있었다. 그렇다 하더라도 그의 신념은 어디까지나 성선설 쪽에 기울어 있었다. 그는 충녕의 마음에서는 인간의 근본이 선하다는 믿음을 얻기를 바랐다. 그리고 대화나 행동 속에서 그 믿음이 차츰 도타워진다는 것을 느낄 수 있었다.

"세상의 것들은 모두들 살아 가기 위해 힘을 기울이고 있지요. 구태여 남을 해하려 하지 않고 자기를 드러내려 하기 때문에 아름다운 것입니다. 만일 어느 하나가 자신을 드러내기 위해 어느 하나를 해하려 한다면 세상은 그 균형이 깨져서 혼란에 빠져 버리게 되는 것입니다.

그러니까 풀 한 포기, 돌멩이 하나, 또 물 소리나 바람 소리도 어느 하나 귀하지 않거나 소중하지 않은 것이 없습니다. 하물며 만물의 영장이라고 하는 사람의 값어치는 천민이거나 중인이거나 양반이거나 아이 어른이거나를 막론하고 말할 수 없이 귀중한 존재인 것입니다."

이수가 충녕에게 첫 번째 가르치려 한 것은 자연과 인간에 대한 존중 사상이었다. 우주의 밑거리는 천지인(天地人) 삼재(三才)라는 것, 그리고 그것을 존중하고 사랑할 줄 모른다면 제아무리 깊은 학문을 하였다 하더라도 그저 세속에서 허덕이는 평범한 인물에 불과하다는 것을 깨우쳐 주고 싶었다.

모든 학문은 자연 속에서 나오며, 인간이 이 이치를 궁구하고 집대성해서 하나의 학문으로 이루기 때문에 이를 귀히 여기고 아끼지 않으면 안 된다는 것을 깨닫게 해 주기 위함이었다.

"너무 말씀이 어려워 잘 모르겠습니다. 큰 물고기는 작은 물고기를 잡아 먹고, 사나운 짐승은 약한 짐승을 잡아 먹지 않습니까? 그래서 큰 물고기와 사나운 짐승은 나쁜 것이고 작은 물고기나 약한 짐승은 착하다고 형님들이 그러시던데 둘 다 소중하다면 정작 어떤 것이 소중한 것입니까?"

스승 이수의 말에 충녕이 거침없이 의심나는 문제에 대해 질문을 던졌다. 이수 역시 이런 질문이 충녕의 입에서 나오리라는 것을 예견하고 있었고, 당연히 나오지 않으면 안 된다고 생각하였다.

두 사람이 만난 것은 시간적으로는 얼마 되지 않았다. 그러나 이수는 충녕을 교육함에 항상 대화의 장을 열어 놓고 자신의 의견을 언제든 제시하는 것을 습관화시켰기 때문이었다.

"일면만 가지고 전부를 말하는 것은 속된 자들만이 하는 판단입니다. 진리라는 것은 꼭 하나만 있는 것이 아니지요. 경우와 견해와 안목에 따라 차이가 날 수도 있는 것입니다. 그러하므로 누가 어떠한 답을 내려 주장하더라도 그보다 좀더 나은 결론에 도달할 수 없을까를 생각하고, 깊게, 또 여러 모로 다시 궁구하는 습관을 길러야 할 것입니다.

다만 조심 또 조심하여야 할 것은, 삐뚤어진 선입견이나 의심은 온당한 답에 이르기는커녕 그릇되고 혼란스러운 쪽으로 흘러 오히려 괴변과 반목을 낳을 우려가 있음을 명심하여야 된다는 것입니다."

이수는 어린 충녕에게 원리에 맞는 이론적 학문 체계를 갖출 것을 기대하면서 매사에 조리있고 합리적인 생활을 하도록 이끌어 나갔다.

"그렇습니다. 다만 세상에서 말하는 선악이란 보는 견해에 따라 구별이 뚜렷하지 않은 경우가 있습니다. 강자와 약자라는 서로 상대적인 것이 있어서 먹고 먹히는 먹이고리를 갖고 있습니다. 그러나 얼핏 보기에 먹히는 자가 약한 듯 보이나 오히려 먹는 자들이 더 고난의 길을 걷고 있다고 볼 수 있지요. 살아 있는 것들은 모두가 나름대로 자신을 감추고 방어할 무기를 갖고 있기 때문에 아무리 강한 자라도 먹이를 구하기란 그리 쉬운 일이 아닙니다. 배고픈 사냥꾼이 기러기떼를 보고 활을 당겼습니다. 그러나 날아가는 기러기를 맞춘다는 것은 쉬운 일이 아닐 것이며 날아간 기러기가 언제 어느 때 또다시 날아와 화살에 맞아 떨어진다고 기약할 수 있겠습니까? 그리고 호랑이가 돼지를 잡아먹고, 돼지는 뱀을, 뱀은 개구리를, 개구리는 날아다니는 곤충을, 곤충은 더 작은 무리의 벌레를 잡아 먹고 삽니다. 거꾸로 말하면 죽은 호랑이는 썩어 풀의 거름이 되고 풀은 토끼나 노루의 먹이가 되며, 토끼·노루는 승냥이나 호랑이의 먹이가 되는 것이지요. 이렇듯 작은 것은 큰 것에게, 큰 것은 작은 것에 없어서는 안 되는 존재이므로 서로 연관을 이루어 살아 나가고 있는 것이 세상의 법칙입니다. 그런고로 어느 것이 선하고 악하다거나 귀하고 천한 것이 없습니다. 그러니까 이 세상은 둥글게 고리를 만들어 서로를 필요로 하며 살아가는 것이지요. 이때 어느 하나가 고리를 벗어나거나 사라져 버린다면, 집안의 대들보가 무너지면 집 전체가 무너지듯이 무너져 버리는 것이지요. 이렇게 고리를 이루며 돌아가는 것을 질서라고 한답니다. 사람의 생활도 마찬가집니다. 천민과 중인과 양반이 서로 고리를 이루며 돕고 살아야 나라가 태평할 것입니다. 백성 없는 나라가 있을 수 없으며 나라 없는 백성도 있을 수 없습니다. 그러니 아무리 하찮게 보이고 흉악해 보이는 죄인이라 하더라도 사람을 미워해서는 안 되며 다만 그 죄과를 미워해야 합니다. 우리가 살을 꼬집어 아픈 것처럼 그들도 아픔을 알고 괴로움을 압니다. 백성의 아픔을 아는 군왕만이 전정 성군의 칭호를 듣게 됩니다. 나중에 대군으로서 세상을 살아 가실 때 이런 점을 명심하십시오.”

이수가 충녕에게 세상의 이치에 대해 가만가만 일러 주었다. 다만 시강관 이수는 어떤 깊은 뜻이나 말을 제자들에게 들려 줄 때 쉬운 것부터 어려운 것으로 이해의 도에 따라 몇 단계 나누는 수단설법(數段說法)을 하지 않았다. 어떤 어려운 설명이 있으면 어느 정도의 수준 높은 단어나 깊이있는 내용을 말함으로써 듣는 이에게 의문을 자아내도록 만들었다.

처음 이런 방법은 어린 충녕에게 그 뜻을 이해하고 깨치는 데 매우 곤혹스러운 것이었다. 그러나 모르는 단어나 뜻은 머리에 담았다가 언제나 시간이 있으면 다시 질문을 던져 캐내고야 말았던 까닭에 오히려 학문을 깨쳐 나가는 데 도움이 되었다.

“숲속을 거닐 때 어미새에게 먹이를 받아 먹는 새끼새를 보았지요?”

스승 이수가 충녕에게 넌지시 질문을 던졌다.

“네, 보았습니다.”

충녕은 궁궐의 숲을 거닐 때 입을 벌리고 먹이를 달라고 조르는 새끼새를 머리에 떠올리며 공손히 답하였다. 비록 대답은 하였지만 또 어떤 물음이 떨어질지 몰라 초롱초롱 눈동자를 굴려 다음 질문을 기다렸다.

“새끼새들의 몸짓이 어떠하던가요?”

스승 이수가 충녕의 초롱초롱한 눈망울을 바라보며 물었다.

충녕은 얼핏 스승이 무엇에 대해 물어보려 하는지 깨닫지 못했다. 어미와 새끼의 사랑? 먹이를 달라고 보채는 새끼새의 철모르는 모습?

“새끼새의 몸짓이 무척 부산하게 보였습니다.”

충녕이 문득 생각나는 대로 대답을 했다. 스승 이수가 빙긋이 웃으며 고개를 끄덕였다.

　"새끼새의 부산한 몸짓을 보셨군요. 그렇습니다. 새끼새들이 먹이를 받아 먹을 때나 혼자 있을 때, 한시도 쉬지 않고 날개를 떠는 것을 보았을 것입니다. 말씀드리려 하는 것은 다름이 아니라 새의 날갯짓입니다. 새들이 알에서 깨어 몸에 털이 나고 그리고 하늘로 날아오르려면 수없이 많은 날갯짓을 반복하여 날려는 연습을 해야 합니다. 여기 종이에 쓰는 글자를 보십시오."

　스승 이수는 붓을 들어 종이에 학이시습(學而時習)이라는 글자를 써 보였다.

　"논어의 첫머리에 나오는 글귀가 아닙니까?"

　충녕은 익히 보던 종이 위의 글자를 보고는 곧바로 논어의 첫 머리임을 알아 보았다.

　"총명하십니다. 우선 여기 습(習)이라는 글자를 보십시오. 깃 우(羽)에 일백 백(百) 자가 아래 위로 겹쳐져 이루어진 글자입니다. 어린 새가 하늘을 날기 위해서는 수백 번의 날갯짓을 한다는 뜻이 담겨 있지요. 아무리 하잘것없는 미물이라 하더라도 이처럼 반복에 반복을 거듭하지 않으면 목적하는 바를 이룰 수 없다는 교훈을 우리에게 보여 주는 글입니다. 학문의 길도 그러하지요. 익히고 또 익혀야만 기대하는 언덕에 이르게 되고 비로소 하늘에 날아오른 듯 그 기쁨은 커지는 것입니다."

　스승 이수의 설명을 들은 충녕은 감동을 얻은 듯 자리에서 움직일 줄 몰랐다.

　"또한 독서백편의자현(讀書百遍意自見)이라는 말이 있습니다. 아무리 어려운 글이라도 백 번 거듭 읽으면 그 뜻을 스스로 깨칠 수 있다는 뜻입니다. 이제까지 드린 말씀은 학문이란 거듭거듭 스스로가 깨치고 그 궁구하는 바를 터득했을 때 더 할 수 없는 기쁨을 얻게 되는 것이니, 왕자님께서도 제 뜻을 잘 깨달으시어 어렵고 괴로운 일이 있더라도 쉬임없이 학문의 길로 정진하기를 바랍니다. 명심해 주십시오."

이렇듯 이수는 어린 왕자에게 자연 현상으로부터 시작하여 그것을 그가 말하려는 뜻에 결부시켜 어떤 교훈을 일깨워 주려고 노력하였다. 충녕도 스승의 말을 깊이 이해하고 깨달아서 그 뜻에 조금도 어긋남이 없이 바르게 따르려 애를 썼다.

스승 이수는 가끔씩 아들 민규를 궁으로 데리고 들어와 충녕의 친구가 되게 하였다. 어린 아이들은 어린 아이끼리 어울려야 사람다운 심성을 갖출 수 있다는 것을 잘 알기 때문이었다.

민규는 충녕과 동갑내기였다. 그 역시 아버지 이수의 영향을 받아 비록 나이는 어렸으나 반듯한 예의범절을 갖추고 있었다. 또한 매우 총명하여 이미 웬만한 한자는 터득하고 있었고 가벼운 서책(書冊)에도 눈이 쏠리고 있었다.

이러한 까닭에 민규는 충녕의 좋은 경쟁자가 되었다. 학문을 이루어 나가는 데 있어서 선의의 경쟁자가 서로 앞서거니뒤서거니 하는 것만큼 학문을 빠르게 깨쳐 나가는 다른 방법은 없는 것이다.

그리고 둘은 딱딱하고 어려운 공부에 대한 이야기 외에 이들 또래들만이 갖는 이야기로 시간을 보내기도 했다. 주로 이 다음에 커서 어떤 사람이 되겠다는 것과 어떻게 무엇을 하겠다는 이야기를 나누었다. 충녕이 궁중에서 있었던 작은 일들을 이야기하면 민규는 항간에 떠도는 재미난 이야기를 들려 주었다. 그러므로 얼마의 시간이 흐르자 서로는 아주 친한 친구 이상으로 가까워져 있었다.

"나는 이 다음에 훌륭한 학자가 되겠어. 나랏일은 세자이신 양녕 형님께서 임금이 되시면 열심히 잘 하실 거야. 나랏일은 복잡하고 할 일이 많으니 학문에까지 힘을 쓸 수 없으시겠지. 그러니까 나는 열심히 글을 익혀서 형님께서 모르시는 부분은 서로 의견을 나누고 해서 백성을 잘 다스리시도록 도와 드릴 거야."

충녕은 많은 욕심을 가지고 글을 익혀 나갔다.

"아버님께서 나라가 새로 서는 과정에서 많은 학자들이 사라졌다 하셨습니다. 그래서 저에게 글을 열심히 배워 나라에 도움이 되는 사람이 되라고 그러셨지요. 저도 충녕님처럼 훌륭한 학자가 되는 게 꿈이랍니다."

민규도 진지한 얼굴로 충녕과 같이 앞으로 학자가 되겠노라 다짐하였다.

"그런데 난 지금도 이상하게 생각하는 것이 하나 있어. 우리는 말은 있는 데 글은 왜 없을까. 스승님 말씀으로는 우리 나라도 예전엔 글자가 있었다고 그러시던데 그건 어떻게 생긴 글자였을까?"

충녕이 고개를 갸웃거리며 궁금해 죽겠다는 표정이었다.

"한자로 모든 것을 대신할 수 있는데 글자가 있어 무엇하겠습니까? 오히려 더 복잡할 것 아니겠습니까?"

어린 민규는 아직 우리 글자에 대한 필요와 의미를 잘 몰랐다.

"그렇지 않아. 중국과 우리 나라는 같은 나라가 아니야. 우리말이 있으면 우리 글자도 있어야 된다고 생각해. 난 이 다음에 꼭 우리말을 그대로 쓸 수 있는 우리 글자를 만들고 말 거야."

충녕의 얼굴에는 굳은 결의가 역력히 드러나 있었다.

민규는 처음 충녕이 우리 글자를 만들겠다고 말했을 때 지나친 생각이라고 여겼었다. 그러나 왕자의 얼굴에서 결연한 빛이 보이자 곧 자신의 생각을 바꿨다.

'그렇다면 얼마나 좋을까. 우리 나라에도 모든 사람들이 쉽게 깨치고 쓸 수 있는 글자가 있다면 얼마나 사람들이 답답한 가슴을 펴고 살 수 있을까?'

충녕이 다시 곰곰 생각했다.

'하기는 그렇지 왜나라도 글자가 있고, 몽고나 여진도 글자가 있다는데 오천 년 문화 민족을 자처해 온 우리 나라가 글이 없다면 남들이 어떻게 여길까, 충녕군의 깊은 뜻을 알 것 같군.'

충녕의 안타까워하는 마음을 헤아린 민규는 우리도 글자가 있어 자유자재로 쓰고 배울 수 있다면 얼마나 좋을까를 생각했다.

이두·한자의 이해

　　이수는 충녕이 문자에 대한 호기심이 남다름을 알고 이에 대해서도 공부하기로 하였다.

　　"처음 한자는 생활 주변에서 눈에 뜨이는 사물을 대상으로 그 모양을 본떠 만들었습니다. 그러니까 그 모양이 곧 뜻이며 의미였지요. 그러나 점차 삶의 범위가 넓어지고 지식이 확대되어 가자 그림만으로는 나타내려는 뜻이 부족하게 되었습니다. 그래서 새로운 구성 방법과 응용 방식을 생각해 내게 되었지요. 이미 알고 계시리라 생각하오나 한자를 만든 방법은 크게 여섯 가지로 나누어 볼 수 있는데 이를 육서(六書)라고 합니다."

　　이수는 충녕 앞에 종이와 먹을 가져다 놓고 한자의 형성 과정을 낱낱이 설명하기 시작했다.

　　"우선 제일 먼저 만들어진 한자는 상형(象形) 글자인데, 이름 그대로 사물의 모양을 그대로 본떠 만든 것입니다. 해는 본래 ☼ 이와 같이 생겼을 것입니다만 이렇게 쓰다 보니 복잡하고 번거로워서 주위의 빛을 줄여서 ☉ 이처럼 쓰게 되었고 다시 '日'과 같은 꼴로 만들어 쓰게 된 것입니다. 이런 종류의 한자는 얼마든지 있는데,

月(월) (☽ → 月 → 月 : 달)
人(인) (⺅ → 入 → 人 : 사람)
山(산) (⛰ → ⛰ → 山 : 산)

川(천) (〰 →川→川 : 내)

등의 글자가 상형의 원리로 나타나게 된 글자들입니다."

이수가 손수 종이 위에 붓으로 그림을 그려 가며 설명하였다. 충녕은 이미 그런 것을 알고 있었지만 다시 한 번 처음부터 확인하려는 마음에서 신중하게 이수의 말을 받아들였다.

"두번째는 무엇이오?"

충녕이 이수에게 육서의 두 번째를 물었다.

"둘째는 지사(指事)라는 것인데 이는 눈에는 보이지 않는 생각 속의 것을 선이나 점으로 나타낸 것입니다. 위나 아래와 같은 것은 보통의 그림으로는 나타낼 수 없기 때문에 일정한 선을 그어 상(上) 또는 하(下)와 같이 만들거나 일(一)이나 이(二)처럼 두세 개의 선을 그어 뜻을 나타내는 글자입니다."

이수가 역시 붓으로 글씨를 써 가며 왕자에게 아뢰었다. 충녕 역시 고개를 끄덕이며 이수의 말을 진지하게 받아들였다.

"셋째는 회의(會意)라고 하는데 이는 이미 만들어진 글자를 결합하여 새로운 뜻을 나타내도록 만든 글자입니다. 나무 목(木) 자를 두 개 겹치면 수풀 림(林)이 된다든가 밭 전(田) 자에 힘 력(力) 자를 합하면 사내 남(男) 자가 되는 것을 말하지요. 그리고 넷째는 형성(形聲)이라는 것인데 이것은 이미 만들어진 글자를 결합하여 새로운 글자를 만드는 것입니다. 이치는 또다시 앞서 말씀 올린 '회의'와 같으나 다른 점은 하나는 음(音)을 그리고 다른 하나는 뜻의 속성을 나타내도록 만든 것입니다. 여기 보시는 바와 같이 구름 운(雲)자는 비 우(雨)의 뜻에 운(云)이라는 소리를 결합해 운으로 소릿값을 갖게 되었으며 물을 문(問)자는 입 구(口)라는 속성을 갖는 말에 문(門)이라는 소릿값을 더하여 만든 것이옵니다. 회의와 형성의 구성 방식은 종래의 상형 문자와는 비교될 수 없을 만큼 크게 발달한 것입니다. 이것은 일상 생활에서의 쓰임이나 학문을 터득하는 데 크게 이바지한 글이라 할 수 있습니다."

이수가 일필휘지로 종이 위에 구름 운 자와 물을 문 자를 그렸다. 충녕은 입을 다문 채 이수의 말에 귀를 기울일 뿐이었다.

"그 다음에는 전주(轉注)라는 글자의 구성 방식이 있는데 이는 어떤 글자가 본래의 의미에서 다른 음이나 뜻으로 바뀌어지는 방식이옵니다. 음악(音樂)의 악(樂)은 '즐거울 락'이라는 뜻과 음이 있으나 요산요수(樂山樂水)로 쓰일 때에는 '좋아할 요'라는 뜻과 음으로 유추되어 바뀌며, 말씀 설(設)은 즐거울 열(說), 달랠 세(說)로 쓰이기도 하는데 이는 앞서 말씀드린 것처럼 전주라는 구성 방식에 의해 쓰여지는 글자입니다. 끝으로 말씀드리오면 가차(假借)의 구성 방식이 있사온데 이는 이미 만들어진 글자에서 뜻과는 관계없이 음(音)만을 빌려다 쓰는 글자이옵니다. 서역국 불교 용어를 달리 쓸 방법이 없으므로 한자로 표기할 때 불타(佛陀)라고 한다든가 가사(袈裟), 중생(衆生) 등의 표현을 하는 것이옵지요. 이제까지의 말씀을 다시 종합해 드리오면, 형상과 지사는 한자의 기본적 형태로서 창조의 원리를 나타낸 것이옵고 회의와 형성은 복합 형태로서 결합의 원리를, 그리고 전주와 가차는 좀더 넓고 깊게 응용하는 적용의 원리를 이용한 것이옵니다."

이수는 말을 마치고 들었던 붓을 벼루 위에 놓았다. 말없이 듣기만 하던 충녕은 이수의 말뜻을 알아들었음인지 한동안 고개만 끄덕거렸다.

"참으로 오묘합니다. 사람이 짐승보다 나은 것은 역시 글이 있기 때문이 아니겠습니까. 그런데 대개의 백성들은 글을 모르니 짐승과 다를 게 무엇이겠습니까."

충녕은 손을 턱에 괴고 가벼운 한숨을 쉬었다.

"그렇습니다. 소학에 이른 것처럼 사람이 도가 있기 때문에 먹기를 배불리하며, 옷을 덥게 하여 편안하며, 그러나 가르침이 없으면 곧 짐승과 가깝다고 하였습니다. 그러나 생업에 바쁜 백성들이 어찌 이렇듯 어려운 한자를 배울 수 있겠습니까? 한자는 위에서 말씀드렸듯이 복잡한 방법으로 만들어져 있어서 글씨와 음과 뜻을 한꺼번에 깨우쳐야 합니다. 또한 세상에 없던 것이 생겨나게 되면 그에 알맞은 글자를 또 만들어야 하니 그 수가 몇만이 넘고 또 넘습니다. 그러니 어리석은 백성들이 그 많은 글자를 어떻게 다 터득할 수 있겠습니까?"

이수도 한자의 어려움 때문에 평범한 사람들이 이를 깨치기에는 많은 고생이 필요하다는 것을 알고 있었다.

"백성들이 쉽게 깨칠 수 있는 글자를 만들 수는 없을까요?"

충녕이 문득 말을 꺼냈다. 왕자의 갑작스런 질문에 이수는 깜짝 놀라지 않을 수 없었다. 수천 년 문화를 일구어 오면서 수많은 학자들이 한자를 익히며 학문을 배우고 살아 왔지만 아직 우리 글을 만들지 못한 것을 보면 글이란 어느 몇 사람이 만들어서 사용하는 것이 아니라는 생각이었다. 그러므로 갑작스런 왕자의 물음에 얼핏 대답이 나오지 않았다.

"종전에 말씀드린 것처럼 말이나 글은 어느 한 사람이 만들어 사용하는 것이 아닌 것으로 생각되옵니다."

이수가 정중히 고개를 숙여 대답했다.

"그건 저도 알고 있습니다. 어떻든 글자를 만들어 놓고 모든 백성들이 익힐 수 있도록 강력한 힘으로 밀어붙인다면……."

충녕은 말끝을 흐렸다. 역시 불가능한 것에 대해 억지를 부리고 있다는 생각이 들어서였다. 충녕과 스승 이수와의 대화는 여기에서 잠시 끝났으나 두 사람 마음 속에는 문화 민족으로서 글자가 없다는 것에 대해 부끄러움과 수치심 같은 것이 일렁거렸다.

"우리에게도 예전에 고대 문자가 있었다고 합니다. 그러나 세월이 지나는 동안 여러 나라가 생성과 해체를 거듭하는 사이에 하나의 통일된 문자를 가지지 못하고 중국 문화인 한자에 동화되어 버리고 말았습지요. 그러나 한자는 우리말에 알맞은 글자가 아닌 것입니다. 세상에는 수많은 종족이 있는데, 모두 골격이 다릅니다. 목소리를 내는 성대로부터 입·코의 모양 등이 다르기 때문에 그에 알맞게 말과 글을 만들어 쓰고 있는 것입니다. 왜(倭) 문자를 보십시오. 한자를 빌려 만든 말인데 한자의 글꼴 조각을 떼어 내어 자신들의 소릿값에 맞춘 것입니다. 한 때에는 우리도 그런 식의 글자를 만들어 쓴 적이 있었습니다. 신라 때 한창 유행했던 향가(鄕歌)를 보십시오. 노래말을 들여다보고 있으면 왜(倭)의 글자가 어떻게 이루어졌는가를 짐작할 수 있을 뿐 아니옵고 우리 소리에 맞는 글을 만들어 쓰려 했던 선인들의 노력도 한눈에 볼 수 있으리라 여겨지옵니다."

이수는 종이에 향가 한 수를 적어 충녕 앞에 내어 놓았다. 신라 35대 경덕왕 때 국사(國師) 월명사가 죽은 누이를 애도하며 그 명복을 빌기 위해 썼다는 <위망매영재가(爲亡妹營齋歌)>였다.

"글의 내용이 어떤 것인지 알 수 있으신지요?"

이수는 잘 보이도록 종이를 돌려 충녕 앞으로 밀었다. 그러나 수많은 책과 글을 대한 충녕도 이수가 써 놓은 글의 내용이 쉽사리 파악되지 않았다.

"전혀 감이 잡히지 않습니다. 글의 문맥이 앞뒤가 맞질 않아요."

한동안 글자를 들여다보던 충녕이 고개를 가로저었다.

"처음 대하시니 당연히 그러실 것입니다. 그러나 글 읽는 이치를 알고 나면 아주 간단히 읽어 나가실 수 있으실 것입니다. 그러하옵고 여기 적은 글이 한자라는 선입견을 버리시고 우리 글자라고 생각하십시오. 이 글자들은 한자가 아니라 향찰(鄕札)이라는 우리 글이옵니다."

이수가 충녕에게 우리 글임을 강조하였다.

"저도 이런 글을 대한 적이 있습니다. 이두(吏讀)라 하여 한문에 우리말 끝부분에 해당하는 말을 빌려 쓴 것이지요. 하지만 그것은 어떤 의미나 뜻을 가지고 있기보다는 말을 발음하거나 토를 달 때 쓰는 글자였지요."

충녕이 책상 위에 놓인 종이를 들어 좌우로 돌려 보며 말하였다.

"그러하옵니다. 원래 이두는 신라 때 설총이라는 분이 만들었다고 합니다. 이두를 셋으로 나누어 보면 군께서 말씀하신 한문 문장을 읽기 쉽게 하기 위해 중간 중간에 토(吐)를 넣는 구결(口訣)이라는 것이 있습니다."

天地之間 萬物之中厓 唯人伊 最貴爲尼
(천지지간 만물 중에 유인이 최귀하니)

"이처럼 말 마디나 끝에 토를 달아 문장을 여유있고 부드럽게 읽도록 만든 말이지요. 풀어 말씀드리면 '하늘·땅 사이 만물 가운데에 오직 사람이 제일 귀하니'가 되는데 좀 진하게 적힌 에(厓)·이(伊)·하니(爲尼) 등이 구결에 해당하옵지요. 위와 같은 글에서 구결을 떼어 버리면 완전한 한문 문장만 남는 것입니다. 그 다음에는 협의의 이두가 쓰였는데 아시는 바와 같이 이미 태상왕께서 율법(律法)을 만드실 때 명(明)의 형률(刑律)을 그대로 사용하셨으나 중국과 우리는 관습과 제도가 다르기 때문에 서로 맞지 않는 부분이 많았사옵니다. 그래서 우리 것에 맞게 다소 수정을 가해 대명률직해(大明律直解)라는 책을 만들었습지요. 여기를 보면 한자와 향찰·이두·구결이 서로 섞여 있어 혼잡스럽기는 하지만 그런대로 우리 것에 맞게 번역이 되어 있습니다."

凡嫡妻乙(을) 爲妾爲在乙良(하거들랑) 枚一百薺(제)
(무릇 본부인을 첩으로 만드는 일을 하거든 매 100대를 때린다.)

"여기서 乙(을), 爲在乙良(하거들랑), 薺(제) 등의 말은 우리말을 그대로 한자를 빌려 적은 것이온데 만약 이같은 문장에서 이두를 빼어 버린다면 이빨 빠진 한문 문장이 남게 되어 앞과 뒤가 완전하지 못한 말로 풀이되게 될 것입니다."

이수가 붓을 들어 대명률직해의 문장 하나를 써서 예로 들었다.

"거기에 대해서는 저도 이미 잘 알고 있습니다. 그럼 향찰에 대해 말해 보세요."

충녕이 종전에 <위망매영재가>를 써 놓은 종이를 책상 위에 바로 놓았다.

"이 노래는 십구체(十句體) 향가로 <사뇌가(詞腦歌)>라고도 부르옵니다. 내용을 알고 보면 그 옛날 우리의 선조가 남긴 애틋한 정서를 가득 담은 노래입니다만 향찰의 소멸로 그 후 이런 형태의 노래는 사라져 버리고 말았습지요."

生死路隱.

"이 첫 세 자는 그냥 음(音)으로 읽어도 뜻이 통하는 음독(音讀) 문자로 되어 있습니다. 왜냐하면 이 글자는 이미 우리말처럼 되어서 백성들도 그 뜻을 알기 때문입니다. 그대로 읽어 보도록 하시지요."
이수가 충녕에게 소리내어 글을 읽도록 권하였다.
"생사로."
충녕이 종이 속의 글을 들여다보며 소리 내어 읽었다.
"옳습니다. 다만 네 번째 자는 음차(音差)로서 한자의 소리만을 필요로 사용한 글자입니다."
"가만, 그러니까 '생사로은'이라고 읽으면 되겠군요."
충녕이 이수의 말을 막고 글을 읽어 버렸다.
"그렇습니다. '隱'(은)은 구결처럼 우리말 토(吐)에 해당하는 글자이옵지요. 좀더 풀어 말하면 '죽사리 길은', '죽고 사는 길은'이라고 펴서 읽을 수도 있고 '생사의 길은'이라고 편한 대로 읽을 수도 있습니다."
이수의 말에 충녕이 고개를 끄덕였다. 충녕에게는 안다는 것에 대해 어느 것 하나 소홀한 법이 없었으므로 아주 진지하고 재미있게 이수가 가르쳐 주는 대로 향찰을 배워 읽었다.
"그런데 다음 구절은 전혀 읽어지지가 않습니다. 아마도 다른 읽을 방법이 숨어 있는 모양이지요?"
충녕이 '此矣有阿米次肹伊遣'라고 쓴 글자를 고개를 갸웃거리며 읽으려고 애를 썼다.
"그러실 것이옵니다. 이 구절은 훈독(訓讀)과 음차(音差)가 섞인 향찰로 이루어져 있으므로 쉽게 읽히지 않을 것이옵니다. '此'는 뜻으로 읽어 '이 차'의 훈(訓)인 '이'만을 읽습니다. '矣'는 한자에서는 어구사로 쓰는 글자이온데 역시 토(吐)로 사용하여 '에'로 읽게 되어 있습니다. 그러니까 '이에'로 읽으십시오."

충녕이 이수의 말을 얼른 이해하고 고개를 끄덕거렸다.

"다음으로 '有' 역시 훈독하여 '있을 유'의 우리 뜻인 '있'으로 읽은 다음 뒤 글자는 음차하여 '으매'로 읽습니다. 그리고 '次肹伊遣'는 뒤의 두 글자 '伊遣'는 이두 문자나 구결로 쓰이는 우리말 '이고'에 해당됩니다. 그리고 앞의 두 글자는 음차로서 '저허'라고 읽습니다. '저허이고'는 '두려워하고'라는 뜻이니 앞의 글자와 합쳐 읽으면 '예 있으매 두려워하고'라 읽게 되는 것이옵지요. 그러니까 '생사의 길은 여기, 즉 이승에 있으매 두려워하고'라는 노래말로 읽게 되옵니다."

이수가 글을 읽는 내용을 자세히 아뢰었다.

"신기하고 재미있습니다. 항간에서 이두 문자는 말장난하기 좋아하는 사람들이 재미로 써온 글이라 들었습니다. 그래서 고문(古文)을 하는 사람들은 일부러 그런 것을 일부 백성이나 서리들이 쓰는 글자라고 천박하게 여겨 가까이 하려 하지 않고 있잖습니까. 그런데 이제 잠시 배우고 보니 한자를 풀어 쓴 우리 선인들의 지혜가 또한 놀랍기 그지 없습니다."

충녕이 종이를 들어 그 다음 구절에 눈을 돌렸다.

"힘들게 더 읽으려 하지 마시고 다만 향찰이라는 문자가 어떻게 쓰였는가를 아시기만 하시옵소서. 원하신다면 그 다음 구절은 소신이 읽어 드리겠사옵니다."

충녕이 종이에 눈을 대고 그 아래 구절을 읽어 보려고 힘겨워하자 이수가 방긋이 웃었다.

"그래 주십시오. 먼저 읽는 것을 본 다음 내 다시 자세히 되새겨 보겠습니다."

충녕이 종이 쪽지를 다시 책상 위에 올려 놓았다.

吾隱去內如辭叱都

(나는 간다 말도)

毛如云遺去內尼叱古

(못다 이르고 가나닛고)

於內秋察早隱風未

(어느 가을 이른 바람에)

此矣彼矣浮良落尸葉如

(이에 저에 날아 떨어질 잎처럼)

一等隱枝良出古

(한 가지에 나고)

去奴隱處毛冬乎丁

(가는 곳 모르온저)

阿也 彌陀刹良逢乎吾

(아아 미타찰에 만날 나)

道修良待是古如

(도 닦아 기다리겠노라.)

이수가 향가 한 수를 읽는 동안 충녕은 숨 소리도 내지 않고 글자 하나하나를 짚어 가며 글자의 소릿값이 어떻게 되는가를 유심히 바라보고 있었다.

"수고하셨습니다. 참으로 뜻이 깊은 노래입니다. 죽음이란 언제나 슬픈 것……."

충녕은 할아버지의 죽음과 또한 총명했던 아우 성녕 대군의 죽음을 머릿속에 그리고 있었다. 그러면서 몇 백 년 전에도 죽은 누이 동생을 그리워하며 왕생극락하기를 바라며 지어 불렀다는 월명사의 애처로운 마음을 헤아려 보았다.

"그런데 여기 '一等隱'을 '한'으로 읽었는데 어찌 그렇게 읽을 수 있습니까?"

98

충녕이 물었다.

"예, 우리말에 '하다'는 많다로, '한'을 '크다'라는 뜻으로 사용하고 있사옵지요."

그런데 여기에서는 '一'은 '하나'로서 'ᄒ'를 취했고 '等'은 '등'에서 'ㄷ'음을, '隱'은 '은'에서 'ㄴ'음만을 취하여 'ᄒᆞᆫ'을 만들었는데 이것은 오늘날 쓰이는 혼, 즉 '한'으로서 크다는 말보다는 '같은'이라는 의미로 풀어 말할 수 있사옵니다. 한 가지는 같은 부모에게서 태어났다는 것을 의미하옵지요."

충녕은 이수가 하는 말을 하나하나 마음에 새기고 가만히 입으로 읊조렸다.

"그런데 '如' 자는 '다'로도 읽고 '처럼'으로도 읽는 모양인가 봅니다."

"네 그러하옵니다. 같을 '여' 자는 뜻으로 '같이'처럼 읽기도 하옵고 그냥 소릿값만을 취해 '다'로 읽기도 하온데 '여'라는 음 외에 '다'라는 음도 있기 때문이옵니다."

충녕이 역시 고개를 끄덕이며 이수의 말을 받았다.

"우리에게도 고대 문자가 있었다는데 그 글자의 꼴은 어떻게 생겼을까? 뜻글자였을까, 소리 글자였을까. 그리고 방금 향가에서처럼 뜻이 아닌 우리말을 그대로 적을 수 있는 글자를 만들어 낼 수 있었으면 좋을 텐데……."

충녕은 <위망매영재가>가 쓰인 종이를 앞에 놓고 한동안 골똘히 생각에 잠겨 있었다.

"고려조에 승 일연이 쓴 삼국유사에는 김부식이 지은 삼국사기와는 달리 야사(野史)·설화 등이 많이 있는데, 그 곳에 향가 14수가 적혀 내려오고 있습니다. 4구체로부터 8구체, 10구체의 형식이 있사옵고, 지은 이는 군왕으로부터 평민에 이르기까지 다양한 분포를 보이고 있습니다. 요즈음 궁중 나례 때 쓰이는 처용가도 있사온데 그 내용이 재미있어 첫 부분만 일러 드릴까 하옵니다."

이수는 충녕의 내심을 알아 보려는 듯 잠시 고개를 들었다.

"자기 아내와 잠자리에 든 역신(疫神)을 물리친 그 처용 말입니까? 처용신의 얘기는 어릴 때부터 알고 있어 친숙하지요. 그래 향가의 글자는 어떠합니까?"

충녕이 흥미롭다는 듯 말을 재촉하였다.

'東京明期月良 夜入伊遊行如歌.'

이수가 붓을 들어 종이 위에 처용가 앞부분을 또다시 일필휘지로 써 내려 갔다.

"여기서 뜻으로 읽을 글자와 음으로만 읽을 글자가 있사옵니다. 음으로 읽을 글자는 期, 良, 伊, 歌 네 글자이옵고 나머지는 훈독(訓讀)할 글자들이옵니다. '東京'은 '서울'로, '明'은 '밝'으로 읽어 뒤의 음인 기와 합쳐 '밝기'로, 그리고 '月'은 달이온데 뒤의 '애'와 합침과 동시에 달의 밑의 소리가 뒤로 넘어가 다래로 그리고 '夜入'은 '밤이 들다'이온데 그대로 읽어 밤들이, 뒤의 伊(이)와 합쳐지면서 '밤드리'로 읽게 되옵지요. 다음에 '遊行如'는 '노니다'라는 뜻으로, '歌'는 '가'라는 소릿값으로 읽어 '노니다가'가 되옵지요. 그래서 첫 말부터 다시 읽어 드리오면 '서울 밝은 달에 밤들도록 놀러 다니다가'로 읽혀지게 되옵니다."

이수가 처용가에 대해서도 자세히 읽어 바쳤다.

"밤새도록 놀러만 다니니, 부인이 외간 남자를 몰래 끌어 들였나 봅니다."

오랜 만에 충녕이 껄껄거리고 웃었다. 이수도 따라 웃지 않을 수 없었다. 어떻게 보면 충녕의 말이 사실인지도 몰랐다. 예전이나 지금이나 남자가 집안을 돌보지 않고 방탕스럽게 지내면 집안에 화가 미치는 것은 당연한 이치였다.

"아무리 하찮게 생각되는 것이라도 선대에서 물려 준 것을 가만히 들여다보면 그 속에는 무한한 진리가 있다는 것을 그 동안 학문을 통해 깨닫게 되었소. 내용도 그렇거니와 한자를 빌려 우리말을 적으려

100

했던 선인들의 노력이 눈물겹기만 하오. 그런데 그런 글자들이 왜 쓰이지 않게 되었을까요?"

충녕이 다시 처용가를 쓴 종이를 들어 글을 읽어 보면서 의아하다는 듯 이수에게 물었다.

"한자를 빌려 우리말을 표기하는 데에는 몇 가지 어려움이 따르기 때문일 것입니다. 첫째, 향찰이나 이두 문자를 읽고 쓰려면 상당 수준의 한문 실력이 있어야 할 것이옵니다. 뜻도 알아야 되고 소릿값도 알아야 되고, 그리고 우리말도 어려운 뜻이 있는 말이 많으니 어느 정도 익혀야 되고. 둘째는 중국의 발음과 우리의 발음이 일치하지 않으므로 몇 명의 사람들이 한자를 빌려 글을 사용했다 하더라도 서로 통일되지 않으면 혼란만 가져올 뿐 도움이 될 수 없을 것이옵니다. 나라에서 어떤 규칙을 정한 글자를 만들어서 강력히 쓰도록 지시하지 않으면 쓰여지기가 쉬운 것이 아니옵니다. 말이란 태어나 자라다가 죽기도 하는 것이므로 말을 쓰는 사람들의 약속이 없이는 태어났다 하더라도 자라지 못하고 죽고 마는 것이옵지요. 그리고 셋째는 한문 공부 하는 선비나 학자들이 우리것을 귀히 여기지 않고 사대에 빠져서 한자만을 사용하려 했기 때문에 향찰은 당대에만, 그것도 노래말에만 사용되고 곧 소실되고 말았던 것으로 사료되옵니다."

"저도 그렇게 여겨집니다. 말과 글이란 예로부터 자연히 생겨나 사람 사이에 쓰여지면서 오랜 시간을 거치는 동안 갈고 닦여지는 가운데, 없어질 것은 없어지고 필요한 것은 남아서 그 시대 사람들의 생활에 불편함이 없이 더 편하고 더 자유롭게 사용되어야 한다고 생각합니다. 우리 어법이나 정서에도 맞지 않는 어려운 한자를 어리석은 백성들이 어찌 깨우쳐 응용해 쓸 수 있단 말입니까. 억지로 꿰어 맞추다 보면 조잡한 문장만 남길 뿐이지요."

충녕의 얼굴에 잠시 그늘이 스쳐 갔다.

어느 날 저녁 서연관 이수는 충녕을 데리고 경회루 가를 맴돌았다.

"오늘은 좀 색다른 공부를 할까 하여 이 곳으로 나온 것입니다."

이수는 연못가에 있는 넓적한 돌 위에 자리를 잡고 충녕을 가까이에 앉게 하였다.

오른쪽으로 북악의 검은 그림자와 왼쪽으로 삐죽이 올라 앉은 인왕산 그늘 아래 궁성은 마치 둥근 구릉 가운데 둘러 싸인 분지처럼 깊고 그윽하였다. 날이 어둑해지자 맑은 하늘에는 수많은 별들이 빼곡하게 들어차서 보는 사람으로 하여금 금방이라도 별무리 속으로 빨려 들 것 같은 설렘을 느끼게 했다.

"하늘이 맑지 않습니까? 별들도 많구요."

서연관 이수가 고개를 들어 별이 가득한 하늘을 우러러 보았다. 충녕도 스승이 하는 대로 고개를 들어 북한산 머리 위로 끝없이 펼쳐진 밤하늘을 향해 고개를 들었다.

"놀랍습니다. 이렇게 하늘 가득한 별은 처음이에요."

충녕의 입에서 탄성이 터져 나왔다.

"마치 옥구슬을 아무렇게나 하늘에 뿌려 놓은 것 같지 않습니까? 그렇지만 저마다 자태를 뽐내며 무질서하게 보이는 저 별들은 우리 사람들이 도저히 생각하지 못할 정도로 아주 정교하고 질서 있게 짜여진 비단의 무늬처럼 자기 자리를 지키며 하늘을 수놓고 있는 것입니다."

스승 이수가 충녕의 표정을 살폈다. 충녕은 무엇에 홀리기나 한 듯 정신을 잃고 하늘 한복판을 바라보고 있었다.

"누가 저런 것들을 만들어 놓았을까요?"

충녕은 별무리에서 눈을 떼지 않은 채 신기한 표정으로 물었다.

"하늘입니다. 이 세상 만물은 모두 하늘이 만들었습지요. 별이며 나무며 바람이며 짐승이며 우리 사람까지 말입니다. 옛부터 선인들은 하늘을 공경하라고 일러 왔습지요. 그것은 하늘의 섭리와 질서를 배우라는 뜻이기도 한 것입니다. 하늘을 두려워하며 받들지 않고서는 아무 일도 할 수가 없습니다. 사람이 하늘을 무시하고 자만심에 빠진다면 그것은 곧 자신의 파멸을 의미하는 것이지요. 우리가 알고 있다는 지식도 저 자연 속에 숨어 있는 뜻에 비하면 강가의 모래 한 알처럼 보잘것없는 것입니다. 우리 사람이 자신이 알고 있는 보잘것없는 지식을 가지고 그것이 전부인 양 내세우고 뽐낸다면 결국 저 질서와 신비 속에 빨려들어 아무런 의미도 없는 미미하고 보잘것없는 존재가 되어 버리고 마는 것이지요. 이 질서를 배워야만 진정한 지식과 학문을 깨쳤다고 말할 수 있을 것입니다."

스승 이수는 충녕에게 하늘의 법칙과 위대함을 일깨워 줌으로써 왕가의 평범한 자손이기보다는 진정한 깨우침을 알아 세상을 넓고 크게 볼 줄 아는 인간다운 인간으로 거듭나기를 바랐다.

충녕은 스승의 말을 귀 밖으로 흘리듯 하늘만 쳐다보고 있었으나 사실은 스승의 말을 하나도 빼놓지 않고 가슴 속에 담으며 알지 못했던 새로운 깨달음의 세계 속으로 줄달음치고 있었다.

"그런데 저 별들은 무엇에 매달려 있는 겁니까?"

충녕이 문득 생각지도 않은 물음을 스승에게 던졌다. 질문을 받은 서연관 이수의 입가에 미소가 돌았다.

"매달려 있는 것이 아니라 떠 있는 것입니다."

"떠 있다구요? 무척 가벼운 모양이지요?"

충녕이 의아해 하는 얼굴로 스승을 바라보았다.

"저 별 하나의 크기가 얼마만하다고 생각하십니까?"

서연관 이수가 충녕의 밝은 표정을 흐뭇한 눈으로 보며 물었다.

"하늘에 떠 있는 것으로 보아서는 빗방울이나 눈송이만하지 않을까요. 깃털보다 가볍고……."

충녕이 초롱초롱 눈동자를 굴리며 어린 아이처럼 즐거운 표정을 지었다.

"하하하하, 역시 동심은 어쩔 수 없으십니다."

서연관 이수가 크게 웃음을 터뜨렸다.

"저기 가끔씩 흐르는 별똥이 보이질 않습니까?"

이수가 하늘 한복판에 빗금을 그으며 흘러 가는 별똥을 가리켰다.

충녕이 말없이 고개를 끄떡였다.

"저것은 별 중에서도 아주 작은 잡성(雜星)에 지나지 않습니다. 하늘을 돌아다니다가 우리가 사는 땅으로 떨어지는 것이지요. 이때 공기와 부딪쳐 빛을 내며 타는데 그때의 불빛이 저처럼 서늘거리며 흐르는 것입니다. 얼마 전 경상도 지방에 타다 남은 별똥 하나가 떨어졌는데 그 자리에 여기 경회루 연못보다 다섯 배나 더 큰 구멍이 생겼다고 합니다.

"다섯 배나요?"

충녕이 깜짝 놀라 눈을 동그랗게 떴다.

"그렇습니다. 그 곳뿐만 아니라 그와 비슷한 흔적은 곳곳에서 얼마든지 찾을 수 있습지요. 이런 것들로 보아 미루어 추측하건대 아마도 저 별 중에는 우리가 사는 이 땅덩어리보다 몇 배, 몇백 배나 더 큰 별들도 얼마든지 있다고 별을 연구하는 사람들은 말하고 있습니다. 이러한 오묘함 속에 우리가 살고 있는 것입니다. 아직도 이 세상에는 우리가 캐내지 못한 수많은 자연 현상들이 있습니다."

서연관 이수에게서 생각지 못했던 말을 들은 충녕은 커다란 충격으로 잠시 입을 다물지 못하였다.

"어떻게 눈곱만큼 작아 보이는 별이 이 어마어마하게 큰 이 땅덩이보다 더 크다는 말입니까?"

"그러니까 저기 옹기종기 모여 아주 가깝게 붙어 있는 별 사이도 사실은 우리가 태어나서 죽을 때까지 뛰어 가더라도 닿지 못할 수 있습니다. 그만큼 먼 거리에 있기 때문이지요. 그리고 또 저 서쪽 하늘에 새파랗게 반짝반짝거리는 별은 불을 밝히는 별로서 우리에게 밝은 빛과 따뜻한 볕을 내려 주는 태양처럼 스스로 몸을 태워 빛을 발하고 있는 것이라고 합니다."

서연관 이수는 중국과 서역의 천문에 관한 책에서 남보다 앞선 지식을 터득하고 있었다.

"저런 것들이 어떻게 만들어졌을까요?"

충녕이 하염없이 펼쳐진 하늘 멀리로 시선을 보내며 혼잣말 하듯 중얼거렸다.

"그것은 아직 어느 누구도 궁구하지 못했습니다. 궁구할 수도 없구요. 다만 이 세상을 집이라 하여 우주(宇宙)라고 부르고 우리는 그 속에 살고 있을 따름입니다. 그러니 우리 모두는 이 집 안에서 태어나 집 안에서 죽는 것입니다. 때로는 별이 되기도 하고 달이 되기도 하고 바람이 되기도 하고 버러지가 되기도 하면서 말입니다. 그런데 어떤 학자의 말을 빌리면 이 세상은 눈에 보이지 않을 만큼 아주 작은 점에서 시작됐다고 합니다. 참으로 알지 못할 신비로운 일이지요."

"눈에 보이지도 않는 작은 점에서 이 넓은 우주가 생겨났단 말씀입니까?"

충녕은 너무도 놀라 입을 다물지 못하였다.

"그렇습니다. 그러니 우리가 지금 닦고 있는 학문이라는 것은 저 안에 들어 있는 진리에 비하면 손끝만큼도 다다르지 못하는 아주 작고 빈약한 것에 지나지 않지요."

스승 이수는 충녕에게 우주의 섭리와 윤회에 관해 설명하려 하였다. 스승의 말을 들은 충녕은 갑자기 주위가 작고 초라해 보이기 시작했다. 그러나 그것은 이제까지 단편적일 수밖에 없었던 충녕의 마음이 끝없이 크고 넓은 세계를 향해 펼쳐지는 순간이기도 하였다.

그 후에도 서연관 이수는 논어나 맹자에 관한 학문 외에 틈만 있으면 천문학, 역사학 등에 관해서도 들려 주었다. 충녕은 이러한 스승의 가르침에 힘입어 학문의 무게가 날로 일취월장해 갔다. 그뿐 아니라 매사를 깊이있게 바라보고 그 의미의 명확성을 캐어 보려 더욱 노력하였다.

부자(父子)

가을이 깊어 가는 어느 날 충녕 대군의 스승인 이수는 외아들 민규를 불러 자리를 마주하였다. 같은 집에 기거하는 부자지간이기는 하였지만 왕자들을 가르치고 임금의 시강관이 되어 바쁜 일과에 쫓기는 아버지 이수는 오랜 만에 아들과 같이하는 자리였다.

모처럼 아들의 얼굴을 뜯어본 이수는 대견스런 마음에 입가에 미소를 떠 올렸다. 예전의 앳되고 어린 티는 어느 틈에 가셔지고 성년으로 균형이 잡혀 가는 몸매에서 새파란 총기가 배어 나왔다.

"그래, 학문 습득은 잘 이루어져 나가느냐?"

이수는 마주만 앉으면 한결같은 질문을 던졌다.

"책을 대하면 대할수록 더욱 어려워질 뿐입니다."

아들이 아버지에게 자신의 생각을 솔직하게 고백하였다.

"당연한 일이로다. 진리를 구하는 길이 쉽고 편안한 것이라면 누군들 평생을 바쳐 그것을 이루기 위해 땀흘릴 필요가 있겠느냐."

아버지 이수가 당연하다는 듯 고개를 끄덕였다.

"오늘 내가 너를 부른 것은 앞으로 네가 어떤 진로를 택할 것인가에 대해 머리를 맞대고 의논하고자 함이다. 너도 이제 지학(志學)의 나이에 이르렀으니 지금부터 네 나름대로의 뜻을 세워 나가야 할 것이 아니겠느냐. 다른 가문에서는 선대(先代)의 유산을 그대로 이어 받아 그 가문의 전통을 이루어 나가는 것이 선례로 되어 있다마는 이 애비는 결코 애비의 뜻에 따라 일방적으로 한 가지만을 고집하고 싶지는 않다.

사람이란 아무리 어리거나 또는 비천하다 할지라도 자신의 뜻과 의지가 있는 것이니까, 그 뜻과 의지를 좇아 자신의 길을 열어 나가는 것이 가장 마땅하고 현명한 것이라는 것을 잘 알고 있다. 그러하니 너도 너의 심중에 있는 말을 허심탄회하게 이 애비에게 털어놓아 주기를 바란다."

아버지 이수는 아들 민규가 어떠한 인생관을 갖고 있다는 것쯤 대강 눈치채고 있었다. 그래서 아들이 이 자리를 빌려 심중의 말을 스스로 털어놓기를 바랐다.

그러나 아들 민규는 쉽게 입을 열려 하지 않았다. 자신의 생각하는 바를 입으로 옮기면 그 순간 아버지의 가슴에 못을 박는 일이 될는지도 모른다는 생각에서였다.

고려조부터 대대로 선비의 집안으로 수많은 학자와 석학을 배출한 명문 집안이었다. 그런데 그 이씨 가문이 당대에서 무너질 수도 있다는 사실을 아버지 앞에 감히 털어놓을 수가 없었던 것이다.

민규는 태어날 때부터 총명한 머리와 뛰어난 재능을 가지고 있었다. 또한 아버지 이수의 가르침을 본받아 쉬지 않고 배움에 힘썼으므로 벌써부터 또래의 서생들이 따를 수 없는 해박한 지식을 터득하고 있었다. 그러므로 집안에서는 가문의 대를 이어 갈 그릇으로 온 가족의 사랑과 기대를 독차지하고 있었다.

그러나 정작 본인은 집안의 기대와는 달리 자유롭게 세상을 떠돌아 다니며 좀더 여유로운 삶을 누리겠다는 생각을 갖고 있었다. 이것은 어느 누가 가르쳐 준 것은 아니었으나 언제부터인가 그가 터득해 낸 삶의 방법이며 방향이었다. 다만 이런 생각을 아버지에게 말한다는 것은 자식의 도리로 불효막심한 일임을 그는 잘 알고 있었다.

그가 소학을 배울 때 효(孝)의 근본은 몸과 형체와 살은 부모로부터 받은 것이므로 감히 헐워 상하게 하지 않는 것이 그 시작이요, 몸을 세워 도를 행하여 이름을 떨침으로써 부모의 자랑거리를 세상에 드러나게 하는 것이 효의 마침이라고 하는 가르침은 누구보다 잘 알고 있기 때문이었다.

입신행도(立身行道)하고 양명어후세(揚名於後世)하며
이현부모(以顯父母)함이 효지종야(孝之終也)라.

이는 그가 어린 시절부터 입에 침이 마르도록 외워온 효의 구절이었다.

"말씀드리기 황송하오나, 소인은 그저 학문에만 깊이 빠져 생활할까 하옵니다."

민규는 아버지의 시선을 되도록 피한 채 그렇게 대답했다. 이수는 아들의 말을 듣고 잠시 생각에 잠겨 있었다.

"조정에는 나가지 않고, 학문에만 심취해 살겠다는 말이냐?"

아버지가 아들에게 되물었다.

"그러하옵니다. 학문하는 자는 학문만을 궁구하면 그것으로 모든 것을 이루었다고 생각합니다."

아들은 아버지가 자신의 말뜻을 이해해 줄 것을 원하였다. 아버지 이수는 입을 굳게 다물고 다만 고개를 끄덕일 뿐이었다. 잠시 방 안에는 침묵이 흘렀다.

"학문을 그저 자기만의 오락으로 생각하여 즐기기만 한다면 그것은 소인배들의 행동이 아니겠느냐. 지금 이 나라는 현명한 인재를 필요로 하고 있다. 네가 아직은 큰 그릇은 아니다만 장차 이 나라에 보탬이 될 큰 인물이 되리라는 것을 이 애비는 의심치 않는다. 더구나 너는 충녕 대군의 둘도 없는 지우(知友)가 아니냐. 대군께서 총명하시니 네가 곁에서 도와만 준다면 크게 도움이 될 것으로 생각하고 있다."

아버지는 아직도 아들의 재능이 조정에 미쳐 줄 기대를 버리지 않고 있었다.

"하오나 저의 비좁은 소견이 그러하온지 어딘가에 있을 넓은 세계를 향해 뛰쳐 나가고 싶은 생각을 억제할 수가 없습니다. 책을 대하면 대할수록 제 자신 기거하고 행동하는 곳이 너무나 답답하고 비좁다는 생각뿐입니다."

아들은 아버지에게 간곡하게 그의 속마음을 털어놓았다. 또다시 방 안에는 침묵이 내려앉았다. 아버지가 먼저 입을 열었다.

"네 마음을 헤아릴 수 있겠다. 사실상 우리가 행동하는 생활 반경은 저 드넓은 세상에 비하면 손바닥만도 못한 비좁은 것이지. 젊은 네가 그런 생각을 갖지 않는다면 세상의 발전이란 있을 수 없을 것이다. 너도 들어 알고 있겠지만 지금 조정의 대신들은 양녕 세자의 행동에 대해 논란에 논란을 거듭하고 있다. 그 분은 본시 성격이 활달하고 활동적이어서 하루 종일 책상에 붙어 앉아 책을 읽거나 한결같은 궁중 법도의 굴레 속에서는 숨이 막혀 살아 갈 수가 없는 분이시지. 그 분에게는 더 넓고 크고 자유로운 세상이 필요하신 거야. 그러나 부왕인 태종께서는 그런 문제 때문에 식음을 전폐한 채 머리를 앓고 계시단다……. 임금께서는 장차 이 나라를 문운이 왕성한 문치의 국가로 만들고 싶어하시는데 양녕 세자께서 그 뜻을 따라 주지 않으니 임금의 불같은 성격에 얼마나 마음이 상하시겠니……. 아마 세자 저하도 너와 같은 세상을 보고 계시기 때문에 일이 손에 잡히지 않는 것이라고 생각한다. 그러나 세자라는 신분이 그 분이 원하는 길을 막고 있는 것이지. 세자 저하의 행동은 나라의 앞일로 보아서는 결코 행복한 일이라고 볼 수는 없다…… 그래서…… 어쩌면……."

이수는 하던 말을 멈추었다. 그리고 수심어린 눈으로 대궐 쪽을 바라보았다.

민규는 아버지의 머뭇거리는 말 속에 무슨 뜻이 숨어 있는지 이미 읽고 있었다. 지금 조정은 한 가지 큰 고심에 빠져 있었다. 양녕 세자 때문이었다.

상식으로는 도저히 이해할 수 없는 세자의 무분별한 행동. 틈만 나면 궁 밖으로 나가 술과 계집에 빠져 지냈다.

세자 양녕의 행동을 정상으로 볼 사람은 아무도 없었다. 반미치광이가 되었다는 소문도 들렸다.

조선은 건국 이래 지금까지 왕위 계승 때문에 피비린내가 그친 적이 없었다. 개국 첫 시조부터 장자상속이냐 말자상속이냐를 둘러싸고 격렬한 언쟁을 벌이더니 여진의 풍습인 말자상속으로 여덟째 왕자 의안 대군 방석이 세자로 책봉되는 결과를 낳고 말았다.

그러나 이는 전비 소생들의 불만으로 급기야는 왕자의 난이 일어나 세자는 참살당하고 둘째 왕자인 영안군 방과가 조선 제2대 정종으로 등극하게 되었던 것이다. 그 후 다음 왕위 계승을 노린 회안 대군 방간의 모반으로 개경의 수창궁에서 또다시 충돌이 일어났고, 정안 대군의 군대에게 회안 대군 군대가 궤멸되는 두번째 왕자의 난을 치러야 했다.

이러한 모든 것은 두 번씩이나 왕자의 난을 일으킨 지금의 임금인 다섯째 왕자 정안군 방원에 의해 이루어진 일이었다. 이러한 사태를 겪으면서 조선 3대 임금으로 등극한 태종은 왕가의 법도를 마련하고 이번만큼은 확고한 신념 아래 유가의 전통인 장자상속의 틀을 만들어 후대의 본을 삼으려 결심하였던 것이다. 양녕을 서둘러 세자로 책봉했던 것도 그러한 불행을 다시는 일어나지 않게 하려는 의도였음은 말할 나위 없었다.

한편 태종은 힘의 논리가 아닌 문(文)의 치덕(治德)으로 역대에 빛날 융숭한 나라를 만들 결심을 하고 있었다. 그런데 장자로서 세자의 위치에 오른 양녕이 부왕인 태종의 뜻에는 전혀 부합되지 않는 짓만을 일삼으며 눈 밖에 나기 시작한 것이었다. 이것이 또한 왕가의 고민거리가 되었다.

그러나 민규는 양녕 세자가 결코 미치광이이거나 거들충이 소인배가 아니라는 것을 잘 알고 있었다. 어릴 때부터 아버지를 따라 궁중에 드나들면서 왕자들과 친하게 지냈으므로 그는 누구보다도 세 왕자의 성격을 잘 알고 있었다. 물론 그 중 충녕 대군과는 흉허물 없이 지내는 사이였지만 나이가 세 살이 많은 양녕 대군과도 거리낌없이 이야기를 나누며 뛰어놀곤 하였었다.

　장자인 양녕은 아버지 태종을 닮아 성격이 활달하고 동년배에 비해 기골이 장대하였다. 그래서 항상 활 쏘기라든가 말타기·매사냥 등을 좋아하고 오랜 시간 한 자리에 앉아 글을 읽는 것을 지루하게 생각하였다. 그러한 성격 때문에 스승 이내와의 사이도 좋지 않았으며 부왕과의 사이는 더욱 멀어지기 시작하였다.

　태종은 세자의 그러한 행동을 고쳐 보려고 여러 가지 노력을 기울였다. 자신이 어린 시절 공부했던 강원도 원주에 세자를 친히 데리고 가서 보여 주기도 하였다. 그리고 조상의 위폐를 모신 종묘에 보내어 앞으로 차분히 조상들에게 근언하며 세자의 길을 걸을 것임을 다짐하고 오도록 하기도 하였다. 중국 연경에 가서 그 곳 문물을 구경하고 견문을 넓히도록 하는 배려 또한 아끼지 않았다.

　그러나 세자 양녕은 그런 부왕의 뜻에는 아랑곳하지 않고 자기 멋대로 행동하였다.

　마음만 먹으면 누가 뭐라건 아랑곳하지 않고 담을 뛰어넘어서라도 친구와 술과 사냥을 즐겼다. 성혼을 하고 나서도 성 밖의 다른 여자를 취하여 생활하곤 하였는데 특히 유부녀인 어리라는 여인과는 뗄래야 뗄 수 없을 만큼 열정을 나누며 지내곤 하였다.

　이런 행동은 왕세자로서 왕가의 체통에 먹칠을 하는 파렴치한 행동으로 보일 수밖에 없었다.

　"사람은 자기 맘대로 살아야 돼. 난 이 복잡하고 어수선한 궁중 생활은 머리가 아파."

　양녕은 간혹 이런 말을 흘리곤 하였다. 그러나 양녕의 오늘과 같은 행동이 다만 단순한 자기 의사에서 온 것이 아니라는 것을 민규는 잘 알고 있었다. 그것은 태상왕인 할아버지가 장손을 사랑하여 늘 곁에 두고 어루만지며 들려 준 이야기와 살아 오는 동안 보고 듣고 느끼며 스스로 체득한 삶이 그런 식으로 표출되고 있다고 민규는 생각하였다.

　태상왕 이성계는 나이가 들어 감에 따라 예전의 용맹과 기개가 차츰 쇠퇴하여 갔다. 여진과 왜구를 향해 힘차게 시위를 당기며 채찍을 가하던 말발굽 소리도 이제는 한낱 스쳐 지나가는 바람 소리에 불과했으며, 고려를 멸하고 새 왕국 조선을 건국한 의욕과 패기도 영욕의 시간 저편으로 사라져 가는 물 소리에 지나지 않았다.

왕자의 난으로 사랑하던 세자가 죽음을 당하는 것을 눈앞에서 보고도 어쩌지 못했던 아비의 애통, 형제간에 죽고 죽이는 칼부림을 손가락 하나 까딱하지 못하고 바라보아야만 했던 무능. 그러나 그것은 그 자신 만들어 놓은 덫이었고 함정이었으며 인간의 힘으로는 어쩌지 못하는 숙명이라고 생각할 수밖에 없었다.

"제(褆)야, 너는 남을 해하는 일은 절대로 해서는 안 되느니라. 남을 해하는 만큼 그것은 자기에게로 돌아오는 것이야. 이 할애비가 왜 이런 말을 하는지 너는 잘 알 테지……."

양녕은 무어라고 말을 하지는 않았으나 할아버지가 하는 말을 마음에 담고 있었다. 할아버지는 무인으로서 그리고 새로운 나라를 건국하는 과정에서 수많은 인명을 해하였던 것을 후회하고 있는 것이었다.

할아버지의 고뇌는 곧 양녕의 고뇌였다. 그리고 어린 시절에 일어났던 일이었지만 아버지 태종이 무엇을 어찌하고 어떻게 하여 오늘의 지위에 이르렀는지도 어렴풋이나마 기억하고 있었다. 그리고 이즈음에 와서 그 동안 생사를 함께한 어머니를 버리고 수많은 후궁들을 끌어들여 대궐 안이 온통 혼란스러운 것이라든가 외가 쪽의 친인척들이 세도를 부린다 하여 하나 없이 제거해 버린 것도 눈으로 똑똑히 보고 있었다. 어떤 명목에서든 이 모든 것이 양녕으로 하여금 이해할 수 없는 것이었으며 남을 대하고 살아가는 데 자신감을 잃게 하는 일들이었다.

양녕의 활달하고 성급한 성격은 부왕인 태종을 닮았다. 그러나 한편으로는 한 곳에 정신을 집중하면 헤어날 줄 모르는 사려 깊은 면과 어느 누구도 차별함이 없이 친밀감을 가지고 대하는 순수한 인성도 가지고 있었다. 그런 까닭에 불의를 보면 참지 못하는 강한 정신이 그의 내면에 자리하고 있었다. 어떻게 보면 부왕의 신임을 받지 못하는 만큼 그 역시 부왕에게서 신뢰를 찾을 만한 여지를 구하지 못했는지 몰랐다. 부왕이 걸어 온 길은 맑고 깨끗한 피를 지닌 젊은 양녕에게는 커다란 부담이며 피하고 싶은 세계였다. 양녕은 부왕이 그를 위해 서연을 베푼다든가 새로운 일을 부여했을 때 두드러지게 거부 반응을 보였다.

민규의 생각으로는 양녕 세자가 부왕의 배려로 중국 연경에 다녀온 후 더욱 자유분방한 행동을 하기 시작하지 않았나 생각되었다.

양녕 세자가 연경을 다녀온 어느 날, 효령·충녕과 몇몇 또래의 지우들은 그를 찾아가 이번 여행중에 보고 들은 것을 이야기해 달라고 졸랐다.

"글쎄, 백문이 불여일견이라고, 어떻게 그것을 말로 표현할 수 있을까? 하여튼 넓고 크고 많고 화려하다는 얘기밖에는 할 말이 없을 것 같애. 어느 중국 사람 하나가 우리 일행을 보고 어디서 왔느냐고 묻기에 조선에서 왔다고 대답했지. 그 사람은 한참 고개를 좌우로 흔들며 생각에 잠기지 않겠어? 그래서 얼른 고려라고 말을 돌렸지. 그랬더니 그제서야 고개를 끄덕이면서, 아 그 삼각산 아래 몇 채 안 되는 조그마한 집을 짓고, 왕가입네 하고 떠드는 소국에서 왔구먼, 하면서 껄껄거리고 웃더군. 그래서 기분이 몹시 상했지. 생각 같아서는 뺨때기라도 한대 때려 주고 싶은 심정이었지만 꾹 참았지. 사실 따지고 보면 그들 말이 옳기도 해. 그들의 웬만한 사대부들의 집이 우리 대궐만큼 컸거든. 그러나 무엇보다 우리를 놀라게 한 것은 그들의 저자 거리였어. 거리를 나서니 넓은 길 양편에는 이 세상에 태어나 처음 보는 물건들이 산같이 쌓여 있었어. 울긋불긋한 비단, 그리고 서역으로부터 몰려온 낯선 사람들이 수레 가득 상품들을 싣고 저자 거리로 모여 들었지. 듣지도 보지도 못했던 각양 각색의 과일, 수도 헤아릴 수 없이 다양한 농기구 하며 자기·유기 그릇들이 눈이 부시도록 화려하게 진열되어 있어서 입을 다물지 못할 지경이었지. 모든 것들이 말로는 형언키 어려운 호화를 극한 것들이었어…… 서방(書房)엘 가 보았는데 한우충동(汗

牛充棟)이라는 게 지나친 말이 아니었다는 것을 실감했지. 산처럼 빼곡이 쌓인 책과 벼루며 붓·연적 등의 문방기구…… 금방이라도 눈에 빨려 들어올 정도로 우리 마음을 사로잡았어. 그에 비하면 우리가 자랑하는 운종개의 상품들은 그야말로 빈약하기 이를 데 없는 부끄러운 것들이야. 연경의 여행으로 이 세상은 참으로 넓고 크다는 걸 알았어. 물건뿐만이 아니었지. 중국을 오고 가는 길에 펼쳐진 끝없이 넓은 벌판이며, 웅장하고도 높은 산, 빼어난 산수(山水) 역시 중국의 문물에 버금가는 마음을 사로잡는 것들이었지……."

이야기를 들려 주는 동안에도 양녕 세자는 무엇에 홀린 듯 창 밖으로 펼쳐진 푸른 하늘을 연신 올려다 보았다.

그 날, 민규는 양녕의 표정에 스치는 우수를 놓치지 않고 보았었다. 그래도 그때에는 지금의 찌들린 궁중 생활에서 벗어나 활짝 열린 세상을 향해 날아가지 못하는 자신의 처지를 안타깝게 여긴 때문이라고 여겼었다.

그런 뒤로 양녕의 행동은 더욱더 상식을 벗어나기 시작했던 것이다. 더더욱 규칙적이고 틀에 박힌 생활을 견디지 못했다. 틈만 있으면 대궐 밖으로 뛰쳐나가 매사냥을 하거나 주색에 빠지거나 시정 잡배들과 어울리기를 좋아했다.

민규가 양녕에 대해 염려하는 것처럼 아버지 이수도 이즈음 대궐에서 논란이 되고 있는 양녕 걱정에 절로 한숨이 나왔다.

며칠 전 태종이 이수를 밀실로 불렀다. 밀실에는 주안상이 차려져 있었고 아무도 근처에 얼씬거리지 못하도록 엄명이 내려져 있었다. 명목은 충녕의 스승으로서 그 동안의 노고를 치하하기 위한 하사주(下賜酒)의 자리였다. 술 실력이라면 난형난제인 두 사람은 앉자마자 한 동이의 술독을 비워 버렸다.

"그 동안 노고가 많았소. 충녕의 학문이 일취월장하여 번듯한 그릇이 되어 가니 이제야 비로소 왕가의 체통이 서는가 싶소."

태종은 만면의 웃음을 띠며 아들의 스승인 이수에게 잔을 건네었다.

"대군께서 워낙 총명하시고 가일층 노력하셔서 이룬 일이옵지, 소신의 미력한 힘이 어찌 보탬이 되었겠사옵니까."

이수는 임금이 내리는 술잔을 마다 않고 비웠다.

공부자의 말씀 가운데 군자의 삼락(三樂) 중에 득천하영재교육지삼락야(得天下英才教育之三樂也)라는 말이 있듯이 충녕 대군과 같은 영특한 인재를 교육시킬 수 있음이 서연관 이수로서는 진정 크나큰 기쁨이 아닐 수 없었다.

"아직 나라의 정도가 완전히 잡히지 않아 걱정이 태산 같은데, 충녕이 그토록 학문에 심취하여 날로 발전하다니, 짐으로서는 그보다 더 큰 보람이 없소이다 그려. 하나……."

태종이 하던 말을 끊고 한숨을 푹 하고 내쉬었다.

"무슨 근심이 계시오니까?"

이수가 마시던 술잔을 놓고 태종의 용안을 우러러 보았다. 태종이 놓았던 술잔을 들어 꿀꺽 하고 술을 입에 털어넣었다.

"그대도 알다시피, 요즈음 세자 때문에 골머리를 앓고 있소. 짐은 이 나라 사직의 전통을 살리기 위해 이번만큼은 장자상속의 기틀을 꼭 마련할 셈이었소. 그래서 양녕으로 하여금 세자에 오르게 하고 지금껏 보살펴 온 것이오. 그런데 세자는 짐이 뜻하는 바와는 정반대의 길만 가고 있으니 그것이 걱정이 아니고 무엇이겠소."

태종은 또다시 이수가 따라 주는 술잔을 한꺼번에 벌컥 마셔버렸다.

"하오나 세자께서 아직 나이가 어리시고 또 앞으로 시간도 많사오니 마음을 돌리시도록 노력하시면 그렇게 심려하실 일이 아닌 줄 믿사옵니다."

이수가 태종의 심기를 달래려 애를 썼다.

"그릇이 문제요. 될성부른 나무는 떡잎부터 알아 본다고 하지 않습니까? 지금 나이 약관(弱冠)이면 어린 나이라고 볼 수도 없소. 언제 마음이 돌아 학문을 궁구하여 문치(文治)의 국가를 이룰 동량이 될 수 있겠소. 좀더 시간을 두고 심사숙고하여야 했을 것을, 성급했단 생각을 떨쳐 버릴 수가 없소."

태종은 세자에 대해 이미 마음이 떠나 있는 것 같았다. 그러나 이런 문제는 왕가의 문제이며 절대권력인 태종의 마음인고로 이수로서는 달리 할 말이 없었다.

"아하, 내가 너무 내 말만 늘어놓은 것 같구려. 그래 요즈음 충녕은 어떤 생각을 가지고 생활하고 있습디까? 성례를 치른 후 궁 밖으로 살림을 차려 줬더니만 얼굴 보기조차 힘이 들어서……."

태종은 말을 돌려 충녕 대군에게 초점을 맞추었다. 이수는 마시던 술잔을 상 위에 내려 놓고 옷 매무새를 단정히 하였다.

"소신으로서는 대군의 서연관이 되어 가르치게 된 것을 큰 광영으로 생각하고 있사옵니다. 더구나 영특하기 이를 데 없는 충녕 대군의 스승이 되어 학문을 논하게 되니, 그 기쁨을 어디에다 견줄 수 있겠사옵니까. 이제 소신의 변변치 못한 능력으로서는 더 가르칠 것이 없사옵니다. 대군께서는 사서와 삼경은 물론 천문·지리·법서·인문·역사, 나아가서는 음악·전술법·의학 등에 관한 부분까지도 섭렵하여 이미 웬만한 학자들이 따를 수 없을 만큼의 높은 수준에까지 통달하고 있는 줄 아옵니다."

이수는 조금도 과장됨이 없이 충녕 대군의 진면목을 하나하나 아뢰었다.

"기특한지고. 그래 그 아이가 특별히 하고 싶어하는 것이 무엇이라고 합디까?"

태종의 얼굴에 만족한 빛이 가득했다.

"워낙 신중에 신중을 기하시는 분이라 드러내어 무엇을 하겠다고 말한 것은 없었습니다. 다만 장차 세자 저하를 도와 사직의 문덕을 쌓는 데 혼신의 힘을 바치겠노라 말한 적이 있사옵니다. 하옵고 무지몽매한 백성들을 위해 그들이 쉽게 배움을 깨우칠 수 있도록 간편한 글자를 만들겠다는 강한 의욕을 보이고 계신 것으로 알고 있사옵니다."

이수가 머리를 조아려 충녕 대군이 평소 가지고 있었던 소신을 대신

피력하였다.

"허허허허. 몽매한 백성을 위해 쉬운 글자를 만들겠다구요. 참으로 기발하고 대견한 착상이구려. 그렇게 깊은 뜻을 가지고 있다니, 이는 왕가의 기쁨일 뿐 아니라 나라 전체의 기쁨이구려."

오랜 만에 태종에게서 파안대소가 쏟아져 나왔다.

"아깝구려. 아까워……."

몇 잔의 술잔을 쉬지도 않고 연거푸 들여 마신 태종은 자신을 채찍질이라도 하듯 알쏭달쏭한 말을 토해 내었다.

태종은 이미 취해 있었다. 그러나 이수는 좀처럼 취기가 오르지 않았다. 이 자리가 어떤 자리인가. 말과 행동에 조금도 흐트러짐이 없어야 할 자리가 아닌가. 그런데 어찌 몇 잔 술에 취할 수가 있단 말인가.

이수는 집으로 돌아오는 말 위에서도 정신이 말똥말똥하였다. 도도히 앞을 향해 흘러가던 물줄기가 또다시 그 흐름을 바꾸려 함인가……?

이수는 온몸에 확 하고 끼얹히는 한기에 부르르 어깨를 떨었다. 두려움 때문은 아니었다. 건국을 거쳐 이제까지 격랑을 이루며 흐르던 물줄기가 실상은 어느 한 점(點)을 위해 모아지고 있었다는 사실을 깨닫는 순간 그 신비와 오묘함에 놀라 온몸이 떨렸던 것이다.

그러면서 아들 민규를 떠올렸다. 그리고 조만간 부자지간이 마주 앉아 깊은 얘기를 한 번 나눠봐야겠다는 생각을 했던 것이다. 무엇보다 이수는 아들 민규의 속마음이 너무도 궁금했다.

"내가 왜 말을 얼버무렸는지 알겠느냐?"

긴 침묵이 끝나고 이수는 무릎을 꿇고 앉아 있는 민규에게 천천히 입을 열었다.

"대강은 짐작하고 있사오나 진정 말씀하시려는 뜻은 잘 모르겠습니다."

민규는 머릿속을 어지럽히던 생각에서 벗어나 아버지의 얼굴을 똑바로 쳐다보았다.

"나랏일이란 하늘에서 하는 일이니 이 애비가 섣불리 무어라 말할 수는 없다. 하지만 내 너에게 한 가지 꼭 부탁하고 싶은 말이 있다. 듣겠느냐?"

이수가 아들을 간절한 눈으로 바라보았다.

"뉘 앞이라 거역하겠습니까?"

아들 민규가 자리를 고쳐 앉았다.

"너는 조정에 나가지 않고 학문에만 진력하겠다고 말했었지. 그에 대해 이 애비는 모든 것을 너의 뜻에 맡기고 더 이상 무어라 하지 않겠다. 다만 학문에 파묻혀 허송세월을 하다 보면 이도저도 아닌 한량의 신세를 면치 못할 것이다. 학문을 하려면 무엇이든 한 가지를 정하고 그것에 정진하여 그 방면에 대가가 되어야 하는 것이다. 그런데 너는 어떤 학문을 어떻게 하여 어떤 결과를 얻겠다는 결심을 한 번도 이 애비에게 말한 적이 없었다. 이번 기회에 이 애비에게 너의 마음 먹은 바를 들려다오."

이수는 아들이 이런저런 책장이나 들추면서 허송 세월을 하는 것을 원치 않고 있었다. 기왕이면 한 가지만이라도 기준을 정하고 그 방면에 힘을 써서 이 다음에까지 이름을 남기는 학자로 만들고 싶었다.

"아직 어떤 학문을 어떻게 공부해야 할 것인가에 대해 깊이 생각하지는 않았습니다. 우리 나라가 유가(儒家)의 길로 들어섰으니, 성리학 쪽으로 힘을 기울여 볼까 생각하고 있습니다."

아들 민규가 정중히 자신의 뜻을 아뢰었다. 아들의 말을 듣고 있는 이수는 마음이 착잡하였다.

"그래, 좋은 생각이로구나. 그런데 애비에게 한 이런 말을 충녕 대군에게도 한 적이 있느냐?"

"예. 말씀드린 적이 있었습니다."

"뭐라 하시드냐?"

"별 말씀은 없으시고, 곁에서 같이 학문을 논하며 지냈으면 좋았을 것이라고 섭섭해 하셨습니다."

"그 분은 장차 어떤 일을 하고 싶다고 하시드냐?"

"이미 아버님께서 소자보다 더 소상히 알고 계신 줄 생각하고 있었사온데……."

"사람은 스승에게 못하는 말을 지우에게 들려 줄 때가 있다. 오히려 마음놓고 말을 할 수 있는 건 스승보다 지우 쪽이지."

아들 민규가 다시 자리를 고쳐 앉았다. 가을 바람에 낙엽 날리는 소리가 창 밖에서 들려 왔다.

"그 분은 세심하시고 열정적이시라 어느 한 곳에만 머물러 있으실 분이 아니십니다. 세자 저하께서 드넓은 바깥 세상을 두루 섭렵하고 싶어하시는 것처럼 그 분께서는 학문의 길이라면 손에 닿고 눈에 보이는 것이면 어느 것이든 가림 없이 들추고 파고 궁구하는 분이십니다. 세자 저하께서는 활달한 기상을 밖으로 드러내 보이지만 충녕 대군의 기상은 안으로 스며 있습니다."

이렇게 아버지와 마주앉아 긴 이야기를 나눈 적이 없었던 만큼 한 마디 한 마디가 조심스러울 수밖에 없었다. 민규는 잠깐 입을 다물었다가 다시 입을 열었다.

"충녕 대군께서는 깨달음의 길은 어느 사대부나 특권 계층의 소유물이 아니며 비천하거나 몽매한 자들도 깨워 익혀서 더 넓고 큰 세상을 볼 수 있도록 해야 한다고 늘상 말씀하셨습니다. 그러려면 지금 우리가 사용하고 있는 한문자로서는 너무 난해하고 복잡하여 어리석은 백성들이 쉽게 익혀 깨우치기 어려우므로 누구나 쉽게 익혀 사용할 수 있는 우리 글자를 만들어야 한다고 늘상 말씀하셨습니다."

아들의 말을 들은 아버지는 그제서야 마음을 누그러뜨리고 만족한 표정을 지었다. 이제야 이야기의 실마리가 풀려 가는 듯하였다.

"너는 그 일이 가능하다고 생각하느냐?"

아버지가 아들에게 넌지시 물었다.

"글자를 만드는 일 말씀이십니까?"

아들 민규가 깜짝 놀라는 표정을 지었다.

"그렇다. 새로운 글자를 만들고자 하는 충녕 대군의 복안을 너는 어떻게 받아 들이느냐?"

아버지의 물음에 아들이 한동안 머뭇거렸다.

"문자에 대한 공부는 아직 문외한이라서 무어라 드릴 말씀이 없습니다. 다만 말이나 글이라는 것은 아주 오랜 예전에 자연발생적으로 생겨나서 그것을 쓰는 사람들에게 갈고 닦여 지금에 이르른 것이라고 생각하고 있사온데, 어느 누가 하루아침에 글자를 만든다고 그것이 쉽게 사용될 수 있겠습니까? 아마도 유사 이래로 그런 생각을 가진 사람은 한 사람도 없을 줄로 생각되옵니다."

"그 분이라면 하실 수 있다. 물론 말과 글은 오랜 세월을 두고 그것을 쓰는 사람들에 의해 갈고 닦여져 오늘에 이른 것은 사실이지. 하지만 말과 글이란 사람이 사용하는 것이기 때문에 사람의 필요에 따라 생성도 되고 사멸도 될 수 있는 것이다. 가까운 예를 들면 이즈음 명(明)에서는 홍무정운(紅武正韻)이라는 운서책을 만들었다. 이는 중국은 땅덩이가 끝도 없는 대국인데다가 북쪽은 오랫동안 원이나 금의 지배하에 있었기 때문에 이 나라 저 나라와 말이 섞여서 본래 쓰고 있던 말과는 상당한 변화를 가지고 있었던 것이지. 그래서 같은 중국 말인데도 불구하고 북쪽 지방과 남쪽 지방의 말이 서로 통하지 않을 정도에까지 이르고 말게 되었지. 그래서 이것을 다시 통합하여 나라 어디서나 쓸 수 있도록 하기 위해 음운 학자들이 새로운 통합 체계의 음운서를 만든 것이란다. 아마도 충녕 대군께서 고무된 것도 이 책 때문이 아닌가 여겨진다. 그 분은 한 번 한다 하면 꼭 이루고야 마는 성품을 지니셨으니 그 동안 품으셨던 결심으로 보아 이번 일도 틀림없이 이루어 낼 것이라고 믿는다."

이제까지 아버지가 이토록 격앙된 어조로 단호히 말을 하는 것을 민규는 한 번도 들은 적이 없었다.

그러나 민규는 듣지 않아도 아버지의 의중을 이미 알고 있었다. 충녕 대군의 뜻과 의지는 곧 그의 스승인 아버지 이수의 뜻과 의지였으며 대나무가 마디를 이으며 위로 자라 오르듯 뿌리를 딛고 마디를 이루며 하늘로 치솟는 푸른 대의 싱싱함을 그는 보고 있었다.

"그래서……."

이수는 잠시 말을 끊고 호흡을 골랐다.

"그래서, 이 애비가 너에게 부탁하고 싶은 것은 그 분이 원하시는 바를 한 가지만이라도 도와 드리라는 것이다. 지금 그 분은 비록 대군의 몸으로 머물고 계시지만 부왕이신 태종의 사랑을 한몸에 받고 계시다. 태종께서는 장차 이 나라를 문운이 왕성한 나라로 이끌어 갈 계획을 갖고 계신데, 그 뜻에 걸맞는 왕자는 오직 충녕 대군 한 분뿐이시다. 물론 세자 저하에게 거는 기대도 크시다마는, 지금의 분위기로 보아서는 그에 못지 않게, 아니 보다 더 큰 기대를 가지고 충녕 대군과 발을 맞춰 나갈 것이 분명하다. 충녕 대군께서는 몸에 날개를 단 듯 그 분이 평소 마음에 품고 있던 일을 이루어 나가실 것이다. 그러나 아무리 그 분이 출중하다 하신들 곁에서 도와 주는 이가 없이는 아무리 큰 뜻을 품고 있다 하더라도 그 뜻의 절반도 이루지 못할 것은 불을 보듯 뻔한 일이다. 한 나라가 후대에까지 그 이름을 기리려면 훌륭한 성군과 그 곁에 영특한 신하들이 하나가 되어 서로 의논하고 도와 끌어 주고 밀어 줄 때 비로소 빛나는 역사를 만들어 나갈 수 있는 것이지. 내가 그 분의 서연관으로서 늘상 힘주어 권해 드린 것은, 고려 그 이전부터 이 나라 학문의 맥을 이어온 연구 기관인 집현전을 다시 세워 문(文)의 국가를 이루도록 도와 주십사는 것이었다. 침체해 가는 학문을 연구하고 후학을 양성할 수 있도록 말씀을 드렸었지. 내가 전하께도 그런 말씀을 드린 적이 있었다. 이 나라 학문의 요람이며 면면히 면학의 맥을 이어온 집현전을 다시 소생시켜 달라는 것이었지. 그래서 각 방면의 뛰어난 인재를 모아 사숙케 하고, 침체해 가는 이 나라 학문을 깊이있게 연구 궁구케 하며 나아가 후학을 양성하여 예전의 동방예의지국으로서의 빛나는 면모를 확실케 해 달라는 말씀을 여러 번 드렸었지."

"하오나 아버님, 이미 말씀드렸듯이 소자는 어느 집단에 소속되어

천편일률적인 어느 한 학문에만 매달리는 것을 원치 않고 있습니다. 폭넓게 여러 가지 책을 들여다보고 공부하는 동안 그 중 마음에 드는 부분이 드러나면 그때 그때 차분히 그 방면의 실력을 쌓아 나갈 생각입니다."

민규는 아버지가 어떤 말을 하리라는 것을 미리 예견하고 있었다. 그래서 아버지의 말을 끊고 자신의 뜻을 피력하였다.

"내 말을 좀더 들어다오."

아버지가 아들의 말을 막았다.

"아무래도 말을 돌려서는 안 되겠구나. 조금 전에 충녕 대군께서 어리석은 백성을 위해 배우기 쉽고 간편한 글자를 만들겠노라 하셨다고 그랬었지 않느냐?"

아버지의 말에 간곡함이 들어 있었다.

"그렇게 말씀하셨습니다."

아들이 간단히 대답했다.

"그런데 글을 만든다는 것이 생각과 같이 그렇게 쉽게 만들어질 수는 없을 것이다. 음성이란 자연의 소리인 음향과는 달라서 소리 마디마디에는 나름대로의 소릿값과 소리 내는 법칙이 있을 것이야. 생각해보아라. 우리 사람의 목소리로 얼마나 많은 소리를 낼 수 있는지를…… 나무에 못을 박는 소리 하나도 딱딱, 떽떽, 뚝뚝, 똑딱…… 등 수없이 많은 소리로 흉내낼 수 있을 것이다. 개구리의 울음 소리도 우리가 그냥 '개굴개굴'이라 생각하니까 그렇게 소리난다고 느끼는 것이지, 만일 '개글개글' 또는 '고골고골'이라 소리낸다고 단정하더라도 크게 다르거나 틀린 것은 아니다. 이런 미묘하고 복잡한 것들을 글자로 만들어 표현하자면 그것이 얼마나 복잡다단할 것이며 그에 쏟는 정성과 노고는 또 얼마나 크겠느냐?

아버지의 설명을 들으면서 민규는 깊은 생각에 빠져 있었다.

"지금은 나나 너나 또한 충녕 대군께서나 전혀 아무것도 없는 상태에서 이 일을 생각하고 있는 것이다. 네가 유가의 길을 걷겠다고 말했었다. 유가의 기본은 충효에 있는 것이다. 충직한 신하로서 나라에 보답하는 것이 신하나 백성의 도리가 아니겠느냐? 내가 지금 너에게 들려 준 이 이야기는 꼭 너에게 그렇게 하라고 강요하는 것이 아니라. 나랏말이 없어 애태워하는 그 분을 도와 드릴 방법을 찾던 중 네가 내 자식이므로 흉허물 없이 털어놓은 이야기다. 그러니, 앞으로 네가 이 애비의 말을 명심해 그 길로 가든 그렇지 않든 그것은 모든 것이 너에게 달려 있다. 그러니 네 스스로 알아서 하도록 하여라.”

이수는 이야기를 마치고 대접의 물을 벌컥벌컥 들여마셨다. 민규는 아버지가 무엇 때문이 이토록 간곡한 이야기를 하고 있는가, 깊게 곱씹었다.

“아버님 말씀 명심하겠사옵니다. 하오나 소자는 한 번도 그런 일에 대해 생각해 본 일도 없었으며 그에 대해 아는 것 또한 전혀 없으니 무엇을 어떻게 해야 할는지 난감할 뿐이옵니다.”

“조금 전에도 말하지 않았느냐. 이 일은 지금 그 누구도 손을 대지 못하고 있는 일이며, 방대하고 난해하여 입조차 열고 있지 않다. 아마도 이런 말이 밖으로 새어 나가면 할 일 없는 자의 허황된 망상일 뿐이라고 비웃음만 살 것이다. 그리고 몇 년 몇십 년이 지난다 해도 이 일이 완성이 될는지 어쩔는지도 알 수 없는 일이다. 다만 시작이 반이라 했으니 학문을 궁구하는 도중 생각이 나거든 애비가 원했던 바에 대해 그 무엇보다 먼저 관심을 가져 주기 바란다.”

머리가 명석한 아들이었다. 이수는 그런 말을 하면서 민규가 자신의 마음을 직시하고 이해해 줄 것을 믿고 있었다.

“아버님께서는 이 일이 가능하다고 보시는지요. 만약 가능한 일이라면 그에 관해 가지고 계신 견해를 조금이나마 저에게 깨우쳐 주십시오.”

이수는 민규가 자신의 속마음을 알아 차린 것에 대해 내심 기쁨을 감추지 못하였다. 이수는 신흥국가의 왕자를 가르치는 책임을 갖고 있는 서연관으로서 세자를 비롯한 왕자들에게 새 세대에 알맞은 진취적

기상과 정신, 나아가서는 예전의 틀을 과감히 벗어 버리는 과단성 있는 창조적 정신을 배양해 주고 싶었다.

어린애 말도 귀담아 들으라는 속담이 있듯이 그는 매사를 민감하게 받아들이고 귀를 기울여서 작은 것이라도 크게 확대시켜 해석하려 하였다. 창조란 전무(全無)한 상태에서 일구어 내는 것이 아니라 이미 있는 것, 없어진 것들, 즉 유무(有無)한 것에서 재발견하는 것이 창조의 의미라는 신념을 갖고 있었다. 그러므로 생각의 범위를 조금 확대하거나 틀만 바꾸면 이 세상에서 얼마든지 편리하고 편안한 생활을 할 수 있을 것이라고 생각하고 있었다.

그는 어려서부터 이러한 주관을 가지고 여러 방면의 책을 독파하였다. 그리하여 왕자의 서연관이 된 지금에 있어서도 신념을 가지고 자신있게 그의 주관대로 지향하는 방향으로 왕자들을 이끌어 가르칠 수 있었다. 그리고 그의 가르침을 따라 훌륭하게 성장하고 있는 충녕 대군에 대해 크게 흡족해 하며 보람으로 느끼고 있었다. 더구나 충녕 대군이 우리 모든 백성에게 알맞은 쉽고 간편한 글자를 만들어 누구나 편하게 쓸 수 있도록 하였으면 하는 안타까움을 표시했을 때, 처음에는 너무 허황되다는 생각에 의미없이 받아들였으나, 차츰 대군의 마음과 그 뜻이 의미하는 바를 음미해 본 결과 이는 이 세상 그 어느 무엇보다 값지고 보람된 일이며 충녕 대군이 아니면 생각지도 감당하지도 못할 일이라는 것을 깨닫게 되었다.

"만약에 새로운 글자가 만들어져 만백성이 너나 없이 글자를 깨우쳐서 매사를 밝아진 눈으로 바라볼 수 있게 된다면……."

아무리 생각해 보아도 참으로 가슴 벅찬 일이 아닐 수 없었다. 이수는 충녕 대군의 백성을 사랑하는 깊고 높은 뜻에 머리를 숙이지 않을 수 없었다.

"이 애비도 면학의 길에 들어선 지 사십 성상을 넘어섰건만 아직도 모든 면에서 미흡하고 부족하다는 생각을 비워 본 적이 없다. 더구나 음운에 관한 서적은 한 번도 대해 본 일이 없기 때문에 어떻게 시작하여 너에게 들려 줘야 하는지 기준이 서질 않는구나. 예전의 너희 증조부께서 나에게 이런 말씀을 하신 적이 있었지. 아주 예전, 그러니까 단군 조선 시절에 우리 나라는 한반도만이 아닌 중국 전역을 우리의 영토로 하여 크나큰 왕국을 건설하고 그 위력이 하늘에 닿을 듯 높이 떨치던 때가 있었단다. 그때 녹도문(鹿図文)이라는 고전자(古篆字)를 사용하고 있었는데 이것이 나중에 중국 사람들에 동화되어 지금의 한자로 개칭되었다고 말씀하셨단다. 그러니까 엄밀히 말하면 한자는 우리 민족이 만든 글자라고 할 수 있지. 그러나 지금 그 당시에 글자 모양이 지금과 꼭 같은 것인지, 또 쓰임이 어떠했는지는 알 수가 없고 한족(漢族)의 언어 생활에 맞게 변형되어 쓰이는 지금의 한자로 발전되어 남아 있는 것이라고 하셨단다."

이수는 말 끝에 힘을 주었다.

가을의 하루는 짧아서 어느덧 창 밖의 햇살이 빛을 잃어 방 안이 어둑하였다. 아들 민규는 아버지가 잠시 말을 끊은 사이 책상가로 다가가 성냥을 그어 촛불에 불을 당기고 다시 자기 자리로 돌아와 앉았다.

"또 한 가지 신비한 사실은, 그 당시에 가림토(加臨土)라는 또 다른 문자를 발명하여 병행 사용했다는 것이란다. 단군고기(檀君古記)에는 단군왕검이 1,038년 동안 나라를 다스리며 치덕을 쌓았는데, 그때 이미 글자를 만들어 썼다는 것이다. 그러니까 지금부터 4,000여 년 전의 일이지. 그 옛날 고려의 광조 때 장유라는 사람이 난을 피해 오월(吳越)에 몸을 의탁했는데 그 곳 사람들이 거문고 바닥에 새겨진 동국한송정(東國寒松亭)의 시를 풀지 못해 서로의 의견이 분분하였는데 장유가 이를 한시로 역시(譯詩)해 풀었다는 이야기가 전해지고 있지. 그런데 네 증조부께서는 그 거문고 바닥의 글자가 단군왕검 시절 사용했던 가림토 문자가 틀림없다고 말씀하셨지. 저 책장 안에는 증조부께서 보시던 한단고기(桓檀古記), 삼일신고(三一新誥), 천부경에 관한 우리 조상들이 남긴 기록이 가득한 책들이 들어 있다. 책장을 들춰 보면 신비스럽게도 그 당시 사용했었다는 가림토 글자 38자가 전해 내려오고 있지. 다만 글자만이 적혀 있어서 그 쓰임이라든가 소릿값은 전혀 알 수가 없다. 소리라는 것은 한 번 지르거나 내뱉으면 곧 사라져 버리는 것이라서 그릇에 다시 주워 담기는 불가능한 일이지. 그러니 몇천여 년이 지난 지금 그때의 쓰임이 어떠했는가를 알기란 더욱 어려운 일이지.”

이수는 무슨 생각에 잠긴 듯 하던 말을 다시 멈추고 타들어가는 촛불에 시선을 모았다. 저녁상을 올려도 되느냐고 묻는 하인의 목소리가 밖에서 조심스럽게 들려오고 있었지만 아버지와 아들의 대화는 아직 그 끝을 맺지 못하고 있었다.

“규야!”

한동안 침묵이 흐른 후 아버지가 아들의 이름을 불렀다.

“네 아버님.”

아들이 다시 자리를 가다듬고 아버지의 말에 귀를 기울였다.

“초야에 묻혀 학문에만 주력하겠다고 말했었지?”

아버지가 단도직입적으로 아들에게 물었다.

“네, 그러하옵니다. 하오나 그저 초야에 묻혀 남이 써 놓은 글이나 읽으며 허송세월하고자 드린 말씀은 아니옵니다. 글 속에 들어 있는 궁극적인 세계를 만나기 위해 동가숙서가식하면서라도 주유천하를 하고자 하는 뜻으로 말씀드린 것입니다.”

민규는 아버지에게 비로소 자신의 속마음을 내 비추었다. 그러나 자식된 도리로서 차마 부모 곁을 떠나 밑도 끝도 없는 방랑의 길을 걷겠다는 말까지는 할 수 없었다. 그런 불효막심한 말을 입에 올리기란 결코 쉬운 일이 아니었다.

“네 마음을 이 애비는 일찍이 헤아리고 있었다. 지금 우리는 좁디좁은 반도 안에서 아옹다옹 살아가고 있다. 저 밖에는 지금 우리가 사는 이 곳보다 수천 수만 배 더 큰 세상이 펼쳐져 있다. 네가 기왕에 주유천하하겠다는 생각을 했다면 비좁은 이 강산만을 대상으로 삼을 것이 아니라 중국 대륙은 물론 천축국과 더 멀리 서역까지를 답파하는 대장정의 길을 택하라고 말하고 싶다.”

아버지 이수는 어릴 때부터 생각하는 폭이 남과 달랐다. 그래서 아들에게도 그러한 정신의 폭을 길러 주고 싶었다.

"애초부터 그럴 생각이었습니다. 자식된 도리로서 차마 아버님께 말씀드리지 못했을 뿐……."

"알고 있다. 그런데, 그렇게 하려면 제일 먼저 갖추어야 할 것이 무엇이라고 생각하느냐?"

"그 지방이나 나라의 역사와 풍습과 언어를 사전에 터득하는 일이라고 여기고 있습니다."

"옳거니, 매우 현명하구나. 앞에서 내가 너에게 힘주어 말했던 쪽으로 다시 돌아가 보자꾸나. 충녕 대군께서 최우선으로 꼽고 계신 것이 우리 백성 모두가 쉽고 편안하게 쓸 수 있는 글자를 만들고자 함이시었다. 그러나 생각보다 쉬운 일은 아닐 것이며 몇 년, 몇십 년이 흘러 이루어질 것인가도 가늠하기 어렵다. 그러니 그 분의 뜻에 동참할 참된 일꾼이 밑받침되어야 할 것이다. 만약 네가 주유천하를 하고 싶다면 네 뜻대로 그렇게 하도록 도와 주겠다. 다만 돌아다니는 도중 기회가 있다면 그 지방이나 나라의 말을 세밀히 관찰해서 머리에 담고 종이에 적어 가지고 오너라. 분명 크게 도움이 될 것이다."

아버지와 아들은 서로의 마음을 털어놓으며 밤이 이슥하도록 이야기를 계속하였다.

세자 책봉

태종은 서재에 앉아 책장을 들추고 있었다. 사마천의 사기(史記)였다. 수많은 인물들이 명멸하는 불꽃처럼 난세를 딛고 일어나 잠시 이름을 내놓고는 속절없이 어디론가 사라져 가고 있었다.

"바람 같은 세상. 도대체 사는 게 무엇이더뇨?"

태종은 허공에 대고 스스로의 존재에 대해 질문을 던졌다. 그도 나이가 들어 가고 몸이 쇠약해지자 이제까지 앞만을 보고 내달아온 세월을 뒤돌아 보기 시작하였다. 강인한 정신력의 소유자였던 그도 내세에 대한 불안감은 떨쳐 버릴 수 없었다.

조선의 건국 과정에서 있었던 피의 숙청. 두 번씩이나 있었던 혈육간의 피비린내 나는 싸움. 그리고 근래에 있었던 원경 왕후와의 불화와 날로 커지기만 한 외척의 세력을 꺾기 위하여 왕후의 동생인 민무구·민무질 등 처가를 괴멸시킨 일들이 머리에 떠올라 마음이 울적하였다. 태종은 신생 국가의 왕권을 확고히 하기 위해서는 필요불가결한 일이었다고 마음을 위로하였다.

그러나 태종을 억누르는 또 하나의 검은 그림자가 있었다. 그것은 세자 양녕의 무분별한 행동이었다. 스스로는 나라의 기반을 튼튼히 하고 왕의 권한을 돈독히 하기 위해 좌충우돌 달려왔으나 앞으로는 안정된 나라가 되어 서로 피를 흘리거나 반목하는 일이 없기를 바라고 있었다. 태종은 그를 반대하는 세력을 거의 제거했다고 생각하고 있으나 한시도 마음을 놓은 적이 없었다. 언제 어느 때 어느 곳에서 반역의 칼날이 번득일지 예측할 수 없었기 때문이었다.

이러한 모든 것을 누그러뜨리고 안정시키려면 앞으로는 덕치 국가로 선정을 베풀어 민심을 사는 수밖에 없다고 생각하였다. 그래서 태종은 일찍부터 자신은 뒤로 물러나 정사 전반을 돌아보고 세자로 하여금 직접 나랏일을 맡길 생각을 갖고 있었다. 그렇게 하여야만 왕위 권력 다툼도 사전에 방지하고 왕에 대한 권한도 자연스럽게 다져지리라는 믿음이 있었다.

그러기 위해서는 무엇보다 자신의 뜻을 따라 주고 자신의 강력한 의지만큼이나 뛰어난 힘과 덕과 예지를 갖춘 세자가 필요하였다. 그런데 세자로 책봉된 양녕을 지켜 본 태종은 나날이 더해 가는 실망감에 마음이 편안할 날이 없었다.

태종은 다시 한 번 마음의 불을 끄고 세자를 손 안에 올려 놓은 다음 가만히 처음부터 그 그릇을 가늠해 보았다.

추진력이나 힘에 있어서는 부왕인 자신을 닮아 어디 내어 놓아도 손색이 없었다. 그러나 태종의 마음은 권력에 대한 집착, 주위를 돌아보지 않는 목적 쟁취에 있었다. 그런데 세자는 그러한 것과는 전혀 반대이며, 사람과 자연에 대한 애착, 사랑에 대한 열망 같은 것이 있었다. 또한 그는 묶거나 모으기보다는 풀거나 열어젖히는 쪽에 있었다.

학문에 있어서도 책이나 글 안에서 진리를 찾기보다는 스스로 체득하여 깨달아 나가고 어려운 일에 맞닥뜨려도 허허, 웃고 넘어가는 성품이었다. 평범한 상민이나 천민이었다면 누구나 좋아하고 따를 호인이었다.

태종은 다시 한 번 고개를 좌우로 저었다. 그런 성품을 가지고서는 다음 세대는커녕 자기 한 세대도 명맥을 잇기 어려울 것이라고 생각하였다. 자신이 가지고 있는 막강한 힘처럼 상대를 압도할 그 무엇을 가진 세자를 태종은 머릿속에 그리고 있었던 것이다.

그러한 생각 때문에 태종의 몸에서는 피가 끓었다. 언제나 그랬었던 것처럼 태종은 자신의 마음이 움직이는 곳을 향해 달려 나가기 시작했다.

요즘에도 양녕은 시정 잡배와 어울려 다닌다든가 '어리'라는 여염집 기혼녀와 사랑에 빠져 세자의 본분을 잊고 있었다.

태종이 그런 경망스러운 행동을 꾸짖자 양녕은 시녀들과의 옳지 못한 관계를 갖고 있는 부왕의 과오를 들추며 오히려 고개를 쳐들고 반항하였다. 그런 일이 있은 후 태종의 마음은 차츰 폐세자의 결심 쪽으로 굳히는 계기가 되었던 것이다.

임금은 주위의 가까운 중신들을 불러 신중하게 세자에 관해 의논을 나누었다. 그러나 중신들의 의견은 분분하였다. 특히 황희 정승이 그랬다.

"유가의 법도를 따라 장자상속이 자연스럽게 이루어지려면 이미 결정된 대로 양녕 대군께서 뒤를 이어갈 수 있도록 도와 주어야 하옵니다."

외가 쪽에서도 양녕을 옹립하기 위해 최선을 다하였다.

빈객이었던 변계량은 양녕을 찾아가 타이르기도 하였다.

"제발 지나친 행동을 자제해 주시오소서. 어찌 일을 그리도 가볍게 보시옵니까?"

주변의 그러한 노력에도 불구하고 양녕의 행동은 조금도 변하지 않았다. 당연히 태종의 마음도 양녕에게서 점점 멀어져 갔다.

그런 상황에서 영의정 남재가 태종이 생각을 굳히게끔 하는 발언을 하였다. 그는 태종과의 술자리에서 충녕 대군의 그릇됨이 큼을 칭찬하면서 한 나라를 다스릴 만한 훌륭한 군왕으로서의 자격과 인품을 갖추었음을 은근히 비춰 보았던 것이다.

왕세자를 양녕에서 충녕으로 바꿀 수밖에 없음은 이미 결정된 상황처럼 전개되고 있었다.

결국 이런저런 우여곡절 끝에 태종은 드디어 왕세자를 바꾸기로 결심하기에 이르렀다. 태종 18년의 일이었다.

유월 초이틀, 태종은 조정의 중신들을 한 자리에 모아 놓고 세자를 폐하겠다는 의사를 밝혔다. 태종과 양녕의 관계를 일찍부터 눈치채고 있었던 중신들은 언젠가는 이런 날이 올 것이라고 예견하고 있었으므로 조용히 태종의 결정을 듣고 있었다.

"하면, 다음은 누구를 세자로 봉함이 옳겠는가?"

태종은 왕세손을 직계손으로 하면 별문제가 없으리라 생각하고 양녕의 아들 중에서 왕세손이 나와야 할 것이 아닌가 하는 뜻으로 중신들의 의견을 물었다. 그러나 양녕의 두 아들은 다섯 살과 세 살의 어린 나이였다. 태종의 마음 속에는 그 동안 마음에 담아 오고 그렇게 되기를 바라는 충녕군이 있었다. 그러나 중신들의 의견을 따르지 않으면 문제가 더욱 복잡해질 뿐더러 장차 알력이라도 생기면 수습하기가 매우 어렵다고 판단하고 있었기 때문에 선뜻 자신의 뜻을 내세우지 못하였다.

이때 태종의 속마음을 이미 알고 있던 좌의정 박은이 자리에서 일어나 의견을 제시하였다.

"진실로 나라가 융성해지고 풍성해지려면 재덕과 학덕을 갖춘 출중한 분을 가려 세자로 모시는 것이 온당하옵니다."

"그러면 경들이 마땅히 그러한 어진이를 가려 보시오."

태종은 자신의 뜻을 숨기고 중신들에게 세자를 추천해 줄 것을 부탁하였다.

"아들이나 신하를 속속들이 알기는 그 아버지나 임금보다 더한 이가 없사오니 가리는 것은 성심(聖心)에 달렸사옵니다."

중신들이 입을 모아 태종께 모든 것을 일임하겠다는 뜻을 밝혔다. 실상 세자 책봉과 같은 중대한 결정에 섣불리 말려들었다가는 무슨 불똥이 떨어질지 알 수 없는 일이므로 모두 신중에 신중을 기하지 않을 수 없었다.

"재덕과 학덕을 갖춘 사람이라, 그러면 충녕밖에 더 있겠는가? 충녕대군이 천성이 총명하고 학문을 게을리하지 않아 비록 몹시 춥고 더운 날이라도 밤을 새워 글을 읽고, 또 정치에 대한 대체(大體)를 알아 매양 국가에 큰일이 생겼을 때에는 의견을 내되 모두 범상한 소견이 의외로 뛰어나며, 또 그 아들 중에 장차 크게 될 수 있는 자격을 지닌 자가 있으니 내 이제 충녕으로써 세자를 삼고자 하노라."

태종은 커다란 바위를 내려놓는 것처럼 충녕을 세자로 삼는다는 말로 결정을 내렸다.

"황공무지로소이다. 신들이 이른바 어진 이를 골라야 한다는 말씀도 역시 충녕 대군을 가리킨 것이옵니다."

중신들은 충녕 대군을 왕세자로 봉하겠다는 말이 떨어지자 일제히 그 자리에 꿇어 엎드려 배례를 거듭하였다. 모두가 충녕이 왕세자로 책봉되기를 고대하고 있었던 것이다. 그래서 임금의 입에서 충녕을 왕세자로 봉하겠다는 말이 떨어지자 모두 감격해 하고 있었다.

이제 드디어 단안을 내려 세자를 폐하고 평소 운상기품(雲上氣稟)이 넘치는 충녕 대군을 왕세자로 삼게 되었다. 태종은 만조백관에게 명하여 새로 왕세자가 된 충녕 대군에게 하례를 올리라 명하였다. 그리고 장천군(長川君) 이종무를 종묘에 보내어 조상께 사유를 고하라 명하였다.

궁을 떠나 집으로 돌아오면서 술이 거나하게 취한 서연관 이수는 혼잣말처럼 허공에 대고 중얼거렸다. 하인들이 말을 타고 가기를 원했으나 이수는 그들의 청을 뿌리치고 타박타박 돌길을 걸어갔다.

날이 어둑해지자 하늘에는 하나 둘 별들이 얼굴을 내밀며 자신의 존재를 확인하려는 듯 반짝이고 있었고 가까이 면목산 위로 이제 막 해맑은 보름달이 피어 오르고 있었다.

서연관 이수는 충녕이 세자로 봉해졌다는 소식에도 그다지 놀라워하지 않았다. 이미 예상했던 일이었다. 굽이쳐 흐르는 물을 막을 장사는 세상에 없었다. 조선은, 아니 세상은 충녕을 기다리고 있었던 것이다.

술이 거나해져 걷고 있던 이수는 잠시 걸음을 멈추고 둥실둥실 떠오르는 보름달을 지켜 보았다. 시간이 지날수록 달은 더 높게 솟아오르고 더 밝은 빛을 뿜어 내어 주위의 모든 것들을 환히 비추고 있었다.

며칠 동안 별 하나 보이지 않더니 충녕이 세자로 책봉된 그날부터 하늘은 구름 한 점 없이 맑았다.

"그랬었구나. 그래서 세상이 그렇듯 어수선하였구나."

이수는 달을 바라보면서 혼잣말처럼 중얼거렸다. 세상이 충녕을 임금으로 만들기 위해 그렇듯 어수선했고, 마음 편할 날이 없었던 듯만 싶었다. 달빛은 나뭇잎, 나뭇가지, 풀 한 포기, 돌멩이 하나 놓치지 않고 하얗게 비춰주고 있었다. 이수는 달빛이 하얗게 배어 빛나는 길을 비틀비틀 걸었다.

"분명, 그 분은 저 달님과 같이 성군이 될 거야. 세상은 고루고루 비추는 환한 달빛."

어릴 때부터 곁에 두고 가족같이 돌보던 충녕이 왕세자로 봉해지고 이제 한 나라를 이끌어 갈 군왕의 몸이 되게 되었으니 이보다 더 큰 광영과 보람을 어디서 찾을 수 있겠는가?

"그 분은 뛰어나게 슬기롭고 총명하시지. 어디 그뿐인가. 굳세고 과감하고 심지 또한 곧으시지. 태도는 정중하고 마음씨는 너그러우며, 공손하고 겸손하시지. 또한 부모에게는 효도가 지극하고 가까운 이들에게는 우애가 남다르셨지. 이 모든 것이 그 분의 타고난 성품이셨어. 그런 성품에 끊임없이 학문을 닦고 연마하는 끈기와 추진력까지 겸비하고 있으니 한 사람됨이 이처럼 완벽한 이가 세상에 또다시 있겠는가. 이런 이가 임금이 되어 나라를 다스리게 되었으니 이는 사직의 기쁨이요, 백성의 행복이 아닐 수 없지."

이수는 옆에 누군가 있기라도 한 것처럼 흔쾌하게 떠들었다.

그가 원하는 것이 있다면 지금껏 열성을 다해 가르친 모든 지식이 그대로 세자의 몸에 스며 이 다음 나라를 다스리는 데 크게 도움이 되었으면 하는 바램뿐이었다.

"그래, 그래서 그랬었구나. 너희들도 오늘을 기다리느라 그렇게 오랫동안 숨을 죽이고 있었던 거로구나."

이수는 하늘에 떠 있는 별들을 쳐다보며 허허, 웃음을 날렸다.

충녕 대군이 세자로 봉해지고 불과 한 달여 되는 어느 날, 태종이 또다시 중신들을 한 자리에 모았다.

"오늘 그대들을 한 자리에 모이도록 한 것은 양위(讓位)에 대해 의견을 나누고자 함 때문이오. 짐이 정사를 맡은 지 어언 18년이 되었고, 요즈음은 풍병이 심하여 몸 가누기조차 심히 불편하오. 그래서 이번 기회에 세자에게 옥새를 전할까 생각하오. 세자 나이도 이미 약관이 넘어섰고 그 동안 학문에 깊이 심취하였으니 세상 경영에 부족함이 없다고 여겨지오. 나라의 사직을 떠맡긴다 해도 손색없이 잘 해 내리라 믿어지오. 경들은 짐의 뜻을 십분 이해하고 새 임금을 잘 보필하여 나라가 태평하도록 힘을 기울여 주시오."

태종의 하명은 자못 엄숙하였다. 그러나 대신들의 일부는 자리에 엎드리어 양위의 부당함을 역설하였다.

"전하께서는 아직 혈기왕성하시옵고 나라의 기강이 이제 막 그 틀이 잡혀 가고 있는 마당에서 갑자기 양위를 결정하옴은 성급한 판단일 뿐더러 세자에 오른 지 이제 한 달밖에 안 되는 세자에게 막중한 정사를 떠맡김은 너무 조급한 처사이옵니다."

몇몇 중신들은 극구 양위의 뜻을 되돌릴 것을 간구하였다. 중신들의 말에도 타당성은 있었다. 건국 초기에 있었던 예전의 일은 차치하고서라도 불과 몇 년 전에 세자의 외가를 멸족시킨 사건이 아직도 뇌리에서 사라지지 않았고 양녕을 폐한 지 불과 한 달여밖에 되지 않았으므로 조정 안팎이 아직도 어수선한 상태에 있었다. 이러한 상황에서 막강한 권력을 쥐고 있는 태종이 뒤로 물러선다면 나라의 기강이 약해질 것은 물론 장차 어떤 일이 일어날지 예측할 수 없는 일이었다. 또한 전에도 그랬었던 것처럼 혹 태종 자신이 중신들의 충성심을 알아 보기 위해 일부러 흘려 보는 말인지도 모르는 일이므로 이번만큼은 신중에 신중을 기하여 그 진의를 파악해 보지 않으면 안 되었다. 그러나 결단성과 추진력이 강한 태종은 중신들의 말을 일축하였다.

"그대들의 뜻을 충분히 이해하겠소이다. 짐도 이 문제를 놓고 여러

날을 밤낮 없이 심사숙고하였소. 그러나 모든 일에는 진퇴가 분명해야 하는 법. 짐의 생각으로는 지금이 양위할 가장 적절한 시기라 여겨지오. 다만 염려되는 바가 있어 병권(兵權)만은 당분간 짐에게 남겨 둘 생각이오. 세자가 양위 후에 간혹 잘못 처리되는 무엇이 있거나 염려되는 바가 있으면 짐과 그대들이 적극 도와 주어 옳게 되도록 밀어 주면 될 것이오."

태종은 자신의 뜻을 거듭 밝히고 양위를 하루빨리 마무리 짓기 위하여 상서관(尙瑞官)으로 하여금 모든 일을 조속히 진행할 것을 명하였다.

그 후 태종의 명에 따라 양위에 관한 일은 일사천리로 진행되었다. 건강이 좋지 않았던 태종은 만에 하나 자신이 쓰러지기라도 한다면 왕가의 뒤를 받쳐 줄 든든한 재목이 없다는 것에 초조감을 감추지 못하였다. 그래서 하루라도 빨리 후계자를 세워 뿌리를 튼튼히 하고 자신이 정사에서 손을 놓는다 하더라도 아무 탈이 없이 사직이 이어지기를 바라고 있었다.

또한 자신의 힘이 얼마간이라도 남아 있기까지는 병권은 놓지 않겠다는 복안을 가지고 있었다. 병권을 가지고 있는 한 상왕으로 물러나 있다 하더라도 좀전의 막강한 권력에는 조금도 금이 가지 않는다는 계산이었다.

또한 충녕의 그릇됨이 워낙 출중하고 그 어느 학자에 비견하더라도 조금도 손색이 없는 실력을 갖추었다는 것을 크나큰 기쁨으로 여기며 희망으로 삼고 있던 터였는데 그가 세자가 되었으니 나라의 앞날은 태평으로 치달을 것이 틀림없었다.

양녕을 세자에서 폐하기까지는 번민도 많았고 굴곡도 많았지만 모든 것이 뜻대로 이루어졌다고 생각하니 이제는 더 바랄 것이 없었다. 밖에서 불어 오는 바람만 막아 준다면 충녕은 스스로의 힘으로 얼마든지 왕성하고 굳건한 문덕의 왕조를 이어 갈 것임을 굳게 믿는 태종으로서는 그저 흐뭇한 마음 뿐이었다.

조선 4대 임금 세종

　1418년 8월 초하루. 경복궁 근정전에서 조선 제4대 임금 세종의 즉위식이 거행되는 날이었다.

　구름 한점 없는 맑은 하늘. 남산 위로 둥근 해가 솟았다. 언제나 그랬었던 것처럼 하루를 여는 아침은 여명을 알리는 시간이기는 하였지만 그 어느 때보다 맑고 밝은 시작이었다. 어둠에 묻혀 존재조차 아득했던 것들이 서서히 자태를 드러내며 하늘을 향해 가슴을 열어 환희의 함성을 질렀다.

　좌우로 세워진 품계를 의지하여 문무백관이 늘어서고, 그 뒤로 종친들이 둘러선 가운데 울긋불긋 화려하게 차려 입은 장악원 악사들이 장엄한 융안곡(隆安曲)과 보태평을 연주하였다. 그 주위를 관습도감의 기녀들이 달려나와 나비처럼 춤을 추었다.

　　아아, 우리 조종 하늘의 명을 받으심이 넓고 크시도다.
　　대대로 문덕을 펴시어 사방을 편하게 하시었네.
　　자리를 비워 놓고 어진 이를 구하여
　　문덕을 숭상하고 유가를 중히 여기셨네.
　　아름다움을 받들고 가르침을 시행하니
　　치덕과 교화가 흡족히 이루어지도다.
　　예와 악이 극진히 만들어지니 빛나는
　　문화가 융성히 맑게 열리도다.

자손 만대 유익한 일 길이길이 빛나리다.

　보태평의 장엄한 연주가 이어지는 가운데 익선관을 머리에 쓰고 곤룡포를 차려 입은 세자가 정연하고 당당한 자세로 한 발 한 발 옥좌로 걸어나가 정좌하였다.

　문무백관들이 고개를 숙여 경의를 표하는 가운데 좌의정 박은, 우의정 이원이 차례로 나와 상왕의 대를 이어 새로운 군왕, 나라의 새 주인이 탄생하였음을 선포하였고 그 증표로 비단에 고이 싼 옥새 함을 전하였다.

　즉위식은 해가 중천에 떠오른 미시(未時)까지 거행되었다. 따뜻한 햇살에 흠뻑 물이 오른 늦여름. 나무 숲에선 매미들이 한꺼번에 쏟아져 나와 울어 댔고 날개에 힘이 붙은 어린 제비 새끼들은 어미와 짝을 지어 상쾌히 근정전 뜨락을 날아다녔다.

　이에 질세라 경회루 연못 수연 사이로 때깔 좋은 잉어들이 무리지어 군무를 추었고 잠자리떼들은 짝을 찾아 어지러이 수면 위로 미끄러져 날았다.

　때를 맞추어 나라에 모반한 자와 부모에게 패륜을 저지른 자, 남편을 죽인 여자, 주인을 죽인 하인, 그리고 살인 강도질을 한 자를 제외하고는 나라의 모든 죄인이 석방되었다. 조정의 모든 신하는 물론 나라 안 방방곡곡의 만백성이 새로운 임금의 탄생을 머리 조아려 경배하였고 만물은 이 날을 위해 모두 음지에서 쏟아져 나와 웅성거렸다.

　해를 머금은 아이, 머금은 해를 토해 세상을 밝게 할 아이. 그 아이가 조선 제4대 임금 세종으로 등극한 것이다.

　개국 이래 볼 수 없었던 화려하고 성대한 즉위식이었다. 조선이 세워지고 이제 네 번째 이르는 왕위 즉위식이었지만 앞의 선왕들은 갑작스럽게 또는 임시방편적인 등극이었으므로 미처 정통적인 격식을 갖출 시간과 여유가 없었던 것이다.

　조정에서는 이번 기회에 확고한 전통을 마련하기 위해 육조에서 책임있는 자를 뽑아 유가의 법통에 따른 예식을 연구케 하여 만반에 대처토록 하였다.

며칠 동안이나 나라 안이 새 왕의 등극으로 기쁨에 겨워 흥청거렸다. 백성들은 한결같이 세종이 요순 같은 임금이 되어 태평한 나라를 이루어 가기를 빌고 빌었다.

옥좌에 올랐어도 세종의 마음과 태도는 조금도 흐트러지지 않았다. 오히려 상왕과 상신(相臣)들의 도움을 받아 빠르게 정사를 익혀 나가는 데 최선을 다하였다.

본래 영명(英明)하고 심의(沈毅)한 천성인데다가 이제 스물 둘의 젊은 나이였으므로 왕성한 의욕과 추진력으로 산재해 있는 정무를 쉽고 가볍게 처리해 나갔다. 처음 왕세자를 정할 때 의심의 눈초리로 바라보던 일부 대신들도 세종의 정사를 처리하는 탁월한 능력에 혀를 내두르며 칭송을 아끼지 않았다.

세종의 고뇌

상왕 태종이 병권을 장악하여 나라 안팎을 강력한 힘으로 지키고, 영명한 세종은 정사를 맡아 사직의 기반을 돈독히 다지니, 나라는 개국 이래로 더 할 수 없이 안정된 시대를 맞이하게 되었다.

한 나라의 군왕으로서 더 오를 수 없는 위치에까지 오른 세종. 그러나 화려하고 보람찬 나날만 있는 것은 아니었다. 고해의 바다에 던져진 인간이면 누구나 한두 가지의 고뇌를 묻고 살듯이 세종에게도 겉으로 드러내지 못할 암울한 그늘이 있었다.

햇살이 점점 엷어지더니 한 해가 저물어 감을 알리듯 스산한 바람이 북한산 위로부터 아래로 쏟아져 내렸다. 여름내 푸르게 색깔을 뽐내던 나뭇잎들도 누렇게 시들어서는 바람에 날려 이리저리 방향 없이 날아다녔다.

"이럴 때 이 학사라도 있었으면 마음을 터놓고 이야기를 나눌 수 있었으련만……."

정무를 마치고 내전에 들어온 세종은 책상 앞에 단정히 앉아 이 책 저 책을 들쳐보았으나 아무것도 눈에 들어오지 않았다. 문 밖에서 후드득 후드득 빗방울 떨어지는 소리와 바람에 나뭇잎 굴러 가는 소리만 스산하게 들렸다. 아마도 겨울비가 내리는 듯싶었다.

"게 아무도 없느냐?"

세종이 문득 문 밖을 향해 대전별감을 불렀다. 대전별감이 부름을 받고 황급히 대령하였다.

"이조(吏曹)에 가서 판서 어른께서 아직 퇴궐치 않으셨거든 편전으로 조용히 뫼시고 오너라."

주상의 명을 받은 별감이 황급히 밖으로 나갔다.

"정사에 여념이 없으셔 바쁘실 텐데 어인 일로……?"

이조 판서 이수가 바쁜 걸음으로 세종의 부름을 받고 편전으로 달려 왔다.

"모처럼 시간을 내었습니다. 그간 기체 편안하셨는지요. 오랜 만에 스승님과 정담도 나누고 싶고 초겨울비에 울적하실 것 같아 약주라도 대접해 드리고 싶어 모셨습니다."

세종은 비록 군신(君臣)의 관계지만 군사부일체(君師父一體)라는 가르침을 일찍이 배워온 터였으므로 스승인 이수를 그 누구보다 깍듯이 대하였다. 이수 역시 그러한 가르침을 조금도 흐트림이 없이 몸에 배어 행하는 제자를 바라보며 대견해 할 뿐이었다.

세종은 어릴 때부터 당뇨 증상이 있었으므로 매사에 음식을 삼가고 술은 입에 대려 하지도 않았다.

그러나 이수는 달랐다. 비록 학문도 궁구하고 매사에 법도에 따라 올바른 자세를 잃지 않는 그였지만 술만큼은 두주불사였고 때로는 거나하게 술에 취해 친구들과 호탕하게 지껄이며 어울리는 호연지기도 있었다. 그러나 오늘만큼은 분위기가 가라앉아 있었으므로 매사를 조심스럽게 행동하였다.

"그래, 아직 이 학사 소식은 묘연한 것입니까?"

몇 잔의 술을 순식간에 들이켜는 스승을 바라보며 세종이 이 학사의 소식을 물었다.

"어디 가서 잘 있겠지요. 역마살이 낀 아이라서 어딜 가든 한 자리에서 머물지 못하니까요. 아마도 내 생전에 다시는 그 애를 만나지 못할 것 같습니다."

이수는 대수롭지 않다는 듯 껄껄 웃고 있었으나 그의 표정에는 아비로서의 자식에 대한 그리움으로 잠시 우수가 스쳐 지나가고 있었다.

"당찮은 말씀이시옵니다. 스승님께서 아직 정정하시니 언젠가 꼭 다시 돌아와 부자 상봉의 기쁨을 맞을 날이 있을 것입니다. 그런데 대체 어디로 어떻게 떠난 것인지요?"

바쁜 나날이었다. 미처 생각할 여지도 없는 사이 세자의 자리에 오르고 한 달이 못 되어 왕위에 오르는 급작스런 일을 맞아 주변에서 일어나는 일들에 대해 잠시도 눈 돌릴 틈이 없었다. 다만 그런 경사스러운 날 곁에 있어 기쁨을 같이할 것으로 믿었던 이 학사가 보이지 않아 못내 궁금해 했던 중이었다. 그런데 향방(向方)도 잡아 놓지 않은 채 어느 날 문득 괴나리 봇짐에 작대기 지팡이 짚고 어디론가 떠났다는 말을 전해 듣고는 심히 아쉬움과 섭섭함에 어쩔 줄 몰라했던 것이다.

"글쎄, 잘은 모르겠사옵니다. 허나 그 애의 말로는 먼저 남쪽 지방으로 내려가 그 곳 사람들 속에 섞여 살아 본 다음 왜국(倭國)으로 배를 타고 들어가서 그들 생활을 접해 보겠다고 하더군요. 그 다음에 기회가 주어진다면 서역 천축국까지 건너가 부처의 성지와 문물을 견문하고 나서 다시 북으로 여정을 잡아 중국 전역을 답파하고, 그 후에는 몽골까지 올라가서 그 곳 사람들의 언어와 풍습을 돌아보고 나서 여진으로 내려와 북쪽 지방으로 해서 고향으로 돌아오겠다는 포부를 밝힌 적 있습니다. 아마 지금쯤은 왜국 땅에 발을 들여 놓지 않았는가 여겨지옵니다."

스승 이수는 아들과 마지막 이야기를 나눴던 밤의 일을 머리에 그리며 예상하고 있는 여정을 낱낱이 고해 올렸다.

"아니, 그렇게나 먼 여정을요?"

세종이 깜짝 놀라 스승에게 물었다.

"그렇습니다. 이왕지사 마음먹은 일이니, 나라 안에서 머물 것이 아니라 우리 나라를 둘러싸고 있는 주변국들을 샅샅이 둘러보고 그들의 풍습과 문물을 돌아보며 보다 많은 견문을 익히고 돌아오겠다는 포부였습니다."

스승 이수는 담담하게 말하였다.

"그럼 이학사가 그렇게 떠돌아다니겠다는 말을 미리 하기라도 했단 말입니까."

"예, 정확하게 말하지는 않았사오나 그럴 뜻을 비춘 적이 있습니다."

"승낙하였습니까?"

세종은 여전히 놀라는 기색이었다.

"하다뿐이겠습니까. 자식놈이 하고자 한 일은 소신이 이미 젊은 시절부터 꿈꾸어 오던 일이었습니다. 기회가 여의치 않아 지금껏 이렇게 움직이지 못하고 있는데 그 애가 선수를 친 것이옵지요. 이제는 나이가 들어 마음뿐, 어떻게 그럴 기회가 있겠습니까. 진실을 말씀드리오면, 이번 일은 자식놈과 서로 머리를 맞대고 의논하여 결정을 본 다음 떠나 보낸 것이옵니다."

스승 이수는 상 위에 놓인 술잔을 가볍게 들어 입에 털어넣었다. 그리고 권하기도 전에 스스로 술잔을 채웠다. 이수의 마음 속에는 성취감과 서운함이 어우러져 있었다.

"참으로 대단하십니다. 그 아버지에 그 아들이시군요."

스승 이수의 말을 들은 세종은 그 누구도 생각지 못한 여정 계획에 경탄해 마지 않았다.

"그 애의 계획대로라면 몇십 년이 걸려서야 고향땅에 발을 들여 놓을지 알 수 없는 일이옵니다. 타관 객지에서 불귀의 객이 되어 돌아올지도 모르는 일이구요. 혹시 소인이 세상을 떠난 후 나타나더라도 내치지 마시고 반겨 주시기 바라옵니다. 세상 구경한 얘기를 듣자오면 아마 도움 될 일이 많을 것이옵니다."

밖에는 빗방울이 굵어졌는지 빗소리가 후두둑거리며 제법 크게 들려왔다. 용촛대 위에 타오르는 촛불에서 주르르 촛물이 흘러내렸다.

"이 학사가 부럽습니다."

세종이 녹아 흐르는 촛불을 바라보며 나직이 중얼거렸다. 밖에는 점점 굵어지는 빗줄기 소리와 함께 쿵쾅거리며 천둥도 간간이 울었다. 방 안은 어둠과 함께 침묵이 감돌았다. 스승 이수는 다시 술잔을 들어

한 입에 비워 버렸다. 술을 삼가는 세종였지만 이미 따라져 있는 옥잔을 두 손으로 들어 죽 들여마셨다.

"하실 일이 많사옵니다."

스승 이수가 조심스럽게 말문을 열었다.

"본분을 잃지 않으려 애쓰고 있습니다. 그러나 누구를 위한 일입니까? 무엇을 하기 위한 일입니까?"

잠시 세종은 이성의 혼란을 겪은 듯 이마에 손을 얹고 괴로워하였다.

"만백성이 주상을 바라보고 있사옵니다. 도탄에 빠져 허우적거리는 백성 하나하나에게 단비를 내려 주실 분은 오직 성상 한 분뿐이시옵니다."

"허울 좋은 이름뿐 아닙니까? 죄인의 지아비가 되어 얼굴을 들 수도 없습니다. 뿐만 아니라 처가의 몰락을 눈앞에서 보고도 손 하나 까딱하지 못하는 존재가 되었으니 이것이 무슨 한 나라를 다스리는 임금이란 말입니까?"

세종의 용안에 침통한 빛이 역력하였다.

요즈음 궁중에서는 또 하나의 드러내어 말하고 싶지 않은 사건이 있었다. 그것은 세종의 처가에 관한 일이었는데 소헌 왕후의 작은아버지 심정의 옥사 사건이 일어난 것이다.

앞서 언급한 바와 같이 상왕 태종은 왕위를 물려 줄 때 병권만은 스스로가 장악하고자 하였다. 그것은 비록 임금 자리는 양위하지만 정작 모든 실권은 상왕 자신이 쥐고 있겠다는 복안이었다. 어떻게 보면 병권이 없는 임금은 허수아비에 불과하였다.

세종의 처가 쪽에서는 어떻게 해서든 사위인 세종의 입지를 높여 주려 하였는데 병권이 상왕과 세종의 양쪽에 걸쳐 있어 일을 처리할 때 불편한 점이 있다고 무심코 한 소리가 상왕의 귀에까지 들어가게 되었다. 그러지 않아도 장차 세종의 왕권을 확고히 해 주고 주변에 걸림돌을 하나도 없이 뿌리 뽑으려 했던 상왕은 그렇지 않아도 임금의 외척을 경계의 눈으로 바라보고 있던 터였다.

　태종은 곧 이 말을 부풀리고 물고 늘어져, 상왕의 실권을 빼앗아 제거하려는 모반이라고 단정지었다. 그리하여 세종의 장인인 심온 등 일가에게 사약을 내려 완전 제거해 버리고, 장모는 관비로 보내는 강력한 조치를 취했던 것이다.

　중신 중 일각에서는 왕비인 소헌 왕후까지도 역적의 딸인고로 차제에 사약을 내려 후환을 없애야 한다는 주장까지 제기되었다. 뜻밖에 이러한 일을 당한 세종은 놀라움과 동시에 찢어질 듯 아픈 마음을 주체할 길이 없었다. 그렇다고 상왕인 부친이 하는 일에 어찌 달리 손을 써 볼 힘도 없었다. 그만큼 아직도 상왕 태종의 힘은 막강하였다.

　"형님께서 왜 세자 자리를 헌신짝처럼 내던지고 궁을 떠났는지 알 것 같습니다."

　세종은 감수성이 무척 예민한 성격이었다. 모든 것을 참고 인내하려 노력은 하지만 사랑하는 왕비에게까지 불똥이 떨어지려 하자 난감하지 않을 수 없었다. 그런 만큼 그 어느 때보다 크게 가슴을 앓고 있었다. 오늘은 그 가슴앓이를 견디지 못해 가슴을 태우며 괴로워하고 있었다.

　"너무 심려치 마십시오. 옥체 상할까 두렵사옵니다. 왕비마마에게까지야 무슨 일이 있겠사옵니까. 그 분은 원래 후덕하시고 선량하셔서 어느 분에게나 우러름을 받는 분이십니다. 상왕마마께서도 그 점을 늘 칭찬하시고 사랑을 아끼지 않으셨으니 별다른 일은 없을 것이옵니다. 사간원이나 사헌부에서도 더 이상 이 일을 확대하지 말 것을 상왕께 간청드렸사옵고 상왕 전하께서도 그 뜻을 십분 받아 들일 것을 약조하셨사옵니다."

　스승 이수는 세종이 오늘처럼 침통한 표정을 짓는 것을 이제까지 본 적이 없었다. 마음을 상해하는 세종을 바라보는 이수의 마음 역시 침통하지 않을 수 없었다. 그래서 어떻게 해서든 마음을 어루만져 평안을 찾아 주려 노력하였다.

　"사람은 이성을 가진 동물입니다. 모르면 일깨워 주고, 잘못이 있으

144

면 용서하고, 관용과 사랑으로 얼마든지 풀 수 있는 문제들인데 이런 사소한 일을 피와 보복으로 억압하고 권력으로 해결하려는 것은 옳지 못한 일입니다. 아무런 잘못도 없이 다만 힘이 약하다는 이유만으로 당하는 자의 아픔은 얼마나 크겠습니까."

세종은 깊이 탄식하며, 잔의 술을 소리 없이 비워 버렸다.

어릴 때부터 부친이 하는 일을 그저 어쩔 수 없는 상황에서 피치 못하게 벌어지는 일인 것이라고 단정하며 굳이 그 내막을 모른 체하려 했던 세종이었으나 나이가 들고 상황에 대한 판단이 생기자 이제는 모든 것에 대해 비판의 눈으로 바라보기 시작하였다. 비록 절대적 위치에 있는 부모이며 부왕이었으나 옳지 못한 것은 옳지 못한 것이었다. 그것을 번연히 알고 있으면서도 말 한 마디 못하는 자신이 심히 우매하고 무능하다고 느껴져 더욱 가슴이 아팠다.

"지금은 아직 이런 문제를 가지고 괴로워하거나 내색을 해서는 아니 됩니다. 몸가짐을 의연하게 가지십시오. 사람에게는 언제 어느 때고 절망이 찾아올 때가 있습니다. 이때를 현명하게 넘겨야만 진정 훌륭한 인간으로 다시 태어날 수 있는 것이지요. 저 사마천을 보십시오. 궁형(宮刑)이라는 치욕의 형벌과 사지를 절단당하는 아픔 속에서도 그 아픔을 딛고 불멸의 문헌인 사기(史記)를 세상에 남기지 않았습니까? 무인고도로 유배간 인물들이 그 고독과 절망을 이기기 위해 써서 남긴 문장들이 고금에 없는 훌륭한 글로 남는 일도 얼마든지 있습니다. 더 이상 물러설 수 없는 아픈 상처, 그 다음은 곧 치유의 시작이 되는 것입니다. 이지러진 달은 곧바로 보름달이 되기 위해 몸을 부풀리는 것과 같은 이치이옵니다. 성상께서는 어린 시절부터 현명하셨고 하고 싶은 일도 많으셨습니다. 가슴에 아픔을 가지고 계시다면 그 아픔을 나랏일에 쏟으십시오. 지금 나라 안 방방곡곡에서는 성상의 은총이 달빛처럼 비춰지기를 목메어 기다리는 만백성이 있다는 것을 잊지 마셔야 합니다."

이수는 세종의 마음을 달래기 위해 간곡한 말로 설득하였다. 그러나 세종의 울적한 마음은 쉽사리 지워질 것 같지 않았다.

"그러나 아무리 생각해도 이해가 되질 않습니다. 국모의 아비와 그 형제를 그토록 쉽게 처단할 수 있다니요. 그간의 정리는 어디로 간 것입니까? 사람이 짐승과 다른 점이 무엇이겠습니까. 진실로 인간 자체가 무서울 뿐입니다."

세종은 단지 이번에 일어난 일련의 일만을 가지고 이렇듯 고뇌하고 있는 것은 아니었다. 어릴 때부터 궁중 주변에서 일어났던 피비린내 나는 싸움과 어머니 원경 왕후 친정인 외가쪽 인척을 무참히 괴멸시켰던 끔찍한 일들이 잠재의식 속에 전율과 공포로 박혀 핏속을 흐르고 있었기 때문이었다. 그런 가운데 또다시 이런 예기치 않던 일이 일어나자 자신도 모르게 가슴에 맺힌 울분이 겉으로 터져 나왔던 것이다.

이수는 술병을 받쳐 세종 앞에 놓인 옥잔에 술을 가득히 채워 드렸다. 그리고 자신의 잔에도 술을 채워 숨도 쉬지 않고 벌컥 마셔 버렸다. 세종의 모습을 바라보고 있는 이수의 마음도 착잡하였다.

실상 상왕 태종의 무분별하리만큼 과격한 행동은 이수로서도 불만이었다. 그러나 이수는 세상의 흐름을 읽고 있었다. 그 누구도 막을 수 없는 흐름, 그 흐름은 상왕 태종조차도 어쩔 수 없는 것이었다.

"전하께서 아주 어린 시절 첫 서연을 베풀 때가 생각납니다. 그때에는 천진스러우셨고 걱정이나 근심 같은 것은 없으셨지요. 오직 배우고자 하시는 열정으로 눈에는 총기가 도셨습니다. 딱딱하고 지루한 서연이 끝나고 쉬실 수 있는 짧은 시간에도 무엇 하나라도 더 듣기 위해 이 서연관에게 매달려 보채셨습니다. 옛날 이야기라든가 시정에 흐르는 대수롭지 않은 하찮은 이야기라도 곶감을 씹듯 달콤하게 귀를 기울이셨지요. 특히 옛 조상님들의 무용담이나 역경을 뚫고 꿋꿋이 살아온 이야기는 그 무엇보다 흥미를 가지고 대하셨습니다. 그때의 기억을 되살린다면 아마도 소신은 고려의 승 일연이 엮은 삼국유사에 실려 있는 이야기를 가장 많이 들려 드린 듯싶습니다."

세종의 어린 시절부터 고락을 같이해 온 스승 이수는 세종의 성품을 그 누구보다 잘 알고 있었다. 천성이 영명한 세종은 끊임없는 정진으로 해박한 지식을 갖고 있었고, 심오한 이성과 판단력은 그 어떤 이론이나 설득으로는 오히려 마음만 상하게 할 뿐이었다. 그러므로 스승 이수는 아주 평범하고 소박한 이야기를 들려줌으로써 매듭을 풀려 노력하였다.

세종 역시 스승의 성품을 잘 알고 있었다. 언제고 서연을 베풀 때에는 단도직입적이고 결정적이기보다는 충분한 시간과 여유를 가지고 상대가 이해될 때까지 차근차근 설명과 이론을 전개하여 차츰 그 속에 빠져 들게 하는 탁월한 능력을 가지고 있었다. 그래서 세종은 눈을 지그시 감고 스승의 다음 말을 경청하였다.

"아득한 옛날 천상 세계를 다스리는 상제 환국(桓國)에게는 환웅(桓雄)이라는 아들이 있었습니다. 그는 늘 지상을 내려다보며 인간 세계를 다스려 보고 싶어했습니다. 아버지 환국은 아들의 뜻을 알아 차렸습니다. 그 가운데에서 삼위태백(三危太伯)이라는 산이 있어서 널리 인간을 다스려 이롭게 할 만한 곳이라고 생각되었습니다. 그는 곧 아들 환웅에게 천부인(天符印) 세 개를 주어 내려가 다스리게 하였습니다. 환웅은 천상의 무리 삼천을 이끌고 태백산 꼭대기 신단수 아래 신시(神市)에 내려와 바람·비·구름을 거느리고 360여 가지의 일들을 주재하여 인간 세상을 다스리셨습니다. 이때 곰 한 마리와 호랑이 한 마리가 같은 동굴에 살면서 사람이 되고 싶어했습니다. 환웅 천왕은 이들에게 신령스러운 쑥 한 줌과 마늘 스무 개를 주며 이것을 먹고 백 날을 굴 속에서 나오지 않으면 사람이 되리라 하였습니다. 곰과 호랑이는 그 말대로 백 날을 정하고 금기하였습니다. 그런데 곰은 참고 견디어 마침내 여자의 몸으로 바뀌었으나 호랑이는 성질이 급한 나머지 참지 못하고 굴을 뛰쳐나와 사람으로 변하지 못하고 말았습니다. 곰에서 변신된 여인 웅녀(熊女)는 사람으로 변한 환웅 천왕과 혼인하여 아들을 낳았는데 이 아기가 단군왕검(檀君王儉)이십니다. 단군왕검은 평양성을 도읍으로 나라를 열어 단군조선이라 하였으니 이것이 우리 조상이 이룩한 최초의 나라인 것입니다. 지금부터 오천여 년 전의 일이옵지요."

　세종은 어릴 때부터 들어온 이야기를 음미하면서 감동이 되는 부분이 있을 때마다 고개를 끄덕거렸다. 스승 이수는 꿀꺽 술 한잔을 숨도 쉬지 않고 들이켠 다음 또다시 이야기를 계속하였다.

　"단군조선의 국력은 강대하였고 문화는 번창하여 중국 전역을 위시하여 더 먼 주변 국가에까지 그 힘이 뻗쳤습니다. 그 어느 나라나 민족도 가져 보지 못한 막강한 국력과 찬란한 문화였지요. 그러나 사직의 수명이란 하늘에 달린 것입니다. 그 후 단군조선은 하늘의 뜻에 따라 역사 뒤편으로 사라졌습니다. 나라가 사라졌다고 하여 민족이 사라진 것은 아니옵니다. 민족의 정기는 면면히 맥을 이어 신라·백제·고구려의 삼국으로, 그리고 고려로, 다시 지금 전하께서 다스리고 있는 조선으로 이어져 왔습지요. 나라 이름만 바뀌었을 뿐 그 백성, 그 민족의 나라였습니다. 어린 시절 전하께서는 이런 이야기를 들려 줄 때마다 감격해 하셨습니다. 그러면서 이 다음 어른이 되면 꼭 단군 사당을 만들어서 잊혀져 가는 민족 정기를 바로 세워 놓겠다고 다짐하셨었지요."

　눈을 지그시 감고 스승의 말을 경청하고 있던 세종이 그랬었다는 뜻으로 고개를 두어 번 끄덕이었다.

　"그러면 왜 환국께서 이 땅에 나라를 점지하시고 아드님 환웅을 내려 보내셨을까요? 그리고 그 분은 곧 무엇이며 누구이겠습니까? 웅녀의 몸에서 태어나신 단군왕검, 수천 년 사직을 이어온 단군조선, 그리고 수많은 우리 민족 국가와 역대 군왕들…… 그리고 지금 이 자리에 계신 세종…… 가만히 생각해 보십시오. 신묘한 일이 아니온지요? 왜 강성했던 고려 사직이 망하게 되었으며, 다른 사람이 아닌 태상왕께서 그 대를 이어 조선을 건국하게 되셨으며, 말자상속으로 이미 결정되어져 대를 이어 왔을 왕가의 법통이 깨어지고 상왕 태종께서 제위에 오르게 되셨으며, 장자상속으로 분명 대통을 이어 가실 것으로 누구나 믿어 왔던 양녕께서 왜 폐세자되셨으며, 다음으로 물려 받을 효령 대군이나 양녕 대군의 손이 아니신 충녕 곧 세종께로 어떻게 왕위가 이어져 지금에 이르게 되었는지요? 모든 것이 하늘의 뜻이옵니다. 지금까지 명멸했던 국가들, 군왕이나 영웅들, 혼란이나 난전(亂戰)들, 희비애락의 모든 일들도 오직 세종을 위해 일어났던 전주곡들인 것입니다. 근년이나 오늘에 일어난 외가나 처가의 몰락들도 하나의 꽃을 피우기 위해 희생된 거름 같은 것이옵지요."

스승 이수는 숨이 차는지 잠시 말을 끊었다. 방 안을 환하게 비추는 촛불만이 제 몸을 태우며 팔락거릴 뿐 방 안은 침묵으로 깊이 가라앉아 있었다.

"숙명이란 무서운 것이로군요."

이제야 세종은 스승이 무슨 말을 하려는지를 깨닫고 있었다

"그렇습니다. 이 일은 그 누구도 감당할 수 없습니다. 절대권력을 가지신 상왕께서나, 아니 그보다 더한 그 어느 분이라도 말씀입니다. 오히려 상왕께서는 어떻게 보면 희생자이실 수도 있습니다. 당면 문제에 연연해 하지 마시고 더 멀리, 더 크게 생각하도록 하십시오. 이 엄청나고 큰 흐름은 오직 한 점 한 분을 위해 길고 긴 세월을 헤치며 이제까지 달려온 것입니다. 이 일은 오직 하늘만이 감당할 수 있는 것입니다."

스승 이수는 목에 힘을 주어 세종에게 자신의 말뜻을 주입시키려 노력하였다.

"하지만 스승께서는 너무 과장되게 말씀하고 계십니다. 이 몸은 말씀하시는 것만큼 값어치 있는 인물이 되질 못합니다. 한낱 힘없고 나약한 지아비에 지나지 않는 몸이지요."

세종은 스승이 무슨 말을 하고 있는가를 알고 있으면서도 아직 자신감을 얻지 못해 겸손해 하였다.

"그렇지 않습니다. 소신은 고려의 멸망과 조선의 창업을 이제껏 가까이에서 지켜 보고 왔던 사람입니다. 그 혼돈과 혼란의 와중을 지켜보면서 나름대로의 저울질과 판단으로 하나의 선을 그어 어느 누가 임

금이 될 것인가, 권력의 구도는 어떻게 짜여질까 하고 미래를 점쳐 보기도 하였습니다. 그러나 생각과 예측은 하나도 제대로 맞은 적이 없습니다. 소신의 뜻과는 전혀 다른 방향으로 빗나가 버렸습지요. 스스로 선견지명을 갖고 있다고 자부하던 소신으로서는 점점 미궁으로 빠져들어가는 이 흐름을 보면서 다만 놀랐을 뿐입니다. 이는 분명 인력이 미치지 못하는 어떤 강한 힘에 의해 이루어지고 있다는 것을 깨닫기 시작하게 된 것이지요. 결국 그 강한 힘은 어느 누구도 아닌 바로 앞에 앉아 계신 전하를 위해 뻗치신 것입니다. 나라의 기둥으로 전하를 선택한 것은 그 알지 못할 힘, 그것이었습니다. 단군조선에서부터 지금 조선에 이르기까지의 나라 이름을 빼어 버리고 보위를 이끌어 온 군왕들을 한 줄로 세워 보십시오. 그리고 옥구슬을 꿰어 목걸이를 만들듯 차례차례 꿰어 보십시오. 분명 맨 마지막 마감에는 전하가 그 자리를 차지하고 있는 것이 아니겠습니까? 아무리 역사를 주름잡던 영웅호걸이라도 군왕의 자리에는 끼일 수 없는 것은 당연지사입니다. 그것은 하늘이 점지하지 않고는 인력으로는 감당할 수 없는 자리입니다."

이수는 그렇게 말하고 단호하게 머리를 끄덕였다. 세종은 예전에 없이 흥분하는 스승의 모습을 보면서 다시 한 번 그 말의 진의를 캐어내려 노력하였다.

"소신이 드린 말씀을 너무 조급히 깨달으려 하실 필요는 없사옵니다. 세월이 흘러 가면 깨달으려 하지 않으시려 해도 드린 말씀의 진의가 스스로 터득되어질 것이옵니다. 다만 당분간은 상왕께서 병권을 놓으려 하지 않으실 것입니다. 오히려 이 점이 전하께는 크게 다행스러운 일이옵니다. 아직은 입지가 좁으신 전하의 외곽을 상왕께서 단단히 지켜 주시니 전하께서는 모든 시름과 번뇌를 놓으시고 그 동안 소원이시던 문치의 덕을 쌓으십시오. 평소 평생에 꼭 이루어 놓으시겠다시던 문자 혁명을 일으키셔서 눈먼 백성들이 밝은 세상을 볼 수 있도록 쉽고 간결한 글자를 만드십시오. 그 외에 생각하시는 뜻에 따라 갈고 닦으신 학문을 펴셔서 고금에 없는 태평한 세상을 만드십시오. 소신이

150

곁에서 분골쇄신하여 도와 드리겠습니다."

이수는 절규에 가까우리만큼 간곡하게 세종을 설득하였다. 세종이 모든 시름을 잊고 마음의 평안을 찾아 나랏일에 힘써 주기를 바라고 있었다. 그만큼 새 임금에 대한 기대와 믿음이 컸던 것이다.

세종은 현명한 성품이었다. 스승이 들려 주는 간곡한 말의 뜻을 하나하나 가슴에 담고 새기고 있었다. 그리고 흐트러진 마음의 균형을 다시 바로잡기 위해 애를 썼다. 그러나 아무리 지워 버리려 해도 처가가 몰락되는 것을 그대로 바라보고만 있다는 것은 가슴을 찢는 아픔이었다. 그 아픔을 잊기 위해서는 그 아픔을 뛰어넘는 뜻있는 일을 하지 않으면 안 된다는 믿음을 갖게 되었다.

세종과 스승 이수는 밤이 이슥하도록 술잔을 기울이며 이야기를 나누었다.

그 후 이수의 말대로 소헌 왕후는 평소의 닦은 미덕과 효성이 인정되어 친정이 몰락하는 와중에도 아무 일 없이 살아 남을 수 있었다.

집현전 설치

경복궁의 사계(四季)는 자의 눈금을 그은 듯 뚜렷하였다. 북한산 꼭대기로부터 서서히 내리기 시작한 단풍이 소슬바람을 타고 궁성 뜨락으로 내려와 여름내 푸르던 나뭇잎을 황갈색으로 물들여 바람에 흩날려 버리면 곧이어 그 위에 하얗게 흰눈이 내려 쌓이고, 모진 바람은 앙상한 나뭇가지를 흔들었다. 그러나 그것도 잠시뿐. 한수 남쪽에서 따뜻한 봄바람이 화신을 싣고 불어오면 궁궐 안은 삽시간에 진달래 철쭉꽃이 어우러져 한 해의 시작을 화려하게 수놓았다.

그 동안 세종은 상왕의 보살핌 아래 묵묵히 정사에 임하였다. 아직 상왕의 막강한 권력이 천하를 호령하고 있었지만 그런 가운데에서도 차분히 맡은 바 정무에 최선을 다한 결과 정국은 눈에 띄게 안정을 잡아 갔다. 다만 세월의 무상함은 인력으로써는 어쩔 수 없는 것처럼 서서히 생성과 소멸을 이루며 흘러 가고 있었다.

세종이 즉위한 다음 해에 노상왕 정종은 63세의 나이로 덧없는 세상을 뒤로했고, 또 그 다음 해에는 태종의 정비이며 세종의 모후인 원경왕후도 한 많은 여생을 남긴 채 56세의 나이로 세상을 하직하였다.

남편을 보위에 오르게 하기 위해 1, 2차 왕자의 난을 도왔고, 그 후 남편의 왕위 즉위를 위해 최선을 다한 왕후였으나 부군인 태종의 독선에 의해 남편의 사랑을 잃어버리고 친정 아버지로부터 오라비들까지 한 가문이 모두 불귀의 객이 되는 처절한 체험을 몸소 당한 한을 풀어 보지도 못한 채 세상을 떠난 것이었다.

그러나 무엇보다 충격적인 일은 태상왕에 오른 태종의 죽음이었다. 노상왕 정종의 서거 이후 태상왕에 오른 태종 전왕은 평소 혈압이 높았고 잔병에 시달려 왔었는데 보위를 성급하게 세자에게 양위한 것도 실은 건강의 악화로 국정을 감당하기 어려웠기 때문이었다.

태종은 양위 후에도 많은 일을 하였다. 병권을 잡고 남쪽 해안의 양민을 노략질하는 왜구를 토벌하기 위해 대마도를 공략하는가 하면, 임금의 세력 강화를 위해 세종의 처가인 심온 일가를 몰락시키기까지 하는 일도 서슴지 않았다. 이는 다음 세대의 왕들이 아무런 걸림돌이 없이 사직을 이끌어 나가도록 주변을 정리하기 위함이었다.

어떻게 보면 태상왕 태종은 다음 세대의 왕권의 확립과 문화 창달을 위해 거칠고 억센 일을 몸소 떠맡아 몸부림쳤다고 할 수 있다. 수만 리 물살을 헤치고 강의 상류까지 올라가 알을 낳고 처절히 목숨을 다하는 연어처럼 태종은 56세의 파란만장한 생을 마치고 역사의 뒤편으로 사라지고 만 것이었다.

태종이 세상을 떠난 것은 곧 세종의 시대가 도래했음을 의미하는 것이었다.

천성이 영명하고 심덕한데다가 배움을 즐겨하고 당면 문제를 해결하기 위해 노력을 아끼지 않음으로써 모든 방면에 탁월한 능력을 보유하고 있는 세종은 그 동안 철두철미했던 스승의 가르침과 가슴 깊이 응어리졌던 한을 풀기라도 하듯 국정을 다스리는 일에 혼신의 힘을 기울였다. 그리하여 정치·경제·사회는 물론 국방·외교·법제도·예·악·천문·지리·과학·철학·종교 등등 갖가지 방면에 고루고루 관심과 정성을 기울여, 그 어느 시대 어느 왕국보다 화려하고 찬란한 문화를 열어 나가기 시작하였다.

세종이 임금으로서 첫번째 시작한 것은 서적의 간행이었다. 조선은 건국 이념의 핵심으로 불교를 배척하고 유교를 숭상하겠다는 국시를 표방하고 고려와는 전혀 다른 정치 구도를 이루어 나갔다.

그러려면 우선 유교의 경전이 되는 사서와 삼경 같은 서적의 보급이 시급하였고 그에 따른 여러 지침서도 필요하였다. 유가에 관한 서적뿐만 아니라 나라를 다스리는 데 있어서 실질적으로 필요한 법제·농업·어업·군사·일반교육 등에 관한 서적의 간행이 무엇보다 선행되어야 했다. 그리하여 주자소를 더욱 늘려 새 활자를 만들게 하고 유가의 경전을 비롯한 수많은 종류의 책을 간행하는 데 힘을 기울였다. 한편, 책을 만들어 내는 일이 뜻깊은 일이기는 하였으나 간행되는 책들을 소화하고 연구하여 교육할 인재 육성이 또한 시급하였다.

"새로운 국가의 탄생은 전대의 낙후되고 모순되며 비합리적인 정책들을 과감히 개혁하여 새롭고 혁신적인 국가 정책을 폄으로써 백성들로 하여금 보다 행복되고 편리한 생활을 할 수 있도록 배려해 주는 데 있다고 믿고 있습니다. 만약 예전에 내려오는 관습이나 정책을 그대로 답습한다면 오히려 퇴보와 낙후를 가져와 국가에 대한 신뢰와 위엄과 기대를 저버리게 될 것입니다. 때로는 전대의 전통의 맥을 그대로 이어 가는 것에도 좋은 면은 있기는 하오나 국정을 이끌어 나갈 때 새로운 대안이 없이 무사안일하게 사직을 이어 나간다면 그 나라의 역사는 오래지 못할 것이옵니다. 조선은 건국 이래로 불교에서 유교로 국시를 바꾸었습니다. 이에 대한 부흥책으로 지속적으로 나라의 기반을 이어 나갈 인재를 양성함이 그 무엇보다 시급하옵니다. 인재를 양성하기 위해서는 그에 알맞은 기강을 세워 국가의 강력하고 일관성 있는 힘으로 밀고 나가야 될 것입니다."

시강관 이수는 세종이 어린 시절 서연을 베풀 때 틈이 나는 대로 국가 기관인 인재 양성소가 설치되어야 함을 주장하였다.

세종 역시 이 점에 있어서는 스승의 생각과 일치하였다. 어떤 학문을 막론하고 전문적으로 깊이 연구·터득 하여 현실에 반영하기까지는 하루아침에 이루어질 수 없다는 것을 오랜 경험과 실제 체험으로 너무나 절실함을 알고 있었기 때문이었다. 당대에만 반짝이는 나라의 발전보다는 유구한 역사 속에 지속적이며 바탕이 튼튼한 문화를 꽃피우려면 이와 같은 전문 인재를 키워 나가는 기관이 다시 없이 필요하다는 것은 뜻있는 사람이면 누구나 아는 상식이었다.

이미 세종은 젊고 유망한 젊은 학자들을 선발하여 오랫동안 어느 한 부분에 집중 연구케 함으로써 그 방면에서만큼은 그 누구도 따라가지 못할 전문적 인재로 태어날 수 있도록 해야겠다는 복안을 보위에 오르기 전부터 갖고 있었다. 그러기 위해서는 선발된 학자들이 마음놓고 학문에 정진할 여건을 마련해 주지 않으면 안 된다는 생각도 가지고 있었다.

"스승님 말씀을 늘 마음 속에 새기고 있었습니다. 차제에 고려 때부터 있어 온 집현전을 다시 복원하여 그 기능을 강화하고 실질적 나라살림을 운영할 기관으로 확대시키려 마음먹고 있었습니다. 나라 살림은 임금 혼자서는 꾸려 나갈 수 없는 것입니다. 세상은 점점 발전을 거듭해 나가고 있으므로 여기에 대처해 나가기 위한 방안을 모색해야 할 것입니다. 집현전 학자들에게 경연과 서연을 맡아 경서를 강론하게 하며 당면 문제를 의논하기도 하고 또 실제 정치를 행함에 참고가 되는 정보를 듣기도 하겠습니다. 중국에 대한 사대문서 작성이라든가 사신을 접대하는 일도 맡기겠고 사관의 직도 겸하여 역사서를 편찬하는 데 일익을 담당하도록 하겠습니다. 고제(古制)를 조사·연구케 하여 유교의 제도·의식을 이 사회의 정교(政敎)의 지침으로 삼도록 하겠습니다."

세종은 보위에 오른 지 얼마 되지 않은 어느 날 스스로 마음먹은 바를 스승 이수에게 털어놓은 적이 있었다. 그러나 무엇보다 집현전 학자들에게 기대를 거는 것은 편찬 사업이었으며 역량 있는 몇몇 학자를 선정하여 문자 혁명에 동참시키겠다는 나름대로의 포부와 계획도 가지고 있었다.

세종이 보위에 오르자마자 목전에 닥친 일은 왜구 토벌이었다. 삼국 시대를 거쳐 고려에 이르기까지 수백 번이나 변방을 침입하여 약탈과 방화·살인을 저지르며 괴롭히던 왜구들은 조선이 건국된 이후에도 끊임없이 남쪽 지방에 출몰하여 노략질을 계속하며 관민들에게 피해를 입히고 있었다. 그러더니 점점 그 도가 더하여 즉위 원년에는 황해도 해주에까지 올라와 싸움을 걸고 식량을 내어놓으라고 행패를 부렸다. 이에 상왕과 세종은 크게 근심하여 대신들을 모아 대책을 의논하였다. 이종무로 하여금 동정(東征)을 명하여 왜구의 본거지인 대마도를 정벌케 하자는 의견이 모아졌다. 대마도 정벌은 이제까지 유사에 없던 일이었다. 비록 작은 섬에 대한 정벌이었으나 국권을 신장하는 데 크게 도움이 되었고, 왜구의 횡포도 이때부터 사라지게 되었다. 물론 이때에는 상왕 태종이 병권을 쥐고 있었으므로 세종은 측면 지원 형태를 취하기는 했으나 대마도 정벌 후 국방이 튼튼하지 않고는 문화의 창달도 없다는 신념과 함께 그 동안 소극적인 대외 문제에 대해 자신감을 얻는 계기가 되었다.

왜구의 소탕으로 대외적인 문제가 해결되고 근심 걱정이 사라지자 세종은 그 동안 마음먹었던 바를 현실에 반영시키기 위해 주저함이 없이 차근차근 계획했던 일을 실행에 옮기기 시작하였다.

우선 제일 먼저 손을 댄 것이 집현전의 확장과 강화였다. 즉위 2년이 되는 해, 세종은 이제까지 실행에 옮기지 못했던 집현전의 부활을 과감히 단행하여 직제를 정하고 관원 임명에 착수하였다.

영전사   정1품 박은, 이원
대제학   정2품 유관, 변계량
제 학   종2품 탁신, 이수
부제학   정3품
직제학   종3품 신장, 김자
직 전   정4품
응 교   종4품 어변갑, 김상직
교 리   정5품 설순, 유상지
부교리   종5품
수 찬   정6품 유효통, 안지
부수찬   종6품

박　사　정7품 김돈, 최만리
저　작　정8품
정　자　정9품

직제는 영전사로부터 정자에 이르기까지 열네 개의 서열을 두고 품계 역시 정1품으로부터 정9품까지 열넷, 그리고 열여섯 명의 전관으로 하여금 직제를 담당케 하였는데 영전사로부터 직제학까지는 당대를 대신하는 원로 석학을 배치하고 아래로는 패기 있고 진취적인 젊은 학자들에게 맡겨 조화를 이루게 하였다. 집현전을 개설하고 관원까지 임명한 세종의 마음은 뛸 듯이 기뻤다.

"스승님께서 이런 계획을 애당초 말씀하지 않으셨더라면 아둔한 제 머리로서는 미처 생각지도 못했을 것입니다. 이제 한 가지 소원을 이루었으니 이를 잘 운영하여 훌륭한 학자가 나오도록 힘을 기울이겠습니다."

세종은 집현전관 제학이 된 스승 이수에게 자신의 기쁨을 토로하였다.

"외람된 말씀이오나 옛부터 교육은 백년지대계라 하였습니다. 지금 집현전관으로 임명된 몇몇 분들은 더할 수 없이 훌륭한 학문을 닦은 분들입니다. 그러나 나이로 보아 곧 도태되어 물러날 것입니다. 그러하오니 지속적인 승계를 위해서는 후학을 양성함을 게을리하셔서는 아니 되옵니다. 원로로 하여금 서연관이 되어 후배를 지도하도록 배려하여야 함은 물론이옵니다. 하옵고 젊고 패기있는 젊은 영재들을 발굴·응용하여 오직 학문에만 전념케 하시고 간혹 지루해 한다 하더라도 십 년이고 이십 년이고 한 곳에만 머물러 정진하게 하신다면 그 성과는 매우 지대할 것입니다. 제 말씀을 명심해 주옵소서."

스승 이수는 언제나 세종 곁에서 조언을 아끼지 않았다

"한계가 있지 않겠사옵니까? 혹시 뜻에 맞지 않아 대간(臺諫)이나 정조(政曹) 쪽으로 옮기고 싶어하는 전관들도 나오지 않겠습니까?"

세종은 염려되는 바를 토로하였다.

"그런 경우가 없지는 않을 것입니다. 그런 일을 미리 방비하기 위해서는 전관들의 사기진작과 자부심 고취, 나아가 사생활에 지장이 없도록 보살펴 주어야 함은 물론 학문에만 전념할 수 있도록 여건과 분위기를 조성함에 최선을 다해야 할 것입니다. 또한 당위성을 일깨워 스스로 애착을 가지고 이 일에 동참하도록 설득과 양해를 병행하여야 할 것입니다. 더구나 전하께서는 어릴 때부터 학문에 심취하여 몸을 돌보지 않고 정진하셔서 옥체가 심히 쇠약해 계십니다. 지금처럼 젊으신 나이에는 별 지장이 없사오나 나이 들어서는 과중한 업무를 몸소 감당하시기에 힘이 부족할 것이옵니다. 평소 뜻과 이상에 맞는 학자를 만나 그들과 힘을 합쳐 국사를 의논하고 결제토록 힘을 분산시킨다면 언제까지나 무리없이 정무를 수행하실 수 있을 것이옵니다."

언제나 먼 앞날을 바라보며 예리하고 정확한 판단을 내리는 스승 이수는 세종 옆에 참신하고 훌륭한 덕망있는 학자들을 두어 그들이 정무에 동참토록 하여 전하의 과중한 업무를 덜어 주기를 바라고 있었다.

"말씀에 따르겠습니다. 마음먹은 대로만 진행이 된다면 크게 문운이 번창해질 것입니다."

세종과 스승 이수의 입가에 오랜 만에 만족의 미소가 흘렀다.

세종은 곧 경복궁 한편에 집현전 관사를 두고 전관들이 마음 놓고 학문에 전념할 수 있도록 모든 배려를 베풀었다. 전관들 역시 전하의 뜻에 따라 자긍심을 가지고 아침 일찍부터 관사에 나와 저녁 해가 지도록 열심히 글을 읽고 학문을 연구하였다. 그러하므로 차츰 나라의 중심이 힘의 정치에서 서서히 벗어나 문(文)의 치덕으로 자리바꿈을 시작하였다.

한편 세종은 기존의 전관 이외에 특별히 성삼문·박팽년·하위지·이개·신숙주 같은 젊고 패기발랄한 영명한 인재를 뽑아 다음 세대 집현전의 대통을 이을 계획을 내세웠다. 이들에게는 특히 은전을 베풀어 아침저녁으로 관사에 드나드는 번거로움을 덜어 주기 위해 삼각산 서쪽에 자리한 조용한 고찰 진관사에 보내 그 곳에서 아무 지장 없이 공부에만 전념하도록 배려하였다. 또한 세종은 이들을 격려하는 자리를 만들고 서로의 마음을 털어놓기도 하였다.

"그대들도 아다시피 건국의 과정에서 많은 인재들의 손실을 보았소. 지금 나라는 안정을 찾아 예전과 같은 힘의 논리에 의해 국정이 좌우 되는 일은 없을 것이오. 선왕께서도 그러하셨지만 앞으로는 평화와 화 해를 위해 문치의 덕을 쌓으며 나라를 다스려 나갈 것이오. 문제가 되 는 것은 나라를 위해 헌신할 유능한 인재의 층이 엷다는 것이오. 이 층을 어떻게 두텁게 하느냐를 두고 뜻있는 선배, 원로학자들과 의논하 였소. 그래 이번에 집현전을 개설하고 역량있는 인재들을 모아 학문에 힘쓰도록 하였소. 그러나 전관 중에는 나이 많은 원로들도 다수가 있 어서 그것이 심히 우려되는 바이오. 하여 그들의 뒤를 받쳐 줄 영특하 고 패기있는 젊은 학자를 뽑아 다음 세대를 이어갈 재목을 키우기로 하였소. 그래서 선발된 사람들이 여기에 모인 여러분들이오. 학문의 길 이 평탄치만은 않다는 것을 짐은 어릴 때부터 몸소 체험해 온바 그 누 구보다 잘 알고 있소. 하지만 우리가 무사안일의 자세로 아무 대책도 없이 이대로 제자리에 머물러 머뭇거린다면 아마도 주변의 왜(倭)나 여 진 등에조차 밀려 다시는 일어나지 못할 열등 국가나 민족으로 전락되 어 버릴 것이오. 나라의 부강과 발전을 위해 여러분의 사명이 지대하 다 여기오."

세종은 이제 막 벼슬길에 나선 젊은 학자들에게 마음 속에 간직한 뜻을 피력하였다. 집현전에 모인 젊은 학자들은 모두 친시나 식년 문 과에 급제한 영재들로서 다음 세대 나라를 짊어질 패기만만한 젊은 학 자들이었다.

"전하께옵서 나라 사랑하시는 마음이 소신들이 나라 사랑하는 마음 과 어떻게 비교될 수 있겠사옵니까? 하오나 이 나라 지성을 대변하는 젊은 유학들로서 어찌 나라의 앞날을 걱정하지 않을 수 있겠사옵니까? 소신들 역시 아직 공과는 없사오나 기회가 찾아 준다면 온몸을 바쳐 전하를 도와 맡은 일에 최선을 다할 것입니다."

식년 문과에 급제하여 이제 막 집현전 학사에 입문한 성삼문이 아뢰었다.

"소신들의 임무가 무엇이며, 어떤 것인가를 이미 주지하고 있사옵니다. 하명에 따라 힘써 매진할 것이오니 심려 놓으시옵소서."

친시 문과에 급제하여 학사가 된 신숙주가 머리를 조아렸다.

"그대들의 심정을 들으니 마음이 놓이는구려. 학문이란 폭이 너무 넓어 그것을 전부 섭렵하기란 심히 어려운 일이오. 그러하기는 하나 취미와 능력에 따라 한 가지 학문에 전념하되, 경서·사기는 물론 문물 제도에 관한 지식과 천문·지리·의학·점성 등도 골고루 익혀서 서로의 의견을 나누고 그 외의 것도 익혀 지식을 넓혀 주기 바라오. 그리고 때때로 짐이 나랏일을 하는 데 도움이 되도록 자문과 조언을 아끼지 말아 주기 바라오. 또한⋯⋯."

세종은 학사들에게 앞으로 학문에 심혈을 기울여 줄 것과 함께 무엇을 어떻게 해야 할 것인가에 대해 설명해 주었다. 그러나 아직 마음에 묻어 둔 말에 대해서는 좀더 신중을 기하여야 했다.

"하오실 말씀이 있사오면 주저치 마시고 말씀해 주옵소서."

세종의 표정을 읽은, 이색의 증손이며 문과에 급제하여 집현전에 입문한 이개가 머리를 조아려 사뢰었다.

"짐이 그대들에게 특별히 권하고 싶은 것은 어문에 관한 학문을 깊이 있게 연구해 달라는 것을 부탁하고 싶소. 우리 나라는 비좁은 땅덩이 안에서도 남과 북이 다르고 동과 서가 말이 달라 산 하나만 넘어도 의사소통이 불편하니, 나랏말을 하나로 모아 불편한 점을 제거하여 어느 지방 어느 마을을 가더라도 서로 의사를 나눔에 불편이 없도록 하여야 할 것이오. 그리고⋯⋯ 나아가 지금 우리 나라는 일찍이 글자를 만들지 못하여 한자를 빌려 쓰고 있는데 한자는 우리 어법에 맞지 않을 뿐만 아니라 어렵고 불편하여 사대부 일부만이 사용할 뿐 백성들은 글을 배울 엄두를 내지 못하고 있소. 공평치 않다고 생각지들 않으시오? 만약 저들도 글을 깨우쳐 더 밝고 높은 세상을 볼 수 있다면 백성들은 백성들대로 나라는 나라대로 그만큼 더 발전해 나갈 것이오. 차제에 여건이 허락되는 대로 우리도 우리만이 쓸 수 있는 우리 글자를 만들 생각이오. 그러니 그대들도 짐의 뜻을 헤아려 운서(韻書)나 어문에 관한 책들을 찾아 탐독 연구하여 우리 글자를 만드는 데 도움이 되도록 노력해 주기 바라오."

세종은 드디어 단호한 어조로 우리 글자를 만들겠다는 의지를 분명히 하였다.

그러나 아직 젊고 세상 물정에 어두운 학사들은 세종이 글자를 만들겠다는 참뜻을 헤아리지 못하였다. 아직 그들은 우리 글자의 필요성이라든가 당위성을 깨닫지 못하고 있었다. 패기에 찬 학사들은 다만 여건이 주어진다면 어떤 학문이라도 소화해 내지 못할 것이 없다는 자신감으로 득의만만할 뿐이었다.

문자 혁명의 기틀을 다지다

　집현전의 직제와 진용을 짜서 학문의 연구 기관을 강화한 세종은 다음 단계로 본격적 문자 혁명을 위한 계획을 실행하기 위한 발걸음을 내딛기 시작하였다. 무엇보다 우선되어야 할 것은 세종의 뜻을 헤아리고 그 뜻에 적극적으로 동참할 영특한 인재들을 모아 탄탄한 진용을 짜는 일이었다.

　집현전의 젊은 학사들에게 새 글자를 만들겠다는 의사를 표시하기는 했으나 그 말의 의미를 즉각 알아차린 학사는 없었다. 삼국 그 이전부터 한문 문화권을 유지해 온 까닭에 새삼스럽게 문자를 만든다는 것은 시간의 낭비요, 힘의 소모이며, 무익한 일이므로 잘못하면 남의 웃음을 살 수도 있었다. 그러므로 누구 하나 귀를 기울여 들으려는 사람이 없었다. 다만 스승인 이수만이 그 큰 뜻을 헤아릴 뿐.

　그러나 그 누가 무어라 하더라도, 어떤 방해나 난관이 닥쳐 오더라도 세종의 문자 혁명에 대한 신념은 변하지 않았다. 그렇다고 하여 지금 당장 이 일을 섣불리 표면에 드러내어 공개할 수 있는 시기도 아니었다. 문자를 새로 창제하겠다는 사실을 안다면 분명 한문학에 심취한 많은 학자들의 반발이 거셀 것이 분명하였다. 그러므로 신중하게 조심스럽게 차분히 일을 추진할 수밖에 없었다.

　세종과 소헌 왕후 사이에는 여덟 명의 왕자들이 있었다. 앞서 상왕께서 충녕 대군을 세자로 책봉할 때, "충녕 대군이 천성이 총민하고 학문을 게을리하지 않아 비록 춥고 더운 날씨라 할지라도 밤을 새워 글을 읽고, 또 정치에 대한 대체를 알아 매양 국가에 큰일이 생기면 의견을 내되, 모두 범상한 소견이 의외로 뛰어나며 또한 그 아들 중에 장차 크게 될 수 있는 자가 있으니 내 이제 충녕으로 하여금 세자를 삼고자 하노라"라고 말하여 세자 책봉을 놓고 의견이 분분한 대신들에게 그 타당성을 들어 언론을 설득한 적이 있었다. 그 아들 중에 장차 크게 될 수 있는 자, 웬만큼 칭찬에 인색한 태종도 셋째아들이 낳은 손자들만큼은 인정하지 않을 수 없었다. 그만큼 왕자들은 타의 추종을 불허할 정도로 뛰어난 머리와 재능을 갖고 있었는데 첫째부터 여덟째까지 다 난형난제의 실력을 갖추고 있었다.

첫째 향(珦)은 할아버지 태상왕이 재위한 지 14년 되는 해에 태어났는데 아버지 세종이 즉위 3년 만인 8세 때 이미 세자에 책봉되었고, 부왕의 몸이 약한 관계로 일찍이 서무결재권 등 나라의 주요한 일을 맡아 세종을 돕고 있었다. 대갓집 맏아들이 항시 그러한 것처럼 마음이 너그럽고 자상하였으며 어릴 때부터 글 읽기를 좋아하여 누구에게나 칭찬을 받았다. 천문·산술에 뛰어난 그는 부왕의 명을 받아 천문 기구 제작에 앞장섰으며, 글씨와 그림에도 능해 다른 사람의 부러움을 사고 있었다.

둘째 유는 형 향보다는 3년 아래지만 형에 못지 않은 영특함을 가지고 있어 부왕의 사랑을 받았다. 일찍이 진양 대군에 봉해졌다가 수양 대군으로 개봉되었는데 부왕을 도와 서적의 간행, 불교 진흥 등에 힘쓰고 있었다. 성격은 진취적이며 과단성이 있어 할아버지인 태상왕을 닮아 문보다는 무(武) 쪽을 선호하고 있었다.

셋째인 용, 안평 대군 역시 두 형들에 조금도 손색이 없는 영민한 머리와 뛰어난 자질을 가지고 있었다. 13세에 성균관에 입학하여 학자로서의 실력을 쌓았으며 삼절이라 불릴 정도로 시서화에 능한 서예가로 이름을 날리고 있었다.

그 아래로 넷째 임영 대군 구, 다섯째 광평 대군 여, 여섯째 금성 대군 유, 일곱째 평원 대군 임, 그리고 영응 대군 염.

이들은 나이의 차이는 있으나 세종이 어린 시절 추위와 더위, 낮과 밤을 가리지 않고 불철주야 숙독하여 당대 최고의 석학으로 자리한 것과 같이 학문을 좋아하고 몸을 사리지 않는 노력으로 이미 누구도 따를 수 없는 출중한 학자로 자리하고 있었고 또 그렇게 자라고 있었다.

세종은 이렇듯 든든한 자손을 더 없는 자랑과 보람으로 삼고 있었는데 이들이야말로 세종의 손발이며 동참자이며 격려자들이었다. 세종은 우선 왕자들에게 문자 혁명의 필요성·당위성을 설명하고 치적의 최대 업적이라 할 수 있는 이 사업에 적극 동참하여 줄 것을 부탁하였다.

"이래로 우리는 이 땅 위에서 가장 강대하였고 가장 찬란한 문화를 가진 민족이었다. 그러나 오랜 시간 태평스러운 세월이 지속되자 왕족들은 안락함에 빠져서 백성들을 돌보지 않게 되었고 백성들도 나태해져서 무사안일한 생활로 일관하게 되었다. 그렇게 되자 나라의 기운은 더 이상 뻗어나가지 못하게 되었고 힘도 쇠약해져서 이웃 나라나 민족들에게 차츰차츰 먹힘을 당하게 되었다. 찬란했던 문화는 녹이 슬고 국력은 약해지고…… 결국 힘을 길러 세력을 쌓은 이웃 민족에게 밀려 광활했던 북쪽 땅으로부터 동으로 동으로 쫓겨 내려와 겨우 지금 이곳에 터를 잡고 살게 된 것이다. 그러는 동안 민족 정기도 사라지고 글자마저도 잃게 되었지. 보아라. 글자가 없는 민족이 어찌 문화를 발전시킬 수 있겠으며 힘을 키워 나라를 부강하게 만들 수 있겠는가? 지금 왜나 몽골이나 여진이나 그 밖의 주위의 볼품없는 나라들도 나름대로 자기의 글자를 가지고 사적을 기록하고, 문화 전통을 세우고, 교육을 시키면서 떳떳하게 생활하고 있다. 그러나 글자를 잃은 우리는 사대를 숭상하여 한문만이 더 할 수 없이 고귀한 글자로 생각하여 한문학에 매달려 남의 것을 제 것인 양 우쭐거리며 배우고 있다. 한자는 우리 글이 아니며 한문학은 우리의 문학이 아니다. 중국의 한문화와 우리의 문화는 근본적으로 다르다. 우리가 한문학을 익히어 제 것인 양 뽐내는 모습을 다른 민족이 본다면 아마도 원숭이가 사람의 흉내를 내어 뽐내는 것과 다를 바 없음을 비웃을 것이다. 지금 나라는 건국 이래로 태평한 때를 맞아 외우나 내환도 찾아 보기 어렵다. 이러한 때를 이용하여 우리는 문치에 힘쓰지 않으면 안 된다. 이 애비는 이제부터 온갖 힘을 문화 창달에 쏟을 것이며 특히 우리 백성들이 누구나 쉽게 쓸 수 있는 우리 글자를 만드는 데 심혈을 기울일 것이다. 그러니 너희들도 이제까지 애비가 들려 준 말의 의미를 깨달아 새로운 문자를 만드는 데 적극 동참하여 주기 바란다."

세종은 세자와 왕자들이 차츰 성장하여 이제 새로운 글자를 만드는 데 얼마만큼 도움이 될 나이가 되었다고 생각하자 비로소 마음에 간직하고 있던 문자 혁명의 참뜻을 털어놓았다. 특히 세자와 수양·안평·임영 대군 네 아들은 연령이 거의 비슷하고 만만치 않은 영특함과 학문에 대한 의욕이 대단하므로 선의의 경쟁이 될 수 있다고 생각하였다. 그리하여 이들에게 운서나 어문에 관한 지식을 통달하도록 명하였다. 이들은 또한 집현전의 젊은 학자들과도 제배이거나 비슷한 연배였기 때문에 마음을 합하여 문자 혁명에 협력해 준다면 반드시 괄목할 만한 성과가 있을 것으로 기대하고 있었다. 그래서 혹시 거부감을 느낄지 모르는 유학자들을 자극할까 염려되어 겉으로는 크게 드러나지 않도록 명하고 왕자들과 집현전의 젊은 학사들이 자연스럽게 만나 운서나 어문 등에 관해 대화나 의견을 나눌 수 있도록 시간과 장소를 배려하였다.

모든 나랏일이 순조롭게 진행되었다. 변방을 침입하여 관민을 괴롭히던 왜구도 대마도 정벌 이후 자취를 감추고 북방의 여진족들도 강력한 국방 정책으로 그 위협이 상당히 약해져 가고 있었다.

세종은 이러한 평화로운 시대가 가장 소중하고 값어치 있는 때라는 것을 잘 알고 있었다. 이러한 때를 아무렇게나 지내 버린다면 곧 몇 배의 어려운 시대가 도래한다는 것도 여러 서적을 통하거나 생활 속에서 터득해 온 터였다. 농군들이 가을걷이 후 풍작의 기쁨에 들떠서 다음해에 농사 지을 준비를 하지 않고 겨우내 빈둥거린다면 그 후에 오는 폐해와 고통이 얼마나 클 것인가 하는 것은 삼척동자라도 다 알고 있는 일이었다.

그리하여 세종은 촌각의 시간도 아끼지 않고 정치·경제·사회·국방·예·악·제도 등 국정에 도움이 되는 모든 방면에 그 동안 계획했던 일들을 점검하여 차근차근 실행에 옮기며 추진해 나갔다.

모든 일이 순조로웠고 뜻하는 바 대로 진행되었다. 그러나 세상 일이 다 그러하듯이 사람의 삶에는 항시 고통과 시련이 따르는 법이었다.

스승 이수의 죽음

　세상이 온통 떠나갈 듯 온종일 울어 대던 매미 소리가 차츰 그 기력을 잃어 가는 것으로 보아, 숨통을 쥐어짜며 기승을 부리던 한여름이 서서히 그 막을 닫는 듯했다. 아침 저녁으로 제법 스산한 바람이 살갗을 스치며 지나갔다. 하루가 다르게 나뭇잎 색깔이 변하는 것을 보면 곧 결실의 계절인 가을이 옴을 예견할 수 있었다.

　세종은 편전의 서가에 앉아 하루의 일과를 다시 되짚고 있었다. 오늘은 특히 고려사를 개작하는 작업이 있었는데, 고려의 멸망과 조선의 건국 사이에 필연성의 부여는 후대는 물론 지금 당장 백성들에게 나라에 대한 충성심을 고취시키고 건국의 당위성을 일깨워 주는 한편 명나라와의 관계에 있어서도 명분을 뚜렷이 내세울 수 있는 계기를 만들 수 있는 것이었다. 또한 편년체로 쓸 것인가 기년체로 쓸 것인가에 대해서도 깊이 생각지 않을 수 없었다. 왕의 업적을 앞세우기보다는 역사의 흐름에 따라 서술하는 편이 여러 모로 온당할 것으로 생각되어 대제학 변계량으로 하여금 첨삭·보수토록 하였다.

　그러나 그러한 가운데에서 무엇보다 안타까운 것은 이렇게 중요한 사적을 백성 모두가 읽고 이해하지 못한다면 무슨 소용이 있겠는가 하는 생각이었다. 글 모르는 자가 어찌 나라를 사랑할 줄 알며 정통성을 깨달아 충성심을 키우겠는가? 우리 글 우리 문장으로 된 책. 세종은 갑자기 세상이 캄캄해짐을 느꼈다.

　어떻게, 어디서부터 시작할 것인가? 세종은 관원들이 모두 퇴궐한 뒤에도 시름없이 책상 앞에 앉아 우리 글자 없음과 어떻게 하면 새로운 글자를 만들 수 있을까 하는 생각에 골똘해 있었다. 이미 날은 어두워 희미한 촛불만이 어둑한 방을 껌벅거리며 비추고 있었다.

이때 밖에서 수군거리는 소리가 들려왔다. 갑자기 서재의 한 구석으로부터 찬 바람이 세차게 새어 나오더니 깜빡거리는 촛불 하나를 툭 하고 꺼 버렸다. 세종은 문득 불길한 예감에 자리를 털고 일어났다. 문 밖에서 다급하게 전하를 부르는 소리가 들렸다.

"왜 이리 소란스러우냐?"

세종이 문 쪽을 향해 고개를 돌렸다. 그러나 세종의 말이 떨어지기도 전에 대전별감이 문을 열고 들어와 세종의 발아래 꿇어 엎드렸다.

"제학 대감 나리께서……."

별감의 목소리가 떨리고 있었다.

"대감께서 어찌 되셨단 말이냐?"

세종은 갑작스런 대전별감의 출현에 당황하였으나 언제나 여유를 잃지 않는 태연한 모습으로 별감을 향해 물었다.

"퇴궐 도중 낙마를 하셨다 하옵니다."

대전별감은 더듬거리며 말을 잇지 못하였다.

"많이 상하셨다 하더냐?"

그제서야 세종도 정신이 번쩍 들어 별감에게로 다가갔다.

"………."

대전별감은 대답 대신 어깨를 들먹였다. 스승의 신변에 심상치 않은 변고가 있음이 분명했다. 몇 시간 전까지만 해도 집현전에서 고려사를 앞에 놓고 개작의 내용을 의논하며 담소를 나누었는데…….

"머뭇거리지 말고 자초지종을 소상히 아뢰어라."

세종이 대전별감을 다그쳤다. 목소리가 떨리고 있었다.

"퇴궐하셔서 댁으로 가시던 중 객주에 들러 약주 몇 사발을 자셨다 하옵니다. 하옵고 가마로 뫼시겠다는 아랫것들의 말을 뿌리치고 구태여 말에 올라 가시다가 말이 놀라 뛰는 바람에 그만……."

대전별감이 들은 바를 소상히 아뢰었다.

"그래, 어떠하시다더냐?"

세종이 별감의 말이 떨어지기도 전에 다급히 물었다.

"즉시 의원을 불렀다 하옵니다. 하오나 의원이 도착했을 때에는 이미 영면하신 뒤라 하였사옵니다."

대전별감이 흐느끼고 있었다. 세종은 쿵 하고 하늘이 무너지는 소리를 들었다.

어딘가를 걷고 있다고 생각했다. 보름달이 세상 구석구석을 비치고 있었으나 세종의 눈에는 캄캄한 암흑뿐이었다. 세종은 서가를 나와 뜨락 아래로 내려섰다. 달빛이 사방을 비추고 있었으나 한 치의 앞도 보이지 않았다.

살아 오면서 숱한 죽음을 보고 들었다. 할아버지 태조, 큰아버지 정종 그리고 어머니 아버지의 죽음. 죽음이란 허망하고 애절한 것이었다. 그러나 이번에 맞은 스승의 죽음은 그 어느 죽음과 비교될 수 없을 만큼 커다란 충격이었다.

아버지의 죽음을 천붕지통(天崩之痛)이라 했던가? 하지만 스승의 비보에 접한 세종의 마음은 천 갈래 만 갈래로 찢기며 온 세상이 한꺼번에 내려 앉는 아픔이었다. 군사부(君師父) 일체라는 말이 있듯이 스승 이수는 부모보다 더 큰 무게로 세종의 인생에 영향을 주었다. 철들기 전서부터 성인에 이르기까지 하루도 곁을 떠난 적이 없이 그림자처럼 붙어 다니면서 한몸이 되어 살아왔었다. 그리하여 스승인 동시에 친구며, 다정한 형제며, 선배이며, 정신적 지주인 동시에 동조자요, 격려자였다.

궁중 생활은 엄격하고 규칙적이었으므로 개인의 생각과 행동이 최대한 억제된 곳이었다. 이러한 곳에서 자신의 내면을 드러내거나 토로할 대상을 찾기란 참으로 어려운 것이었다. 임금인 부왕은 정사에 바빠 얼굴을 마주 대할 시간도 없거니와 얼굴을 대한다 하더라도 인간미가 흐르는 부자의 정을 나누기보다 늘 학습의 진전, 예법 등에 관한 천편일률적이며 형식적인 대화를 나누는 것이 고작이었다.

어마마마 역시 내전 일에 분주한데다가 갓난 아이일 때에는 유모의 품에 맡기고 십여 세 전후의 어린 나이에는 혼인을 시켜 살림을 내었으므로 모정을 느끼기에는 시간이 너무 짧았다. 형제들 또한 어려서부터 학문과 예법에 몰두해야 하기 때문에 서로 만나 형제애를 나눈다는 것은 여간 어려운 일이 아니었다.

그러나 서연관은 비록 나이의 차이는 있기는 하지만 학문뿐만 아니라 세상의 이치, 행동과 성격 형성에 관한 모든 일까지도 속속들이 관여하였으므로 그 어느 누구에게도 열지 못하는 마음의 문을 열 수 있었다. 그러므로 서연관 이수는 세종의 성장 과정에 중대한 영향을 끼친 인물이었으며 세자로 봉해졌을 때에는 왕세자로서 갖추어야 할 자세와 마음가짐을, 그리고 보위에 오른 후에는 군왕으로서 걸어가야 할 바른 길을 열어 주기 위해 정성을 쏟기도 하였던 존경받는 스승이었다.

그런데 그런 하늘 같은 분이 숨을 거둔 것이다…….

집현전 제학 이수는 대궐을 나와 집으로 향하고 있었다. 기승을 부리던 더위가 한풀 꺾여서 불어오는 바람이 얼굴을 스칠 때마다 상쾌한 기분이 들었다. 잠자리떼들이 코끝을 맴돌다 지나갔다. 하늘이 한층 높아 보였다. 집으로 돌아가는 길목에 가끔씩 들르는 객주가 하나 있었다. 제학 대감은 말에서 내려 객주로 들어갔다.

"주모, 탁배기 한사발 내 주구려."

말술의 실력을 뽐내는 이수는 술에 관한 한 때와 장소를 가리지 않았다. 그는 앉은 자리에서 술 한 동이를 간단히 비웠다. 정신이 오히려 맑아지면서 기분이 날아갈 듯 가벼워졌다. 또 한 동이를 훌쩍 비웠다.

태상왕이 돌아간 후 나랏일에 관한 전권 모두는 세종의 손에 들어갔고 권력에 대한 암투나 패권 다툼도 제거되었다. 분산되어 혼란스럽거나 미비되었던 직제도 정연하게 개편·보강되어 역량있는 인재들이 속속 자리를 차고 들어앉아 이제는 맡은 업무에 최선을 다할 일만 남아 있었다. 또한 새로이 임명된 관리들은 총명하고 덕망 높은 성상을 만나 가진바 능력을 마음껏 발휘하게 되었으니, 나라는 건국 이래 그 어느 때보다 활기차고 왕성한 문운의 시대를 맞이하게 되었다.

그의 보람이란 하루가 다르게 자리를 잡아가는 세종을 바라보는 보람이었다. 자신의 혼백을 바쳐 키워온 제자가 가르침대로 성장했을 때, 청출어람이청어람이라는 말대로 자신보다 더 나은 모습을 보일 때 그 대견함을 보는 기쁨이란 어디에다 비교할 수 없을 것이다.

임금의 어린 시절부터 고락을 같이해 온 제학 대감은 군왕이 되어 늠름히 국정에 임하는 세종을 볼 때마다 뿌듯한 감회와 함께 흡족한 미소가 저절로 새어 나왔다.

다만 염려되는 것은 세종의 건강이었다. 추우나 더우나 낮이나 밤이나 학문 탐구에 전념하였으므로 건강이 몹시 약해 있었다. 더구나 당뇨증·고혈압·안질 등의 고질병이 있었던 관계로 젊은 시절에는 별 염려는 없겠으나 나이 들어 기력이 쇠약해지게 되면 상대적으로 병이 악화될 경우를 염려하지 않을 수 없었다.

다행인 것은 집현전의 젊은 학사들이 상당한 학문의 경지에 오르게 되면 세종 곁에서 국사를 의논하고 보필하게 될 것이라는 것과 세자에게도 결재권을 주어 과중한 업무를 분담한다면 세종의 건강은 무리가 없을 것이라는 기대였다. 또한 보편적이며 일반적인 정무는 의정부에서 집행하여 보고하게 하고 국가 안위나 나라 전체에 미칠 막중한 국무만을 직접 세종이 맡아 결정한다면 한 쪽으로 집중되는 과중한 업무가 분산되어 건강에 대해 더 이상 염려를 놓아도 된다는 여유도 가지고 있었다.

그렇다면 이 세상에 태어나 무엇을 바랄 것이며 이보다 더 큰 보람을 또 어떻게 다시 기대하겠는가? 몇 동이의 술을 비워 거나해진 제학 대감 이수는 마음이 흐뭇하여 몇 번이고 너털웃음을 터뜨렸다.

자리에서 일어난 제학 대감은 혹시 낙마가 염려되어 가마에 오르라는 하인의 청을 거절하고 굳이 말 위에 올랐다. 날이 이미 어두워져 맑은 하늘에는 별들이 총총 박혀 반짝이고 있었다. 말 위에 오르자 훌쩍 하늘이 내려앉았다. 빽빽이 들어찬 별들이 바로 머리 위에서 어지러이 반짝이고 있었다. 언젠가처럼 면목산 쪽에서 둥근 보름달이 둥실 떠올라 환한 얼굴로 앞길을 비추고 있었다.

"어허, 오늘따라 이다지도 예쁜고……."

제학 대감은 빨갛게 떠오르는 달에서 전하의 얼굴을 보았다. 제학 대감은 더 할 수 없는 감흥에 젖어 있었다.

"천강(千江)을 비추는 달처럼 심산궁곡에까지 은덕이 미치소서."

제학 대감은 손에 잡힐 듯 가까이에 있는 달을 따다가 궁궐의 누에 달아 드려 주상의 은덕이 온 나라 방방곡곡에 미치게 하고 싶었다. 제학 대감은 달을 향해 고삐를 채었다. 갑작스런 대감의 행동에 경마 잡던 노비가 손을 놓치고 말았다.

"달 따러 가자 이놈아!"

제학 대감은 말의 배에 힘껏 발길을 놓았다. 갑작스런 발길질에 놀란 말이 요동을 치며 앞을 향해 내딛기 시작하였다. 말이 내닫는 것만큼 달도 살같이 빠르게 달려 나갔다. 제학 대감은 더욱 세게 말의 배에 박차를 가했다. 그러나 몇 발자국 가지 않아 말발굽이 튀어나온 돌에 채여 넘어지면서 대감의 몸이 하늘을 향해 치솟아 올랐다. 바로 눈앞에 달이 있었다. 손을 벌려 달을 잡았다고 생각한 순간 세상이 텅빈 듯 허전해지면서 순식간에 몸뚱이가 바닥으로 떨어졌다. 실로 눈 깜짝할 사이의 일이었다.

고삐를 놓친 하인이 허겁지겁 달려와 대감을 안아 일으켰다. 그러나 이미 제학 대감은 숨을 거둔 후였다.

악인(樂人) 박연

제학 대감의 갑작스런 죽음은 세종에게 있어 다시 없는 슬픔이었다. 평소 당면한 일을 냉철한 이성과 여유로 처리하는 세종이었지만 스승의 참변을 앞에 놓고는 망연자실할 뿐 어떤 생각도 떠오르지 않았다.

학문과 정신 세계, 일상에 이르기까지 분신처럼 지배해 온 스승의 참변은 지워 버릴 수 없는 충격이며 아픔이었다.

사람이란 무엇인가?

만물의 영장임을 자처하면서 끝없는 이상과 욕망을 가지고 천 년 만 년 살 것같이 앞만 보며 달려오다가 그 동안 쌓아 놓은 노력이나 공적은 흔적도 없이 눈 깜짝할 사이에 무너져 버리고, 그 숨결과 체취도 하루아침에 물거품처럼 사라져 버리는 허무하기 이를 데 없는 존재.

가지고 있던 물건은 아무런 곳에나 처박아 두었다가도 다시 꺼내 볼 수 있을 텐데 진정 체온을 느끼며 정을 나누던 사람은 하루아침에 어디로 훌쩍 떠나가 다시는 볼 수도 만날 수도 없는 것인가?

스승을 선산에 고이 모신 후에도 세종의 아픔은 가시지 않았다. 모든 것이 한꺼번에 정지되어 시간도 생명도 없는 의미 없는 세상처럼 느껴졌다.

'이럴 때 이 학사라도 곁에 있었으면 고통을 나누어 가질 수도 있으련만…….'

지금쯤 어느 하늘 아래를 떠돌면서 부친의 죽음도 모른 채 덧없이 동가식서가숙하고 있을 이 학사를 생각하니 세종의 가슴은 미어질 듯 아팠다.

세종은 모든 의욕과 기력을 잃은 채 식음도 전폐하고 침전에 누워 열병을 앓고 있었다.

막힘이 없이 순조롭게 진행되던 나랏일이 잠시 휴식 상태를 보이기 시작했다.

가뜩이나 크고 작은 병에 시달리는 전하께서 마음의 병까지 겹쳐, 더욱 기력이 악화되어 자리에서 일어나지 못하기라도 한다면…… 왕실과 대신들의 걱정은 이만저만이 아니었다.

이제 막 태평스러운 세월을 맞아 막힘 없이 뻗어 나가던 나라의 기운이 여기서 머물까 전전긍긍하였다.

"성상께서 저렇듯 노심초사하고 계시니 장차 이 일을 어찌하면 좋겠소."

영의정 황희가 대신들을 모아 놓고 대책을 의논하였다.

"성상의 병은 마음의 병이신고로 백약이 무효합니다. 왕비마마와 세자 저하께옵서도 밤낮없이 간병하고 있사오나 전혀 차도를 보이지 않으시니 나랏일이 걱정입니다. 어디 마땅한 방법이 있으면 말씀들 해 보시구려."

좌의정 맹사성이 좌중을 둘러보며 조언을 구하였다. 그러나 어느 누구도 입을 다문 채 뚜렷한 방안을 내지 못하고 있었다.

"성상의 병환은 어미를 잃은 새끼새의 심정에서 비롯된 것이므로 약(藥)으로는 다스릴 수 없을 것입니다. 소신의 생각으로는 이번의 병환은 악(樂)으로만이 아픈 마음을 달랠 수 있을 것으로 사료되옵니다. 소신에게 맡겨 주신다면 악의 힘으로 성상의 마음을 어루만져 맑은 기운으로 되돌리도록 힘써 보겠습니다."

한동안의 침묵을 뚫고 관습도감 별감 박연이 나서서 좌중을 돌아보며 자신의 의견을 내놓았다.

"별감의 말씀대로 지금 성상께서는 마음의 병을 얻어 노심초사하고 계시옵니다. 그런데 악(樂)이라니요. 좀 심하다고 생각지 않으십니까?"

스승의 상을 당해 침통한 마당에 음률로 시끄럽게 한다면 오히려 전하와 돌아가신 대감에게 욕을 보인다는 생각이 들어 우의정 권진이 우려를 표명하였다.

"사람의 정서가 천 갈래 만 갈래이듯 음(音)의 세계 역시 그 길이와 높낮이가 셀 수도 없이 다양하옵니다. 즐거움을 돋구는 음이 있으면 슬픔을 자아내게 하는 음도 있습니다. 희노애락을 자유자재로 넘나들 수 있는 것이 음과 악의 이치인고로 때와 형편에 따라 알맞은 악을 연주하면 그에 순응하여 긴장이 풀리고 피가 맑아져서 마음도 변화되고 안정될 수 있을 것입니다. 예기(禮記)에 이르기를 악과 예는 나눌 수 있는 것이 아니며 예와 악이 함께 하면 덕이 된다 하였습니다. 성상께옵서 덕이 높으시고 세상 이치에 밝으시니 애통을 딛고 일어설 수 있는 좋은 음과 악을 들려 드리오면 반드시 머지 않은 시간에 마음을 다스려 쾌차하시리라 여겨지옵니다."

도감 별감 박연이 자신의 소신을 백관 앞에 자신있게 토로하였다.

별감 박연의 조리있는 설명을 들은 백관들은 모두 고개를 끄덕이며 그 말에 동의를 표하였다. 백약이 무효한 지금의 상황에서 어찌 달리 해 볼 도리가 없었기 때문이었다.

"별감께서 그리 말씀하시니 한 줄기 빛이 보이는 것도 같습니다. 지금으로선 다른 방도를 찾기도 어려우니 별감께서 나서셔서 성상께서 하루라도 빨리 쾌차하시도록 힘을 써 주시기 바랍니다."

세자 향이 자리에서 일어나 별감의 손을 붙들고 간곡히 부탁하였다.

별감 박연은 곧 관습도감 여악(女樂) 하나를 골라 가야금을 들려 대동하고 세종이 와병중에 있는 후궁의 침전으로 문안하였다.

세종은 별감 박연을 보자 불편한 옥체에도 불구하고 몸소 자리에서 일어나 반가이 그를 맞이하였다.

세종은 아주 어린 시절부터 소리에 민감하였고 음률에 관심이 남달랐다. 그 어떤 학문이나 자연 현상, 일상의 일에 이르기까지 어느 것 하나 소홀히 다루는 것이 없는 세종이었으나, 특히 정성을 쏟고 애착을 갖는 것 중의 하나가 음률에 관한 것이었다.

어둠 속에서 빛이 피어나고, 적막 속에서 소리가 울려 퍼진다는 것. 그것이 비록 자연 현상이라 할지라도 형언할 수 없는 경이이며 신비였다. 그것은 곧 탄생이며 창조이며 세상이 살아 움직이는 원동력이라고 감동하고 있었다.

"옥체 보전하옵소서. 만백성이 전하의 쾌차를 고대하고 있사옵니다."

별감 박연이 넙죽이 업드려 전하께 문안을 드렸다.

"율관 제작에 바쁘실 터인데, 뭣하러 예까지 오셨습니까?"

겉보기에도 세종의 얼굴에 병색이 완연하였다.

"율관 제작에 관해서는 심려 놓으시옵소서. 이미 남양에서 발견된 경석(磬石)으로 12매짜리 편경 한 틀을 만들어 놓았사옵니다. 다만 황종음이 중국의 편경보다 음이 높아 우리 음률에 맞지 않사온데 그 원인을 캐어 본 결과 경석과 경석을 잇는 기장 알이 작아 소리를 흡수하지 못한 까닭으로 그리 된 것으로 나타났사옵니다. 하오나 이번에는 남쪽 지방에서 나는 보다 굵은 기장알을 구입하여 우리 음에 맞는 새로운 편경을 제작하고자 힘쓰고 있는 중이옵고 전하께서 쾌차하시는 즉시 소명을 받자오면 고금에 없는 훌륭한 율관이 제작될 것으로 기대하고 있는 중이옵니다."

이미 세종과 난계 박연은 음률에 관한 이론과 실제로 매우 돈독한 사이에 있었다.

조선은 건국과 함께 유교를 국시로 내세워 나라의 정책을 일관성있게 펴 나가려 노력하였다.

유가의 덕목이 예와 악에 있었으므로 유교적 의례를 바르게 하기 위해서는 그에 따르는 음과 악이 필수적으로 정리되어야 했었다. 그러나 여말 이래 옛 음악을 거의 그대로 받아들인 아악은 산만하고 일정치 않았다. 그래서 임금이 문무백관을 정기적으로 모아서 갖는 조회, 회례 의식 때에 연주되는 조회아악, 회례아악, 그리고 종묘, 사직, 풍운뇌우, 선농, 선잠, 우사, 문선왕묘의 제사의식에 연주되는 제향아악을 새로이 정리·확정할 필요를 느끼게 되었다.

나아가 이번 기회에 고래로 답습해 온 중국 음악 일변도인 아악에만 의존하지 말고 우리 조상들이 즐겨 부르던 향악을 수집하여 궁중 음악으로 사용하고자 신악 창제라는 새로운 음악 부흥을 모색하고 시도하게 되었다.

기존의 이름인 장악원을 관습도감으로 명칭을 바꾼 것도 중국에 전적으로 의존하였던 악기를 우리 스스로의 힘으로 제작하고 아악의 질과 폭을 높이는 동시에 향악을 연구 창작하는 등 새로이 음악 발전을 꾀하기 위함이었다.

역대 군왕 가운데에서도 음과 악에 조예가 깊은 임금이 간혹 있기는 했으나 대개는 기존에 연주되는 음악을 듣거나 그것을 평하는 것이 고작일 뿐이었다. 그러나 악리(樂理)에 있어 남다른 탁견을 가진 세종은 기존의 음과 악을 뛰어넘어 그 곳으로 파고들어가 새로운 음을 발견하고 악을 창조하려 하였다.

다행스러운 것은 때마침 음리(音理)에 귀재인 난계 박연이 나타나 세종과 일체를 이룸으로써 바야흐로 유사 이래 다시 없는 화려한 음악의 시대가 도래하기 시작한 것이었다.

"노고가 많습니다. 그래 경석의 소리는 어떠합니까?"

세종은 병석에 누워서도 보다 아름다운 율관을 만들어야겠다는 생각으로 고심하고 있었다.

"경기도 남양에서 얻은 경석은 중국에서 들여온 경석보다 그 소리가 한층 청아하여 이제껏 들어 본 적이 없는 맑고 깨끗한 소리를 내고 있사옵니다. 편경이 완성되는 대로 편종도 제작하게 되면 더없이 아름다운 소리로 회제례를 빛내게 할 것입니다."

제조별감 박연은 세종에게 될 수 있는 한 희망에 찬 말을 들려 주어 고통에서 벗어나도록 노력하였다.

"빨리 일어나 그 소리를 듣고 싶구려."

세종이 소생의 의욕을 보였다.

"매서운 겨울날이라 하더라도 머지 않아 봄을 기약하옵고 봄은 다시 만물을 소생시켜 풍성한 여름을 마련하는 것이 세상의 이치가 아니옵니까? 돌아가신 제학 대감께선 당신의 밝은 빛을 모두 전하께 남겨 주고 떠나셨사옵니다. 천강(千江)을 비추는 달처럼 성상의 밝은 빛을 온 누리에 비추오소서. 자고로 불가에서는 색즉시공(色卽是空)이라 하여 있다는 것은 잠시일 뿐 곧 사라지니 공이라 하였삽고, 공즉시색(空卽是色)이라 하여 없다는 것은 존재하는 것에 값어치를 줌으로써 곧 있는 것이라 하였사옵니다. 우리 마음 한가운데에 있는 여러 감정도 그 씀씀이에 따라 있는 것도 되며 없는 것도 되옵니다. 언젠가 전하께선 스승의 가르침을 소신에게 들려 주신 적이 있사옵지요. 가장 절망에 빠졌을 때가 가장 희망이 많은 때이며 가장 마음이 아플 때가 또한 가장 기쁨이 넘칠 수 있는 계기가 될 것이라고 하셨사옵니다. 아마도 지금 천상에 계신 제학 대감께옵서는 전하께서 애통해 하옵는 마음을 돌리시고 하루라도 빨리 정사에 임해 주시기를 바라고 계시올 것입니다. 율관을 제작하는 일을 비롯해서 전하께서 필생의 역점으로 두고 계신 이 나라 문자 혁명에 관한 일에 이르기까지 말씀이옵니다."

별감 박연은 조리있는 말로 세종의 마음을 돌리려 하였다.

난계 박연은 태상왕 때 문과에 급제하여 집현전 교리, 사간원 정언을 역임하였고 세종의 즉위 후에는 악학 별좌 및 관습도감 별감으로 있는 터였다. 더구나 세종의 세자 시절에는 시강원에서 문학을 역임하여 평소 세종과는 친분이 두터운 사이였다.

"알고 있소이다. 모든 이치를 깨닫고 있으면서도 사람의 뜻대로 되지 않는 것이 마음 다스림인가 봅니다. 시간이 흐르면 상처도 지워지겠지요. 하지만 어릴 때부터 분신처럼 곁에 계시던 그 분께서 다시는 볼 수 없는 어디론가 떠났다는 생각이 들 때마다 참을 수 없는 애통을 어찌 주체해야 할는지 모르겠습니다."

세종은 아직도 스승 이수의 죽음을 인정하려 하지 않고 있었다. 그만큼 이수는 세종의 삶에 크나큰 기둥으로 자리하고 있었다.

"그토록 애도하시니 사제간의 정이 얼마나 도타웠는가를 미루어 짐작키 어렵사옵니다. 사가나 미천한 백성 같으면 몇 년을 두고 움막에서 베옷 입고 애도하며 가슴에 쌓인 슬픔을 씻을 수 있겠으나 만백성의 어버이이신 전하께서는 그렇게 할 수도 없으심이 안타깝고 가슴 아플 뿐이옵니다."

박연이 같이 애도하였다. 두 사람의 대화는 잠시 끊기었다. 세종의 가쁜 숨소리가 박연의 가슴을 애타게 하였다.

"하오나 잠시나마 전하의 마음에 위로를 드릴까 하와 가야금 산조 한 가락을 들려 올릴까 자리를 마련코자 하오니 괘념치 않으시오면 소신의 청을 거절치 마시고 허락하여 주시옵소서."

별감 박연이 간청하였다. 세종은 별감의 청을 거절하지 않았다.

박연은 자리에 정좌한 후 여악으로 하여금 가야금을 풀게 하고 줄을 골랐다. 당대 최고의 악인을 자랑하는 박연, 그의 손이 서서히 가야금 열두 줄 위를 날기 시작했다.

가락은 보태평(保太平)이 희문(熙文)으로 시작되었다. 열성조의 문덕을 가리는 이 곡은 궁중 연회 때 울리는 장중한 곡이었으나 박연의 손끝에서는 깊고 그윽하여 먼 하늘과 깊은 땅 속에서 울려오는 평온한 소리로 울렸다.

다소곳이 앉아 있던 여악이 바시시 일어나 음률에 맞춰 사위를 그렸다. 호의현상(縞衣玄裳) 옷자락이 한 마리 학이 되어 좁은 공간에 서늘한 바람을 일으켰다. 가야금 소리는 길지도 짧지도 않게 의인(依仁)에서 멈춰졌다.

"아름다운지고……."

세종의 입에서 탄성이 새어 나왔다. 얼마간의 시간이기는 하였으나 운률과 음을 듣고 바라보는 세종의 눈과 귀는 더없이 맑고 밝아졌으며 가슴에 쌓였던 애통의 찌꺼기들도 시원한 바람과 맑은 물에 씻겨지듯 하나하나 사라져갔다. 세종은 매사에 신중한 만큼 마음은 여렸다. 제조별감이 보태평을 연주한 것은 음의 색깔이 중후하고 깊이가 있어서이기도 하였지만 열성조께서 이루어 놓으신 막중한 치적을 전하께서 깨달아 강한 의지로 자리를 떨치고 일어나기를 바라는 마음에서였다.

별감이 바라는 바와 같이 세종은 자리에서 일어나 머리맡에 놓인 그릇의 물을 들어 벌컥벌컥 들이마셨다.

"취옥아, 모처럼 전하를 뫼셨으니 향악이나 한 곡 더 들려 드리고 가자꾸나."

세종의 용안에 밝아지는 빛이 보이자 별감은 다시 가야금을 무릎 아래로 끌어당겼다.

여악 취옥이 옷깃을 여미며 사뿐히 자리에서 일어났다. 별감의 손이 다시 가야금 위를 달리기 시작했다.

　　둘하 노피곰 도ᄃᆞ샤
　　어긔야 머리곰 비취오시라
　　어긔야 어강됴리
　　아으 다롱디리

　　져재 녀러신고요
　　어긔야 즌 ᄃᆡ롤 드ᄃᆡ욜셰라
　　어긔야 어강됴리

　　어느이다 노코시라
　　어긔야 내 가논 ᄃᆡ
　　졈그롤셰라
　　어긔야 어강됴리
　　아으 다롱디리

여악 취옥의 옥을 굴리듯 창창한 노래 소리와 별감 박연이 퉁기는 가야금 줄이 절묘한 조화를 이루며 아름다운 선율을 자아내었다.

세종은 잠시 애통을 떨쳐 버리고 두 사람이 연출해 내는 음의 조화를 지그시 감상하고 있었다.

<정읍사>, 삼국 속악 중 유일한 백제의 노래로 섣달 그믐 궁중에서 악귀를 쫓기 위한 나례 뒤에 처용무, 봉황음 등과 함께 연주되는 곡이었다.

　　달님이시여 높이높이 돋으시어
　　아— 멀리멀리까지 비추어 주옵소서

　　장터에 가 계십니까?
　　아—, 혹시 도둑을 만날까 염려됩니다

　　어느 곳에든 짐을 놓고 편히 쉬십시오
　　아— 우리 님 가시는 곳 어두울까
　　두렵습니다.

세종은 행상 나간 남편의 안녕을 간절히 기원하며 노래를 부르다가 망부석이 되었다는 정읍의 어느 아낙을 머리에 그리며, 노래말 하나하나를 음미하면서 노랫가락을 마음에 담고 있었다.

노래가 끝나자 여악 취옥은 스승에게서 가야금을 건네받아 조심스레 보에 쌌다. 다소곳한 몸가짐, 날렵스런 몸매와 이지적 얼굴에서 재기가 넘쳐 흘렀다.

언젠가 어디서 본 듯도 하여 세종은 문득 여악을 바라보았다. 그러나 관습도감 여악들의 모습이 비슷비슷하다는 느낌을 평소에 갖고 있었으므로 곧 생각을 지워 버렸다.

참으로 음악이란 조화롭고 신묘한 것이었다. 좀처럼 자리에서 일어날 것 같지 않았던 세종이 차츰 원기를 회복하기 시작했다. 국정의 으뜸 자리에 있는 임금이 회복의 기미를 보이자 조정도 다시 활기를 띠고 제자리를 찾아 분주히 움직여 나갔다.

　시간이 지남에 따라 세종은 스승의 죽음에 대한 충격에서 서서히 벗어나 마음의 안정을 찾아 나갔다.

　얼마간의 시간이 애통의 시간으로 흘러갔지만 그러한 속에서도 세종은 군왕의 본분을 잃지 않으려 애를 썼다.

　민족 정기를 불러일으켜야 한다는 사명감과 함께 국정을 무엇에서부터 어떻게 처리해 나가야 하겠는가에 대해 골몰하기도 하였고, 몽롱한 의식 가운데에서도 문득문득 글자 창제에 대한 계획을 떠올리기도 하였다.

정관보와 율관 제작

시강관으로서 세종의 정신적 지주였으며, 어린 시절부터 한몸이 되어 인생의 바른 길을 세워 주었던 집현전 제학인 이수가 술에 취해 말에서 떨어져 세상을 떠난 지도 달포가 지났다.

시간이 가져다 주는 망각 때문인가? 아니면 별감 박연과 여악 취옥의 절묘한 음률의 배합 때문이었을까? 세종은 참을 수 없을 것 같았던 애통에서 서서히 벗어나 자리를 털고 일어났다.

실상 평범한 백성들처럼 희노애락에 얽매여 하염없이 한 곳에 정신을 빼앗길 수 없는 것이 한 나라의 주인인 임금으로서 가져야 하는 숙명이므로 어쩔 수 없이 자세를 곧추 세우지 않으면 안 되었다.

자리에서 일어난 세종은 조정의 기능을 종전의 상태로 되돌려 놓는 것이 시급하다는 판단 아래 대전 회의를 열어 그 동안 함께 마음을 아파하면서도 맡은바 임무에 충실했던 대신들의 노고를 치하하여 사기를 진작시키고 음울했던 분위기를 일신토록 노력하였다.

다행스러운 것은 건국 과정에서 많은 인재가 사라지기는 하였지만 세종의 주위에는 아직도 탁월한 인물들이 많이 있었다. 특히 국정의 전반을 책임지다시피하는 영의정 황희, 좌의정 맹사성은 두터운 세종의 신임 아래 손발처럼 빈틈없이 정무를 수행해 나가는 능수능란한 재상들이었다.

이들의 성품이 서로 상반된 면이 많았기 때문에 세종은 이 두 사람을 적재적소에 배치하여 업무를 분담케 함으로써 폭넓고 다양하게 국정을 운영해 나가도록 하였다. 그리고 정무의 분담으로 남은 시간을 쪼개어 음악, 천체 연구, 서적 발간 그리고 글자 창제에 관한 것 등에 배려하며 문화 전반에 관한 혁명을 꾀하여 나갔다.

건국의 이념인 숭유 정책을 보다 강화하기 위해서는 예악의 정비 정리가 우선되어야 했다. 그러므로 무엇보다도 먼저 이를 강화하는 데 힘을 기울였다.

나라를 평안하게 하는 공적이 커지면 악(樂)을 갖추게 되고, 다스림이 백성들을 골고루 편하게 하면 예를 갖추게 된다는 것이 세종의 지론이었다.

'음악이 없는 백성은 얼마나 어둡고 답답한 생활을 할 것인가?'

음악이 넘치는 나라는 온 백성이 기쁨과 활기에 차 있을 것이며 임금이 선정을 베풀면 백성들 스스로 예를 갖추게 될 것이라는 것이 또한 세종의 소신이었다.

그리하여 세종은 음악의 체계와 이론을 정립하고, 음의 길이만 표시되고 높낮이는 표시할 수 없었던 기보법을 보완, 길이와 높낮이를 동시에 볼 수 있는 정간보(井間譜)를 만들었다. 또한 악보와 악서를 편찬함과 함께 율관을 제작하는 등 악기 제작에 힘썼으며 아악 정리와 동시에 새로이 악곡을 제정하기도 하였다. 이러한 업무를 수행함에는 항시 별감 박연이 곁에 있었다.

음악의 이론은 악기를 제작하는 과정에서 자연 발생적으로 얻어지는 지식을 체계화시키는 것이다. 악기 중에 가장 핵심이 되는 것이 편종과 편경인데, 이것을 만드는 데에는 재료를 구하기도 어려울 뿐더러 음 색깔을 맞추기가 까다롭기 때문에 제작 과정에서 세심한 기술과 지식이 따라야만 했다. 그러나 조선 천지에는 없을 것으로 생각되었던 경석이 경기도 남양에서 발견되어 율관 제작에 활기를 띠게 되었다. 이를 계기로 우리도 우리 손으로 악기를 만들 수 있다는 희망을 가지고 중국의 편경에 맞추어 우리 음에 맞는 율관을 제작하였다.

또 이를 근거로 새로운 황종척을 제정하여 12율 5음계의 음율을 정하기에 이르렀다. 이는 고금에 없는 새로운 음의 혁명이었으며, 이러한 과정에서 얻어지는 것들을 체계화하여 정리하게 됨으로써 자연히 고유 음악의 이론적 형태가 잡혀 나가게 되었다.

"편경이 완성되었으니 소리를 한번 들어 보시겠사옵니까?"

어느 날 별감 박연이 세종을 알현하고 율관의 완성을 알렸다.

"고대하던 일이었습니다. 보다 곱고 맑은 소리가 났으면 좋을 텐데요."

세종이 기다렸다는 듯이 기꺼운 표정으로 박연을 맞았다.

박연이 편경을 악사에게 들려 편전으로 들여왔다.

열두 개의 경(磬)을 아래칸과 위칸에 여섯 개씩 나누어 끈에 매달아 틀에 묶은 몸체를 두 마리의 오리가 발틀 아래에서 받치고 있었다. 틀 맨 위쪽은 다섯 마리의 공작이 깃을 펼친 모습으로 유려하게 장식하여 모든 악기 중 가장 필요로 하는 중심 악기답게 당당하고 화려한 모습을 갖추고 있었다.

찰그랑~ 찰그랑~ 찰그랑~

악사의 손이 움직일 때마다 경쾌한 울림 소리가 대전 안에 쟁쟁히 울려 퍼졌다. 한 경의 떨림이 미처 사라지기도 전에 다음 음이 먼저 음을 덮씌우고 여운이 채 끝나기도 전에 또 다음 음이 덮씌워 맑고 미묘한 화성이 귓전에 여음을 남기며 사라져 갔다.

"참으로 절묘한 소리로구려. 지상의 소리가 아닌가 싶습니다."

세종은 편경에서 울려나오는 아름다운 소리에 취해 감탄함을 마지 않았다.

'자연이란 참으로 신비로운 것이로다. 이 적막하고 공허한 세상에 그런 소리들은 어디로부터 온 것인가? 왜 그런 소리들이 귀를 울리고 또 홀연히 사라지는가?'

세종은 언제까지나 귓가를 맴돌고 있는 편경의 아름다운 울림에서 더 없는 신비스러움을 느꼈다.

'있는 것은 없는 것, 없는 것은 곧 있는 것. 만든다는 것은 전혀 없는 것을 있게 하는 것이 아니라 이미 있는 것을 있게 하는 것이라고 스승께서 말씀하셨지. 그렇다면 이 세상은 하고자 마음만 먹는다면 그 무엇도 만들지 못할 것이 없는 것이 아닌가?'

이 세상은 무한한 창조와 생성의 보물 창고.

세종은 갑자기 마음이 넓어지면서 주위가 전보다 훨씬 커져 있음을 느꼈다. 언젠가는 드넓은 세상을 바라보며 자신의 존재가 미미하고 초라하다고 생각했었는데 이제는 그때와는 달리 스스로가 넓은 세상의 한 부분이며 그 자체라는 느낌이 강하게 떠올랐다.

별감 박연이 편경을 울리고 음리에 대한 의견을 나누기 위해 자리에 머물러 있었다.

"수고가 많으셨소. 이제까지 볼 수 없었던 빼어난 율관을 만드셨습니다. 악기 제작에 임했던 악공들에게 사찬상을 내리도록 하리다. 그리고 제조별감도 노고가 많으셨으니 며칠 여가를 갖도록 하시지요."

세종은 별감 박연의 노고를 치하하고 사찬상과 휴가를 내렸다.

"황공하옵니다. 하옵고 전하께서 만드신 정간보를 보니, 더하고 뺄 것도 없는 고금에 보지 못한 완벽한 기보법인 것으로 사료되와 다시 한 번 전하의 영철하심에 놀랐사옵니다."

박연은 바둑판 모양으로 짜 놓은 정간보를 세종 앞에 펴 보였다. 종전의 기보법은 음의 장단만을 표시하였으나 세종이 새로이 창안한 정간보에는 장단 외에 높고 낮은 음계까지 표시되어 언제 누가 보아도 쉽게 악기를 탈 수 있도록 정교하게 그려 놓고 있었다.

"과찬을 하십니다 그려. 누군가 어느 때든 만들어야 할 것이었기에 그려 본 것뿐이지요. 어떠하든 새로운 기보법과 유례 없이 맑고 고운 소리를 가진 편경이 만들어졌으니 앞으로는 회제악이 더욱 성대히 치러질 것입니다."

세종의 입가에 만족의 미소가 흘렀다.

별감이 물러간 후에도 세종은 조용히 책상에 앉아 음리에 관한 생각을 떠올리고 있었다. 주위에 아무도 없었으므로 방 안은 책장 넘기는 소리만이 바스락거릴 뿐이었다. 그러나 세종의 귀에는 아직도 편종에서 울리던 청아한 소리가 여음이 되어 지워지지 않고 있었다.

여음과 함께 여러 가지 생각과 형상이 떠올랐다 사라지곤 하였다. 그런데 그 여음 속에서 또 다른 소리가 배어 나왔다. 그 소리는 편경의 소리를 앞지르기 시작했다.

가야금 소리였다. 유연히 흐르는 가야금 소리를 타고 한 마리 학이 하늘에서 날아와 사뿐히 내려 앉았다. 그리고 가야금 선율에 맞춰 서서히 날개를 펼치고 춤을 추기 시작했다.

한동안 가야금 소리와 어우러져 춤을 추던 학이 날개를 접고 세종 앞에 다소곳이 무릎을 꿇었다.

"너는 여악 취옥이 아니냐?"

세종은 앞에 앉은 무희를 바라보며 놀라 소리쳤다

얼마 전 스승의 갑작스런 변고로 마음의 병을 앓고 있을 때 춤과 노래로 가슴을 어루만져 애통의 늪에서 벗어나게 해 주었던 여악 취옥의 모습이 틀림없었다. 그러나 세종이 다시 한 번 눈을 비비고 대상을 바라보려 했을 때 거기에는 여악도 소리도 가뭇없이 사라지고 텅 빈 허공만 남아 있다.

'이상하도다. 그녀가 홀연히 앞에 나타난 이유는 무엇일까?'

세종은 가부좌를 개고 자리에 꼿꼿이 앉아 환상에 대한 실마리를 풀어 보려 하였다. 자리에서 일어난 후 정신없이 국정에 여념이 없었는지라 자신을 돌아볼 여유를 갖지 못했었는데 그 사이 어떤 것이 내면을 파고 들어 자리하고 있는 것인지…….

보이지도 들리지도 않는 공간, 그 속에 미세한 움직임이 있었다. 움직임은 꽃씨처럼 미풍을 타고 날아와 가슴에서 싹을 틔웠다.

꿈틀, 몸 안의 더운 피가 역류했다.

싹은 피를 머금고 자라 성정(性情)이 되고 일체가 되었다.

청아한 목소리, 허공에 수놓은 단아한 춤사위, 고혹적인 눈매.

세종의 마음 속에는 어느 틈엔가 거부할 수 없는 숙명처럼 여악 취옥이 자리하고 있었다.

'단 한 번의 만남뿐인데……'

세종은 혹시 사내로서 갖는 일시적 탐욕에서 비롯된 것은 아닌가 가늠해 보았다. 그러나 곧 고개를 좌우로 흔들었다. 꺼져 가는 등불에 새 기름을 붓듯 절망의 나락으로 떨어져 가는 자신에게 소생의 기름을, 그것도 가장 최상의 치료약을 단 한 번 투여해 치유케 한 것에 대해 형언키 어려운 고마움과 신비스러움이 마음 깊숙이에 스며 있었다.

그녀는 다만 한 여인이라기보다 소리이며 형상이며 빛이며 그런 것들을 뛰어넘는 그 무엇이라고 생각되었다.

밖에는 다시 어둠이 서서히 깔리고 있었다.

세종은 자리에서 일어나 창을 활짝 열어 젖뜨렸다.

감미로운 미풍과 함께 가을을 한껏 머금은 북악이 한꺼번에 그의 앞으로 달려들었다.

선조(先祖)의 정신 세계

스승의 죽음을 잊었다고는 하지만 세종은 문득문득 스승의 얼굴과 체취가 떠올라 허전함을 달래기에 애를 먹었다.

전대의 임금들이 나라의 기틀을 잡아 놓았다고는 해도 그것은 터를 잡는 데 불과하였고 국시에 따른 규범이나 법규 등 아직도 완전한 틀을 다지기에는 미미한 단계에 머물러 있었다.

지금 이루어 나가고 있는 국정의 골격은 대개는 고려의 것을 답습하여 현실에 맞게 첨삭한 것들이었다. 그런데 고려와 조선은 애초부터 지향하는 바가 달랐으므로 국정을 수행하는 과정에서 벽에 부딪치는 일이 많았다.

그럴 때마다 스승 이수의 빈 자리가 더욱 크게 느껴졌다.

아무리 어려운 일이 있다 하더라도 스승과의 대화 가운데에는 항시 그 해답이 있었다.

그러한 가운데에서도 무엇보다 다행인 것은 세종의 신념과 정신 가운데 굳게 자리한 민족에 대한 긍지와 자부심이었다.

그것은 스승의 가르침 속에서 터득하고 몸에 밴 것이었다. 그래서 마음이 허약해질 때마다 어린 시절 스승 이수가 들려 주었던 이야기, 그리고 틈틈이 읽어 보도록 권했던 옛 선인이 남긴 서적을 기억하거나 들춰 보곤 하였다. 그러면 마음이 툭 터지면서 새로운 세계가 눈에 보이고 가슴에 와 닿았다.

거기에는 사람으로서 가져야 할 바른 길이 있으며, 나라를 다스리는 군왕으로서 깨우쳐야 할 왕도도 있었다.

세종은 마음이 울적하거나 잡념이 들 때면 그가 가장 좋아하는 천부경·단군세기·삼일신고 등을 읽고 거기에 수록된 옛 선조의 몸가짐과 정신을 다시 되새겼다.

단군이 단정히 손을 잡고 고요히 앉아 세상을 평정하고 현묘한 도를 얻어 백성을 교화하였다.

팽우에게 명하여 땅을 개척하게 하고 성조에게 궁실을 세우게 하였으며 고시에게는 농사를 맡게 하고 신지에게 글자를 만들게 하였으며, 기성에게 의약을 베풀게 하고 나을에게 판적을 맡게 하였다. 하백의 딸을 황후로 맞아 누에치기를 나누어 다스리게 하니 어진 정치의 다스림이 천하에 두루 미쳤다.

세종은 이러한 말이 임금으로서 국정을 수행하는 데 있어 총체적이며 집약적으로 마음에 담아 두어야 할 중대한 교훈이라고 생각하고 있었다.

언젠가 처가의 몰락으로 고뇌와 애통에 빠져 있을 때, 그러한 모든 일들이 하나의 희생이 되어 꽃을 피우고, 그 전통과 맥이 먼 조상이 이루어 놓은 일로부터 하나의 끈이 되어 이제에 이른 것이라는 스승의 말처럼 나라가 흥하든 쇄하든 우리 민족이 만든 나라라면 이 근본은 언제까지 지워지지 않고 정신으로 남아 있을 것이라는 믿음을 굳게 하는 글이었다.

여기에는 정치·경제·사회·문화 전반에 관한 것이 그대로 젖어들어 있었다. 선조가 남긴 이 말에 스며 있는 뜻을 새겨 하나하나 수행해 나가는 것이 곧 백성을 다스리는 데 있어 훌륭한 치적이라는 것을 굳게 믿고 있었다.

세상을 평정한 단군.

그러나 지금의 형편은 어떠한가?

190

목조로부터 기반을 다져 익조·도조·환조·태조·태종에 이르기까지 육조(六祖)께서 나라를 세우고 평정하였으니 그 옛날 단군의 시대에 비견되는 태평의 시대가 도래한 것이 아니겠는가?

현묘한 도를 얻어 백성을 교화하시다.

이에 생각이 미치자 세종은 잠시 망설였다. 그만한 도량과 역량이 자신에게 있는가를 조용히 가늠해 보았다.

사람이 거울을 보면 곱고 미운 것이 스스로 나타나며, 백성이 임금을 보면 치(治)와 난(亂)이 정치에 나타난다. 거울을 보려거든 모름지기 먼저 형상을 보고 임금을 보려거든 먼저 정치를 보아라.

나라를 다스리는 임금이란 그 백성의 거울이 되어야 한다. 거울은 거짓이 없으며 후대에 남는 성군이 되려면 슬기롭게 백성을 다스려 치덕으로 승부를 걸어야 한다.

짐이 한 사람을 봉양하기 위해 백성들을 들볶아 공물을 마구 거두어 들인다면 이는 곧 정치가 없다는 것이다. 정치가 없는데 임금을 어디에 쓰겠는가.

이는 단군왕검이 백성을 향해 베풀려는 헤아려 짐작하기 어려운, 드넓은 인(仁)·덕(德)·애(愛)의 마음이며, 성군으로서의 정치 신념이며, 후손들에게 보여 주려는 경계의 말로서 글을 대할 때마다 세종의 마음을 크게 고무시키는 대목이었다.

훌륭한 임금이란 백성의 마음을 헤아리고 백성을 위해 희생해야 한다는 말을 스승에게서 이미 터득한 바 있었으므로 그런 마음을 다스리기에 소홀함이 없도록 노력하였다.

세종은 다시 단군왕검이 몸소 만들어 백성과 후대인들에게 베풀었던 조서를 들춰 보았다.

　하늘의 법칙은 오직 하나이며 그 문은 둘이 아니다. 너희는 한결같이 순수한 정성으로 한 마음을 가져야 하늘님을 뵈올 것이다.
　하늘의 법칙은 항상 하나이며, 사람의 마음 역시 이와 같으니, 내가 담은 마음을 미루어 다른 사람의 마음에 미치게 하여 하나로 합치면 이 또한 하늘의 법칙에 합하나니, 이에 비로소 온 세상을 거느리는 것과 같은 것이니라.

　단군왕검은 인간의 근본이 하늘로부터 내려왔음을 인식시키고 하늘의 법칙에 따라 사람과 사람, 사람과 하늘이 한 마음이 되도록 노력하여야만 세상을 다스릴 것이라며 우선 스스로 자신의 마음을 다스리기에 힘썼다.
　이 또한 일찍이 스승 이수가 세종의 어린 시절부터 마음에 담아 주려 하늘을 바라보게 하면서 별의 운행과 하늘의 숭고함을 일깨워 주며 가르쳐 왔던 교훈, 바로 그것과 같은 것이었다.

　너희는 어버이로부터 말미암았고 하늘이 친히 어버이를 내렸으니, 오직 너희는 어버이를 공경하고 하늘을 지극히 공경하여 이것이 나라에 미치면 곧 충효가 되느니라. 너희가 이 도를 체득하면 하늘이 무너지는 일이 있다 하더라도 필히 먼저 벗어날 것이다.

　새와 짐승도 쌍이 있고 헌신도 짝이 있나니 너희 남자와 여자는 서로 화합하여 미워하거나 질투하지 말고 음탕하지 말지니라.

　이와 같은 글을 대할 때에도 세종은 말할 수 없는 감회에 젖어 몸을 떨었다.

뿌리에 대한 끝없는 애정에서 오는 떨림이었다.

그 외에 세종의 생활 전반에 영향을 끼치고 있는 것은 조선 건국의 정신적 바탕으로 정한 유가의 법도를 지켜 나가는 것이었다. 경전에 따른 생활은 신앙과 같이 절대적으로 몸에 배어 있었으므로 그 외의 것을 배운다면 그것은 사학(邪學)이며 외도였다.

자리에서 일어나 잠들기까지 삼강과 오륜 같은 경전이 가르치는 바 대로 생각하고 움직여야만 인격과 교양을 갖춘 인물로 평가되었으므로 누구나가 모두 그렇게 생활하려 하지 않으면 안 되었다.

그러나 사서나 삼경 같은 유가의 경전은 어려운 한자로 되어 있을 뿐 아니라 이론서였으므로 그 덕목을 실천하려면 내용을 읽고 깨달아 시행을 거듭한 끝에야 몸에 배이게 되므로 웬만큼 공부를 열심히 하지 않고는 그 뜻대로 행하기에는 여간 힘드는 일이 아니었다.

그런데 유가의 절대적인 규범으로 존엄시되어 온 삼강이나 오륜들도 가만히 살펴 보면 우리 옛 조상이 남긴 문헌 속에서 취록한 것이거나 바탕을 둔 내용을 얼마든지 찾을 수 있었다.

아무리 사대에 얽매여 중화를 숭상하는 사람들일지라도 우리의 고전 을 찾아 먼저 읽고 나면 이러한 사실에 놀라지 않을 수 없을 것이다.

오륜의 내용인 부자유친(父子有親)의 효(孝), 군신유의(君臣有義)의 충 (忠), 부부유별(夫婦有別)의 애(愛) 사상도 얼마든지 우리 고전에서 찾을 수 있었으므로 글을 대할 때마다 세종은 이에 고무되고 감화되었다.

열 손가락을 깨물어 보라. 아픔에 크고 작음이 없으니, 너희는 서 로 사랑하여 헐뜯지 말고 서로 도와 싸우지 않으면 가정과 나라가 흥할 것이다.

너희는 소나 말을 보라. 오히려 먹을 것을 나누어 먹으니 너희도 서로 사랑하여 빼앗지 말며, 함께 만들고 훔치지 않으면 가정과 나 라가 번성할 것이다.

너희는 범을 보라. 강폭하고 영험이 없으므로 요사스러운 일을 일으키니 너희는 성품을 해쳐 사납지 말고, 사람을 상하게 하지 말며, 항상 하늘의 법을 지키어 모든 물건을 사랑하여라.

너희는 기우는 것을 붙들어 약한 자를 깔보지 말며 가엾음을 구제하여 낮은 자를 업신여기지 말라. 너희는 이 법칙을 어기거나 뛰어넘으면 영원히 신의 도움을 얻지 못하여 몸과 집안을 잃게 되리라.

너희가 만일 논에 불을 질러 벼가 타 버리면 신인이 노할 것이니 너희가 그를 감추려고 비록 두껍게 싸나 그 냄새는 필히 새어 나올 것이다.

너희는 떳떳한 성품을 공경하여 간특한 마음을 품지 말며, 악한 것을 숨기지 말며, 나쁜 마음을 갖지 말라.

하늘을 공경하고, 백성과 친하면 복록이 무궁하리니 너희들은 이를 받들지어다.

단군세기에 실려 있는 이 팔조교(八條敎)는 사실상 지금 예의범절, 율법 등과 수신제가, 나라를 평화롭게 하는 데 밑받침이 되는 모든 내용을 담고 있었으며 왕도 정치를 하는 데 없어서는 안 될 귀한 가르침이라고 세종은 가슴 깊이 새기고 있었다.

팽우에게 명하여 땅을 개척하게 하고…….

세종은 일찍이 변방을 수시로 침범하여 약탈을 일삼는 왜구를 소탕하기 위해 이종무를 시켜 대마도를 정벌케 하였고, 김종서로 하여금 육진을 개척케 하고 장성을 쌓아 여진의 남하를 막았으며, 압록강과 두만강을 경계로 하는 국경을 확정지었다. 어떻게 하면 우리 국토였던 옛 땅을 회복하여 그 옛날처럼 나라의 힘을 온 누리에 떨쳐 볼 수 있을까 하는 것이 세종의 일념이었다.

성조에게 궁실을 세우게 하였으며…….

세종은 태종 이후 북악산 아래 건축되고 있는 경복궁을 보다 짜임새 있는 규모로 완성시키기 위해 궁내에 필요한 전각들을 하나하나 증축 하였다. 전에는 그 누구도 생각지 못했던 천문 관측 연구 기관인 흠경 각, 시시때때로 시간을 알리는 보루각 등을 짓고, 궁터를 넓혀 궁을 지 키는 망루인 궐(闕)을 축성하는 한편 궁궐의 대문격인 광화문을 세웠 다.

고시(高矢)에게는 농사를…… 기성에게는 의약을…… 나을에게는 판적을…… 황후에게는 누에 치기를…….

이러한 대목들도 하나하나 빠짐이 없이 실천하기 위하여 밤낮을 가 리지 않고 여러 방면으로 연구하며 힘을 기울였다.

백성들에게 충효 사상을 고취시키기 위해 글과 그림을 섞어 알기 쉽 게 만든 삼강행실도를 간행하였고, 농사를 짓는 데 필요한 농서(農書), 농사직설 등도 간행하였으며 향약구급방 등 20가지가 넘는 의약서를 발간하기도 하여 백성들의 건강을 위해 노력하였다.

그 외에 의례·문학·역사·철학·종교·교육·법·병법·천문·책 력·수학·지리·서체 등 헤아리기 어려울 정도의 다방면에 관한 서적 들을 주자소나 교서관을 통해 발간하기도 하였다.

그러나 이 모든 것에 힘을 기울여 이루어 놓았음에도 세종의 마음 속에 아직도 가시지 않는 아쉬움이 있었다.

신지(臣智)에게 글자를 만들게 하였으며…….

수많은 업적을 이루어 놓은 세종이었지만 이 부분에 이르러서는 온 몸에 힘이 빠지며 깊은 심연으로 굴러 떨어지는 절망감을 맛보곤 하였다.

아무리 수천만 권의 책을 펴낸다 한들 보지도 읽지도 못하는 백성에게 이러한 것들이 무슨 필요가 있겠는가? 마치 헛농사를 짓고 참담해하는 농군과 같은 심정이었다.

어린 시절 유모에게 꾀꼬리와 황앵(黃鶯)은 같은 새인데 왜 꾀꼬리라 부르고 황앵이라고 쓰는지를 물어보았을 때부터, 우리 글자가 없는 것을 아쉽고 이상하게 생각하였었다. 자라면서도 줄곧 우리도 읽고 쓰기 쉬운 글자를 만들어야겠다는 생각을 가지고 있었지만 막상 실행에 옮기려 하자 무엇을 어떻게 손을 대야 할는지 가닥을 잡을 수 없었다.

'신지란 어떤 사람이었을까?'

'단군은 그에게 명하여 어떻게 글자를 만들게 하였으며 글자의 꼴과 운용과 소리의 값은 어떠했을까?'

요즘 들어 세종은 이러한 문제를 놓고 고뇌에 빠져 망연히 앉아 있는 날이 많아졌다.

집현전 젊은 학사들과 세자와 그리고 대군들에게도 음운에 관한 연구를 게을리하지 말도록 일러 두었지만 그들 역시 자신과 별다를 바가 없다고 생각되었다.

'언젠가 스승께서 옛날 우리 민족이 대륙을 호령할 때 녹도문(鹿図文)이라는 글자를 만들어 사용했었다고 말한 적이 있었지. 그것이 한족(漢族)에게 흘러들어 한자(漢子)가 되었고 오랜 세월이 지나 오는 동안 변화되고 동화되었기 때문에 한자 속에서는 우리 민족의 체취를 찾을 수 없게 되었다고 말씀하셨어. 단군 시대에는 녹도문 외에 가림토라는 문자도 만들어 사용했다고 했는데……'

세종은 한단고기(桓檀古記)의 장(章)을 한 장 한 장 들춰 보았다.

태극과 괘(卦)들이 어지럽게 얽혀 있어 복잡하기 그지없었다. 또한 정교히 짜여진 윷판과 숫자들도 보였는데, 이로 미루어 우리 조상의 철학 정신이 얼마나 심오했는가를 한눈에 볼 수 있으며 역경에 나오는 태극과 팔괘가 여기에서 비롯되었음을 역력히 볼 수 있었다.

또 다른 장을 펼쳐 보니 거기에 선조들이 발명하여 사용했다는 옛 고전자(古篆字)인 가림토 글자의 글꼴이 눈에 들어왔다.

ᐧ ㅣ ㅡ ㅏ ㅓ ㅕ ㅗ ㅛ ㅑ ㅖ ㅡ ㅠ
ㅅ ㅋ ㅇ ㄱ ㄴ ㅁ ㄷ ㅿ ㅈ
ㅊ ㅎ ㅿ ㆆ ㅅ ㅆ ㅃ ㄹ ㅐ
ㅒ ㅿ ㄲ ㅊ ㅿ ㄱ ㅗ ㅍ ㅛ

모두 서른 여덟 자였다.

수만이나 되는 한자에 비해 턱없이 적은 숫자였고 획수가 단조로워 가벼워 보였다.

'무릇 글자란 모양과 형상과 생각을 모두 표현할 수 있어야 하는 것 인데 서른여덟의 글자를 가지고 삼라만상을 표시할 수는 없는 것 아니 겠는가. 그렇다면 여기에 어떤 비밀이 숨겨져 있을 텐데……'

세종은 신비스러움에 빠져 있으면서도 그 비밀을 알아 낼 수 없다는 것이 안타까울 뿐이었다.

언젠가 모후인 원경 황후의 병환을 낫게 해달라고 무녀들을 불러 무 속 행사를 하였을 때 그녀들이 써 준 부적에서 이와 같은 글자를 본 적이 있었다. 그러나 무녀들은 옛부터 내려온 관습에 의해 그림처럼 몇 가지를 그려 주었다는 것뿐 그 소리나 운용 방법에 대해서는 아는 바가 없었다.

그러나 이것이 우리 선조가 남긴 유물이라고 생각하니 말할 수 없이 깊은 애정이 가슴 깊숙이에서 끓어 올랐다.

아직도 글자 속에는 조상의 숨결이 숨쉬고 있는 듯하였다. 세종은 이 글자들과 가까워지기로 마음을 먹었다. 그래서 글자 하나하나를 머 리에 담고 가슴에 새겼다. 마치 애지중지 아끼는 난(蘭)이나 청자를 바 라보듯 정성을 다하여 하나가 되기 위해 노력하였다.

세종은 바쁜 정사 속에서도 새로운 글자 창제에 관해 여러 모로 골몰하고 있었다.

한자의 형성 과정은 어릴 때부터 배워 왔으므로 이미 머리에 숙지하고 있었지만 그 외의 글자에 대해서는 아직 감감한 상태였다.

그러나 어느 나라 어느 글자라 하더라도 소리 내는 방법은 거의 비슷할 것으로 생각하고 있었다.

왜냐하면 일찍이 한문 표준음 정리를 위해 만든 동국략운이나 고금운회거요(古今韻會擧要) 등을 배울 때 평성(平聲)·상성(上聲)·거성(去聲)·입성(入聲) 등의 성조와 아(牙)·설(舌)·순(脣)·치(齒)·후(喉)·반설(半舌)·반치음(半齒音) 등 칠음을 공부하였기 때문에 글자가 어떻게 만들어지고 소리를 어떻게 내고 있는가에 대해 대강이나마 알고 있었다.

사람의 입의 구조를 보라, 먹고 숨쉬기 위하여 만들어진 것인가 아니면 말을 하여 의사를 소통하기 위한 것인가? 그러나 묘하게도 입의 구조는 생존을 위한 먹기·숨쉬기를 위해 있다기보다는 의사 소통을 위한 말소리 내기에 더 필요하도록 짜여졌음을 알 수 있다.

운서에는 그렇게 적혀 있었다. 그것이 짐승과 사람의 차이이며 하늘과 땅과 사람이 우주의 밑거리가 되는 한 요소라고 주장하는 학자도 있었다.

세종은 좀더 본격적으로 글자 창제에 힘을 기울일 결심을 하였다. 잔병이 많아 몸이 허약한 세종으로서는 폭주하는 정사를 감당하기에 힘이 부쳤다. 그래서 세자 향에게 보위를 물려 주고 뒤로 물러나 문자 연구에 전력하려 하였다.

그러나 조정의 백관들은 아직 물러나 있을 시기가 아니라고 극구 만류하여 뜻을 이루지 못한 상태에 있었다.

한편 생각으로는 왕위에 있을 때 글자를 완성하여 강력한 힘으로 밀고 나가지 않는다면 설령 글자를 완성시켜 놓는다 하더라도 그것을 배우고 익힐 사람이 없을 것이라고 생각되어 이런 일들이 매우 우려되기도 하였다.

신묘한 음의 세계

세종이 글자 창제에 대해 이런저런 생각으로 고심에 빠져 있을 때 제조별감 박연이 찾아와 뵙기를 청하였다. 별감 옆에는 전번 스승의 죽음으로 애통에 빠져 있을 때 춤과 노래로 소생의 빌미를 마련하여 주었던 여악 취옥이 그때 그 모습으로 다소곳이 서 있었다.

세종과 취옥의 눈이 마주쳤다. 순간 세종은 얼핏 현기증 같은 것이 스치고 지나감을 느꼈다.

"지난번 말씀하옵신 향악 정리에 관해 의논드릴 겸, 정사로 피곤하옵실 옥체, 노래로 풀어 드릴 겸, 겸사 겸사 찾아 뵈었습니다."

박연이 환한 웃음으로 세종 앞에 문안을 드렸다.

"머리가 복잡하던 터였습니다. 그러지 않아도 가야금 한 곡조 들었으면 싶었는데 마침 잘 찾아 오셨습니다."

세종은 박연을 반갑게 맞이하였다.

제조별감 박연은 우선 요즘에 제작한 편경과 함께 12율 4청성을 갖는 편종이 완성되었음을 알리고, 고려로부터 내려온 속악(俗樂)에 관해서도 의견을 나누었다.

"이래로 고려는 불가의 시대였으므로 개인의 생활이 문란하여 남녀 간의 사랑 노래가 많았습니다. 대개는 너무 노골적이며 저급하여 사리부재(詞俚不載)함을 면치 못하겠사옵니다. 주지하옵는 바와 같이 예악은 교화가 쇠퇴하여짐에 따라 순박한 세상 풍속이 점점 사라지고 정치를 함에 있어서도 형벌을 우선으로 삼게 되어 옥리를 귀하게 여기고 예의를 존중하는 사람들은 천하게 여기게 되었습니다. 그리하여 세상 사람들의 귀에 좋다고 하는 것은 모두 경박하고 난잡한 남녀상열지사(男女相悅之詞)들뿐입니다. 그 어디에도 충신연주지사(忠臣戀主之詞)는 보이지 않으니 어찌하오리까?"

박연이 난감한 표정을 지으며 세종의 용안을 살폈다.

"그렇게 실망할 것은 없습니다. 원래 백성들의 삶이란 질펀하지 않습니까? 저들은 마음이 가는 방향을 좇아 생각과 행동을 하기 때문에 그것이 노래 속에 그대로 배인 것뿐이지요. 가식적인 것보다는 오히려 솔직하고 담백한 것이 좋지 않겠습니까? 사대부들이라고 해서 절제되고 격식에 맞는 생활만을 좋아할 리는 없지요. 예악은 이미 아악을 정리할 때 마련해 놓았으니 속악 중 진솔하고 흥겨운 가락을 몇 개 뽑아 연주하는 것이 좋을 듯싶습니다."

세종은 오히려 여유로웠다. 가난에 허덕이는 백성들에게 있어 시름을 잊게 하고 즐거움을 주는 것은 단 하나 흥겨운 노래밖에는 없다는 것이 세종의 생각이었다.

"하오나 속악이란 일정한 규격도 없이 옛부터 입에서 입으로 이 사람 저 사람이 불러 오던 것이 이제에 이른 것이옵니다. 그러므로 같은 노래라 하더라도 부르는 지방과 부르는 사람에 따라 조금씩 다르옵니다. 어찌 가닥을 잡아 하나로 모두을 수 있는지요."

박연은 세종이 뜻하는 바를 곧 알아차렸으나 좀더 확실한 속악 정리에 따른 복안을 듣고 싶었다.

"여러 지방이나 여러 사람이 부르는 노래를 다 들어 본 후 그 중 가장 마음에 드는 노래를 골라 선정하는 것이 어떻겠습니까? 때로는 이것 저것에서 장단점을 첨삭할 수도 있겠지요. 그 본의를 깨뜨리지 않는 한도에서 말입니다. 다만 우리의 노래는 우리 성정에 맞는 우리말로 기록되어야 할 것입니다만 우리말이 없으니 어쩌겠습니까. 이제까지 한자로 기록되거나 구전되어 오는 것처럼 우리의 악사들에게 주입시켜 다음 세대로 전해야 하는 번거로움이 안타까울 따름입니다. 어쩔

수 없이 관습도감의 여악들에게 습득시켜 전수시킬 수밖에 다른 방도
는 없을 것 같습니다."

세종은 착잡한 마음에 잠시 머리를 숙이고 말을 잇지 못하였다.

"전하께 들려 드리려고 몇 가지 채록한 노래를 준비해 가지고 왔습
니다. 들려 드릴 수 있는 여유를 베풀어 주실 수 있으시온지요."

박연이 말을 마치기도 전에 가야금을 싼 보의 끈을 풀었다.

"여부가 있겠습니까. 음에 대한 것이라면 자다가도 일어나 귀를 기
울이는 습성이 있습니다."

세종이 자리를 고쳐 앉았다.

여악이 무릎을 세워 노래 부를 자세를 취하였다. 제조 박연의 손가
락이 그 어느 때보다 섬세하게 가야금 줄 위를 넘나들었다.

　　　서경이 아즐가 서경이 셔울히 마르는
　　　　　위 두어렁셩 두어렁셩 다링디리

　　　닷곤디 아즐가 닷곤디 쇼셩경 고외마른
　　　　　위 두어렁셩 두어렁셩 다링디리

　　　여희므론 아즐가 여희므론 질삼뵈 브리스고
　　　　　위 두어렁셩 두어렁셩 다링디리

　　　괴시란디 아즐가 괴시란디 우러곰 좃니노이다
　　　　　위 두어렁셩 두어렁셩 다링디리

　　　(평양이 아— 평양이 서울이지마는
　　　새로 닦은 더 아— 닦은 곳 작은 서울 사랑하지마는
　　　이별한다면 아— 이별을 한다면 길삼 베 다 버리고
　　　사랑만 해주신다면 아— 사랑만 해주신다면 울면서 따라가겠습니다.)

여악 취옥은 잠시 자리에서 일어나 옷소매를 휘저으며 가야금 가락에 맞추어 사위를 그려 나갔다.

사뿐사뿐 날듯이 허공을 휘젓는 그 모습은 한 마리 나비가 꽃 위를 날며 꽃가루를 취하는 모습 그대로였다.

감성이 남다른 세종은 가야금의 운율과 여악의 춤과 노래에 곧 취해 버렸다.

세종은 매사를 신중하고 세심하게 판단하고 처리하는 성격이었지만 자신에게 주어지는 미묘한 세계들을 거부하지는 않았다. 오히려 오묘하고 신비한 세계가 도래하였을 때 그 의미를 찾고 몰두하며 빠져드는 성품이었다.

고뇌의 시간도 많았던 까닭에 그에 상응하는 아름다움과 사랑의 세계도 삶의 일부로 인지하며 가까이하고 있었다.

　　　구스리 아즐가 구스리 바회예 디신돌
　　　　　위 두어렁셩 두어렁셩 다링디리

　　　긴히쫀 아즐가 긴힛쫀 그츠리잇가 나는
　　　　　위 두어렁셩 두어렁셩 다링디리

　　　즈믄히를 아즐가 즈믄히를 외오곰 녀신돌
　　　　　위 두어렁셩 두어렁셩 다링디리

　　　신(信)잇돈 아즐가 신잇돈 그츠리잇가 나는
　　　　　위 두어렁셩 두어렁셩 다링디리

　　　(구슬이 아― 구슬이 바위에 떨어진들
　　　목걸이의 끈이야 끊어지겠습니까
　　　천 년 해를 아― 천 년 해를 외로이 지낸다 한들

믿음이야 아— 사랑의 믿음이야 끊어질 리 있겠습니까.)

여악 취옥의 노래 소리와 박연의 가야금 소리가 하나가 되어 넓지 않은 공간에 공명을 일으켰다. 노래말과 공명음이 미묘한 조화를 이루어 듣는 이의 가슴에 애틋한 파문을 일으켰다.

어느 여인의 애절하고 간절한 사랑의 외침이 여악의 입을 통해 가락가락 넘쳐 흘렀다.

평범한 것 같으면서 대범하고 단순한 것 같으면서도 단아한 여인의 절규, 그 심오함은 어디에서 오는 것인가. 인간의 사랑이란 물 흐르듯 흘러가면서도 불꽃처럼 타올라야 한다는 것이 새삼스레 세종의 핏속을 휘젓고 지나갔다. 그의 앞에 여악 취옥이 있었다.

대동강 아즐가 대동강 너븐디 몰라셔
　위 두어렁셩 두어렁셩 다링디리

비내어 아즐가 비내어 노혼다 샤공아
　위 두어렁셩 두어렁셩 다링디리

네가시 아즐가 네가시 럼난디 몰라셔
　위 두어렁셩 두어렁셩 다링디리

널빗예 아즐가 널비예 연즌다 샤공아
　위 두어렁셩 두어렁셩 다링디리

대동강 아즐가 대동강 건너편 고즐여
　위 두어렁셩 두어렁셩 다링디리

비타들면 아즐가 비타들면 것고리이다나는

위 두어렁셩 두어렁셩 다링디리

　　(대동강 아— 대동강 넓은 줄 몰라서
　　배내어 아— 배를 내어 놓았느냐 사공아
　　네 각시 아— 네 각시 음탕한지 몰라서
　　지나는 배에 아— 지나는 배에 얹었느냐 사공아
　　대동강 아— 대동강 건너편 연인을
　　배타고 건너면 아— 배타고 건너기만 하면 꺾을 것입니다.)

　　여악 취옥은 노래를 마치고 다시 자리에 단정히 앉았다. 아직 노래
의 여운은 대전 안을 맴돌고 있었다.
　　그녀는 숨이 차는지 두어 번 숨을 가쁘게 쉬고 저고리 섶에 손을 가
져다 대었다. 마치 사랑하는 연인을 떠나 보내고 사랑의 응어리를 쓰
다듬는 모습이었다.
　　"진솔하기 그지없는 사랑의 노래입니다."
　　노래의 가락이 채 귓가에서 떠나지 않았음을 아쉬워하며 세종은 깊
이 숨을 들이마셨다.
　　"하옵고 첨삭할 부분은 없으시온지요?"
　　박연이 노래의 평가를 원하였다.
　　"빼고 더할 것도 없습니다. 다만 가야금과 함께 소리를 같이한 조흥
음을 어떻게 구체적으로 나타낼 방법은 없겠는가 하는 생각입니다."
　　세종은 노래 틈틈이에 가락을 넣었던 '위 두어렁셩 두어렁셩 다링디
리'의 조흥음을 어떻게 현실음으로 표현할 수 없을까에 대해 박연의
의견을 물었다.
　　"매우 소중하고 예리하신 물음이시옵니다. 지금 들려 드린 그 곡은
흥을 돋구기 위한 후렴이옵는데 이것을 악보에 넣을 수도 또 달리 표
현할 수도 없는 부분이옵니다. 노래말과 음은 악인에게 지속적으로 들
려 계승할 수 있사오나 후렴은 한 사람이 아닌 여러 사람이 흥에 겨워

함께 부르거나, 악기가 다루어야 하는 까닭에 따로 떼어 놓아서는 후세인이 그 음을 재현하기 불가할 것이옵니다. 하여 애초에 노래 속에 끼어 부르게 하면 후렴까지도 전승될 것으로 생각되와 여악으로 하여금 부르도록 한 것이옵니다."

박연이 후렴을 부르게 한 까닭을 설명하였다.

"어련하셨겠습니까. 다만 의견을 제시했을 뿐입니다. 그 외에 다른 곡들도 채록이 되셨는지요."

세종은 박연의 뛰어난 재능을 늘 높이 평가하고 있는 터였다.

실상 박연과는 맨처음 약재(藥材)에 대해 서로 의견을 나누던 터였으나 그의 숨어 있는 음악 이론과 재능에 감탄하여, 아악의 정리와 악기 제조에 관해 의논하게 되었고, 날이 갈수록 그 진가가 발휘되어 음악에 대한 이론과 악기 제조에 대한 능력을 인정받기에 이른 것이었다.

평소 음과 악에 대해 남다른 지식과 관심을 가지고 있던 세종은 곧 박연과의 관계가 가깝게 되었고, 그리하여 음악 전반에 대한 것을 박연에게 맡기고 함께 의논하게 되었던 것이다.

"방금 들려 드린 〈서경별곡〉 외에 수십여 개의 노래를 더 채록하였사옵니다. 〈가시리〉·〈쌍화점〉·〈만전춘〉·〈동동〉·〈이상곡〉·〈상저가〉·〈구구곡〉·〈청산별곡〉·〈정석가〉·〈만전춘〉·〈처용가〉 등의 노래들이옵니다."

박연은 그 동안 전해 내려 오고 있는 수많은 고려의 속요들 중에서 마음에 담고 있는 십여 개의 노래를 골라 정리해 놓고 있었다.

"몇 개는 들어 본 적이 있는 곡인 듯싶습니다. 아무래도 노래의 내용이 난잡하면 별감의 말씀대로 지금 세대의 사람들은 거부감을 느낄 것입니다. 그러하니 좀더 부르기 쉽고 사람들에게 친숙할 수 있는 노래를 골라 악보에 오르게 함이 후세에까지 부담이 없이 전해질 것으로 생각됩니다."

지금은 새로운 정신을 가지고 예의를 앞세워 나가고 있는 시대이기 때문에 속요 선정에 대해서도 하나의 기준이 필요하였다.

세종은 아직 가야금 가락에 어우러진 <서경별곡>의 애틋한 노래에서 벗어나지 못한 듯 그윽한 표정을 지었다.

"가야금 곡조에 실어 달거리 노래 한 곡을 더 들려 드릴까 하옵는데 허락하오실는지요."

세종의 표정을 읽은 박연이 다시 가야금을 무릎 가까이로 끌어 당겼다. 세종은 대답 대신 고개를 끄덕였다.

여악 취옥이 다시 일어나 숨을 가다듬고 스승의 가야금 고르는 소리에 귀를 기울였다.

　　덕으란 곰비예 받줍고, 복으란 림비예 받줍고
　　덕이여 복이라 호놀 나ᅀ라 오소이다
　　　아으 동동다리

　　(덕을랑은 뒤로 받치옵고, 복을랑은 앞에 받치옵고
　　덕이여 복이여 하는 것을 드리려 오십시오.)

여악 취옥이 가야금 흐르는 소리에 목청을 실어 서악(序樂)을 노래하였다. 조금 전에 불렀던 <서경별곡>과는 또 다른 분위기였다. <서경별곡>이 사랑의 별리를 회한의 심정으로 노래했다면 지금 부르고 있는 동동은 애틋한 그리움을 인내로 참아 내려는 자기 희생의 노래였다. 높이가 낮고 가락이 구성졌다.

　　정월ㅅ 나릿므른 아으 어져 녹져 ᄒ논ᄃ
　　누릿 가온ᄃ 나곤 몸하 ᄒ올로 녈셔
　　　아으 동동다리

　　(정월의 시냇물은 아— 얼기도 하고 녹기도 하는데,
　　세상 가운데 태어난 이 몸은 홀로만 지내는구나.)

이월ㅅ 보로매, 아으 노피 현 등ㅅ불 다호라
만인 비취실 즈ㅅ샷다
　　아으 동동다리

(이월의 보름에 아— 높이 켠 등불다워라
만인을 비추실 우리 님 모습이시다.)

삼월 나며 개훈 아으 만춘 돌윗고지여
ᄂᆞ미 브롤 즈슬 디녀 나샷다
　　아으 동동다리

(삼월 지나며 핀 아— 무르익은 봄의 진달래꽃이여!
남의 부러워할 모습을 지니셨구나.)

사월 아니 니저 아으 오실셔 곳고리 새여!
므슴다 녹사니ᄆᆞ 녯 나ᄅᆞᆯ 닛고신뎌
　　아으 동동다리

(사월을 잊지 않고 아— 오셨구나 꾀꼬리새여!
어찌하여 녹사錄事님은 옛 정을 잊고 계신가.)

계절이 바뀔 때마다 문득문득 떠오르는 님 생각.
연등제 등불, 흐드러진 진달래꽃에 사랑하는 이의 모습을 빗대어 진솔하고 담담하게 뽑아 내는 애잔한 가락이 세종의 마음을 촉촉이 적시었다.
세종은 고개를 들어 유연히 가락을 뽑아 내고 있는 여악을 바라보았다.
엷은 수박색 모시 저고리에 자주색 치마를 하늘거리며, 화병처럼 매

208

끈한 여체에서 찢어질 듯 가슴을 죄는 애절한 가락이 흘러 나왔다.

고음으로 오를 때마다 가슴 선이 격렬히 떨리고 있었다.

세종은 자신도 모르는 사이에 여인에게로 가까이 가고 있었다. 녹사(錄事)가 되어 여인과의 이별을 아파하고 있었다.

순수하고 담백한 사랑의 별리, 세종은 자신을 둘러싸고 있는 껍질을 하나하나 벗어 던졌다. 곤룡포이며, 궁이며, 명칭이며, 마음까지도……. 그리고 임금이 아닌 하나의 촌부가 되어 사랑의 심연 속으로 빠져들었다.

      오월 오일애 아으 수릿날 아춤 약은
      즈믄 힐 장존ᄒᆞᆯ 약이라 받줍노이다
        아으 동동다리

      (오월 오일에 아―단오날 아침 약은
      천 년을 장수하실 약이라고 바치겠습니다.)

      유월ㅅ 보로매 아으 별해 ᄇᆞ룐 빗다호라
      도라보실 니믈 젹곰 좃니노이다
        아으 동동다리

      (유월 유두날에 아― 벼랑에 버린 빗과 같구나
      돌아보실 임을 조금이나마 따르겠습니다.)

      칠월ㅅ 보로매 아으 백종(百種) 배(排)ᄒᆞ야 두고
      니믈 ᄒᆞᆫ 디 녀가져 원(願)을 비ᅀᆞᆸ노이다
        아으 동동다리

      (칠월 보름에 아― 여러 음식을 벌려 놓고

님과 함께 지내고자 소원을 비옵니다.)

팔월ㅅ 보로문 아흐 가비(嘉排) 나리마론
니믈 흔 디 뫼셔 녀곤 오눐날 가비샷다
　　아으 동동다리

(팔월 대보름은 아— 한가위날이지만
님을 함께 뫼시고 지내야만 오늘이 가윗날이지.)

　여악의 구성진 노래는 시간이 흐를수록 더욱 고조되어 듣는 사람으로 하여금 인간 본연의 향수를 불러 일으키게 하였다.
　듣는 사람뿐만 아니라 타는 사람이나 부르는 사람이 혼연일체를 이루어 황홀한 음의 세계를 헤엄치고 있었다.
　사람보다 더 정교하고 완벽한 악기가 또 어디에 있단 말인가.
　세종은 문득 소리를 자아내고 있는 여악의 입모양을 바라보았다.
　사람의 입모양이 미묘한 구조를 이루었으므로 세상의 어떤 소리도 흉내낼 수 있는 것이며 말을 만들어 의사를 소통하고 노래까지도 부르고 있는 것이다.
　여악이 입을 벌리고 쭈그리며, 낼숨과 들숨을 조절하며, 혀를 내밀고 당길 때마다 각양각색의 고저 장단과 아름다운 선율이 쏟아져 나왔다.
　소리는 공간에 퍼지는 순간 시간을 모아 귀를 스치고는 어디론가 멀리 사라져 버렸다.

구월 구일애 아으— 약이라 먹논 황화(黃花)
고지 안해 드니 새서 가만ᄒᆞ얘라
　　아으 동동다리

(구월 重陽일에 아— 약이라 먹는 황국화

꽃이 안에 드니 향기 새어 나와 은은하구나.)

시월애 아— 져미연 ㅂ롯 다로라
것거 ㅂ리신 후에 다니실 ᄒ 부니 업스샷다.
　　아으 동동다리

(시월에 아— 잘게 저민 보리수 나무 같구나
꺾어 버리신 후에 지니실 한 분도 없으시구나.)

십일월ㅅ 봉당 자리예 아으 한삼 두퍼 누워
슬ᄒᆞᆯ스라온뎌 고우닐 스싀옴 녈셔
　　아으 동동다리

(십일월 봉당 자리에 아— 홑적삼 덮고 누워
슬피 살아왔구나. 고운 임 버리고 홀로 지내는구나.)

십이월ㅅ 분디남ᄀ로 갓곤 아으 나술
반(盤)잇 져 다호라
니믜 알ᄑᆡ 드러 얼이노니 소니 가재다 므ᄅᆞᆺ숩노이다
　　아으 동동다리

(십이월 분디나무로 깎은 아— 드릴 소반에 젓가락답구나
임 앞에 드려 가지런히 놓으니 손님이 가져다가 입에 뭅니다.)

　마지막 가락이 긴 여운을 남기며 시공의 한 곳으로 흘러가 버렸다.
　여악이 스승에게서 가야금을 건네 받아 집틀에 넣어 고이 쌀 때까지
도 세종은 아직 가시지 않은 감흥에 젖어 몽롱한 음의 세계를 숨쉬고
있었다.

제조 박연과 여악이 몸을 일으켜 돌아갈 뜻을 비추었다.

그제서야 세종은 얼른 정신을 차리고 자기 자리로 돌아왔다.

꿈을 꾼 듯싶었으나 꿈은 아니었다.

한동안의 침묵이 주변을 감돌았다.

"잠깐 앉으시지요."

세종은 자리를 털고 일어나려는 제조 박연에게 자리에 앉을 것을 권하였다.

퇴실 하명을 받으려 자리에서 주춤하던 박연이 다시 자리에 눌러앉았다.

여악 취옥도 스승 옆에 자리하였다.

"짐은 선율을 대할 때마다 억제할 수 없는 묘한 정감에 휩싸이곤 합니다. 사람끼리의 만남이 몇 겁 전의 인연 때문이라는 말과 같이 비록 귓전을 스치고 지나가는 음이기는 하지만 그도 그런 인연인 듯 생각됩니다. 아무 것도 없는 적막한 빈 허공 가운데에서 어떻게 그렇게 아름다운 음이 어루어져 내게로 와서 가슴을 울리고 지나가는 것일까요. 이 의문투성이인 신묘한 세상을 어떻게 해석하고 이해하여야 할는지 어지러울 뿐입니다."

세종은 아직도 방금까지 방 안을 감싸 흘렀던 선율의 아름다움에서 벗어나지 못한 듯하였다.

"전하께서는 영명하신 만큼 세상 이치를 너무 섬세하게 바라보는 습성을 가지고 계신 때문입니다. 사람이란 누리의 한 작은 부분이므로 부모님이나 스승께서 가르침을 주었을 때 아무런 거리낌없이 그대로 받아들이는 것처럼, 이루어지는 현상을 있는 그대로 받아들인다면 마음 속에 그 어떠한 동요도 자리잡을 수 없을 것입니다. 소신도 전하와 마찬가지로 음을 대할 때마다 꼭 같은 생각으로 고심한 적이 한 두 번이 아니었삽기에 감히 말씀드릴 수 있을 것이옵니다. 무릇 하늘과 땅의 도는 음과 양 그리고 오행뿐이라 하였사옵니다. 음(音)에도 음양(陰陽)의 이치가 있사옵고 그것을 사람이 살피지 않을 뿐, 항시 우리 주변을 맴돌고 있다하옵니다. 그러므로 애써 그 의미를 찾지 않더라도 그 소리에 의하여 이치를 다할 뿐이므로 있는 그대로를 귀에 담고 마음에 새기면 될 것이옵니다."

난계 박연은 세종보다 스무 살이 위였으므로 사가(私家)에서 보면 부자의 차이었다. 그러나 세종을 대하는 박연의 태도는 정중하였고 조심스러웠다.

옛부터 그랬었지만 악공이나 악사는 사회적으로 천대받는 천민에 지나지 않았다.

그 중에 제일 인정받는 자리에 있다면 궁중에 들어가 악기를 제작하거나 관습도감의 관리가 되어 악기를 연주하고 노래를 부르는 등이 고작이었다.

세종은 음악에 대한 관심과 조예가 남달랐으며, 음악에 대한 전문적 이론까지 갖추고 있었으므로 박연 같은 악인으로서는 그의 음악 세계를 펴는 데 더할 수 없는 좋은 기회를 맞고 있는 셈이었다.

세종 역시 박연과 같은 뛰어난 연주 기법과 악기 제조, 그리고 탁월한 음의 이론까지 갖춘 음악인을 만나기란 쉽지 않은 일이었다. 그러므로 박연과의 만남을 음악의 집대성을 위한 절호의 기회로 삼고 있었다.

세종이 추구하는 이상은 곧 박연이 지향하려는 방향과 동일하였다. 그리하여 두 사람이 어우러져 이루어 내는 차원 높은 음의 세계로 인해 조선은 바야흐로 이제까지 볼 수 없었던 새로운 음악의 중흥을 여는 계기를 맞고 있었다.

"여악의 목소리가 참으로 아름답습니다. 가야금 소리도 그렇구요. 특히 발음이 매우 정확하여 노래의 내용과 가락을 함께 들을 수 있어 더욱 감흥을 불러 일으켰습니다."

세종은 박연의 가야금 솜씨와 함께 여악의 또렷한 노래말을 칭찬해 마지 않았다.

"과찬의 말씀이시옵니다. 사실 저희 악인들은 가락의 고저 장단은 물론 감정 표현을 위한 호소력에 중점을 두고 공부하고 있사옵지요. 하오나 가락 못지 않게 내용 전달을 위한 노래말 연습도 게을리하지 않고 있사옵니다. 시조 같은 것은 노래보다 의미를 소중히 여기고 있고, 근래에 들어 만들어진 악장 역시 건국의 타당성과 열성조의 치적을 송축, 충효 권장을 위한 내용이 대부분이므로 가락보다는 오히려 내용 전달을 위한 노래말을 중요시하고 있사옵니다. 그렇기 때문에 우리 악인들은 이 점을 염두에 두고 노래말을 정확히 발음할 수 있도록 여러 가지로 연구하며 힘쓰고 있사옵니다."

난계 박연은 세종의 박학다식함과 세심한 지적에 내심 감탄하였다.

실상 악인들 사이에서도 노래말 전달은 어려운 과제의 하나였다.

말이란 '애해' 다르고 '에해' 다르기 때문에 어떻게 붙들어 맬 수도 없는 것이므로 한번 잘못 전달되어 그릇 전해지게 된다면 다시 되돌려 놓기란 불가능한 일이기 때문이었다.

"그런 어려움이 있겠군요."

세종은 무언가를 붙잡으려는 듯 잠시 허공을 응시하였다.

"일상 쓰는 말들은 얼마간의 발음 차이가 있다 하더라도 여러 사람이 사용하기 때문에 잘못됨이 쉽게 드러나게 되옵지요. 그래서 곧 바로잡아 바른 발음을 할 수 있사옵니다. 그러하오나 조금 전에 들려 드린 '위 두어렁셩 두어렁셩 다링디리'라든가 '아으 동동다리'와 같은 후렴구들은 몇몇의 노래하는 사람들 사이에서 불려지므로 그릇 전해지게 되면 다시 돌려 놓기가 어렵사옵니다. 고려 속요에는 각각의 노래마다 독특한 조흥구들이 있사온데, 이런 것들은 한자로 적어 놓기도 어려운 것이므로 전달자의 소리를 듣고 전수하거나 받을 수밖에 없는 것이옵지요. 그러므로 이런 점을 늘 유의하며 신경을 쓰고 있사옵니다."

박연의 말을 들은 세종은 그럴 것이라는 생각에 고개를 끄덕거렸다.

"그러면 발음을 정확히 하기 위하여 마련한 무슨 특별한 방법이라도 있는 것입니까?"

세종이 다시 박연에게 물었다.

"무지한 악인들이 무슨 방법을 고안해 낼 수 있겠사옵니까. 특별한 방법을 세웠다기보다는 소리를 내고 있는 발음 기관을 세밀히 관찰하여 좀더 바르고 똑똑하게 소리를 낼 수 있도록 힘을 기울이고 있사옵니다. 입의 모양, 입술의 벌림, 혀의 위치, 낼숨과 들숨의 강약, 갈아서 내느냐 터뜨려서 내느냐 등등을 여러 모로 의논하고 연구하여 이미 말씀드린 바와 같이 좀더 확실한 발음을 할 수 없을까를 모색하고 있사옵지요."

박연은 겸손하게 자신들의 처지를 설명하였다. 그러나 박연의 말을 들은 세종은 악인들이 발음을 정확히 하기 위해 애쓰고 있다는 사실에 새삼 놀랐다.

그것은 운서에서 궁구하고 있는 오음(五音), 즉 어금니 소리, 혀 소리, 입술 소리, 잇소리, 목소리 등과 거의 맥을 같이하고 있기 때문이었다.

"명확한 소리 전달이 있어야 가락에 힘이 들어가고 유연하게 목청을 돌굴 수가 있사오며 부르는 사람도 흥이 솟고 듣는 사람도 감흥을 얻게 되는 것이옵니다. 다만 전하께옵서 만드신 기보로 가락의 고저 장단은 정착이 되었사오나, 노래말은 마땅한 글자가 없어 귀와 입을 통하여 구전해야 하는 어려움이 있사옵니다."

세종은 또다시 고개를 끄덕였다. 순간적이기는 하였지만 박연이 들려 주는 이야기에서 새로운 음의 영역을 깨치는 계기를 얻게 될지 모른다는 생각 때문이었다. 이제까지 세종은 노래와 노래말을 나누어 생각하려 하지 않았었다. 그러나 박연과 대화를 하는 동안 노래와 노래말을 분리하여 귀에 들리는 청음(聽音)을 빼어 버리고 소리내는 입의 움직임만을 관찰한다면 어디에서 어떤 소리가 어떻게 나는가를 쉽게 알 수 있을 것 같았다. 어릴 때부터 학문을 하는 가운데 운서(韻書)에 흥미를 가지고 음운에 관해 몰두해 보기도 했으나 이제와 같이 본격적인 생각을 가져 보기는 처음이었다.

아음(牙音) · 설음(舌音) · 순음(脣音) · 치음(齒音) · 후음(喉音) · 반치음

(半齒音)·반설음(半舌音) 등의 칠음에 대한 발음 구조를 명확히 알지 않고 글자를 만든다는 것은 생각할 수도 없는 일이라는 것은 전부터 깨닫고 있는 바였다.

"저 여악을 곁에 있게 해 주십시오."

세종은 박연 옆에서 가야금 보따리를 만지작거리며 다소곳이 앉아 있는 여악을 바라보며 말했다.

갑작스런 세종의 요구에 박연은 잠시 귀를 의심하였다.

"어찌 하시려 하옵니까?"

박연이 얼떨결에 세종을 향해 물었다. 궁중에는 엄연한 법도가 있었다. 임금에게는 비(妃)가 있고 빈이 있고 숙 등이 있으며 그 아래 궁녀들도 여럿이 있어서 다른 여인이 끼어들 여지가 없었다. 더구나 임금과 어떤 여인 단둘이서 같은 방에 가까이 있게 된다면 내명부(內命婦)에서 그냥 가만히 보고만 있지 않을 것이기 때문에 어떤 이유든 쉽게 단안을 내릴 문제가 아니었다.

방 안에는 잠시 침묵이 흘렀다.

"제조별감께 조용히 드릴 말씀이 있습니다."

침묵을 깨고 세종이 먼저 입을 열었다. 전에 없이 엄숙한 표정이었으므로 박연은 몸의 자세를 다시 가다듬고 귀를 가까이 하였다.

"방금 말씀한 것처럼 우리에게 우리말을 그대로 적을 수 있는 글자가 없습니다. 지금 중국의 한자를 빌려 쓰고 있지만 한자는 우리 정서에 맞지 않을 뿐 아니라 오랜 관습에 의해 중국과 우리는 말하는 방법이나 표현의 방법이 달라져 있으므로 말과 글의 일치를 보기가 어렵습니다. 이 몸은 어린 시절부터 이런 것을 안타깝게 여겨 어떻게 하면 우리 성정에 맞고 실생활에 편리한 글자를 만들 수 없을까 고심해 왔습니다. 이제 나라도 평안해지고 국정도 순조롭게 진행되어 가고 있습니다. 이러한 때 본격적으로 문자 창제에 손을 대어 볼까 합니다. 지금은 사대의 시대인고로 엄연하게 한자가 사용되고 있는 마당에 새롭게 글자를 만든다면 시간과 힘의 낭비라고 여겨 그에 대한 반대가 만만치

216

않으리라고 생각됩니다. 하지만 언젠가는 누군가가 반드시 이루어내야할 일이기에 어떤 저항이나 걸림돌이 있다 하더라도 이 시대에 꼭 완성시켜야겠다는 것이 이 몸의 신념입니다."

세종은 아무에게나 쉽게 털어놓지 않았던 문자 창제에 대한 계획을 박연에게 털어놓았다. 스승 이수의 죽음 이후 그에 필적할 만한 스승을 찾지 못하던 터였으나, 아악을 정리하는 과정에서 보여 준 박연의 탁월한 이론과 실제, 그리고 사람됨은 세종으로 하여금 커다란 믿음을 갖게 하였으며, 스승과 나이가 비슷한 박연을 스승처럼 의지하며 마음을 터 놓았던 것이다.

더구나 새로운 글자를 만든다는 것은 사대에 물들어 있는 유학자들에게는 그 바탕을 흔들어 놓는 충격적인 일이기에 아무나 붙들고 속마음을 내보일 처지가 되지 못하였다.

박연은 관습도감이 설치된 후 편경과 편종 등의 악기를 제조하면서, 그리고 기녀들에게 악을 가르치면서 소리에 대한 이론적 체계를 세워 보려 노력하였다. 그러나 무형의 것을 유형화시키는 데에는 많은 어려움이 따른다는 것을 알았다. 그러한 상황을 누구보다도 잘 아는 박연으로서는 글자를 만들겠다는 세종의 결심을 듣고 새삼 감격스러움과 함께 반가운 마음이 들지 않을 수 없었다.

세종의 새로운 글자 창제와 박연의 소리에 대한 이론적 체계화는 그것의 성공 여부를 가리지 않더라도 획기적인 창안이었으며, 두 사람은 같은 길을 향해 발걸음을 맞추고 있는 셈이었다.

"참으로 훌륭한 뜻을 품고 계시옵니다. 소신도 일찍이 음에 대한 문제를 놓고 고심한 적이 있었사옵니다. 눈에는 보이지도 않고, 순간적으로 사라져 버리는 음을 어떻게 확실하게 정착시킬 수 없을까 여러 모로 모색을 해 보았었습지요. 다행히 전하께서 정간보를 만드시어 뜻을 이루었으나 미묘한 것이 음이라서 그 외의 것에 대해서도 계속 궁구하고자 노력하고 있사옵니다. 아마도 전하께서 이루려고 하옵시는 글자 창제는 소신이 추구하려는 음의 세계와 일치되는 면이 많은 것으로 사료되옵니다."

박연 역시 다른 사람에게 쉽게 털어놓지 못할 자신의 뜻을 세종에게 전하였다. 실상 이러한 이야기를 나눌 만한 학식을 가진 상대가 아직은 없었던 것이다. 박연은 자신이 받드는 주상이기에 앞서 같은 생각을 하고 같은 길을 걸을 수 있는 상대를 만났다는 것에 크게 고무되어 있었다.

"여악을 옆에 두고자 함은 소릿값을 확실히 하고자 함입니다. 지금 사방을 둘러보아도, 음을 정확히 발음할 수 있는 사람은 눈을 비비고도 찾기 어렵습니다. 아무래도 음을 다루는 여악만이 그래도 정확한 소리를 낼 수 있으리라 여겨집니다."

세종은 잠시 말을 잇지 못하고 머뭇거렸다.

"이제야 전하의 하해 같으신 뜻을 짐작하겠사옵니다. 소리의 연구를 위해 여악이 필요하시단 말씀이옵지요."

박연은 세종이 왜 여악을 필요로 하고 있는가를 그제서야 깨달을 수 있었다.

세종은 대답 대신 다시 고개를 끄덕였다.

"하오나, 여악 혼자 내전에 든다면 내명부에서 가만히 있질 않을 것이온데 허락을 받아야 되지 않겠사옵니까?"

박연은 내심 다음에 올 여러 잡음을 염려하였다.

"물론 그러하겠지요. 하지만 음운을 연구하기 위해 필요로 했다는 것을 알게 되면 이해를 하게 될 것입니다. 그렇게 되도록 노력할 것이니 대감께서는 염려 놓으셔도 됩니다."

세종은 제조별감 박연의 지위를 격상시키고 있었다. 사실상 대전별감 중에서도 업무에 충실하고 대표적인 사람을 대감으로 승격시켜 부르는 관례가 있었다. 악기 제작에 공이 많고, 아악 정리에도 온갖 힘을 쏟은 박연을 세종은 이제껏 추구하고 있는 정사의 각 부분 중 음악에 관한 한 최고의 권위로 생각하고 있었으므로 마땅히 대감으로 불려져야 한다고 생각하고 있었고, 박연으로 하여금 곧 관습도감의 모든 책임을 떠맡길 복안도 가지고 있었다.

"미력한 소신을 그토록 높이 불러 주시니 황공무지이옵니다."

박연이 머리를 조아려 망극한 은혜에 보답하였다.

"벌써 그리해야 했을 것이었습니다. 국사에 정신을 빼앗기다 보니 미처 그 쪽으로 관심을 두지 못했었습니다. 앞으로 관습도감이 더욱 번창하여 우리의 예악이 고금에 없는 문흥이 이루어지도록 책임을 가지고 힘써 주기를 바라는 바입니다."

"분골쇄신 몸바쳐 전하의 뜻에 어긋남이 없도록 최선을 다하겠습니다."

박연은 다시 한 번 머리를 조아려 하해 같은 은혜에 온몸을 바칠 것을 다짐하였다.

"하옵고 여악의 몸으로 궁중을 마음대로 드나들 수는 없는 줄 아옵니다. 선처하여 주시옵소서."

돌다리도 두드려 가며 건너라는 말이 있듯이 박연은 혹시 전하나 여악 취옥에게 무슨 잘못 되는 소문이라도 생겨나지 않을까 염려되어 조바심하였다.

"내관에게 명하여 언제든지 자유롭게 내전을 드나들 수 있도록 출입패를 만들도록 하겠습니다. 그러한 사소한 일쯤 해결하지 못하고서야 어찌 문자 혁명이라는 대의를 이룰 수 있겠습니까? 하루에 한 번 약간의 시간을 할애할 것이니 대감께서는 염려 놓으시고 여악에게 대궐을 드나들 여유를 주시도록 부탁드립니다. 아무래도 일과가 끝나는 오후 시간을 택하는 것이 좋을 듯싶습니다."

세종의 한결같은 마음을 읽은 박연은 적이 안심이 되었다.

"뜻대로 하시옵소서."

박연은 여악 취옥에게 전하를 위해 음에 관한 모든 재능을 다 발휘해 도와 드리도록 몇 번씩 다짐을 시켰다. 그리고는 악기 제작을 위해 바삐 해결할 일이 있노라면서 세종의 곁을 하직하고 물러났다.

세종과 취옥

박연이 물러나자 방 안에는 세종과 여악 두 사람만이 마주하고 앉게 되었다.

방 안에 고요가 스몄다. 태고와 같은 정적이었다. 햇볕을 머금은 초여름 바람이 문틈을 비집고 들어와 싱그런 방향(芳香)을 흩뿌렸다.

그 방향은 여악의 쪽에서 배어나오고 있었다. 시간과 공간이 스치는 찰나, 그 위의 만남을 인연이라고 했다.

'전혀 다른 방향에서 시작하여, 모래알같이 많은 사람 중에 이렇게 한 곳에 머무르게 되다니…….'

세종은 이 미묘한 우연, 아니 필연을 음미하고 있었다.

처마 밑 풍경이 스치는 바람에 댕그랑 하고 울었다. 그러나 그 소리도 금세 고요 속으로 잠겨 버렸다.

"취옥이라 했더냐?"

세종이 고요를 깨뜨렸다.

"예, 그러하옵니다."

취옥은 갑작스런 세종의 물음에 문득 놀라워했다.

"목소리가 곱더구나. 그래 도감에 들어온 지는 얼마나 되었느냐?"

세종의 목소리는 주위의 분위기에 어울려 그윽했다.

"황공하옵니다. 소녀 열한 살에 제조 어른의 제자가 되었으니, 올해로 다섯 해가 지난 줄 아옵니다."

취옥은 들릴 듯 말 듯 가느다란 소리로 말을 이었다. 감히 지존한 어른 앞에서 어떻게 처신해야 하는지 몸둘 바를 몰랐던 것이다.

"긴장을 풀거라. 내 너를 통해 음의 이치를 궁구하고자 하니 너와 나는 한길을 걷게 된 셈인 것이다. 마음을 놓고 하고자 하는 바에 따라 힘써 주기 바란다."

취옥은 대답 대신 깊게 허리를 굽혔다. 서슬에 옷깃이 팔락이며 향긋한 체취가 사방으로 번졌다.

세종은 그 향내가 봄바람 때문이라고 생각했다.

"봄 향기가 방 안에 그득하구나. 너를 처음 대할 때부터 들꽃을 연상했었지. 고향은?"

세종은 오랜 만에 마음이 상쾌하였다.

"홍인지문 밖, 면목산 아래 조그만 마을이옵니다."

취옥은 세종의 시선이 따가운 듯 붉게 볼이 물들어 있었다.

"홍인지문 밖 면목산 아래……?"

세종의 머릿속에 얼핏 논밭이 펼쳐진 시골 풍경이 떠올랐다 사라졌다.

"소녀 전하를 처음 대하였사오나, 소녀의 어미는 예전에 전하의 모습을 아주 가까이서 보았노라 자랑하였사옵니다."

취옥은 가슴에 숨겼던 말을 터뜨리기라도 하듯 목소리가 가늘게 떨렸다.

"네 어미가?"

세종은 고개를 갸웃했다.

"그러하옵니다. 전하께서 어린 시절 소녀가 살던 동네에 잠시 머무르다 가신 적이 계시온데, 그때 곁에서 용안을 우러러 뵈었다 하였사옵니다."

"음―."

그제서야 생각이 떠오른 세종의 입에서 가느다란 탄성이 터져 나왔다.

어린 충녕이 가마에 앉아 마을을 향해 손을 흔들고 있다. 동네 꼬마들이 멀리까지 따라와 새까만 눈동자를 굴리며 작별 인사를 하였다. 진달래꽃을 한아름 꺾어 가지고 달려와 충녕의 가슴에 안겨 주기도 하였다. 둥글둥글 아무렇게나 생긴 덕배, 영실이, 종열이, 솔새, 달래, 순박하고 천진스런 얼굴들…….

세종은 잠시 시간을 거슬러 어린 시절 추억 속을 유영하였다.

"아비 이름은?"

"종 자 열 자를 쓰고 있었사옵니다."

"종열이라, 그럼 어미 이름은?"

세종은 순박하기 이를 데 없던 얼굴 넙적한 사내 아이를 떠올렸다.

"특별한 이름은 없사옵고 평소 달래댁이라 불렀사옵니다."

취옥이 몇 번이고 머리를 조아려 세종의 물음에 송구스러운 듯 대답하였다. 신랑 종열이와 각시 달래에게서 태어난 아이. 세종은 다시 한번 만남의 절묘함에 놀라지 않을 수 없었다.

유모의 손을 잡고 노고지리 우지지는 논밭을 지나 구불구불 농촌 길을 천진스럽게 걷던 어린 시절이 손에 잡힐 듯 가까이에 있다고 생각했었는데, 어느덧 세월이 스쳐 지나 이제 불혹을 바라보는 나이로 세상을 내려다보는 시점에서 어린 시절을 그리워하며 추억에 젖어 있다니. 세종은 새삼 세월의 무상함을 실감치 않을 수 없었다. 그러나 무엇보다 그때의 인연이 지금으로 이어지는 것에 대해 놀라고 있었다.

"그러했었구나. 그래서 너를 처음 대했을 때, 어디선가 본 듯한 여악이라는 느낌이 있었었구나."

세종은 미묘한 감정에 휩싸여 한동안 정신을 잃고 있었다. 그러나 생각하면 생각할수록 기이하달 수밖에 없는 이 인연을 담담히 받아 들여야겠다고 마음먹었다.

"황공하옵니다. 소녀 경솔하와 공연한 말씀을 올린 것 같사옵니다."

취옥은 쓸데 없는 이야기를 꺼내 세종의 마음을 상하게 하지나 않았나 싶어 머리를 조아려 사죄하였다.

"아니다. 그렇지 않다. 오히려 네 이야기를 들으니 갑자기 지난날이 그리워지는구나. 그래, 아비와 어미는 별탈 없이 지내느냐?"

세종은 다시 한 번 취옥을 뜯어보았다. 초롱하고 커다란 눈과 도톰한 입술이 필경 어린 시절 유모를 따라갔다 보았던 그 여자 아이 달래의 모습을 빼어 닮은 청순함이 있었다.

"어미는 소녀가 여섯 살 때 돌림병으로 세상을 떠났사옵고, 지금 시골에는 아비와 오라버니 둘이서 농사를 지으며 살아가고 있사옵니다."

취옥은 긴장이 풀렸는지 조금 전과는 다르게 담담한 어조로 말했다.

"음, 그랬었구나."

세종의 가슴에 작은 파문이 일었다. 틀에 짜인 궁중 생활과 학문에 심혈을 기울이느라 언젠가 한 번은 꼭 가보리라 마음에 담고 있었던 어린 시절 추억이 담긴 시골 나들이를 이제껏 실행에 옮기지 못하고 살았던 것이다.

일생에 한두 번 있을까 말까 한 행복했던 시절, 그러나 왕가의 한 사람으로서 개인적 행동은 용납이 될 수 없는 까닭에 그저 머릿속에만 채워 두고 있을 뿐이었다.

이미 유모도 곁을 떠나고, 가슴 깊이 각인되어 머릿속을 생생히 맴돌던 달래도 죽었다는 소식에 접하니, 아름답던 꿈 가운데 한 토막이 뭉텅 잘려 나가는 애달픔과 공허가 한꺼번에 몰려들었다.

방 안은 다시 침묵으로 내려 앉아 있었다. 바람도 그쳤는지 풍경도 울지 않았다.

"그리고 예전에 아비 어미와 어린 시절부터 친히 지냈던 이웃 사람들은 지금 어떻게 지내는지 알고 있느냐?"

세종은 다시 침묵을 깨고 취옥을 향해 물었다. 꿈을 꿈대로 간직하고 싶었지만, 얼굴을 맞대었던 그때 그 사람들이 어떻게 변했는가 하는 호기심도 지울 수 없었다.

"일찍이 고향을 떠나와 지금 어찌들 지내고 있는지 잘은 알지 못하옵니다. 전하께서 소녀의 동리에 행차하셨을 때 같이 뵈셨다고 하는 아비·어미의 동무들 중에는 덕배라는 아제가 있었는데 나이가 들자

보부상들을 따라 개성 방면으로 떠나갔다 하옵고…….”

“그렇지 얼굴이 넙적하고 코흘리개 중에 덕배라는 애가 있었지.”

세종은 어린 시절을 떠올리며 고개를 끄덕였다.

“앞집에 살던 솔새 아주머니는 창(唱)을 배운다면서 역시 어린 나이에 집을 뛰쳐나갔다 하옵니다. 하옵고 뒷집에 살던 영실 아제는 경상도 지방 어느 관아에 관노로 팔려갔다 하옵니다.”

취옥은 크고 검은 눈을 깜빡이며 지난 기억을 더듬어 차분차분 전후 사정을 세종에게 들려 주었다.

“네 어미의 노래 소리와 솔새의 춤이 아직 눈에 삼삼하구나. 모두들 떠난 게 당연하지, 세월이 이만큼 흘러 강산도 변했을 테니……. 그런데 영실은 무슨 일로 관노로 팔려 갔다 하더냐?”

창 밖을 넘겨다보며 생각에 잠겨 있던 세종이 다시 취옥을 향해 물었다.

“잘은 모르옵고, 아비가 하는 말을 곁에서 들었사온데, 영실 아제는 본디 이 나라 사람이 아니옵고 그 가족들이 여진인가 만주에서 온 이방인들이라 하였사옵니다. 우리 농민들도 부쳐먹기 힘든 좁은 땅에 왔으니, 그들이 발붙일 곳이 어디 있겠사옵니까? 그런데 영실 아제는 손재주가 좋아서 무엇이나 손에 닿기만 하면 못 만드는 것이 없는 장색(匠色)이라 소문이 자자했었사옵니다. 그래서 어느 관가에서 물건을 만드는 데 필요하다 하여 데려 갔다 하옵니다.”

취옥의 또박또박한 어투가 세종의 귀에 선명히 들려 왔다.

“못 만드는 것이 없는 장색이라?”

취옥에게 영실의 소식을 전해 들은 세종은 문득 초점을 한 곳에 모두고 흘러간 시간의 한 끝을 잡으려 애를 썼다.

키가 삐쭉하고 얼굴이 갸름하며 유난히 어른스러우면서도 눈이 맑았던 영실이라는 아이를 머리에 떠올렸다.

“그래, 생각이 나는구나. 밤 하늘에 반짝이는 별을 하나하나 손가락으로 짚으면서 시간의 흐름을 셈하고, 별들의 움직임을 손금 보듯 환하게 머리에 담고 있었었지. 그때 이미 훌륭한 장인이 될 것이라고 모두가 칭찬이 자자했었어. 관아에서 필요로 하여 데려갔다면 보통 재능이 없이는 안 되었을 텐데……. 지금의 모습이 보고 싶구나."

세종은 그들이 어디를 가 있더라도 고생이 없이 잘 살아 가기를 바라고 있었다.

가난 구제는 나라도 못한다고 하였지만, 그것은 나라가 백성들의 가난 해결에 소극적이었거나, 묘책을 연구하지 않았기 때문이리라.

가난의 원인을 규명하고 그에 대한 방비책을 세워 나간다면 나라는 강대해지고 백성은 지금보다 훨씬 더 잘 살게 될 것이라는 것이 세종의 신념이었다.

임금이란 무엇인가. 가만히 자리를 차지하고 앉아 자리 보존에만 급급한다면 그는 진정 무능한 임금에 불과할 것이다. 백성에게 실질적 도움을 주고 희망을 주는 게 임금의 도리라고 세종은 생각하고 있었다.

그래서 보위에 오른 후 농·공·상은 물론 어업·광업·산림업에까지 세심한 관심을 기울여 왔다.

세종이 문자를 만들어 백성들의 눈을 뜨이게 하려는 것도 그들의 삶을 좀더 행복하게 만들어 주고 싶은 마음에서였다.

세종과 취옥의 이야기는 한동안 계속되었다.

"너와 이야기를 나누니 마음이 개운하구나. 날이 저물어 가니 오늘은 퇴궐하고, 다음날 이 시간쯤 다시 오너라."

세종은 어둠이 방 안으로 스미자 취옥을 떠나보냈다. 그리고 내일을 위해 세종도 자리를 정돈하고 내전으로 임하였다.

집현전 모임

　세종이 조선 제4대 임금으로 보위에 오른 지 어언 열하고 다섯 해가 홀쩍 지나갔다.

　기나긴 역사의 흐름으로 보아 비록 보잘것없는 짧은 시간이었지만 안으로는 국정 전반을 두루 살펴 미비되고 소홀한 점을 보완·개선하는 한편 밖으로는 남쪽 지방을 침범하여 군민을 괴롭히던 왜구를 대마도 토벌로 평정하여 뒷근심을 없앴다. 그리고 북으로는 수시로 변방을 넘나들던 야인을 몰아 내고 압록강과 두만강을 경계로 국경을 확정지어 국초 조선은 유사 이래 다시 없는 태평한 세월을 맞이하게 되었다.

　더구나 황희·맹사성 같은 고금에 없는 자질을 가진 명재상과, 김종서와 같은 뛰어난 명장이 뒤를 든든히 받쳐 주고 있었으므로 이러한 시기야말로 문화 창달의 절호의 기회라고 생각하였다.

　그리하여 이제까지 표면에 크게 드러내지 않고 계획 단계에 머물렀던 문자 창제를 본격적으로 추진하기 위해 힘찬 발걸음을 내딛기 시작하였다.

　그리하여 어문에 관해 관심을 갖도록 하고 공부를 게을리하지 않기를 다짐했던 왕자들과 집현전의 젊은 학자들을 불러 그 동안의 성과와 의견을 묻기로 하였다.

　어명을 받든 세자 향과 수양·안평·임영 대군이 모였고, 성삼문·박팽년·하위지·이개·신숙주·정인지 등 학사들이 집현전 회의에 참석하였다.

"오늘 그대들을 부르게 한 것은 지난번 권고했던 운서에 관한 성과를 알아 보고 그에 대해 의견을 나누고자 함이오. 이제까지 큰 성과는 없었으나 국정 전반이 안정되었고 외세에 대한 근심도 사라졌으니, 모든 일에 우선하여 문자 창제에 힘을 쏟을까 생각하오. 시작이 반이라고 했으니, 시작부터 하고 볼 생각이오. 창제의 어려움은 이미 언급한 바 있으니 새삼 재론할 필요는 없겠소. 그러나 돌다리도 두드려 가며 건너라 하였으니 그간 공부하는 가운데 막힘이 있었거나 의문스러웠던 일이 있었으면 허심탄회하게 의견을 나눠 주기 바라오."

세종은 좌중을 둘러보며, 공부하는 동안의 어려움을 거리낌 없이 토로할 것을 권고하였다.

주어진 일을 빈틈없이 이루기 위하여서는 전면에 나타난 문제 중에 저해되는 요소를 하나하나 제거해 나가는 것도 한 방법이다. 그러나 그보다는 후면에 숨어 있어 발견해 내기 어려운 것들이 드러나면 그것은 사전에 발견하여 버릴 것은 버리고 취할 것은 취해 좀더 빠르고 짜임새있게 일을 추진하는 것이 오히려 후환을 없앨 수 있다고 판단했기 때문이었다.

"황공하옵니다. 전하께옵서 소신들에게 운서에 대해, 깊은 관심을 두고 연구 공부하라 명하신 후, 소신들은 나름대로 그 방면의 책을 구하여 열심히 궁구하고자 노력하였사옵니다. 하오나, 그에 관한 서적이 흔하지 않았고 마땅한 책을 구하기 어려웠사옵니다. 또한 소신들은 그 방면에 문외한들이오라 어렵게 구한 운서라 할지라도 주마간산격으로 듬성듬성 보아 넘겼거나 읽었을 따름이옵니다. 그러하옵고……."

집현전 학사로서 식년 문과에 급제하여 세종의 총애를 받고 있는 성삼문이 자신의 의사를 아뢰며 말끝을 흐렸다.

"허심탄회하게 말하라 하였소. 마음에 저어함이 없이, 거리낌 없이 토론해 보기 바라오."

세종은 마음의 문을 활짝 열고 어떤 주의 주장이라도 여유롭게 받아들여 서로의 의견을 기탄없이 나눌 것을 다짐하였다.

"소신들끼리는 전하께옵서 힘주어 말씀하신 바를 마음 깊이 간직하고, 불철주야 운학에 전념하면서 틈을 내어 서로 만나 그에 관해 여러 의견을 교환해 보았습니다. 황공하옵게도 그런 가운데 소신들에게 가장 걸림돌이 되었던 것은 전하께옵서 소신들과 처음 만났을 때 염려하셨던 새 글자 창제의 당위성에 관한 문제였습니다. 수천 년 역사를 지내 온 우리 나라가 지금 현재 글자가 없다는 것은 글자에 대해 절실하게 필요성을 느끼지 못했기 때문이 아닌가 하는 의문을 버릴 수가 없었사옵니다. 고대의 글자는 사라져 버렸고, 향찰이나 이두는 남아 있지 않거나 아주 작은 부분에 사용되고 있을 뿐이옵니다. 이렇듯 우리의 옛 글자나 이미 쓰였던 다른 글자들이 소멸되었거나 위축되어 사용되지 않는 것을 보면, 우리 생활에 가장 알맞은 문자는 역시 한자가 아니었는가 하는 생각뿐이었습니다."

친시 문과에 급제하여 세종의 신임을 받아 집현전 학사가 된 박팽년이 성삼문의 말을 거들며 창제 당위성의 의문스러웠던 점을 아뢰었다.

"충분히 가질 수 있는 생각이라고 여기고 있소. 하지만 그렇게 생각하는 것은 전에 이미 말한 바와 같이 오랫동안 사대에 젖어 그 늪에서 헤어날 힘을 잃었기 때문이오. 나라와 민족에 대한 사랑과 자긍심이 없이는 문자 창제는 한낱 물거품이 되고 말 것이오. 거듭 강조해 말하거니와 어떻든 우리는 이 시대에 우리 문자를 창제해야 하고, 그 절대적 사명을 가진 사람들이 바로 그대들이니, 앞으로는 더 이상 그와 같은 말과 생각으로 시간을 낭비하지 않기 바라오. 글자가 창제되고 나면 아마도 그때에는 지금의 생각이 얼마나 잘못되었던가를 부끄럽게 생각할 것이오."

세종은 창제의 뜻을 아직 깊이 깨닫지 못하는 집현전 학사들의 마음을 섭섭하게 여기면서도 당연한 일이라고 생각하였다. 그만큼 이번의 일이 급진적이며 획기적이기 때문이었다

"황공무지하옵니다."

신숙주가 머리를 깊이 조아려 자신의 경솔함을 사죄하였다.

"사죄할 필요는 없소이다. 이 자리는 충분한 의견을 나누자는 자리이지 잘잘못을 따지자는 자리가 아니니, 얼마든지 마음에 품은 생각을 토로하도록 하오."

세종은 환한 미소를 지어 보이며 좌중을 안심시켰다.

"그러하옵고, 만일 새 글자를 만드신다면 한자의 상형과 뜻을 그대로 유지하면서 글자의 모양만 바꾸는 것이온지, 아니시오면 상형과 뜻을 보완하는 어떤 독특한 글자를 따로 만드는 것이온지, 그것도 아니시오면 한자와는 전혀 다른 체계의 새로운 글자를 만드시려는 것이온지 소신들의 머리로는 헤아리기 자못 어렵사옵니다."

식년 문과에 장원으로 급제한 후 여러 벼슬을 거쳐 세종의 신임을 두텁게 받아 집현전 학사로 등용된 정인지가 머리를 조아려 아뢰었다.

"좋은 질문을 하였소. 지금 짐이 만들려는 글자는 한자의 운용을 완전히 벗어나 우리에게 알맞은 새로운 글자를 만들고자 하고 있소. 물론 음이란 사람의 입에서 나오는 것이므로 음가라든가 발성법, 또는 운용에 비슷한 점이 전혀 없지는 않을 것이오. 그러나 만약 한자를 흉내낸다든가 그 아류의 글자를 만들어 낸다면 그것은 오히려 조롱거리가 될 뿐이므로 아예 만들지 않는 것만 같지 못할 것이오."

세종은 유사 이래 한 번도 만들어 본 적이 없는 새로운 글자를 창조하겠다는 강한 의지를 표명하였다.

그러나 자리에 앉은 사람들은 아직도 어떠한 글자를 탄생시키려는지 세종의 마음 속을 꿰뚫지 못하고 있었다.

"황공하오나, 고금에 없는 새 글자라 하오면 어떠한 글자를 말씀하시는 것이온지 대강이나마 소신들에게 그 내용을 들려 주실 수는 없으시온지요."

정인지 옆에서 가만히 귀를 기울이고 있던 이개가 머리를 조아리며 새로운 글자의 형태에 대해 들려 줄 것을 권하였다.

"하늘과 땅의 이치는 하나의 음과 양 그리고 오행뿐이지요. 그러니 세상에 태어나 존재하는 것들이 어둠과 빛을 버리면 그 존재의 가치도 사라져 버리는 것이오. 그러므로 사람의 목소리에도 모두 음양의 이치가 있으니 생각해 보건대 사람이 살피지 않을 뿐, 항상 우리 곁에 존재하는 것이외다. 지금 새 글자를 만듦에 처음부터 지혜로 운영하고 힘들여 찾을 것이 아니라 다만 그 소리나는 것을 쫓아 그 이치를 다할 뿐, 알기 쉽게 바꾸어 말한다면 뜻글자가 아닌 소리글자를 만들고자 함이오."

세종은 좌중에게 비로소 소리글자를 만들겠다는 그 동안 마음 깊이 간직했던 계획을 구체적으로 털어놓았다.

"소리글자라 하오면……?"

좌중이 놀란 듯 눈을 동그랗게 뜨고 입을 한데 모았다.

"한자는 육서라 하여 사물의 모양을 본떠서 만든 상형(象形), 눈에는 보이지 않는 생각 속의 것을 선이나 점으로 나타내는 지사(指事), 그리고 이미 만들어진 글자를 합하여 새로운 뜻을 나타내는 회의(會意), 음을 가진 글자와 뜻을 가진 글자를 결합하여 음이나 또는 뜻을 나타내는 형성(形聲), 그리고 어떤 글자가 다른 음이나 뜻으로 바뀌어지는 전주(轉注), 뜻과는 관계없이 음만을 빌려다 쓰는 가차(假借) 등 여섯 가지의 구성 방식이 있소. 그리고 문명이 발전하여 새롭게 물질 문물이 나타나게 되면 그에 알맞은 글자를 따로 만들어 쓰게 되므로 급기야 그 글자 수가 몇만 몇십만이 될는지 예측할 수 없이 불어나게 되는 것이오. 그러나 소리 글자는 몇 개의 글자를 만들어 어떤 소리가 날 때 필요에 의해 결합했다 사용하고 곧 해체하면 어떤 사물에 꼭 알맞은 글자를 따로 만들지 않더라도 필요에 따라 그 이름을 자유자재로 만들어 유용하게 쓸 수 있을 것이오."

세종은 또다시 좌중이 잘 알아 들을 수 있도록 차근차근 창제하려는 글자의 이치를 설명하였다. 그러나 그럼에도 불구하고 그 뜻을 금방 알아차린 사람은 없었다.

"황공하온 말씀이오나 소신 의문나는 점이 있어 감히 한 번 더 여쭙겠사옵니다. 소리글자라 함은 소리나는 그대로 적는 글자가 아니옵니까? 하온데 세상의 소리는 세상에 존재하는 형상들보다 많고, 같은 의미의 소리라 하더라도 듣는 이에 따라 여러 소리로 들릴 것으로 사료되옵니다. 이를테면 소의 울음 하나만 보더라도 어떤 이는 '우왕' 또 어떤 이는 '우웡' 등 수없이 많은 가닥으로 들릴 것이온데 그런 것들을 일일이 글자를 만들어 적는다면 그 또한 수만 수십만이 되올 것이며, 아마도 소신의 소견으로는 한자의 글자 수를 훨씬 뛰어넘을 것이오니 이를 염려치 않을 수 없사옵니다."

이제까지 침묵을 지키며 귀를 기울이고 있던 하위지가 세종께 자기의 소견을 털어놓았다.

"그건 소리글자의 참뜻을 파악하지 못했기 때문이오. 말이란 말하는 사람들의 약속이오. 우리가 어떤 물건에, 또는 나는 소리에 이름이나 소릿값을 적는 것은 사람들끼리 약속이 있었기에 의사가 통하는 것이오. 그와 같이 귀에 들리는 소리를 하나의 소리로 모아 약속을 정하면 하나의 소리로 들리게 되는 법이오. 같은 징을 두드리는 소리도 두드리는 사람의 힘의 세기나 빠르기에 따라 수십 수백 가지로 소리가 다르게 나는 것이며, 입으로 똑같은 소리를 반복해 내더라도 사람마다 입의 모양이 다르고 들숨과 낼숨이 다르며 고저와 장단이 다르기 때문에 엄밀히 말하면 모두 다른 소리로 나는 것이오. 그러나 듣고 말하는 사람 모두가 같은 소리라고 인정하게 되면 그것은 한 가지의 소리로 느끼게 되는 것이니 구태여 여러 소릿값으로 적지 않아도 되는 것이오. 또한 여러 지방에서 같은 물건을 각기 다르게 이름을 붙여 부르는 경우가 있는데, 언어에는 자의성(恣意性)이라는 것이 있어서 어떤 물건에 꼭 어떤 이름이 붙는다는 절대성은 없는 것이오. 그러므로 여러 지방에서 한 물건에 지방 특유의 이름을 붙여 부르는 것을 하나로 통일하여 나라 전체 사람에게 그렇게 부르게 한다면 서로 언어가 통하지 않아 어려움을 겪게 되는 번거로움도 없게 될 것이며, 말의 수도 상당히 줄어들어 편리한 언어 생활을 영위하게 될 것이오."

세종은 소리글자의 쓰임에 대해 차분하게 설명하였다. 그러나 집현전 학사들의 질문은 집요하였다.

"몇 가지 의문은 풀렸사오나, 황공하옵게도 소신 이개 또 다른 의문이 있사옵니다. 무릇 소리라는 것은 자연이 서로 부딪히거나 갈리어 나는 것이라 믿고 있사옵니다. 바람 소리, 물 흐르는 소리, 짐승의 울부짖는 소리 등이 그것이며 이를 음향이라 부른다 하였사옵니다. 풀벌레는 풀벌레대로, 새는 새 나름대로 소리를 내어 의사를 소통하옵고 원숭이 같은 짐승은 수십 가지 소리로 의사를 교환한다고 들어 왔사옵니다. 그러나 만물의 영장이라 일컫는 사람은 소리뿐만 아니라 뜻있는 글자를 만들어 서로의 의사를 소통하며 나아가 서책을 만들어 문명을 발전시켜 왔사옵니다. 만약 사람이 앞서 말씀 올린 자연의 소리와 그것을 글자로 만들어 사용한다면 짐승이 서로의 의사를 나누는 것과 다를 바 없지 않나 하는 우려를 갖게 되옵니다. 소신의 좁은 소견으로는 만물의 영장인 사람임으로 해서 좀더 차원이 높은 뜻글자가 생겨나지 않았는가 사료되옵니다. 만물이 음양의 이치로 이루어졌으며 소리 역시 음향의 이치로 이루어졌다 하셨사오나 형상 역시 그런 이치로 이루어졌을 것이온데 어느 것이 크고, 어느 것이 작다 함도 형평의 원칙에 어긋나지 않나 하는 생각이 드옵니다."

이개의 말을 들은 세종은 동요하는 빛이 없이 종전과 같이 고개를 가만히 끄덕거려 마땅히 있을 만한 질문이라고 인정하면서 그 질의에 응하였다.

"그렇게 생각할 수도 있을 것이오. 그러나 앞서 말한 바와 같이 음양이 생겨남과 동시에, 아니 그보다 앞서 소리와 침묵이 생겨났다 할 수 있을 것이며 형상은 빛이 나타난 후에 그 빛이 모두어져 생겨났을 것이며 형상을 본뜬 것이 뜻이 되니, 뜻은 최근, 가장 최근의 것이며 지금도 만들어지고 있는 것이라 할 수 있소. 소리글자를 만들고자 함은 어느 것이 앞서고 뒤선 것을 기준으로 하는 것이 아니라, 글자의 원형과 근본 그 쓰임의 편리를 따른 것이오. 짐은 어릴 때부터 자연의 소리를 들어 오면서 어떻게 하면 그 소리를 그대로 적을 수 있을까를 생각하여 왔소. 그리고 그것이 절대진리처럼 마음에 자리하였소. 지금까지 여러 갈래의 생각과 연구를 거듭한 결과 소리 글자만이 미묘한 음의 세계와 사람의 말소리를 쉽고 간편하게 적을 수 있다고 믿고 있소."

세종의 차분하고 명확한 답변을 들은 좌중은 처음의 긴장과 의문에 찬 표정과는 달리 온화하게 얼굴 표정이 풀려 보였다.

세자 향과 대군들은 이미 몇 번 부왕의 부름을 받아 토론을 거듭했으므로 이와 같은 질의 응답은 진부한 것이었다.

세종으로서는 오늘과 같은 토론이 앞으로 있을 예기치 못할 사태에 대처할 수 있는 적응력을 키우는 데 도움이 되리라 믿고 있었다.

"오늘 회의는 이것으로 끝마치겠소. 참으로 유익하고 진지한 회의였다고 생각하오. 전번에 이어 오늘도 짐의 뜻을 누누이 전했으니 앞으로 더욱 정진하여 다음 회의 때에는 좀더 발전된 이야기를 나누도록 힘써 주기 바라오."

세종은 여러 학사들에게 운서에 관한 공부를 게을리 하지 말 것을 당부하고 편전을 향해 자리를 떴다. 세자 향과 대군들이 세종의 뒤를 따랐다.

세종이 자리를 뜬 뒤에도 집현전 학사들은 앉은 자리에서 일어날 줄 몰랐다.

"전하께서는 저만큼 앞서 가고 계시온데 우리는 아직 한 발자국도 떼지 못하고 있으니 심히 부끄럽기 짝이 없습니다. 장차 어찌해야 좋겠습니까?"

좌중을 돌아보며 성삼문이 먼저 입을 열었다.

"그리 걱정할 것은 못 된다고 봅니다. 오히려 오늘 회의가 우리에겐 전화위복의 기회라 생각됩니다. 우리는 그 동안 전하의 참뜻을 헤아리지 못하고 그 변죽에서 서성거렸을 뿐입니다. 사별(士別) 삼일(三日)이면 괄목상대(刮目相對)라 하였으니 이제부터라도 공부에 매진하면 능히 전하의 뒤를 따를 수 있을 것입니다."

박팽년이 자신있게 말하였다.

"그렇습니다. 오늘 전하께옵서 말씀하신 뜻을 마음깊이 새기고 운서 공부에 전념하여 다음 회의 때에는 전하께서 눈을 비비시고 우리를 다시 보실 수 있도록 최선을 다해 노력합시다."

하위지가 박팽년의 말을 도왔다. 좌중은 잠시 고개를 떨구고 깊이 사색에 잠겨 있었다. 그러나 마음의 결정이 굳어지자 곧 자리에서 일어나 자신들의 직무를 위해 뿔뿔이 밖으로 흩어졌다.

성음 연구

집현전에서 회의를 끝낸 세종은 편전의 서재에서 왕자들과 자리를 다시 하였다.

"방금 전 집현전 회의에서 보았듯이 집현전 학사들이 던진 여러 질문을 종합해 보면 그들에겐 아직 글자 창제에 대한 준비나 절실함을 갖고 있지 않은 것 같다. 아무래도 내 마음을 꿰뚫어 이해할 사람은 너희들뿐이니, 이 어려운 일은 우리 왕가에서 사명감을 가지고 이루어 내야 할 것이다. 그래야만 권위도 서고 신뢰도 설 것이야. 더구나 내가 세상을 하직한 후 창제가 미뤄지더라도 너희들이 지속적으로 이 사업을 이루어 낼 것이 아니겠느냐."

세종은 네 아들을 둘러보며 비장한 각오를 가지고 창제에 임할 것을 당부하였다.

"저희 형제들도 그 동안 아바마마의 뜻을 받들어 글자 창제에 임하면서 지금 말씀하신 바와 같은 생각을 가지고 있었사옵니다. 태어나서부터 한자와 한문학을 대해 온 이들이 새로운 글자를 창제한다 함에 쉽게 이해나 납득이 가지 않을 것은 당연한 일이라 여겨지옵니다. 그러나 시간을 두고 의견을 나누고 설득을 시키면 그들도 창제의 본뜻을 깨닫게 될 것이옵니다. 또한 아바마마께서 글자를 창제하신다 하더라도 후대에까지 백성들에게 전파하여 익히게 하려면 백성을 다스리는 왕가에서 앞장서 밀고 나가야 할 것은 명확한 일이옵니다. 저희가 염려하는 것은 아바마마께서 편찮으신 옥체에 너무 과중한 일과를 실행하시므로 건강에 무리가 되지 않을까 근심 또 근심할 뿐이옵니다."

세자 향이 형제들을 대신하여 부왕을 위로 격려하였다.

"무슨 걱정이 있겠느냐. 태산같이 든든한 너희들이 좌우에서 옹호하니, 내 마음놓고 글자 창제에 임하여, 살아 생전에 기필코 문자 혁명을 일으키고야 말 것이니라. 너희들은 이 애비의 소원이 이루어질 수 있도록 온갖 정성을 다해 힘을 쏟아 주기 바란다."

세종은 이를 데 없이 든든한 네 아들을 앞에 놓고 손을 모아 합심하여 글자 창제에 임해 줄 것을 부탁하였다.

세자와 대군들이 돌아간 후에도 세종은 글자의 꼴과 그 운용에 관해 골몰하고 있었다.

눈에 보이는 형상을 그림을 그리듯 만들어 내는 글자나 몇 개의 음을 만들어 비슷한 음이 날 때 그것을 한데 묶어 하나의 글씨로 사용하는 것과는 달리 간단하면서도 음의 세밀한 부분까지를 나타낼 수 있는 글자, 그런 글자를 어떻게 하면 만들 수 있을까 하고 깊은 생각에 빠져 있었다.

아무것도 없었으므로 공(空)이었다. 거기에 회색이 스미더니 짙은 안개를 일으켰다. 혼돈이었다. 그 위에 어둠이 뿌려지고 곧 개벽이 시작되었다.

세종은 막막함에서 벗어나기 위해 몸을 버둥거렸다. 갑자기 천둥 번개가 고막을 찢으며 세상이 요동을 쳤다. 얼마의 시간이 흐르자 북쪽으로부터 여명이 터 오기 시작했다. 그리고 서서히 투명한 하늘이 얼굴을 내밀었다.

세종은 고개를 들어 푸른 창공을 우러러 보았다. 하늘 저편에서 무수한 점들이 이쪽을 향해 날아 오고 있었다. 점들은 가까이 올수록 점점 커졌는데 자세히 보니 달려 오고 있는 것은 여섯 마리의 용이었다. 용의 뒤로는 수천 수만의 수레와 군마들이 뒤를 따르고 있었다.

여섯 마리의 용머리 위에는 늠름한 자태의 영웅호걸이 타고 있었다.

부왕인 태종을 비롯하여 태상왕 태조의 모습도 보였다.

236

여섯 마리의 용과 호위 군마들은 하늘을 덮고, 지축을 울리면서 머리 위를 커다랗게 맴돌더니 서쪽 하늘 멀리 꼬리를 감추었다.

사라지는 꼬리 끝에서 눈부시도록 찬란한 금가루가 쏟아져 나와 세상을 온통 황금빛으로 물들였다.

세종은 너무나 황홀한 광경에 놀라 넋을 잃고 황금빛으로 변한 세상을 바라보았다.

금가루는 다시 눈송이가 되어 땅으로 떨어져 내렸는데 땅에 닿는 동시에 곧 여러 모양의 형체가 되어 쌓였다.

얼마 후 모든 것이 지워지고 다시 적막이 찾아 들었다.

세종은 또다시 엄습한 막연함을 떨치기 위해 몸을 뒤틀었다.

고요를 뚫고 저만큼서 사각거리며 치마 끄는 소리가 들렸다. 그리고 그 소리와 함께 장다리꽃 향내가 코로 스몄다. 세종은 향내에 취해 스르르 잠에서 깨었다.

선잠에서 깨어 눈을 뜨니, 세자와 대군들은 이미 자리를 뜬 뒤였고, 눈앞에 노오란 치마 저고리를 차려 입은 취옥의 모습이 눈에 들어왔다.

"앉거라."

세종이 취옥을 가까이 불러 앉게 하며 자세를 고쳐 앉았다.

"취침중이시온데, 예를 어기지 않았나 소녀 심히 두렵사옵니다."

취옥이 자리에 서서 몸둘 바를 몰라했다.

"아니다. 잠시 선잠이 들었을 뿐, 그러지 않아도 너를 기다리고 있었느니라."

세종은 취옥을 안심시켜 자리에 앉게 하였다. 그러나 그러한 가운데에서도 방금 꿈 속에 보인 형상들이 놀라워 정신이 혼몽해 있었다.

육룡의 비상, 그 뒤를 따르는 수천 수만의 군마, 세상을 황금빛으로 물들인 금가루, 금가루가 변하여 된 원방각의 기묘한 형상들……."

세종은 마치 혼돈과 개벽 사이에서 갈피를 잡지 못하고 방황하듯 혼란에 빠져 있었다.

"용안을 우러러 뵈오니 옥체 편찮으신가 염려되옵니다."

취옥은 세종의 용안을 살피고는 근심스러운 표정을 지었다. 평소 세종은 여러 가지 잔병에 시달리고 있었다. 그러므로 정사를 비롯한 모든 일을 정신력으로 버티고 있었으나 근래에 들어 피곤함을 이기지 못해 애를 쓰고 있는 기색이 역력하였다.

"염려할 것 없다. 잠시 잠든 사이 이상한 꿈을 보았느니라. 하여 잠시 꿈을 생각하느라 정신을 빼앗겼었다."

세종은 곧 밝은 미소를 지어 보였다.

"하오면 불길한 꿈이라도 꾸셨사옵니까. 황공하온 말씀이오나 몹쓸 꿈이라면 소녀에게 파시옵소서. 하잘것없는 소녀야 어떤 꿈인들 개의할 것 있겠사옵니까."

취옥은 전하가 근심걱정에 싸일까 염려되었다. 그럴 때마다 세종은 취옥의 재치와 능변에 혀를 내둘렀다. 그러면서도 취옥의 행동이 밉지 않은 것은 재치만큼이나 사리를 판단할 줄 아는 재능이 뛰어나다고 판단했기 때문이었다. 아마도 음운을 궁구함에 있어 취옥과 같은 아이가 아니었더라면 결코 요구하는 바가 충족될 수 없을 것이라고 생각하고 있었다.

"그렇다 한들 너에게 꿈을 팔 수야 없질 않겠느냐. 다만 꿈이 너무 황당하기에 잠시 깊이 생각에 잠겼을 뿐이었느니라."

세종은 취옥이 하는 말이 귀엽고 대견스러워 인자한 미소를 지었다.

"망극하옵니다. 하오시면 소녀에게 꿈 이야기를 잠시 들려 주실 수 없으시온지요. 소녀 무지하기 그지없사오나, 가끔 다른 이들의 꿈을 해몽하여 칭찬을 받기도 하였사옵니다."

취옥은 당돌하다 싶게 임금님 앞에서 꿈 이야기를 들려 달라고 졸랐다.

"해몽을 하겠다 하였느냐? 영명한 아이로구나. 그래, 머리도 식힐 겸 해몽이나 들어 보자꾸나."

세종은 취옥의 하는 행동이 밉지 않았다. 그래서 방금 꿈 속에 나타났던 그림들을 그대로 취옥에게 그려 주었다.

취옥은 전하가 들려 주는 꿈 이야기를 하나도 빼놓지 않고 들으려는 듯 진지한 표정으로 귀를 쫑긋 세웠다. 세종의 이야기가 끝나자 취옥은 잠시 생각에 잠기더니 이내 입을 열었다.

"여섯 마리의 용이 비천한 것은 나라를 창업하신 여섯 분의 선대 임금님이 현몽하심을 뜻하는 것이옵니다."

취옥의 입에서는 마치 상녀(相女)가 혼에 취해 무의식적으로 말을 흘리듯 스스럼없이 여섯 용이 나타난 꿈 풀이를 하였다.

"네가, 어찌 선대조의 뿌리를 아느냐?"

세종이 놀란 듯 취옥에게 물었다.

"제조 대감께서 악장의 노래말을 만드실 때 그 노래말 속에서 조선을 창업하시고 나라를 굳건케 하신 선대 임금님은 목조·익조·도조·환조·태조·태종 여섯 분이라 일러, 배운 적이 있사옵니다. 하옵고 천군만마가 뒤따랐다 하심은 지금 우리 나라가 안팎으로 튼튼하여 사직이 영구할 것임을 알리는 것이옵고 금가루가 하늘에서 뿌려짐은 전하와 같이 높으신 성군이 계셔서 오늘의 하루하루가 태평성대를 누리고 있음을 찬양하는 것이옵니다."

취옥은 세종 앞에서 조금도 동요하는 빛이 없이 차분차분 입을 열어 나름대로의 꿈 풀이를 늘어놓았다.

"꿈보다는 해몽이라더니, 너의 말을 빗대어 하는 말이로구나. 짐은 혹시 정사의 그릇됨이 있어 선조께서 꾸지람하시려 왕림하신 줄 알고 조바심하고 있었느니라."

세종은 모든 것을 긍정적으로 이해하려는 취옥이 기특하여 그녀에게 흐뭇한 눈빛을 보냈다.

취옥도 세종의 미소에 답하듯 부끄러워하며 방긋 미소를 지었다.

"하면 금가루가 땅에 떨어져 원방각점을 이룸은 어떤 뜻이 숨어 있는고?"

세종은 취옥의 말들이 신기하고 귀여워 다시 한 번 해몽을 부탁하였다.

"웃어른들께서 이르시기를 어떤 생각에 몰두하여 오랫동안 그 속에 빠져 있으면 그 생각이 꿈 속에 생시처럼 또렷하게 나타난다 하였사옵니다. 아마도 소녀의 생각으로는 전하께옵서 불철주야 문자 창제에 고심하고 계시온고로 금가루들이 눈송이가 되어 다시 동그라미·삼각·사각·점 등 여러 모양으로 변한 것은 전하께옵서 머리에 그리고 계시온 글자의 모양들이 그대로 꿈으로 드러난 것이 아닌가 여겨지옵니다."

취옥은 꿈을 풀어 나가느라 까만 눈을 동그랗게 뜨고 열을 올렸다. 그래서 두 볼이 빨갛게 물들어 있어 천진한 어린애처럼 귀여워 보였다.

취옥의 말이 끝나는 순간 세종은 온몸에 한기가 끼쳐옴을 느꼈다.

머릿속에 넣고 그렇게 되어지기를 바라며 그럴 것이라고 믿고 있던 말들을 마치 족집게로 집어 내듯 전부 말해 버렸기 때문이었다. 이렇듯 취옥은 남의 마음을 읽는 신통한 재능이 있었다.

그러나 세종은 크게 내색을 하지 않았다.

꿈은 꿈에 불과한 것이며 마음먹기에 따라 달라질 수 있는 것이므로 남이 어떤 말을 하든 그것은 전적으로 듣는 사람의 손에 달려 있다는 신념을 갖고 있었기 때문이었다. 또한 어린 여악의 말을 너무 믿고 받아들인다는 것도 임금으로서 경솔한 일이 아닐 수 없었다.

"대견하구나. 그렇게 생각하고 있다니. 짐의 뜻을 알아 주는 네 마음이 고맙기 그지없구나."

세종은 취옥의 지극한 충정을 칭찬해 주었다. 그리고 곧 음운에 관해 연구를 계속하기 위해 자리를 고쳐 잡았다.

"노래를 부르기 전 목청을 가다듬기 위해 어떤 준비를 하느냐?"

세종이 까만 눈을 반짝거리며 귀를 기울이고 있는 취옥을 향해 물었다

"스님들이 선의 경지에 몰입하기 위해 정신을 가다듬듯이 소녀들도 머릿속의 잡념을 떨쳐 버리고 마음을 크게 열어 세상을 가슴에 담습니다."

"그것뿐이냐?"

세종이 물었다.

"하옵고 부르려는 노래의 노래말의 의미를 새기기 위해 노래를 계속 읊조리면서 노래 속의 주인공과 일체감을 가지려 노력하고 있사옵니다."

"아는 것이 많은 아이로구나."

세종이 취옥의 영특함을 칭찬하였다.

"제조 대감께서 엄격한 가르침을 주셨기 때문입니다. 속에 든 것이 없이는 한낱 생명 없는 악기에 불과하다 이르셨습니다."

"제조 대감이 훌륭한 분이시라는 것은 안팎이 다 알고 있는 바이다. 악인을 위해 이렇듯 애쓰고 있음은 너를 보니 알겠구나."

세종은 다시 장다리꽃 싱그런 향내가 방 안에 가득함을 느꼈다.

관습도감의 여악들은 비록 기녀의 신분이기는 하나, 여느 곳의 기녀와는 달리 뛰어난 미모를 갖추고 있었으며 예의범절과 시·서·화 외에 기본 학식을 습득하고 있었다. 또한 절개를 생명처럼 여겼으므로 조정의 고관대작이나 장안의 갑부들조차도 마음대로 어찌지 못하는 지조 높은 인격의 소유자가 대부분이었다.

때로 외국 사신이 내방했을 때 그들을 접대해야 했으므로 나라의 얼굴격인 그녀들의 역할이 지대했기 때문에 평소 최소한의 교양은 갖추고 있어야 했다.

신분상으로 보아 천민인 이들이 양반과 함께 같은 자리에서 어깨를 마주하며 희노애락을 나눌 수 있는 사람들은 오직 그들뿐이었으므로 그만큼 노력을 기울여 실력을 쌓아야 했다.

"음의 연구를 위해 너를 불렀음을 아느냐?"

세종이 취옥의 의향을 살폈다.

"대감께서 최선을 다하라 당부하셨사옵니다."

취옥이 곧장 물음에 대답하였다.

"사람의 입 구조는 여느 짐승과는 달리 소리를 내기에 편리하도록 만들어져 있다. 그래서 하고자 한다면 세상의 어떤 소리도 흉내낼 수가 있는 것이다. 이제 짐은 이 세상에서 나는 소리를 하나도 빼놓지 않고 모두 적을 수 있는 그런 글자를 만들려 한다. 그러나 이 세상의 소리는 헬 수도 없이 많기 때문에 소리에 맞는 글자 하나하나를 따로 만든다면 그 수 역시 헬 수 없이 많게 될 것이다. 그래서 몇 가지 글자를 만들어 운용함으로써 세상의 소리를 빠뜨림 없이 다 나타낼 수 있도록 할 셈이다. 나중에 글자가 만들어지거든 힘써 익혀서 살아 가는 데 편리하도록 사용해 주기 바란다."

세종의 하명을 받은 취옥은 그것이 무슨 뜻인지 잘은 몰랐으나 임금님의 명이라 고개를 조아려 그렇게 할 것이라 답변을 대신하였다.

"우리 입에서 소리를 내는 데 몫을 담당하고 있는 것은 입술·혀·이·목구멍·어금니 등이 있느니라. 이것들을 열거나 닫거나 갈거나 터뜨려 소리를 내게 되는데, 명확한 입놀림을 해야만 명확한 소리를 낼 수 있는 것이다. 이 소리내는 부분들을 발음 기관이라고 부르는 것이다. 알겠느냐?"

취옥이 대답 대신 고개를 끄덕거렸다.

"그러하면 짐이 명하는 대로 소리를 낼 수 있는지를 시험해 보겠느냐?"

"명대로 따르겠나이다."

취옥이 또다시 고개를 끄덕여 대답하였다.

"우선 소리를 낼 때 단 한 번 입모양을 조정한 다음 입술이나 혀나이나 목젖 등 다른 발음 기관을 움직이지 않고 낼숨만 쉬어서 단번에 낼 수 있는 소리가 있으면 내어 보아라."

임금의 명을 받은 취옥은 곧 들숨을 들이켠 다음 입모양을 고정시켜 낼숨을 토해 내었다.

세종은 취옥의 입에서 뿜어 내는 소리를 하나하나 귀로 듣고 머리에 새겼다. 단 한 번에 낼 수 있는 간단한 소리로부터 시작해 볼 셈이었다.

취옥이 소리를 낼 때마다 도톰하고 예쁜 입술이 벌어지기도 하고 동그렇게 모아지기도 하였으며 앞으로 내밀어지기도 하고 뒤로 당겨지기도 하였다.

세종은 이 역시 명확히 관찰하여 머릿속에 깊이 담았다.

몇 번의 반복과 반복을 거듭한 결과 어떤 입술 모양에서는 어떤 소리가, 어떤 혀의 모양에서는 또 어떤 소리가 난다는 것을 어렴풋이나마 깨닫게 되었다.

취옥은 몇 번이고 같은 음을 반복해 소리내느라 가쁜 숨을 몰아쉬었다. 넓지 않은 방 안에서 두 사람이 가깝게 마주 앉아 있었으므로 취옥의 가슴에서 울리는 심장의 고동 소리가 세종의 귀에까지 전해져 들려왔다.

"오늘은 수고가 많았다. 너의 도움으로 깨달은 바가 크구나. 이제 날도 저물어가니 그만 퇴궐하거라."

세종은 취옥에게 다음날 다시 입궁하도록 명하고 집으로 돌려 보냈다.

취옥을 돌려 보낸 후에도 세종은 자리를 뜨지 않고 오늘 연습한 음들을 다시 떠올렸다. 아직도 귀 속에는 취옥이 남겨 놓고 간 여러 소리들이 맴돌고 있었다.

몇 개의 소리를 골라 정리해 보니 대충 열 개 안팎의 음이 한 번의 입모양으로 소리를 낼 수 있었고 또 그만큼의 음은 두 번 이상 발음기관을 움직여야 소리를 낼 수 있었다. 그렇다면 이제는 그 소리를 잡아 묶어 둘 수 있는 꼴을 만드는 것이 과제로 남아 있었다. 쓰기에 간편하고 모양도 아름다우며 모든 사람들에게 친근감을 줄 수 있는 글자 모양, 어떻게 하면 고금에 없는 그런 꼴을 만들 수 있을까? 세종은 또다시 깊은 번민에 빠지기 시작하였다.

한자의 꼴을 떼어 내거나, 왜의 글자를 흉내내거나, 서방의 범어를 본뜨거나 해서는 안 된다. 그런 식의 글자는 독창력을 잃는 것이며, 후세 사람들에게 오히려 웃음거리를 제공하는 것밖에 창제라는 의미는 사라지는 것이다. 그렇다면 글자의 꼴과 운용의 묘를 함께 살릴 독창적인 글자를 창제하지 않으면 안 되겠는데, 그런 글자가 쉽게 머리에 떠오르지 않았다.

　세종은 글자의 꼴에 정신을 쏟는 한편 음가에 대한 연구도 계속 진행하였다.

　세종은 정사를 돌보고 남는 시간을 쪼개어 취옥을 본으로 하여 거듭 성음의 이치를 캐어 나갔다.

재회

어느 날 퇴실을 하명받고 방을 나가던 취옥이 잠시 자리에 서서 머뭇거렸다.

"황공하기 그지없사오나, 며칠 전부터 궁궐 담 밖에 행색이 초라한 선비 한 분이 소녀에게 서찰 하나를 건네 주면서 전하께 꼭 전해 달라고 신신당부하였사옵니다. 소녀 극구 사양하면서 그런 일이면 정식으로 상소를 올리든가 하여 전하께 전해지도록 해야 할 것이 아니겠느냐고 거절하였사오나 며칠을 두고 막무가내로 부탁을 하옵기에 어쩔 수 없이 들고 입궐하였사옵니다."

취옥은 서찰 하나를 세종 앞에 밀어 놓고 그 자리에 꿇어 앉아 안절부절 몸둘 바를 몰라했다.

"남루한 선비가……?"

세종은 예측하지 못했던 취옥의 행동에 잠시 망설였다. 가끔 정사에 불만을 품은 선비들이 상소를 올려 자기의 뜻을 관철하려는 일이 있었으므로 이번의 경우도 그런 유의 것이려니 여기고 있었다.

"사가의 것을 사사로이 궁궐에 들여옴은 옳지 못한 짓이라는 걸 잘 알 터인데……."

세종은 꾸짖듯 타이르듯 취옥의 행동에 대해 잘못되었음을 환기시켰다. 다만 궁중의 법도에 익숙지 못했기 때문이라 이해하고 크게 꾸짖지는 않았다.

"무슨 일 때문이라고 하더냐?"

세종이 취옥을 향해 물었다.

"소녀로서는 전혀 알 수 없는 일이옵니다."

취옥은 또다시 몸을 움츠렸다.

"이제까지 안면이 없었다고 하였느냐?"

"그러하옵니다. 전혀 한 번도 본 적이 없는 선비였사옵니다."

세종은 앞에 놓인 종이를 들어 무심히 펴 보았다.

"아!"

종이를 든 세종의 입에서 신음 같은 탄성이 터져 나왔다. 취옥은 세종의 탄성에 또 한 번 홀짝 온몸이 얼어 붙는 듯 몸을 움츠렸다.

"그래 이 서찰을 전해 준 선비는 어디서 만났더냐?"

세종이 다급히 물었다.

"건춘문 밖 담장 옆이었사옵니다."

당황한 취옥의 목소리가 속으로 기어들었다.

세종은 곧 대전별감을 불러 취옥과 함께 서찰을 보낸 그 문제의 선비를 찾아 오도록 일렀다.

대전별감이 취옥을 데리고 방을 나서자 세종은 다시 종이 쪽지를 들어 자세히 들여다보았다. 종이 아래에는 분명 학사 이민규라는 글자가 선명히 적혀 있었다.

'분명 그란 말인가?'

세종은 철 모르던 어린 시절부터 어깨를 겯고 학문을 배우며 서로 의견을 나누고 미래를 꿈꾸었던 영명했던 지기지우(知己之友) 이 학사를 머리에 떠올렸다. 문득 지난 세월이 덧없이 흘러 갔음을 실감했다.

별감이 떠난 지 얼마의 시간이 흘렀다. 밖에서 인기척과 함께 손을 데려왔음을 알리는 나인의 목소리가 들렸다.

"들도록 하여라."

세종의 목소리는 떨리고 있었다.

문을 열고 들어선 것은 남루한 옷차림에 깡마른 모습을 한 중년의 선비였다. 강산이 변해도 두 번씩이나 변했을 긴 세월, 아마도 평범한 범부로 거리를 지나쳤다면 서로 쉽게 알아 보지 못할 정도로 두 사람은 변해 있었다. 그러나 스승 이수를 빼어박은 듯한 용모와 사물을 꿰뚫는 듯한 강렬한 눈매, 그리고 상대를 압도하는 당당한 태도는 예전의 그 모습을 그대로 드러내고 있었다.

"이게 얼마만이오. 내 살아 생전에 다시는 못 만날 줄 알았소이다."

세종이 달려가 상대의 손을 꼭 잡아 쥐었다.

"망극하여이다."

이 학사가 그 자리에 풀썩 꿇어 엎드렸다.

세종이 이 학사의 어깨를 가볍게 잡아 일으켜 편히 앉도록 권하였다. 그러나 이 학사는 자세를 흩트러뜨리지 않고 군민(君民)의 위치를 지키려 하였다.

"헌데, 언제 도착하셨소? 노정이 고되었나 봅니다. 무척 수척해지셨구려."

세종은 다시 이 학사의 얼굴을 뜯어보며 옛 기억을 되살렸다.

"고향 땅을 밟은 지 달포가 좀 넘었사옵니다. 먼저 전하를 찾아뵙고 문안드리는 것이 예의였사오나 선친의 묘소에 참배하는 동안 시일이 지체되었사옵니다."

이 학사가 깊게 머리 숙여 사죄하였다.

"그러하셨구려. 마치 돌아가신 스승께서 살아오신 듯 반갑소이다. 관부(官府)를 통하였었더라면 좀더 빨리 만날 수 있었을 것을 어찌 여악을 통해 소식을 알렸소이까?"

세종이 아쉬운 듯 서찰에 쓴 글씨를 들여다보았다.

"오랫동안 외지로 돌아다니다 보니 모든 것이 변해 있었고, 예전에 알던 사람들조차 어디론가 모두 흩어져 버렸습니다. 더구나 행색이 초라한 소인을 누군들 반겨 줄 리 있겠사옵니까? 전하를 뵈오려 백방으로 노력하였사오나 허사이옵고 여러 번 상소도 올렸사오나 전하께까지는 닿지 못한 듯싶사옵니다."

"그래요? 아마도 모두들 정사에 바빠서 사소하게 여겨지는 일에는 미처 손을 쓰지 못한 것 같소이다. 어찌했든 이렇듯 다시 만났으니, 지난날의 회포나 풀면서 세상을 견문하고 돌아온 이야기나 들어 봅시다."

세종은 나인을 시켜 주안상을 마련하도록 이르고 이 학사와 마주 앉아 밤이 깊도록 이야기를 나누었다.

"전하께옵서 함께 손잡고 학문을 연구 터득하고자 하신 말씀을 거역하고 주유천하의 길을 택한 것은 나름대로 세상을 좀더 넓고 크게 바라보려는 의도가 있었기 때문이었사옵니다. 하오나 동가식서가숙하다 보니 생각했던 바와는 달리 삐뚤어지기도 하고, 비켜나가기도 하여, 지금 돌이켜 보면 모든 것을 주마간산격으로 바라보고 또 스쳐 지났을 뿐이라 여겨지옵니다."

이 학사가 세종이 따라 주는 술을 두 손으로 받아 마시며 회포에 젖어 긴 넬숨을 내 쉬었다.

"상전벽해란 말이 있질 않소. 강산이 변해도 두 번씩이나 변한 세월 동안 어디서 무엇을 하고 있었습니까?"

세종도 이 학사가 두 손으로 따라 주는 술을 받아 마시며, 지난날 이 학사와 지내던 일들을 회상하였다.

"고향을 떠난 후 경기 · 충청 · 전라 · 경상도 지방을 서너 달 동안 배회하였사옵지요. 당시에는 나라가 바뀌고 새 임금이 등극하시었지만 왕자의 난으로 백성들은 잠시 일손을 놓고 혼란에 빠져 있었습니다. 그러나 곧 태종 상왕께서 강력한 정책을 펴 나가시자 차츰 안정을 찾기 시작했었을 때라 여겨지옵니다. 그 후 밀선을 타고 왜(倭)로 들어갔습니다. 밀선 외에는 달리 들어갈 방법이 없었으므로 남쪽 바다의 작은 포구에서 왜를 향해 들어가는 쪽배를 몰래 빌려 탄 것이옵지요. 그곳에서 이 곳 저 곳을 전전하면서 왜의 생활을 익혔사옵니다. 가끔 난(蘭)도 쳐 주고, 인물화도 그려 주면서 그 곳 사람들과 친하기도 하고, 의식주도 해결하였사옵니다."

"언어와 생활 습관이 달라 고생이 많았을 터인데 어찌 해결하셨소이까?"

"왜에 들어 가기 전 왜관에 가서 그들 언어와 생활 습관을 대략 익혀 두었었습니다. 왜의 전역을 근 삼 년 간 배회하고 난 다음 상선을 얻어 타고 서역으로 떠났습니다. 망망대해에 간간이 떠 있는 섬들을 빠져 나가 고생고생 끝에 천축국 근처에 닿은 것은 왜를 떠난 지 이 년여 만이었습지요."

이 학사는 지난날들을 회상하면서 감개가 무량한 듯 잠시 말을 잇지 못하고 허공에 눈을 돌렸다. 밤이 그윽한 시간이었지만 두 사람 누구도 잠자리에 들 생각도 하지 않은 채 이야기에 빠져 있었다.

"서역국이라면 부처님께서 태어나신 나라가 아닙니까? 그 먼 곳에까지 갔었다니 보통 결심이 아니었습니다. 그래 그 곳은 어떤 모습을 하고 있던가요?"

세종은 천축국에 대해 강한 호기심을 보였다.

조선은 건국 이래 배불숭유 정책을 써서 불교를 위축시키고, 그에 관한 모든 것들을 배척하고 차단시켜 버렸다. 그러나 그것은 어디까지나 백성에 국한한 것일 뿐이었다. 궁중에서는 내불당을 짓고 법사를 정하여 곁에 두고, 불의 힘으로 나라가 강성해지기를 바라는 한편 사후에 왕족들이 왕생극락하여 내세에도 왕족으로 태어나기를 바라는 믿음을 버리지 않고 있었다.

이런 사실은 무악 대사를 측근에 두고 한양 천도 등 국사를 의논했던 태조 때부터 태종을 거쳐 세종에까지 변함없이 이어져 왔으며, 세종 대에 이르러서는 오히려 그 믿음이 더욱 깊어진 느낌이었다.

이는 세종의 맹목적 믿음이라기보다 세상의 모든 사물과 이치에 대해 더 할 수 없는 신묘함을 느끼고 그 속으로 젖어 들고 싶어하는 탐구욕이 강한 세종으로서는 어쩌면 당연한 일인지 몰랐다.

우주를 둘러싸고 있는 눈에 보이는 자연 현상과 그 너머에 숨어 있는 초자연적 현상에까지 무한한 흥미와 신비를 찾고 캐어 보려는 세종의 성품이 차원 높은 종교는 물론 무속과 사소한 미신에 이르기까지 그 의미를 맛보려 하는 데에서 비롯된 것이었다.

세종이 서역국에 대해 남달리 관심을 보이는 것도 이와 무관하지 않았다.

세종은 내불당을 축조함에 그치지 않고 여러 권의 불경과 불서를 간행하여 불의 힘이 그치지 않고 나라와 백성에 머물러 있기를 바랐다.

"애초부터 불에 관해 문외한이었던 소인으로서는 불심에 감흥을 입어 서역국 주유천하를 계획한 것이 아니오고, 일찍이 우리 생활과 문화에 커다란 영향을 끼친 불의 세계, 그 근원지인 서역국이 과연 어떤 나라이며, 문화는 어떠하며, 그 곳 사람들은 어떻게 생활하고 있는지를 알고 싶은 호기심 때문이었사옵니다. 처음 출발은 왜에서 중국으로 가는 장삿배를 얻어 타고 창파에 몸을 실었습니다. 그러나 워낙 길이 멀고 험하여 중국 광주에 머무른 후 이 곳 저 곳을 배회하면서 때로는 두 발로, 때로는 배나 수레를 타고 근근히 서역국을 향해 접근해 들어갔사옵니다. 여행을 하는 동안 눈에 보이고 귀에 들리는 것이 경이 그 자체였사오나 더욱이 놀라운 것은 어느 나라 어느 지방을 가든지 불의 힘이 미치지 않은 곳이 없었다는 것이오니다."

"그러니까, 서역국 주변 나라들이 중국이나 우리 나라처럼 불교 문화를 꽃피우며 살고 있다는 말이 되겠구려."

"그렇사옵니다. 서역을 둘러싼 주변의 나라들은 불을 정점으로 문화를 이루고 문명을 꽃피워 나갔으므로 그 찬란함이 말로 형언키 어려울 만큼 눈부신 것이었습니다. 소인이 여독의 어려움 가운데에서도 의식주를 해결하며 돌아다닐 수 있었던 것도 불의 자비 속에서 생활하는 그 곳 사람들의 여유로움 때문이었사옵니다."

"그래 여행 중 가장 볼 만했던 것이나 크게 감흥을 일으켰던 것은 어떤 것이 있었던가요?"

세종은 어린아이처럼 이 학사의 이야기 속으로 빠져 들었다.

이 학사는 숨을 고르느라 잠시 호흡을 가다듬었다.

밤이 깊어가고 있었다. 하얀 달빛만이 교교하게 궁궐 뜰을 비추고 있었다.

소리없이 타는 옥등의 불빛이 두 사람의 그림자를 천장 위에 높게 드리우고 있었다.

"앞서 말씀 드린 바와 같이 모든 것이 놀라움 자체였습니다. 우선 각 나라나 지방마다 경쟁을 하듯 불사를 넓히고 키웠는데 그 방대한 규모에 입을 다물 수 없었으며, 부처나 탑 구조물 하나하나에 미친 손길의 정교함과 현란함, 그리고 거기에 바치는 사람들의 지극한 정성이 실로 신기할 뿐이었습니다. 하루의 일과가 불에 바치는 정성으로 시작하여 끝이 나는 생활이었으며, 그런 생활이 일생을 통해 이어지고 내세에까지 미치기를 바라며 사는 모습이 마음 깊이에 와 닿았사옵니다. 그 후 몇 해를 방황한 끝에 불국에 발을 들일 수 있었사온데…… 하오나 막상 불국에 들어서니 그 동안 마음 속에 담았던 모습과는 달리 부처님 나라는 불의 힘이 상당히 쇠퇴해 있었사옵니다."

"불국에 불의 힘이 약해 있다니, 이해가 잘 되지 않는구려."

세종은 의외라는 듯 고개를 갸웃거리며 놀라워했다.

"눈으로 본 바른 그대로 말씀드리는 것이옵니다. 처음에는 소인도 어리둥절하여 그 연유를 잘 알지 못하였으나, 그 곳에 머무르는 동안 차츰 그에 대한 이치를 깨닫게 되었습지요."

"어떤 연유가 있더이까?"

세종이 맑은 눈으로 이 학사를 바라보며 물었다.

"그 곳 사람들은 부처가 한 곳에 머물러 그 곳 사람들만의 고뇌를 함께하는 작은 수레가 아니라, 이 세상의 모든 중생들을 제도하고자 하는 높은 뜻을 가진 크고 큰 수레이므로 세상 사람들을 골고루 수레에 태워 생로병사의 번뇌를 풀어 주고자 동쪽을 향해 떠났다 하였사옵니다. 그리고 언젠가는 세상을 한 바퀴 돌아 온 세상 사람들을 모두 수레에 태워 다시 부처의 나라에 귀환할 것이라고 하면서 별로 조급히 생각하고 있지를 않았사옵니다."

"대자대비하신 분이시니 능히 그럴 수 있으시겠지요."

세종의 두 볼에는 환한 웃음과 함께 홍조가 번졌다.

"하옵고, 소인은 주유천하를 하면서도 선친께서 애초에 당부하신 부분을 눈여겨 보려 했었사옵니다."

이 학사는 또다시 입을 다물고 자세를 바로잡았다. 아마도 돌아간 부친에 대한 애틋한 마음이 일어서였을 것이지만, 그보다는 부친과의 사이에 있었던 약속을 다시 떠올려 그 약속이 제대로 이루어졌는가를 되돌아 보기 위함이었다.

"돌아가신 스승님과 길 떠나기 전 어떤 약조를 하셨습니까?"

세종은 그윽한 눈으로 이 학사의 표정을 살피며 물었다. 이 학사는 눈을 지그시 감고 가볍게 고개를 끄덕여 물음에 답하였다.

"아버님께서 철없는 이 몸을 기약도 없는 먼 외지로 떠나 보내실 때 그 쓰리셨을 마음을 어찌 헤아릴 수 있었겠사옵니까. 지금 생각하면 미혹하기 그지없던 이 몸이 한심스럽게 여겨질 뿐이옵니다. 다만 선친께서는 세상을 보는 눈이 남다르셨고, 자식을 마음 깊이 사랑하셨기 때문에 찢어지는 아픔을 감추시고 하나밖에 없는 자식을 쾌히 놓아 주신 것이옵지요. 그때 아버님께서 길 떠나는 소자를 붙드시고 이렇게 말씀하셨습니다. '세상을 돌아다니다 보면, 듣고 배우는 것이 없지 않을 것이다. 지금 나라가 새로 세워져 왕성한 의욕으로 발전을 거듭하고 있다. 그러나 남을 보아야 나를 알듯이, 세상에는 우리보다 더 번창한 나라들이 얼마든지 있을 것이다. 그들이 어떻게 살고 있는지 우리보다 나은 것이 있다면 무엇 때문에 그렇게 되었는지, 그런 것들을 눈여겨 보고 마음에 담아 오너라. 나중에 고국에 돌아와 그런 모든 것들을 차근차근히 조정에 알린다면, 나라 번창에 크게 도움이 될 것이다. 더구나 충녕 대군께서는 너와의 친분도 두터울 뿐만 아니라 모든 사물의 이치를 깨닫고 그 근원을 알고자 노력하시는 분이시니, 네가 담아온 이야기가 대군께오서는 큰 도움이 될 것이다'라고 말씀하셨습니다. 특히 강조에 강조를 거듭하신 말씀은 당시 충녕군으로 모시던 전하께옵서 운서와 문자에 대한 흥미와 조예가 남다르시다는 것을 아시고 소자에게 어디를 가든지 그 지방에서 쓰고 있는 말이나 글자를 세밀히 살

252

펴 익혀 두었다가 대군께 알려 드린다면 더할 수 없는 보람이 아니겠느냐고 하시며 꼭 그렇게 해 달라고 간곡히 부탁하시었습니다. 그때 소인은 다만 넓고 넓은 세계를 향해 자유롭게 뛰쳐나가고 싶은 욕망뿐이었으므로 어떤 문제를 짊어지고 떠난다는 것이 부담스럽게 여겨지기도 하였사옵니다. 하오나 사고무친한 세상에 동가식서가숙하며 외로이 떠돌아 다니다 보니 언어의 소통이 없이는 한 발자국도 앞으로 나가기가 어렵다는 것을 뼈저리고 깨닫게 되었습니다. 그래서 몇 마디 얻어 들은 말이라도 보배처럼 소중하게 머리에 간직하게 되었습지요. 이러한 것을 바탕으로 손짓 발짓 섞어 가며 근근히 발을 옮기다 보니 자연히 언어의 소중함을 느낄 수 있었고, 체계적이고 학문적이지는 못하오나 어느 나라 어느 지방을 가든지 그 곳 특유의 독특하고 다양한 언어와 글자가 있다는 것을 익히게 되었사옵니다."

이 학사는 솔직 담백하게 자신의 겪었던 일을 털어놓았다. 사실상 세상에 널려 있는 풍경이나 문물을 눈에 담으려 돌아다닌다면 얼마 가지 않아 싱겁고 식상하여 그 지루함을 감당할 수 없을 것이었다. 이 학사로 하여금 말과 글을 눈여겨 보라 일렀던 부친의 부탁은 하나의 목적을 가지고 세상을 돌아 다니는 데 보람의 되었고, 힘이 되었다.

"대감께서는 그런 부탁을 하셨다니 참으로 먼 앞길을 바라보시는 선견지명이 높으신 분이었음에 머리가 숙여집니다. 그리고 이 몸을 그토록 아끼고 사랑하셔서 기약없이 길 떠나는 아드님에게 이 몸의 뜻을 전하셨다니, 더욱 가슴이 저며 옵니다."

세종은 비통한 마음에 하염없이 고개를 떨구었다.

옥등의 불꽃이 스스로의 몸을 태우며 방 안을 밝히고 있었다. 날름거리는 불빛이 몽롱한 꿈 속으로 사람의 마음을 끌어들였다. 세종은 깜빡거리는 불빛 속에서 지난 어린 시절 자신의 모습을 보았다.

어린 새가 쉴 새 없이 날갯짓을 하는 것은 먹이를 달라고 보채는 것이 아니라 하늘을 날기 위한 끊임없는 연습이다. 한자의 습(習) 자도 어린 새가 수백 번 날개를 떨어야 날 수 있다는 뜻으로 학습도 노력에 노력을 거듭해야 비로소 그 문으로 들어서게 되는 것이다.

저 별의 무게는 얼마나 되며 크기는 얼마나 될까? 하늘에 떠 있으니 깃털보다 가볍고 눈송이만할 거라고 생각하지만 실상은 우리가 사는 땅덩이만큼 큰 것이다.

하늘을 공경하고 자연의 오묘한 진리를 따르고 그 질서를 배우지 않고는 인간다운 삶을 누릴 수 없다.

다만 글을 읽고 책을 들추는 일만을 고집하지 않고 자연의 움직임 속에서 배움의 길을 열어 주려 했던 스승 이수, 만일 그와의 만남이 없었더라면 오늘의 자신이 없을 것이라는 확고한 믿음을 지울 수가 없었다.

불꽃처럼 스스로 자신의 몸을 태워 그 빛을 고스란히 제자에게 전하려 했던 스승에 대한 고마움, 세종은 스승의 모습을 떠올리며 또다시 애통한 마음에 가슴을 여미지 않을 수 없었다.

"이미 말씀 올린 바와 같이 명확하지도 체계적이지도 못하옵고, 그저 발길 닿는 대로 다니며 대충대충 채록한 것이라 산만하기 그지없사오나 여행중 이 곳 저 곳에서 사용하는 글자를 모아 적어 본 종이쪽지가 있사온데, 혹 문자를 궁구하심에 도움이 되신다면 올릴까 하옵니다. 어찌 생각하고 계시온지요."

이 학사가 품에서 조그만 책자 하나를 꺼내 보였다.

세종은 잠시의 아픔을 잊고 이 학사가 내민 책자를 받았다.

"홍미있는 일이로구려. 그러지 않아도 요즈음 글자의 꼴에 대해 골몰하고 있던 중이었는데, 그런 수고까지 하시다니 고맙기 그지없구려. 오늘은 밤이 야심하고, 피곤도 하실 터이니 쉬기로 하고 아쉽기는 하나 내일을 또 기약합시다."

세종은 이 학사가 피곤한 빛을 보이자 편히 쉴 것을 권하고 자리에서 일어나 침전으로 향하였다.

취옥, 후궁이 되다

세종이 취옥과 자주 만남을 별스럽지 않게 여겼던 내명부에 작은 파문이 일었다.

소헌 왕후를 모시고 영빈 강씨, 신빈 김씨, 혜빈 양씨, 숙원 이씨, 상침 송씨 그리고 상궁들이 자리를 같이하였다.

"전하께서 관습도감 여악을 편전에 가까이 두시고 음운에 관한 연구를 하고 계신다 하시온데, 왕비마마께서는 이런 일을 일찍이 알고 계시온지요?"

영빈 강씨가 소헌 왕후에게 세종과 취옥 사이에 편전에서 일어나고 있는 사실을 물었다.

"그러하오. 얼마 전 전하께옵서 글자 창제의 뜻을 마음에 두시고, 사람의 입에서 나오는 오묘한 소리들이 어떻게 하여 생겨나는지를 아시고자 여악을 불러 발음 기관의 움직임을 연구하신다 말씀하시었소."

소헌 왕후가 앞에 앉은 사람들을 향해 별스럽지 않다는 듯 태연히 말하였다.

"하오면, 그 자리에는 어느 누가 같이 참여하고 있다 하옵니까?"

이번에는 신빈 김씨가 나서서 물었다.

"자세히는 알 수 없으나 세자와 대군들 그리고 집현전 학사들도 자리를 같이하며, 제조 대감께서도 곁에서 전하를 모시고 성음에 관한 일을 돕고 있는 줄 알고 있어요."

소헌 왕후는 가끔씩 세종이 들려 준 이야기를 토대로 담담하게 대답하였다.

"자고로 남녀칠세부동석이라 하여 남녀가 같은 자리에 같이 있음을 경계하여 왔사옵니다. 전하께옵서 운서를 궁구하심에 여악이 필요한 것은 잘 알고 있사오나 젊은 여자와 한방에 오랫동안 지체하고 있음은 모양이 좋지 않사오며 유가의 전통인 부부유별에도 어긋나는 일이옵니다. 또한 혜빈이나 숙원 등은 아직 나이가 어리고 세상 물정을 잘 모르옵니다. 전하의 총애가 미치기도 전에 한낱 도감의 여악에게 전하를 잃은 것으로 생각하게 되면 그 상처 또한 클 것이옵니다."

평소 성품이 깔끔한 신빈 김씨는 얼굴에 홍조를 띠며, 목소리는 고조되어 있었다.

"지나친 생각을 갖고 있소이다. 전하는 일국의 제왕이십니다. 총명하시고 사리에도 밝으십니다. 그만한 단도리 없이 몸가짐을 하신다고 생각하오이까? 자고로 여자의 미덕이란 참고 인내하고 베푸는 데 있는 것이라 여겨집니다. 고정들 하시고 시간을 기다려들 보시구려. 성음에 대한 연구가 끝나는 대로 여악은 도감으로 다시 돌려질 것이외다."

소헌 왕후는 본성이 착하고 어진 여인이었다.

충녕군에게 시집을 와서 시부모인 태종과 원경 왕후를 지극 정성으로 모시었고 남편이 세자로 책봉되고 보위에 오르기까지 온갖 내조를 다했던 것이다.

더구나 왕비가 된 후, 시아버지인 태종에 의해 친정 부모와 오빠들이 무참히 참살되고 제거되는 소용돌이 속에서도 몸의 자세를 조금도 흐트러뜨리지 않고 주어진 일에만 충실했었으므로 주위에서 왕비까지도 제거하자는 주장을 폈음에도 불구하고 시아버지 태종의 신임을 받아 목숨을 부지할 수 있었다.

그러므로 이와 같은 사소한 일에 대해서는 그냥 미소로 넘길 수 있는 하찮은 일에 불과하다고 생각하고 있었다.

"하오나 안팎의 소문이 좋질 않습니다. 만에 하나 여악과 전하의 관계가 깊어지기라도 한다면 세상 사람들이 우리를 무엇이라고 비웃겠습니까. 여럿의 여인네들이 전하 하나도 보필하지 못한, 한낱 무능한 사람들로 낙인 찍을 것이 분명하옵니다."

소헌 왕후의 생각과는 달리 내명부 여인들의 태도는 완강하였다.

"좋습니다. 만일 그대들의 뜻이 그러하다면 이번 일에 어떻게 대처했으면 좋겠습니까. 어디 대안이 있으면 말씀들 해 보시구려."

반대 여론이 뜻밖에 강해지자 소헌 왕후가 한발 물러나 좌중의 의사를 물었다. 그러자 주위가 갑자기 조용해졌다. 누구 하나 온전한 해결책을 제시하지 못하고 곁사람의 눈치를 살피며 궁리만 하고 있었다. 자칫 그릇된 말을 했다가 세종에게 전해지기라도 한다면, 분명 옹졸하고 투기심 많은 사가의 아낙이라는 질책을 들을 것이 분명할 것이고, 오히려 혹을 떼려다 붙이는 꼴이 될 것이기 때문이었다. 그렇다고 가만히 보고만 있을 수도 없는 일이므로 모두들 진퇴양난에 빠진 듯 머뭇거리고만 있었다.

"그러하시오면……."

다소곳이 앉아 이야기를 듣고만 있던 숙원 이씨가 말끝을 채 잇지 못하고 망설였다.

"좋은 방안이 있으면 말해 보세요."

소헌 왕후가 평온한 미소를 지으며 숙원 이씨의 말을 재촉하였다.

"황공하옵니다. 저의 소견 없는 생각으로는 그 여악을 아주 궁중에 들이는 것이 어떠하온가 생각하고 있었사옵니다."

숙원의 말이 떨어지자 주위에 갑자기 냉기가 돌았다.

"궁중에 들인다고요? 그 무슨 해괴한 말씀입니까?"

누군가 놀란 듯 소리치자 모든 시선이 숙원 이씨를 향해 쏠렸다.

"그러하옵니다. 만약 전하께옵서 그 여악을 잊지 못해 하신다면 저희가 아무리 애를 써 보아야 막을 수 없는 불가항력일 것입니다. 차제에 우리의 너그러움과 아량을 베풀어 전하께 그 여악을 궁중에 머물도록 권해 드리옵고, 뒤로 물러나 사태를 관망하는 것이옵니다. 전하께서 그렇지 않다 거부하옵시면 여악은 스스로 물러날 것이고, 받아들인다

하시오면 조금 전에 말씀드린 바와 같이 어쩔 수 없이 모두가 수긍해야 하고 참아야 하는 일이 아니겠사옵니까."

숙원 이씨의 말을 듣고 있던 여인들은 그 말의 의미를 되새기느라 한동안 침묵하였다.

"들어 보니 숙원의 말에 해결의 실마리가 숨어 있는 듯합니다. 그냥 보고만 있을 수도 없는 일이니 이번 기회에 그 여악을 궁인으로 입궁시켜 궁 안에 있게 하면 남 보기에도 흉하지 않고 우리의 위상도 높아질 것으로 생각이 됩니다."

소헌 왕후가 숙원 이씨의 말을 받아 알아 들도록 설명을 하자 처음에는 어리둥절해 있던 주위가 그 말의 뜻을 깨달은 듯 모두 고개를 끄덕여 찬동한다는 의사를 표하였다.

취옥을 궁인으로 들이려 한다는 내명부의 소식을 들은 세종은 그리 놀라는 기색을 보이지 않았다.

이왕지사 가까이에 두고 성음 연구를 계속할 양이면 그늘에 숨어 남몰래 만나는 것 같은 인상을 준다는 것은 오히려 떳떳치 못한 것이라고 생각되었다.

한편으로는 알게 모르게 뻗쳐 있던 취옥을 향한 마음을 하나로 연결시켜 주려는 내명부나 소헌 왕후에 대해 고맙고 다행스러운 마음 금할 수가 없었다.

소헌 왕후를 비롯한 궁실의 여인들은 대개가 사대부집 출신 규수들이었다. 그러므로 어릴 때부터 예의범절이 몸에 배어 있어서 매사에 절도 있고 조심스런 몸가짐을 가졌다. 그리고 성격의 차이는 얼마간 있으나 뚜렷한 개성을 펼칠 수 없는 궁중의 분위기로 인해 천편일률적인 생활로 일관하고 있었다.

그에 비해 취옥은 천민 출신으로 자연 속에 파묻혀 살아 왔으므로, 길들여지지 않은 야성 같은 것이 숨어 있었다. 세종은 그녀에게서 비바람을 이기고 뿌리를 내린 들풀의 신선함을 보았으며, 바위를 차고 흐르는 여울의 청량함을 느끼곤 하였다.

그런 청신함 외에도 옥을 굴리듯 아름다운 목소리와 재치있고 긍정적인 자세가 세종의 마음 깊이에 하나의 의미로 자리하고 있었다.

자유를 향해 날고 싶은 욕망을 남녀 노소나 귀천의 고하를 막론하고 인간이면 어느 누구에게나 가지고 있는 천성이므로 나라를 다스리는 막중한 몸이었지만 때때로 매인 사슬을 끊고 푸른 하늘을 향해 날개를 활짝 펴고 싶은 욕망은 세종의 마음에도 자리하고 있었던 것이다.

취옥과 가까이 있으면 창공을 나는 싱그러움이 몸으로 스며들었다. 그 싱그러움은 세종에게 활력을 불어 넣었다.

"이제 너와 가까이 있게 되었구나. 기쁘지 않느냐?"

세종이 취옥을 향해 물었다. 그러나 취옥은 대답 대신 살포시 고개를 숙였다.

"궁중 법도에 대해 모르는 것이 많을 것이다. 내 내명부에 명하여 궁중 생활에 익숙하도록 공부를 가르치라고 할 것이니 너무 염려하지 말아라. 서로 가까이 있으면 궁중 출입의 번거로움도 없을 것이며, 시시때때로 마주하여 노래도 듣고 성음도 연구할 것이니 일거양득이 아니겠느냐?"

"하오나, 소녀는……."

취옥의 입술이 떨리고 있었다. 입술뿐만 아니라 몸 전체가 떨리고 있었다. 무언가 중얼거렸으나 말이 입 밖으로 새어 나오지 않았다.

소나기가 오려는지 북악산 너머에서 작은 뇌성이 일었다.

방 안의 열기로 인해 취옥은 가늘게 숨을 몰아 쉬었다.

한 나라 제왕의 총애를 받는 몸이 되었으니, 천민 출신의 여인으로서 이보다 더 큰 광영이 어디 있겠는가! 그러나 취옥은 왠지 마음이 무거웠다. 몸에 맞지도 어울리지도 않는 옷을 덕지덕지 들쳐입고 사람들 앞에 나선 기분이었다. 그러나 그녀가 이러한 운명을 벗어나기에는 너무도 힘이 미약하였다. 드넓게 펼쳐졌던 논밭과 산·들·시내 그리고 푸른 하늘이 하나하나 색깔을 잃어 가더니 벽이 되고 지붕이 되고 바닥이 되어 그녀를 향해 옥죄어 오기 시작했다. 그리고 그녀는 곧 새장에 갇힌 한 마리 새가 되었다.

　그 후 취옥은 궁인이 되었고 세종은 그녀를 곁에 두고 총애하면서 나랏일과 성음 연구에 열중하였다.

웅혼한 민족

아침 일찍 자리에서 기침한 세종은 편안히 옷을 갈아 입고 여느 날과 다름없이 책상을 마주하였다.

어제 늦도록 이 학사와 담소를 나누노라 피곤이 몸에 배어 있었으나 오랜 만에 즐거운 이야기를 듣고 난 뒤였으므로 마음만은 상쾌하였다.

요즈음 정사는 세자 향과 황희·맹사성 두 재상에게 일임하여 순조롭게 진행되고 있었고, 주요 사안만을 점검·결정하였으므로 복잡다단했던 일거리들이 한층 간편해졌을 뿐만 아니라 시간적 여유도 넉넉하였다. 그러므로 이러한 때를 맞아 최대한 시간을 활용하여 문자 연구와 함께 여러 문화 사업에 골몰할 수 있었다.

세종은 빽빽히 들어찬 장서에서 책 하나를 빼어들었다.

시간이 나는 대로 궁구하여 기록해 놓은 성운법에 관한 책이었다.

세자와 대군들 그리고 집현전 학사들은 애초에 성운에 관한 한 거의 문외한이었다. 성리학에 심취해 있는 이들에게 어떻게 보면 잡학과 같은 운서에 관한 학문은 거기에 눈을 돌린다는 것조차 쉬운 일이 아니었다. 그러나 임금의 명을 받들어 몇 년을 두고 연구와 공부를 게을리 하지 않은 결과 이제는 모두 상당한 깊이의 성운학에 관한 지식을 습득하게 되었다.

취옥이 곁에 있어서 늘 가까이 불려와 도왔으므로 그녀의 목소리와 입모양을 보고 발음 방법과 기관을 분석 연구하였고, 시간이 있을 때마다 글자 창제에 임무를 담당한 사람들끼리 모여 의견을 토로하고 그

것을 종합하여 음의 명확성을 짚어 나갔다. 이렇게 노력한 결과 발음의 기본 원리를 어느 정도 확정지을 수 있었다.

아음(牙音)을 맨 처음 소리내려 할 때에는 목젖으로 콧길을 막으며, 혀뿌리를 높여 가볍게 입천장 뒤쪽에 붙여 입길을 막았다가 떼며 소리를 낸다.

설음(舌音)을 처음 소리낼 때에는 목젖으로 콧길을 막고 혀끝을 윗 잇몸에 붙여 막았다가 떼며 소리를 낸다.

순음(脣音)을 처음 소리내려 할 때에는 두 입술로써 입길을 꽉 막았다가 목에서 나오는 소리를 콧구멍을 통하여 나오게 하는 동시에 목청을 떤다.

치음(齒音)을 소리내려 할 때에는 혀끝을 높이어 윗 잇몸에 닿을락 말락하게 하고, 내쉬는 숨으로 그 사이를 갈면서 소리나게 한다.

후음(喉音)을 소리내려 할 때에는 혀뿌리로 입길을 막고 콧구멍 길을 튼 뒤에 목청을 떨고 코 안을 울려 소리를 낸다.

반설음(半舌音)을 소리내고자 할 때에는 혀 끝을 윗 잇몸에 가볍게 대었다가 떼면서 목에서 나오는 소리를 흘림과 동시에 목청을 떨면서 낸다.

반치음(半齒音)을 소리내고자 할 때에는 혀끝을 높여 윗잇몸에 닿을락 말락하게 하고 내쉬는 숨으로 그 사이를 갈면서 동시에 목청을 떨면서 낸다.

성음 가운데에서 칠음에 관한 주된 골격은 중국의 운서인 홍무정운의 내용과 글자 창제에 참여한 이들의 연구 결과를 토대로 대충 이처럼 정리해 놓았다. 그러나 그럼에도 불구하고 이런 소리들을 묶어 둘 글자의 꼴은 아직 마련하지 못하고 있던 것이다.

"어떻게 하면 백성들과 후세 사람들이 쉽고 간편하게 쓸 수 있는 글자를 만들 수 있을까……."

세종은 또다시 고민에 빠지지 않을 수 없었다. 이리저리 머리를 써 가며 궁리에 궁리를 거듭하였으나, 뚜렷한 방법이 떠오르지 않았다.

무료히 고민에 빠져 있던 세종의 눈에 조그만 책자 하나가 눈에 들어왔다. 어제 저녁 이 학사가 놓고 간, 세상을 돌아다니며 모아 보았다는 글자를 적은 책자였다.

크기가 손바닥만하고 서너 장밖에 안 되는 종이 쪽지에는 글인지 그림인지도 모를 부호들이 깨알같이 그려져 있었다. 어떤 것은 지렁이가 꿈틀거리는 것 같기도 하고, 어떤 것은 달팽이가 기어 가는 듯도 하여 정작 이런 것들이 글자인가 의심이 들 정도였다.

글자 하나하나를 세심히 들여다보고 있던 세종은 한 곳에 눈이 머물자 소스라치게 놀라고 말았다.

꿈틀거리며 흘려 쓴 글씨 가운데 원방각점의 글자가 눈에 뜨였기 때문이었다. 그것은 분명 우리의 옛 글자였다는 가림토 문자와 꼴을 같이하는 글자였다.

'이 학사가 글자를 적을 때 우리의 옛글자도 그 속에 포함시키고 싶은 생각에 그냥 덧붙여 써본 것이겠지…….'

세종은 떨리는 마음을 진정시키려 얼른 생각을 고쳐먹었다. 그러나 가슴 깊이에 와 닿았던 충격이 쉽게 가시지 않았다.

"혹시 이 세상 어느 구석에 살아 움직이고 있기라도 한다면……."

그러한 생각은 시간이 지날수록 꼬리에 꼬리를 물고 이어져 더욱더 세종의 마음을 초조하게 만들었다.

서두르지 않으면 안 되었다.

문자 혁명이 하루아침에 이루어지지 않는다는 것을 누구보다 잘 알고 있는 세종으로서는 조급하지 않을 수가 없었다. 세월은 살같이 빠르게 흐르고, 건강도 좋지 않았다. 요즈음은 시력이 크게 나빠져서 잔글씨가 눈에 들어 오지 않아 책을 읽는 데 애를 먹었다. 기필코 살아 생전에 우리 고유의 문자를 창제하여 후손들에게 그 옛날 대륙을 호령하던 영광스러웠던 민족의 과거를 되찾아 주어야겠다는 신념을 되새기고 또 되새겼던 세종이었다.

초조하고 조급한 마음이 부끄러움으로 이어져 나갔다.

글자 하나 갖추지 못한 나라, 사대의 그늘에 묻혀 숨 한 번 크게 쉬지 못하고 꼭두각시처럼 큰 나라의 눈치만 보고 살아가야 하는 나라. 찬란했던 영광의 시대는 역사 속에 묻어 버리고, 미래를 예측할 수도 없이 표류하는 배처럼 불안의 나날을 걷고 있는 나라…….

세종은 끝없이 나락으로 떨어지는 절망감으로 한동안 괴로워해야 했다. 그러나 곧 정신을 차리지 않으면 안 되었다. 가난하고 무지한 백성들에게 보다 좋은 나라를 만들어 행복하게 살도록 해 주어야 한다는 군왕으로서의 책임과 함께 건국의 과정에서 희생된 수많은 영혼들을 위해서라도 기필코 유사 이래 다시 없는 훌륭한 나라를 이룩해야 한다고 스스로 다짐하고 있었기 때문이었다.

세종은 대전별감에게 명하여 이 학사를 궁으로 들도록 하였다. 얼마후 어명을 받든 이 학사가 황급히 별감을 따라 편전에 당도하였다. 어젯밤 늦게까지 마신 술이 아직 깨이지 않은 듯 초췌해 보였으나 단정한 옷차림으로 편전에 임한 이 학사의 눈은 전과 같이 푸르게 빛나고 있었다. 세종과 이 학사는 다시 책상을 마주하고 앉았다.

"어제 늦게까지 이야기를 나누느라 피곤할 터인데 쉴 사이도 없이 이렇게 일찍이 들라 하여 미안하오이다."

세종이 황급히 달려온 이 학사를 바라보며 잔잔히 미소를 지었다.

"황공하온 말씀이시옵니다. 전하께옵서 불편하신 옥체에도 불구하시고 아침 일찍 기침하시어 소인을 불러 주시니 송구스러울 따름이옵니다."

이 학사가 넙죽이 엎드리어 배례하였다.

"마음먹기에 달린 것이지요. 정신만 똑바로 차린다면 피곤이나 졸음쯤이야 얼마든지 물리칠 수 있는 것 아니겠습니까."

세종의 정신력은 남달랐다. 어릴 때부터 같이 수학하였지만 약한 듯 보이는 육체에서 어떻게 그런 강인한 정신이 우러나오는지 놀라울 뿐이었다. 세종은 항시 밤늦게까지 학문에 임하거나 정무를 결제하고 잠자리에 들면서도 새벽이면 어김없이 같은 시간에 일어나 새로이 일을 시작하는 외유내강한 성품을 갖고 있었다.

"여기에 쓰인 글씨들이 이 학사가 세상을 돌아다니며 수집한 글자들이란 말이지요?"

세종이 이 학사 앞에 어제 이 학사가 놓고 간 작은 책자를 내 보이며 물었다.

"황공하오나, 이미 말씀드린 바와 같이 허허로이 발걸음을 옮기면서 부딪히는 곳마다에서 눈에 보이는 것들을 대충대충 종이에 그려 본 것이옵니다."

이 학사는 좀더 세밀하고 명확한 글씨를 세종에게 보이지 못하는 것이 송구스러웠다. 그만큼 세종이 이 학사에 대해 많은 기대를 걸고 있다는 것을 느끼고 있었다.

"나라마다 깨어 있고, 글자를 만들어 쓰고 있다면 세상에는 참으로 이 나라보다 훨씬 잘 사는 곳이 많겠구려?"

세종의 낯빛이 갑자기 어두워져 보였다.

"글자를 가졌다고 하여 모두 잘 살아 가고 있다고는 말할 수 없사옵니다. 세상은 둥글둥글 돌아가는 것이므로 흥망성쇠는 어느 곳에나 있게 마련입니다. 수풀 더미에 묻혀 버린 웅장한 왕성들이 가끔씩 눈에 띄었고 목이 날아간 거대한 신상 밑에 쪼그리고 앉아 구걸하는 백성이 있는 것을 보면, 지난날의 영화보다는 지금 어떻게 살고 있는가, 미래는 밝은가를 기준으로 잘 살고 못 사는 것을 평가할 수 있을 것입니다. 서역국만 하더라도 불가는 이미 쇠퇴의 길에 들어서 있으며 또 다른 신흥 종교들이 고개를 들어 오히려 불을 압도하고 있는 실정이옵니다. 또 나라가 워낙 넓고 크기 때문에 사람들도 많고, 종족도 다양합니다. 그러므로 그들이 사용하는 언어도 수십 수백 가지가 있으므로 산 하나 물 하나를 건너더라도 서로 말이 통하지 않아 불편하기 이를 데 없어 보였사옵니다. 전하께서 말씀하시기를 우리 나라는 지방마다 말이 달라 서로 통하지 않으므로 이를 하나로 통일할 수 있도록 하시고자 노심초사하고 계심을 소인은 늘 안타깝게 생각하고 있사옵니다. 그러나 그들 나라에 비교한다면 우리는 어느 산골 어느 지방을 가더라도 전혀 말이 통하지 않아 애를 먹는 곳은 없사오니, 이런 점을 감안한다면 오히려 우리의 언어 생활이 그들보다 편하다고 말씀드릴 수 있겠사옵니다. 여기 종이쪽지에 적은 글자들은 대개가 서역국과 중국에서 쓰인 글자들을 모아 써온 것이옵고, 그 주변의 국가들은 워낙 미개하여 글자를 가질 엄두도 내지 못하였을 뿐 아니라 말조차도 세련되지 못하여 겨우 의사나 통하고 있는 형편이옵니다. 그러므로 그들의 살아 가는 생활도 짐승의 형태를 조금 벗어난 모습을 하고 있을 뿐 우리와는 비교도 되지 않을 만큼 낙후된 생활을 하고 있었사옵니다."

이 학사는 세종의 물음이 어떤 대답을 바라며 묻고 있는지를 알고 있었다.

어릴 때의 성품으로 보아 세종은 모든 면에서 남에게 뒤지는 것을 싫어했다. 나라를 다스림에 있어서도 중국이나 서역국 정도의 나라에 미치지 못한다면 모르겠으나 그 주변 국가나 이름도 없는 나라에 뒤떨어진다면 그것은 참을 수 없는 충격이며 수모라고 생각하고 있었다. 이 학사 역시 세종과 같은 생각을 갖고 있었다. 그리하여 집을 떠날 때부터 그런 점을 은근히 걱정하고 있었다. 그러나 여행을 하는 동안 이 곳 저 곳을 돌아본 결과 뛰어나게 문명을 갖춘 나라는 눈에 띄지 않았으며 대국의 그늘 아래 올망졸망 모여 바삐 살고 있다는 인상이 눈에 들어왔을 뿐이었다.

이 학사는 여행을 하는 동안 눈으로 보고 마음에 담은 것들을 솔직하고 자세히 들려 줌으로써 세종의 마음에 용기와 신념 그리고 세상에 대한 올바른 세계관을 넣어 주려 노력하였다.

이 학사의 말을 들은 세종은 적이 안심이 된 듯 고개를 끄덕였다. 사실 어느 누구에게 말하기도 부끄러운 일이었다. 세상은 형세가 어떻게 돌아가는지에 대해 궁금해 하였고, 고려 멸망 후 거듭되는 왕권 쟁탈로 소비된 국력을 회복하는 동안 나라의 방향이나 국력이 어느만큼까지 가 있는지도 가늠할 수 없었다. 만일 여기에서 자칫 잘못하여 한

두 발 뒤로 물러서거나 전혀 엉뚱한 곳으로 흘러가 버린다면 다시는 회복하기 어려운 몰락의 구덩이로 떨어질 것이 분명하였다. 그런 만큼 나를 알고 상대를 알아 더 이상 퇴보함이 없이 앞으로 진력하여 부강한 국가를 이룩함에 최선의 힘을 경주하지 않으면 안 되었다. 이토록 세종의 마음 깊이에 내재되어 괴롭히던 강박관념이 이 학사가 들려 준 이야기로 인해 상당 부분 와해되었다. 어느 정도 여유가 생기자 다시 눈앞에 놓인 다사다난한 일에 최선을 다해야 한다는 굳은 각오를 다지는 계기를 맞게 되었다.

"그런데 적힌 글자 중에 그 원방각점의 글자는 어떻게 된 것입니까?"

세종이 화제를 돌리며 책자 쪽으로 시선을 옮겼다.

"앞서 말씀 드린 바와 같이 그 책자의 글자들은 서역국과 중국에서 사용하는 글자들을 적은 것이온데 앞의 장은 서역국 그리고 뒷부분의 글자는 중국에서 사용하는 것들이옵니다. 전하께서 지적하시는 이 글자는 서역국의 어느 지방에서 사용하고 있는 글씨를 적은 것이옵니다."

"진정 서역국에서 쓰던 글자란 말씀입니까?"

세종의 입에서 탄성이 터져 나왔다.

이 글자가 살아 숨쉬는 글자가 되어야 한다고 얼마나 마음 속으로 소망하고 있었던가. 글자 자체가 살아 있기 때문에 탄성을 지른 것만은 아니었다. 웅대했던 우리 민족의 불꽃이 아직도 깨지지 않고 세상 가운데 살아 숨쉬고 있다는 자긍심 때문이었으며, 그것이 다른 곳이 아닌 우리 문화의 전반을 차지하는 불교 문화의 소산지인 서역국에서 쓰였다는 것에 더욱 고무되어 있었다.

서역국 어느 지방에 우리의 옛 고전자가 쓰이고 있다면, 그것은 분명 선조들의 강대한 힘이 그 곳까지 미쳤으리라는 추측을 가능하게 하는 것이었다.

"서북쪽에 위치한 어느 곳이었는데, 아마도 동서남북 중 다섯 천축국 가운데 서천축국으로 생각되는 곳이었사옵니다. 예로부터 천축국에서는 산스크리트 문자라 하여 상류 사회 사람들이 쓰는 글자가 있는데 이 글자만이 불경을 서술할 수 있다고 하였사옵니다. 그러나 땅이 워낙 넓고 인구가 많은 관계로 문자도 완전히 통일된 것이 아니옵고 지방에 따라서는 그 지방 특유의 글자나 속자(俗字)들도 있다고 하였습니다. 다만 지금 우리는 우리 글자가 없어 진불경을 번역·해석할 수는 없고, 중국에서 한자로 풀이한 것을 다시 우리말로 새겨 읽고 있는 실정이라 범어(梵語)를 직접 번역·해석할 기회가 없습니다. 때때로 안타까운 것은 범어를 해득해 놓은 불서가 한자어인 까닭에 우리말 어법에 맞지 않고 무리한 해석 때문에 본말이 흐려진다는 사실입니다."

"그것은 짐 역시 이미 알고 있는 바입니다. 민가에서는 유가를 숭상토록 나라 정책을 세웠으나 왕가에서는 지금도 전부터 믿어 온 불가를 버리지 않고 오히려 더 열심히 믿고 있는 것이 현실입니다. 어릴 때부터 부왕께서 불가에 심취하신 것을 보고 불경을 가까이 하다 보니 역시 그것에 깊이 빠지지 않을 수 없었지요. 그래서 새로운 우리 글이 창제되면 무엇보다 먼저 불경 번역에 힘을 기울일까를 머리에 담고 있었습니다."

세종이 불가에 대해 남다른 관심을 보이는 것은 왕가의 전통 때문이기도 하였고, 고려 이전부터 내려온 불가에 대한 관념 때문이기도 하였다. 당시의 귀족들은 그들이 갖고 있는 부와 영예와 권력을 불의 힘을 얻어야 지속적으로 유지할 수 있다고 믿고 있었으며, 또 그렇게 하여야만 내세에 가서 다시 귀족으로 태어날 수 있다는 신념과 기대를 갖고 있었기 때문에 불경을 가까이 하고 그에 심취하였던 것이다.

건국 이래 왕가에서는 위의 이유 이외에도 건국 과정에서 희생된 수많은 영혼들이 왕생극락하기를 불의 자비에 의탁하고 있었다.

이러한 분위기에서 자란 세종 역시 역대 임금과 마찬가지로 불가에 남다른 관심을 보일 수밖에 없었다.

불경은 경서라기보다 문학이었고, 재미난 이야기였다. 미지의 세계에 대해 어느 누구보다 동경과 홍미를 갖고 있는 세종으로서 불서는 생활의 평안과 활력을 불어 넣어 주는 생명수와 같이 고귀한 것이었다. 세종은 조용한 시간에는 곧잘 명상에 잠겨 부처의 탄생과 성장, 득도의 과정과 입적 등 경서의 전반을 낱낱이 머리에 담고 있었으며, 그 내용을 우리말로 풀이해 우리 정서에 맞게 편찬할 수 없을까를 모색해 보기도 하였다.

이런 까닭에 자연스러이 범어와 접하게 되었고 그에 대한 상식도 풍부하게 쌓여져 있었던 것이다.

"전하께옵서 영명하시고 근면하심에 평소 심오한 불도의 진리를 터득하고 계신 줄은 짐작하였사오나 그 깊이를 헤아리지 못하고 제 말만 내세운 것은 사죄드립니다."

이 학사는 아직도 눈에 생생한 서역의 모습에 도취되어 세종의 불에 대한 깊이를 잠시 잊고 있었음을 부끄럽게 생각하고 머리를 조아려 사죄하였다.

"관계치 마시오. 불을 숭앙하고 그 도를 깨침은 개인의 몫이지 그어느 누구와 비교하거나 대조할 것이 아니지 않습니까. 그렇다면 이 원방각점의 글자들은 천축국 산스크리트 문자의 정자(正字)는 아니겠구려."

세종은 분위기를 바꾸어 본말의 줄기를 다시 잡아 나갔다.

"그렇듯 여겨지옵니다. 천축국에서는 계층의 차가 두드러져 몇 단계의 층으로 나누어지는데 상류 사람들을 바라문이라 하여 떠받들고 있사옵니다. 그들이 사용하고 있는 글자들은 책자의 위쪽에 적힌 글자들로서 전하께서 말씀하시는 원방각점의 글자와는 완전히 모양이 달랐습니다. 생각컨대 이 글자는 속자나 이자(異字)로 여겨지옵니다. 하오나 그 글씨를 쓰는 지방의 문화가 다른 곳에 비해 손색이 없이 번창되어 있는 것으로 보아 그 지방 나름대로의 독립된 문화를 이루어 나가며 살고 있는 것이 분명했사옵니다."

"그래 그 곳 사람들이 이루고 있는 생활의 모습은 어떻던가요?"

세종은 어떤 실마리를 풀어 나가려는 듯 집요하게 물음을 던졌다.

"세상 사람이 살아 나가는 모습은 소인의 눈으로는 그만그만 비슷하게 보였사오나, 오랫동안 몸에 배어 온 습성과 전통 때문에 조금씩 방식이 다른 점은 발견할 수 있었사옵니다. 그런데 이 곳 사람들은 얼굴 모양새부터가 우리와 비슷하였고, 맷돌을 써서 곡식을 간다든가 빨래를 하거나 머리 빗는 모습, 토기에 빗살을 그려 넣는다든가 하는 것 우리와 근사하였사옵니다."

세종은 이 학사가 들려 주는 말을 꼬박꼬박 머리에 담고 있었다. 섣불리 무어라 말할 수는 없었으나 그 곳에 선조의 기운이 스며 있을 것이라는 어렴풋한 짐작을 지울 수 없었다.

"그렇다면 혹시 이들 글자의 운용법을 알고 있지는 않습니까?"

만일 글자의 운용법을 조금만이라도 알 수 있다면 문자 창제에 혼신을 쏟고 있는 세종으로서는 더할 수 없는 도움을 얻을 수 있을 것이라 기대하고 있었으며 굳게 닫혀 보이지 않던, 까마득히 멀어져 찾을 수 없었던 조상의 모습을 흔적이나마 찾을 수 있을지 모른다는 설렘으로 목소리마저 떨리고 있었다.

"황공하옵게 하룻밤 잠자리와 한 끼의 밥이 시급한 때이오라 지체할 시간이 없어 운용이나 성음에 관한 것은 알아 보지 못하였사옵니다. 그들의 말소리와 어감이 우리와 비슷하다는 것은 느낄 수 있었으나 말의 뜻은 통하는 바 없었으므로 깊이 관심을 두지 않았사옵니다. 하오나 이런 꼴의 글자들은 중원 땅 몇몇 곳에서도 눈에 띤 적이 있었사옵니다."

"중국 땅에서도요?"

세종은 귀가 번쩍 뜨였다. 서역국에서 발견되었다는 말을 들었을 때의 충격에서는 얼마간 벗어나 그 도가 완화되어 있기는 하였으나 또 다른 지방, 그것도 사대로 떠받들고 있는 중국 대륙에 우리 민족의 얼이 담겨 있는 문자가 발견되었다는 말은 또 다른 놀라움이 아닐 수 없었다.

"그렇사옵니다. 중국 대륙을 서로부터 동으로 여행하던 중, 소수 민족 가운데 이와 비슷한 문자를 사용하는 족속들이 있었사옵니다."

이 학사는 세종의 물음에 담담히 대답할 뿐 별로 놀라는 기색을 보이지 않았다. 우리가 한자를 빌려 이두나 구결을 만들어 쓰듯이 어떤 글자가 생기면 주변의 족속이나 나라들이 그들의 취향에 맞게 그 글자를 발달시켜 쓰거나 쉽게 그려지는 모양을 글자 꼴로 만들어 쓰는 까닭에 지역적으로 가까워 문화권이 같은 나라들은 대개 엇비슷한 글자를 쓰고 있다고 믿었고, 아마도 그들도 그런 맥락에서 글자를 만들어 사용하고 있었을 것이라고 생각하고 있었다.

그러나 세종의 생각은 달랐다.

민족의 위대성을 최대의 긍지로 삼고 있는 세종으로서는 우리의 작은 것 하나라도 커다란 의미를 담은 긍지와 보람으로 삼고 있는 터였다. 지금과 같은 중흥의 시점에서 선조의 빛났던 역사의 흔적을 다시 볼 수 있다는 것에 크게 고무되어 있었다. 더구나 문자 혁명이라는 대명제를 앞에 놓고 있는 지금 옛 고전자의 출현은 그것이 발견되고 존재해 있다는 의미를 뛰어넘어 답보 상태를 걷고 있는 현실에 활력소로 등장하게 되었던 것이다.

며칠 전 꿈 속에서 창업의 주역인 역대 임금과 호위 군사들이 용을 타고 하늘을 지쳐 오면서 뿌렸던 금가루, 그것이 변하여 원방각점의 모양이 되어 하늘로부터 떨어졌던 기억이 지금 눈앞에 펼쳐진 책자의 글씨와 너무도 선명히 일치되어 있었다.

"이런 글자들을 전에 본 적이 있었지요?"

세종이 책자의 글씨에 눈을 가져가며 이 학사에게 다시 물었다.

"어린 시절 전하께옵서 학문을 익히실 때 곁에서 아버님이 들려 주시고 보여 주시던 가림토 문자에서 그 같은 모양의 글자를 본 적이 있사옵고, 할아버님께서도 천부경이라는 우리 옛 경서를 일러 주실 때 그 곳에 실려 있던 글자가 우리 조상이 쓰던 글자라 말씀하였사옵니다."

세종이 머리를 끄덕였다. 이 학사와 수학하던 어린 시절 서연관 이수는 두 사람에게 민족정기를 심어 주기 위해 웅대했던 지난날의 민족사를 들려 주곤 하였는데 그 속에는 상상하기 어려우리만큼 화려했던 문화가 꽃피고, 강대했던 국력이 살아 숨쉬고 있었던 것이다.

단군세기나 천부경 같은 책이 이루어지려면 그 속의 무궁무진한 진리가 문자로 서술되어야 역사를 타고 지속될 수 있을 것이다. 때로 전승가들에 의해 노래로 전해지며 구전되기도 하지만 말은 세월이 흐르면 잊혀지거나 변색되게 마련이므로 이론적 뒷받침을 단단히 하기에는 여러 모로 한계가 있을 수밖에 없을 것이다.

그러므로 필연적으로 이론서나 경서를 서술할 문자가 있었을 것이다.

그러나 국운이 다해 국력이 쇠퇴해지면서 우리의 찬란했던 역사와 함께 고서적·고문자도 자취를 감춰 버리고 남은 것이라야 한자로 적힌 몇 안 되는 고서뿐······.

세종이 무엇보다 염려하는 것은, 만일 여기서 뒤로 물러설 경우 끝없이 추락된 민족혼을 다시 되살릴 수 없을지도 모른다는 위기감이었다. 지금 민족의 중흥을 꾀하지 않으면 영원히 역사의 뒤편으로 사라져 버릴 것이라는 조바심이 더욱 세종을 초조하게 만들었다.

그런 까닭에 지금 눈앞에 나타난 비록 몇 개 되지는 않지만 조상이 남겨 놓은 글자는 세종으로 하여금 어떤 실마리를 잡을 수 있는 소중하고 고귀한 것이었다.

"그렇다면 이런 글씨가 이국의 땅에서 발견되었다는 것은 무엇을 의미하는 것일까요?"

세종은 흥분을 가라앉히고 눈을 크게 떠 이 학사를 바라보았다.

"소인도 처음에는 그 점을 무척 궁금하게 생각하였사옵니다. 서역국과 중국에 걸친 광범위한 대륙에 우리가 가졌었다고 하는 옛 글자의 꼴과 판에 박은 듯한 생활 모습과 관습을 생생하게 볼 수 있음을 어떻게 해석해야 될는지 그저 어안이 벙벙할 따름이었습니다. 아마도 소신이 처음 느꼈던 그 놀라움이 지금 전하께서 느끼시는 놀라움과 조금도 다르지 않을 것이란 생각이 드옵니다. 처음에는 소인도 흥분과 충격 때문에 눈앞에 펼쳐진 현상에만 정신이 팔려 그 원인이나 까닭에 눈돌릴 여유를 갖지 못하였사옵니다. 그러나 시간이 지나고 여러 곳을 돌아다니는 동안 어렴풋이나마 그 까닭이 어디에 있는가를 깨달을 수 있었사옵니다."

이 학사는 입술이 타는지 잠시 말을 멈추고 앞에 놓인 물잔을 들어 목을 축였다.

벼슬길에 들지 않은 이 학사는 그저 평범한 여염집 사내에 불과했다. 그러므로 군왕인 세종 앞에서 군민(君民)의 도를 잃지 않으려 애를 썼다. 그러나 세종은 어릴 때부터 같이 수학하며 학문을 논하고 미래를 설계하던 이 학사를 우애가 돈독한 지우로 생각하고 있었다. 그러므로 둘의 만남에서는 격식이나 군민의 관계를 염두에 두지 않고 스스럼없이 그를 대하였다.

"그래, 어떤 것을 깨치셨단 말씀이오."

이 학사가 찻잔에서 입을 떼기가 무섭게 궁금증을 이기지 못한 세종이 또다시 눈을 크게 뜨고 앞으로 자세를 당기며 물었다.

"앞서 말씀드린 바와 같이 소인의 좁은 소견으로 깨친 바를 말씀드리오니 진정 올바른 판단인가를 의심하여 들어 주시기 바라옵니다. 결론을 먼저 말씀드리오면 민족의 대이동이 있었다는 것입니다. 원래 우리 민족은 중국과 몽고 북쪽에 터를 잡고 살았었는데 차츰 자손이 번창하고 인구가 많아지자 따뜻하고 살기 좋은 동남쪽을 향해 이동을 감행했던 것입니다. 그리고 요동의 넓은 땅을 발판으로 강대한 대제국을 건설하고 유사 이래 다시 없는 찬란한 문화를 꽃피웠던 것이옵지요. 지금 요동땅에는 그때 우리 민족이 남겼던 문화의 흔적이 곳곳에 흩어져 있어 이를 뒷받침하고 있사옵니다. 아마도 이때 지금의 이 문자가 만들어져 사용되었을 것으로 추측되옵니다. 그 후 하늘의 뜻에 의해 국운이 쇠퇴하여지자 강력히 밀려드는 한(漢)의 힘에 밀려 나라가 분열되면서 민족의 또 다른 이동이 시작되었습니다. 각기 살 길을 찾아 동서남북으로 흩어지는 두 번째의 대이동이 시작된 것이옵니다. 그 후 민족은 다시 뭉치고 흩어지며 그 옛날의 영화를 찾으려 노력했지만 고구려·신라·백제처럼 삼분오열하여 힘을 한 곳으로 집중하지 못하고 오히려 견제와 세력 다툼으로 그 힘이 점점 쇠퇴하여 오늘에까지 이른 것이옵니다. 상대적으로 점점 강대해진 한족(漢族)은 중원을 통일하고 오늘날과 같은 막강한 나라를 세우게 된 것이옵지요. 그 세력에 쫓긴 우리 민족은 동으로 서로 남으로 북으로 흩어지는 가운데 일부는 대륙의 산악 지대에 혹은 멀리 천축국에까지 이르러 살아가게 되었는데, 그때 가지고 간 생활 습관과 문화 유산이 이민족과의 결합 과정에서 흐려지고 퇴색되기는 하였으나 그래도 그 일부가 유지되어 오늘에 이르렀으며, 그 대표적인 것의 하나로 그때의 문자를 그대로 유지한 것이 여기 보이는 이 원방각점의 문자들이라 여겨지옵니다.”

이 학사는 뚜렷한 근거는 없다는 것을 전제하면서 나름대로 가지고 있던 견해를 피력하였다.

세종 또한 쌓아 둔 지식을 동원하여 민족사에 대한 어떤 가능성을 가늠하여 보았다. 그 동안의 여러 문헌과 문화 유적을 종합해 보건대 강대한 대제국을 건설하여 세상을 호령했던 민족의 영화는 더 이상 의심할 여지가 없었다.

강대한 국가 곁에는 항상 그를 추종하는 작은 나라들이 있게 마련이며 강대국을 숭앙하고 그 문화를 입수하기 위해 총력을 기울이는 게 상례로 되어 있었다. 단군조선 같은 강대한 국력과 찬란한 문화를 가진 나라가 있었다면 주변의 나라들은 머리를 숙여 문화를 수입하려 했을 것이고 그 과정에서 문자도 수입했을 것이라는 가능성은 어렵지 않게 추출해 낼 수 있는 것이다.

이 학사가 주장하는 이동의 주체가 우리 민족이든, 이민족이 우리의 문자를 수입해 갔든 그것은 그리 큰 문제는 되지 않았다.

결론은 우리가 만들고 사용했던 고전자가 이국의 땅에서 아직도 쓰이고 있음은 민족의 화려했던 과거가 오늘에까지 이르렀으며 그런 위

대한 민족의 피를 받고 있다는 명백한 사실, 그리고 언젠가는 그 영화
만큼 또다시 웅비할 수 있다는 자긍심은 세종으로 하여금 뜨거운 피를
끓어 오르게 하였다. 껍질 벗은 나비처럼 창공을 향해 날아야 한다. 날
개의 힘이 빠져 곤두박질 칠 때까지. 세종은 이제까지 느끼지 못했던
강한 힘이 온몸에서 솟구쳐 오름에 감격하고 있었다.

북악의 가을

　북악 제일봉 백운과 인수 사이, 늠름히 버텨 선 상수리 고목을 타고 청설모 한 마리가 부지런히 도토리를 물어다 날랐다. 계곡을 돌아 갑자기 불어 닥친 세찬 바람이 청설모를 가지 밖으로 밀어붙였다. 깜짝 놀란 청설모가 재빠르게 가지 끝을 잡아채 낙목은 면하였지만 불어 오는 바람에서 가을 향내를 흠뻑 맡을 수 있었다. 그 바람은 곧바로 칼바위 능선을 넘어 경복궁 뜨락으로 날아 내렸다.

　"가을 바람이 몸에 배는구나."

　세종이 장지문 틈 사이로 저물어 가는 저녁을 바라보며 무심히 말했다.

　"한가위가 열흘 정도밖에 남지 않았사옵니다. 불볕 더위가 사라지니, 하늘도 한층 높게만 보이옵니다."

　세종과 취옥은 얼굴을 나란히 한 채 황혼이 가득한 하늘을 황홀한 눈으로 바라보았다.

　언젠가 세종과 취옥 사이에 주안상이 차려져 있었다.

　"이번 한가위는 만백성이 모두들 배불리 먹고 흥겹게 지내야 될 텐데……."

　세종은 계절이 바뀌는 이맘때면 세월의 무상함이 뼈에 스미듯 절실함을 느끼곤 하였다.

　그와 함께 한 나라를 이끌어 가는 군왕으로서 연민의 정을 가지고 백성들을 사랑하고 그들의 생활에 대해 근심하였다. 열 손가락 깨물어 아프지 않은 것 없듯이 사대부거나 양민이거나 천민이거나, 세상에 태어난 이상 불쌍하지 않은 백성은 없다고 생각했다.

혹 범법을 저지른 자라 할지라도 살아 가기 위해 어쩔 수 없이 짊어진 죄라면 그 행위를 하기까지 얼마나 많은 고통을 느끼며 살았겠는가. 그리고 또 그로 인해 당하는 고통은…….

더구나 아무 죄도 없이 가난과 병고에 떨어야 하는 불쌍한 백성을 생각할 때면 가슴이 저며 잠을 이룰 수가 없었다.

잘 먹여야 한다. 잘 입혀야 한다. 행복하게 살도록 해야 한다.

세종의 마음에는 이런 생각들이 늘 가득 차 있었다.

"소녀 밖에 나갈 기회가 없어 여러 사람들의 이야기는 듣지 못했사오나 잠깐씩 곁에서 하는 말을 듣다 보면, 전하께서 보위에 오르신 후 지금까지가 유사 이래 다시 볼 수 없는 태평성대라고 모든 백성들이 입을 모으고 있다 하옵니다."

취옥이 입가에 가득한 미소를 지으며 지금의 시대가 요순 시대에 버금가는 때임을 들려 주었다.

"허허, 그런 얘기가 떠돌더냐. 그런 이야기는 항상 임금 곁에서 들리는 이야기이지. 임금에게 용기를 주기 위해 가까운 사람들이 흘리는 말이기도 하고, 아첨하는 자들이 과장되게 부풀려 던지는 말이기도 하다. 너무 귀 기울여 들을 것 없다."

세종은 담담하였다. 그러나 시대는 분명 태평하였다.

남쪽 지방을 노략질하던 왜구들은 대마도 원정 이후 자취를 감추었고, 북쪽의 국경도 확정되어 이제는 많은 걱정을 덜 수 있었다.

외세에 의한 환란도 사라졌고, 안으로는 난맥을 거듭하던 왕위 쟁탈 세력 다툼도 세종의 강력한 힘에 의해 안정을 찾아 나라 안팎이 건국 이래 더 할 수 없는 평안을 유지하고 있었다.

세종은 문화 창달에 힘쓰는 한편 백성들을 위한 경제 정책에도 세심한 힘을 기울였으므로 나라 전체가 화평한 가운데 나날이 발전에 발전을 거듭하고 있었다.

"전하께옵서 이 나라 군왕으로 계시는 한 나라는 언제나 태평할 것이옵니다."

취옥은 언제나처럼 세종에게 용기와 활력을 불어 넣어 주었다.

"허허, 네 말을 듣고 있자니 한 시름 놓이는 기분이 드는구나. 내 오늘 너를 찾아 온 것은 너의 아름다운 노래 소리를 듣고 싶어서였으니라."

세종은 장지문으로 들어오는 시원한 바람을 맞으며 자리를 고쳐 앉았다.

세종의 말이 떨어지기도 전에 취옥은 가야금을 끌어다 치마 앞에 앉혔다.

날은 어느덧 어둑하여 세상은 땅거미로 서서히 덮이고, 말갛게 타오르던 노을빛도 어디론가 사라지고 없었다. 대신 드높은 창공 여기저기에서 별들이 뛰어나와 하늘을 은구슬로 수놓았다.

성인이 천명을 받아
용을 타고 날아다니시니
많은 선비 앞다투어
구름처럼 따랐도다.
꾀와 힘 발휘하여
모두 공을 이루고
시종을 보호하려
산하에 맹세하였도다.
공신을 보호하심은
신이 본 바이오니
우리 임금의 덕은
무궁토록 전해지리.

취옥은 가야금을 뜯으며 구성지게 노래를 불렀다.

"정도전 대감의 <보공신(保功臣)>이로구나. 네 어찌 돌아가신 대감의 노래를 알고 있느냐?"

세종은 노래가 끝나자 의아하기도 하고 신통하기도 하여 취옥을 향해 그렇게 물었다.

정도전은 바로 세종의 아버지 태종의 정적이었으며 세력 다툼에서 제거된 막강한 실력의 인물이었기 때문에 모르는 사람이 없었다. 그러나 그 노래를 아는 사람은 몇 없었다.

"황공하옵니다. 소녀는 다만 관습도감에서 흘러 다니는 노래를 외어 불렀을 뿐, 이 노래를 지은 분이 어떤 분이신지는 모르고 있사옵니다. 노래말이 좋고 전하께서도 좋아할 곡인 것 같아 부른 것입니다."

취옥의 말을 들은 세종은 아무 말 없이 고개를 끄덕였다. 이제는 화해의 시대였다. 지난 세월 일어났던 불미스러운 일들은 이미 세월 속에 묻힌 뒤였다. 이제는 그런 일들을 차분히 가라앉히고 승화시켜 다가오는 시대의 거울로 삼아야 할 일이었다.

"성인이 천명을 받아 용을 타고 날아다니시니 많은 선비 앞다투어 구름처럼 따랐도다."

세종은 노래말을 다시 한 번 음미하였다. 얼마 전 꿈 속에서 용을 타고 하늘을 날며 금가루를 뿌리던 창업의 주역과 호위 군사들이 문득 떠올랐던 것이다.

정도전, 비록 부왕인 태종에 밀려 비명에 간 분이었지만 건국 초기의 학문적 기틀과 문화의 기반이 정도전 그 분의 힘에 의해 시작되었다고 해도 과언이 아니었다. 그런 생각을 하며 세종은 다시 한 번 그윽한 감개에 젖어들었다.

세종이 깊은 생각에 잠겨 있음을 눈치 채었는지 취옥은 다시 가야금 줄을 튕기며 목청을 돋구기 시작했다.

한강의 물은
태고부터 깊었으며

화산은

하늘처럼 푸르고 푸르도다

성왕이 우뚝 일어나시어

문득 동쪽 나라 차지하시고

나라의 도읍 정하시니

한강의 북쪽이었도다…….

취옥은 하륜의 <한강시>를 노래하고 있었다. 하륜은 정도전과는 달리 부왕인 태종 곁에 선 사람이었다. 1, 2차 왕자의 난을 주도하게 한 것, 대군이었던 방원을 보위에 오르게 한 것 모두 다 하륜의 지략에 의해서였다.

전에 스승 이수께서 말씀하셨지. 누대로 이어 오는 역사의 흥망성쇠도, 몇 번에 걸쳐 일어난 피비린내 나는 정권 쟁탈전도 오직 한 개의 정점을 향해 달려 가는 여울물 같은 것이라고. 그 정점이 지금 이 자리에 앉아 있는 나를 위한 것이라 하지 않았던가. 진정 이 보잘것없는 한 인간을 위해 그토록 엄청난 일들이 벌어졌단 말인가?

세종은 자신도 모르는 사이에 운명론자가 되어 있었다. 비록 그렇지 않다 하더라도 이 모든 것을 받아들이고 순응하지 않으면 안 될 처지였다.

취옥은 세종의 마음을 아는지 모르는지 목청을 곱게 돋구어 노래를 계속하고 있었다.

세종은 몇 잔의 술을 연거푸 들여마셨다. 그러다 보니 울적했던 마음이 한결 가벼워지면서 어느 틈엔가 가야금 선율에 흥을 싣기 시작했다.

장지문 사이로 한가위를 며칠 앞둔 둥근 달이 낮처럼 밝은 빛을 방 안으로 쏟아 붓고 있었다.

국사가 이에 평안하고

큰 운우가 영묘하게 이어지리
한강은 넓게 흘러 바다로 돌아가고
화산은 울창하고 푸르게 우거졌도다

둥근 달이 술잔에 어렸다. '동가동 동가동' 가야금 줄이 울릴 때마다 폴짝 물고기가 술잔에서 뛰어올랐다.

한 마리, 두 마리, 세 마리……

취옥의 손이 빨리 움직이면 뛰어 오르는 물고기의 뜀도 빨랐고 느린 가락이 울릴 때면 은비늘의 커다란 물고기 한 마리가 찬연히 빛을 발하며 풀쩍 느리게 뛰어 올랐다.

뛰어 오른 물고기는 곧바로 원방각점의 형상을 이루고는 술잔의 달 속으로 사라져 갔다.

"너희들이로구나, 그래 너희들이야!"

아무래도 세종은 거부할 수 없는 절대적 진리 앞에 굴복하지 않을 수 없었다. 밤낮 없이 들여다보고 머리에 그렸던 이 모양들은 이제 세종의 피가 되고, 살이 되고, 뼈가 되고, 일체가 되었다.

성왕이 이어 일어나시어
새로운 궁궐 새로이 지으셨도다.
백성들 보기를 자식같이 하시니
백성들은 즐거이 나아가 일하였도다
몇 날이 못되어 이루어지니
만복이 함께하였도다…….

취옥의 한강시는 한동안 계속되었다.

세종의 마음은 충만해 있었다.

모든 것이 명확해진 이상 주저할 것이 없었다. 끝없이 펼쳐진 대륙을 거칠 것 없이 말을 달려 지쳐 나가던 민족의 기백이 온몸으로 스며

들었다. 이제까지 움츠리고 위축되었던 마음을 활짝 열어 젖뜨리고 드넓은 세상을 향해 뛰쳐 나가야겠다는 강한 의욕이 물끓듯 용솟음쳐 올랐다.

"나라가 세워진 이후 궁중이나 대신들이 창업의 정당성과 문물의 융성함을 기리기 위해 악장이라는 이름으로 지은 노래들이다. 모두 한시로 지어져 음과 뜻을 외우기가 힘든 노래인데, 궐 밖에서 자란 네가 우리말로 풀어 부르니 신기하고 기특하구나."

세종은 한시로 씌어진 악장을 우리말로 풀어서 노래하는 취옥이 진정 대견스러웠다. 취옥의 노래가 끝나자 세종은 취옥 앞에 놓여 있는 가야금을 끌어다 무릎 아래 앉혔다.

아아, 열성께서
대대로 덕화가 창성하여
하늘이 마음 받들어 누리셨으니
길이 그 상서 피워 내셨도다
좋은 경사 나타내매
매우 많고 많았도다
큰 경사 펴시고자
춤추고 노래하나이다
음악은 끝났으나
화락한 즐거움 어찌 하오리…….

세종이 화성인출(和成引出)로 화답하였다.

이는 세종이 직접 지은 노래로 궁중연락 때 불려진 악장 중 하나였다.

세종은 학문에 몰두하면서도 음악에 관한 한 그 누구에게도 뒤지지 않는 실력을 가졌으며 가야금·거문고 등 현악기 외에 소저나 대저에도 능하였다.

"청명하온 노래이옵니다."

세종의 노래가 끝나자 취옥이 찬사를 아끼지 않았다.

"그렇게 들었느냐. 내전 외에서는 노래를 부르지 않는다만 오늘은 마음이 무척 흥겨워 노래가 절로 나오는구나."

세종의 환한 웃음을 입가에 띠었다.

"나랏일에 힘쓰시느라 노심초사하시는 용안만 뵈었는데, 모처럼 즐거워하시는 용안을 뵈오니 소녀 또한 기쁘기 그지없사옵니다."

취옥도 밝은 미소를 세종에게 보내었다.

"무거운 노래만 부른 것 같구나. 바깥 세상 여느 사람들이 부르는 흥겨운 노래도 한 곡조 들려 주려므나."

세종은 술잔에 뜬 달을 마시며 그윽한 눈으로 취옥에게 노래를 청하였다. 취옥은 곧 가야금을 건네 받아 섬섬옥수로 줄을 골랐다. 남도 민요와 경기 민요가 장지문 밖으로 새어 나가 후궁의 뜰을 감싸 안았다. 수풀에서 소란스레 울어 대던 풀벌레들도 취옥의 노래에 취해 잠시 울음을 끊고 있었다.

"고맙구나. 고마워…… 네가 곁에 있은 이후 짐의 생활이 무척 풍족해졌도다. 글자 창제에도 도움이 되었고, 이처럼 고운 노래도 들을 수 있고, 무엇보다도 네 긍정적 태도가 생활에 활력이 되는구나."

한두 잔 술에 거나해진 세종은 좀처럼 밖으로 내보이지 않던 마음속을 취옥에게 내보였다. 방 안의 등불과 문틈 사이로 들어온 달빛이 묘한 조화를 이루었고 그 빛이 가야금 줄을 당겨 노래하는 취옥을 비추었다.

"달의 항아가 하강한 듯싶구나."

세종은 취옥의 고혹적인 모습에 잠시 정신을 빼앗기고 있었다. 세종은 주어진 인연을 부정하지 않았다. 특히 사람을 대하는 데 있어서는 누구보다 긍정적이었다.

무궁한 세월, 수많은 인연 중에, 그리고 지금 이 시각에 같이 자리를 마주할 수 있다는 사실, 이것은 얼마나 큰 인연인가. 이 소중함을 어떻게 소홀히 할 수 있단 말인가. 더구나 그것이 피를 나눌 여인임에랴.

세종의 섬세한 생각은 이런 데에까지 미치고 있었다.

노래를 마친 취옥이 가야금을 거두고 세종 곁으로 다가왔다.

"글자의 꼴 때문에 고심하고 계신 줄 아옵는데, 어찌 결정을 보셨사온지요."

취옥이 술을 따라 세종에게 권하였다. 건강이 좋지 않아 될 수 있으면 술을 피하는 세종이었지만, 취옥이 건네 주는 술잔은 사양하지 않았다.

"언젠가 너에게 용을 타고 하늘을 나는 열성조의 꿈 이야기를 들려 준 적이 있질 않느냐?"

"그러하옵니다. 세상을 온통 금가루로 물들였다 하셨사옵니다."

"그래, 그때 그 금가루들이 어떤 형상이 되어 땅에 떨어졌다 하였느냐?"

"글쎄…… 원방각점의 여러 모습이라 말씀하신 듯싶사온데……."

취옥은 지난 기억을 되살리려 고개를 갸웃거렸다.

"그러하다. 기억력이 대단하구나. 그 원방각점들에 생명을 불어 넣을 작정이란다."

세종은 아직 그 어느 누구에게도 들려 주지 않은 글자의 꼴에 대한 복안을 취옥에게 털어놓았다.

"경하드리옵니다. 그 동안 글자 꼴에 대해 고뇌하고 계셨사온데, 결정을 내리셨다니요. 아마도 용을 타고 날아다니신 열성조께서의 도우심일 것이옵니다."

취옥이 환한 미소를 띄우며 반가워하였다.

"앞으로 부딪힐 일이 많을 것이다. 네가 곁에서 용기를 잃지 않도록 도와 주어야 할 것 같다."

세종은 즐거워하는 취옥을 보자 더없이 사랑스러움을 느끼었다.

"소녀 무슨 힘이 있겠사옵니까. 오직 마음으로 빌 뿐이옵니다."

취옥은 부끄러운 듯 얼굴을 돌려 낯빛을 감췄다.

"오늘 너를 찾은 것도 글자의 꼴에 대해 마음을 정한 후 그를 자축하기 위함이었단다. 그 동안 너의 도움이 컸으니 함께 축하함은 당연한 일이 아니겠느냐."

세종은 적이 즐거운 표정이었다.

"궁에 들어와 불편한 점은 없느냐."

세종은 취옥에게 술을 권하였다. 취옥은 두 손으로 술잔을 받았다.

"전하의 하해 같으신 총애를 받고 있는 몸이 어찌 불편이 있겠사옵니까. 가끔 시골에서 농사 지으시는 아비와 오라비가 생각날 뿐 다른 불편은 없사옵니다."

취옥은 성품이 밝고 적극적이었으므로 궁중에 들어온 후 곧 궁중 생활에 적응하였다. 때때로 넓게 트인 시골의 산과 들 그리고 격식 없는 농촌 생활이 그립기는 하였지만 세종의 보살핌이 있는 까닭에 모든 것을 잊고 궁중 법도를 익히기에 열중하였다.

"아비가 농사를 짓는다 하였었지. 올해는 대풍이라 하니 일손이 바쁘겠구나. 농사는 천하지대본이라 하였으니 농사 짓는 일이 임금 노릇보다 훌륭한 것이지……."

세종은 어린 시절부터 궁중 속에 갇혀 살았기 때문에 훤하게 트인 들판에서 흥겹게 노래 부르며 농사를 짓는 농군들의 생활이 한편 부럽기도 했던 것이다.

"과찬의 말씀이옵니다. 하잘것없는 농군이 어찌 하늘 같으신 전하와 비교될 수 있겠사옵니까. 소녀도 어릴 때에는 작은 고을 수령의 딸로라도 태어났더라면 공부도 많이 하고 예절도 제대로 배워 좀더 세상을 넓게 보며 살 수 있었을 것을, 하고 실없는 꿈을 꾸어본 적이 있었사옵니다. 이제 전하 곁에 있게 되었으니 무엇인들 부러울 것이 있겠사옵니까."

취옥은 세종이 따라 준 술잔을 비운 다음 다시 두 손으로 받쳐 세종 앞으로 권하였다.

"세상에 사람으로 태어난 이상 귀하고 천한 것은 없는 것이다. 임금이고, 농군이고, 백정이고 그 어느 누구든 간에 자신이 얼마만큼 보람을 가지고 노력하며 세상을 살아 나가느냐에 달린 것이다. 만일 농군이 없다면 누가 양식을 지을 것이며 어부가 없다면 누가 물고기를 잡을 것이냐. 주어진 여건을 성실히 가꾸면서 살아 간다면 그 또한 아름답지 않겠느냐."

세종은 중생의 고뇌와 인생의 무상을 이미 불경을 읽으며 터득한 바 있었다. 사람으로 태어난 이상 언젠가는 세상을 뜨게 마련인 것이며, 그러므로 한 번의 인생이란 무엇에 비유할 수 없이 고귀한 것이라 믿고 있었다.

"전하께서 보위에 오르신 후로 풍년이 계속되고 나라가 전에 없이 평안한 것은 전하께서 백성을 고루 사랑하심을 하늘이 알기 때문입니다."

취옥은 진정으로 세종을 신뢰하고, 곁에 있음을 긍지로 여기고 있었다.

"하하하하, 너는 입을 열 때마다 신통하고 기특한 말만 쏟아 내는구나."

세종은 취옥의 하는 말 한 마디 한 마디가 마음에 들어 부드러운 눈으로 바라보았다.

"오라비가 있으니, 아비의 농사가 한결 가벼워지겠구나."

"아비와 오라비가 하는 일은 별개입니다. 아비는 논농사에 주로 매달리고 있으며 오라비는 밭농사를 맡아 땀 흘리는 까닭에 가을걷이 때에는 너무 바빠서 서로 손을 나눌 수 없는 처지이옵니다. 가끔 오라비는 지은 채소를 나라에 진상하기도 하는데 궐패가 없어 건춘문을 드나들기에 애를 먹고 있다는 소리를 들은 적이 있사옵니다."

취옥은 세종의 물음에 담담히 말하였다.

"허허, 궐패가 없어 애를 먹다니…… 좋은 채소를 길러 나라에 진상하는데 출입이 막혀서야 말이 되느냐. 더구나 임금의 총애를 받고 있는 여인의 오라비가 대궐 출입도 제대로 못한대서야 체모가 서질 않는

286

구나. 내 곧 궐패를 내리도록 상서에 명하겠다."

세종은 취옥을 후궁으로 맞은 후 그 가족들에게는 너무 소홀히 하였던 것 같은 생각을 해내고는 그렇게 위로하였다.

"소녀의 집 걱정은 거두십시오. 옛부터 처가와 뒷간은 멀리 있어야 된다고 하지 않았사옵니까. 달이 밝사옵니다. 저 뒤편 하늘에 보이는 별들을 보시옵소서. 눈이 부시지 않사옵니까?"

취옥이 장지문을 활짝 열어젖뜨렸다. 밤하늘은 맑고 깊었으며 하얗게 쏟아지는 달빛 뒤편으로 셀 수 없이 많은 별빛이 반짝이고 있었다.

"전하께옵서는 하늘의 이치를 궁구하심에도 게으름이 없으셨지요. 사람들이 욕심이 없이 하늘의 움직임대로만 행동한다면 세상은 항상 평온 속에 유지될 것이라 말씀하셨사옵니다. 소녀는 별이 뜬 날이면 하늘을 바라보며 전하의 말씀을 가슴에 새기곤 한답니다."

취옥은 세종과 어깨를 나란히 하고 소나기처럼 쏟아져 내리는 달빛과 별빛을 온몸으로 받았다.

"모르는 게 없구나. 일찍이 어린 시절 수학할 때, 사부님의 가르치심이었지. 무한한 신비와 섭리가 저 하늘 속에 있다고 말씀하셨었다. 너도 알겠지만은 보위에 오른 지 얼마 안 되어 첫사업을 벌인 것이 천문에 관한 것이었다. 경회루 북쪽에 돌로 쌓은 간의대를 보았느냐. 그것은 하늘에서 일어나는 모든 일을 살펴보는 곳이란다. 하늘의 별은 아무렇게나 흩어져 있는 것이 아니란다. 언제나 자기의 자리를 찾아 꼭 그 곳에서 반짝이고 있지. 계절에 따라 조금씩 움직임이 다르기는 하지만 그것도 궤도를 따라 돌아가면서 움직이는 것이므로 몇 년을 두고 본다면 역시 같은 자리에서 움직이는 것이란다. 이 움직임을 세밀하게 보는 까닭은 농사나 고기잡이에 절대로 필요할 뿐더러 우리 생활에 커다란 영향을 끼치는 것이기에 항상 세밀히 살펴 관찰하는 것이란다."

취옥은 자세히는 깨닫지 못하였으나 세종의 자상한 설명에 고개를 끄덕여 고마움을 표하였다.

"참, 너에게는 미처 이야기를 하지 못했다마는…… 그 돌아가신 어머니 친구라 하던 영실이라는 사람을 안다고 하였었지?"

세종이 화제를 돌렸다. 취옥은 갑작스런 물음에 미처 대답을 하지 못하고 눈을 동그랗게 뜨고 임금의 용안을 우러러 보았다.

"조금 전에 얘기한 바와 같이 천체의 지도와 그에 관한 기구를 만들려 한다면 거기에 대한 이론과 그에 맞춰 기구를 만들 훌륭한 기술자가 있어야 한다. 사실 우리 나라는 기술자를 천박하게 여기는 관습 때문에 전문적인 기술자를 찾기가 매우 어려운 실정이란다. 천체에 관한 연구로 어느 정도 학문의 체계를 세워 놓았다 하더라도 그것을 기구로 만들 기술자가 없으면 이론은 한낱 이론에 불과할 뿐이지. 조정에서는 전부터 깊은 연구로 여러 자연 현상을 '증명해 놓고도 그것을 뒷받침할 기구를 만들 기술자를 찾지 못하여 고심하고 있었단다. 그런데 동래 관아의 노비 가운데 뛰어난 재능을 가진 기술자가 있다는 소문이 들리더구나. 그래서 수소문하여 서울로 끌어 올렸단다. 그리고 하늘의 움직임을 관측하는 기계를 만들도록 하였지. 그랬더니 놀랍게도 고금에 볼 수 없는 훌륭한 물건들을 만들었지 않겠니. 하늘이 움직이는 것을 나타내는 천문 시계인 혼천의, 해가 떠서 질 때까지 시간을 가리키는 해시계 앙부일귀, 물시계인 자격루 그리고 스스로 시간을 맞추는 천상 시계인 옥루 등 그 솜씨가 중국의 장인인 성녕의 기술을 능가하는 것이었단다. 그것을 만든 기술자가 너희 동네에 살았다는 영실이라는 사람, 바로 그 사람이란다. 놀랍지 않느냐? 내가 어렸을 때, 그 동네로 유모와 놀러 갔을 때 만났던 그 아이가 그런 훌륭한 기술자였다니, 참으로 사람의 일이란 묘하구나."

세종은 감개가 무량한 듯 총총히 별들이 박힌 밤하늘에서 시선을 떼지 않았다.

"소녀도 그 분이 그런 훌륭한 기술자라니 반갑고 고마울 뿐이옵니다. 옛 기억도 있고 하니, 기회가 있으면 한번 만나게 해 주시옵소서. 인사라도 드리고 싶사옵니다."

취옥도 놀라움을 금치 못해하였다.

세종은 취옥과 어깨를 마주하며 별들을 바라보았다.

"소녀가 어릴 때 할머니께서 사람이 죽으면 하늘의 별이 된단다, 하고 말씀하시는 것을 들었사옵니다."

취옥은 별무리 속으로 빠져 들어간 듯 몽롱히 중얼거렸다.

"그래, 짐도 어린 시절 그런 소리를 들은 적이 있었지. 사람은 언젠가 죽는 것이니 만약에 될 수 있다면 저 수많은 별 중에 하나가 되는 것이 소망일 것이다."

세종도 별 하나하나를 머릿속에 셈하며 꿈꾸듯 말을 이었다.

"전하께옵서는 아마도 북극성처럼 맑고 밝은 별로 태어나실 것이옵니다."

취옥이 북극성을 찾느라 눈동자를 굴렸다.

"그렇지 않다. 살아 생전에 만백성의 어버이로 우러름을 받았으니, 죽어서는 눈에 뜨이지 않는 작은 별이 되어 저 별무리 어디에선가 반짝일 것이다. 그것이 짐의 바람이기도 하지……."

세종과 취옥은 밤이 이슥하여 별들이 빛을 잃을 때까지 두런두런 이야기를 계속하였다.

글자꼴을 확정짓다

하루 해가 밝았다.

언제나 똑같이 반복되는 하루였지만 오늘은 분명 어제와는 다른 날이며 그제와도 또 달랐다. 새로 시작되는 날은 언제나 새날이었다.

세종이 조선 왕조의 네째 임금으로 보위에 오른 지도 어언 이십여 년하고 이태가 더 흘렀다. 소용돌이가 한마당 지나간 궁중은 이즈음 들어 더할 나위없이 조용하고 평온하였다. 그러나 그런 태평함 속에서도 끊임없이 갈고 닦고 매만지는 세종의 일은 계속되었다.

하루 종일 나랏일에 몰두하면서도, 또 밤늦도록 생각에 잠기고 학문을 궁구하느라 시간에 쫓기는 세종이었지만 꿋꿋한 정신력으로 버텨 나갔다. 다만 요즈음 소갈증이 심해 몸이 전 같지 않고 쉽게 피로에 지치거나 눈이 자꾸 흐려지는 것이 걱정이었다.

여느 때와 마찬가지로 아침 수라상을 물린 세종은 편전을 향해 발길을 옮겨 놓았다. 그 동안 마음먹은 것에 대해 중대한 발표를 할 예정이었으므로 발걸음은 가벼웠으나 마음 속에는 약간의 흥분과 긴장이 교차되었다.

편전에는 세자 향과 수양·안평·임영 등 세 대군이 미리 자리를 잡고 있었다.

세자 향은 매사가 차분하고 이지적이었으며 부왕인 세종을 하늘처럼 받들어 모시는 효성 지극한 아들이었다. 본인도 몸이 튼튼하지 못했지만 건강 때문에 고생하는 부왕을 도와 정사를 도맡았다. 한편으로는 틈이 나는 대로 학문에 정진하여 어느 누구에게도 뒤지지 않을 만큼 상당한 경지에 도달해 있었다. 또한 부왕이 이루려는 문자 혁명에도 적극 동참하였다. 그래서 성운학 등 어문에 관한 공부에 부지런히 정진한 결과 그 방면에도 괄목상대한 결과를 이루고 있었다.

수양·안평 역시 형 못지 않은 인재들이었다. 세종은 이런 자식들이 대견하고 한편으로는 마음 든든하였다.

"잘들 지내고 있느냐. 요즈음처럼 나라 안팎이 조용할 때에는 학문에 더욱 정진해서 방비를 든든히 해야 하느니라. 매사를 소홀히 다루었다가는 뒷감당을 못하여 낭패를 볼 수 있는 것이다."

장성하여 이미 출가한 아들들이었다. 그러나 세종에게는 그 아들들이 여전히 어려 보이기만 했다. 여느 아비처럼 자식들이 물가에 서 있는 듯, 염려가 앞서고는 했던 것이다.

"염려 놓으시옵소서. 소자들은 오직 아버님이 쾌차하시어 건강을 되찾길 바랄 뿐이옵니다."

세자 향이 왕자들을 대신하여 문안을 올리었다.

"오늘은 좀 특별한 의논을 함께 하고자 일찍이 너희들을 부른 것이니라. 우선 너희들에게 기쁜 소식을 전하겠다. 그 동안 고심해 왔던 글자의 모양을 확정했다. 참으로 오랜 시간 노심초사하였는데 이제 결정을 보게 되었으니 이 아니 기쁨이겠느냐."

세종은 나인을 시켜 글자가 적힌 종이를 가져 오도록 하였다. 그리고 옥판선지 하나씩을 왕자들에게 나누어 주었다.

세자와 대군들은 눈을 크게 뜨고 종이에 그려진 글자들을 바라보았다. 전혀 낯설고 이상 야릇한 모양이었다.

"여기 적힌 동그라미와 세모, 네모꼴들이 아바마마께서 만들고자 하시는 문자들이옵니까?"

세자 향이 고개를 갸웃거리며 종이를 세심히 들여다보았다.

"아직 정리되지는 않았다. 그러나 여기 적힌 모양들을 기초로 하여 각각의 글자에 소리를 불어 넣으려 하고 있다."

세종의 목소리는 근엄하였다.

"황공하온 말씀 올리옵니다. 이같은 모양을 글자의 꼴로 정하신 아바마마의 뜻을 듣고자 하옵니다."

한동안 옥판선지의 글자 모양을 들여다보고 있던 수양이 세종을 향해 물었다.

"처음 대하는 것이니 궁금할 것이다. 우선, 이 모양들은 우리의 선조들이 아주 오랜 예전에 쓰던 글자들이다. 선조의 얼을 살리기 위해 선택을 하게 된 것이란다. 그리고 차츰 깨닫게 되겠지만 이 글자 속에는 무궁무진한 우주적 신비와 오묘한 진리가 들어 있다는 것이다. 오랫동안 노심초사 궁구한 끝에 결정을 본 것이니 믿고 따라 주기 바란다. 이 모양들과 나의 마음먹은 바를 제일 먼저 너희들에게 보이고 전하는 데에는 나름대로 이유가 있느니라. 글자 창제의 실제 주역들은 다름이 아닌 여기 모인 우리 부자들이기 때문이다. 곧 집현전 회의를 열어 이 뜻을 전할 것이다. 아마도 많은 질의와 의견이 분분할 것이다. 그때 너희들은 될 수 있으면 이 아비의 뜻을 따라 의견의 일치를 보도록 힘써 주기 바란다."

세종은 아들들을 믿고 의지하고 있었으므로 더 이상 긴 이야기를 하지 않았다. 대강의 골격만을 이야기한 후 마무리를 지었다.

곧 집현전 회의가 열렸다.

집현전에는 글자 창제에 직접 참여하는 학사들 외에도 성음에 관해 관심을 가진 몇몇 학사들이 자리하고 있었다. 세종은 예의 옥판선지를 각각의 학사들에게 나누어 주었다.

"자고로 우리 나라는 수천 년 빛나는 문화와 강력한 국력을 세상에 떨치며 누려 왔소. 그러나 거듭되는 분열과 힘의 낭비, 그리고 옛 멋을 찾으려는 일에는 등한시해 왔소. 그 결과 근년에 이르러서는 사대의 그늘 아래 제 문화는 내던져 버리고 국력은 쇠퇴하여 그 존재 가치조차 사라지고야 말, 그야말로 빈사 상태에 이르고 있는 실정이오. 짐은 어린 시절부터 지금까지 이를 안타깝게 여겨 왔소. 그래서 어떻게 하면 민족중흥의 기틀을 마련할 것인가를 고심해 오던 중이었소. 물론 나랏일 가운데 어느 것 하나 소홀하거나 등한히 할 것은 없소. 백성들이 풍족히 살아갈 수 있도록 힘쓰는 일도 중요하오. 그러나 그 외에 내실과 외실을 돈독히 기하기 위해서라면 백성들에게 민족에 대한 애정과 긍지를 갖출 수 있도록 계몽과 교육을 게을리 하지 않는 일도 중요하다고 생각하오. 긍지를 갖지 못하는 민족은 흥할 수 없소. 이는 우리 관리나 사대부들이 열정을 가지고 지속적으로 후손들에게 계승시키지 않으면 안 될 막중한 일임을 명심 또 명심해야 할 것이오. 조선이 건국한 이래 비록 일천한 세월이지만 나라에서는 그런대로 우리의 옛 것을 찾고 우리 생활, 우리 문화, 우리 자존심을 지키기 위해 심혈을 기울여 왔소. 그러나 그러한 가운데 아직 우리 성정과 언어 생활에 알맞은 글자가 없다는 것은 실로 문화 민족으로서 수치스럽기 그지없는 일이오. 고개를 들어 하늘을 우러르기조차 힘든 부끄러운 일이란 말이오. 문자 없는 민족이 어찌 그 나라 고유의 문화를 이룰 수 있겠소. 또 후손들 교육은 어찌 행할 수 있겠소이까?"

세종은 흥분하고 있었다. 단순한 흥분이 아니라 진정 피 속에서 끓어 오르는 오열과 같은 외침이었다. 종전에 볼 수 없었던 세종의 열변에 집현전에 모인 사람들은 숨을 들이쉬며 귀를 기울이고 있었다.

"짐은 이 점을 깊이 통찰하고 안타깝게 여겨 문자 창제를 결심하고 그 동안 여러 학사들을 이에 동참하도록 명하였던 것이오. 오늘 비로소 글자의 꼴을 확정하여 여러분들에게 보이려 이렇게 한 자리에 모이도록 하였소. 이제부터는 본격적으로 틀을 다지고 음가를 부여하여 명실상부 우리 백성 모두가 쉽고 편히 쓸 수 있는 글자를 세상에 내놓을 것이오."

세종은 잠시 숨을 고르느라 호흡을 몰아 쉬었다.

좌중은 꿈을 꾸듯 세종의 말에 귀를 모으고 있었다. 글자를 만든다는 그 자체가 꿈이고 환상이었다. 그리고 차츰 정신이 들자 다시 종이 위에 쓰인 글자를 들여다보기 시작했다. 생소하고 낯선 모양들이었다.

세종은 학사들의 반응을 들어 보기 위해 조용히 자리에 앉았다.

시간이 흐르자 예상대로 좌중이 술렁이기 시작했다. 학사들이 서로 옆 사람을 바라보며 자신들의 견해를 토로하기 시작했던 것이다.

한동안 침묵을 지키고 방 안의 형편을 바라보고 있던 세종이 입을 열었다.

"그 동안 많은 시간이 있었음에도 여러 학사들과 한 마디 의논도 없이 독단적으로 글자의 꼴을 정한 것에 대해 송구스럽게 생각하오. 일이 워낙 막중하기에 어느 누구와 의논을 한다 하더라도 쉽고 간단히 이루어질 일은 아니었소. 그러나 이런 문제를 정함에 있어 가벼이 생각하고 즉흥적으로 판단한다면 역사의 한 장이 되는 문자 혁명을 어찌 이룰 수 있겠소이까. 짐은 아주 어린 시절부터 이 글자들을 곁에 두고 언젠가 살아 숨을 쉴 날이 있을 것을 고대하면서 초조히 마음 졸이며 오늘까지 지내왔소. 그러나 아무리 짐이 이 글자들에 대해 애착을 가진다 하더라도 여러 사람들은 이에 대한 견해나 의문이 많을 것이오. 오늘은 이 문제를 가지고 허심탄회하게 이야기를 나누도록 하여 봅시다."

세종이 말을 마치자 방 안은 다시 숙연하였다.

"아뢰옵기 황송하오나 소신 의문나는 점이 있사와 감히 묻겠사옵니다."

잠시 침묵을 깨고 정인지가 자리에서 읍하였다.

"말해 보구려. 조금 전에 이야기했듯이 조금도 주저할 것 없소이다."

세종은 오히려 학사들의 질문을 독려하였다.

"전하께옵서 불편하신 옥체를 무릅쓰시고 글자 창제에 진력하고 계심을 뵈올 때, 소신들 역시 밥알을 목에 넘기기가 어려웠사옵니다. 이제 글자의 꼴을 저희에게 보여 주시니 더할 나위 없는 기쁨이오나, 여기 적힌 모양들은 고금에 보지 못한 글자들이오라 근원을 알기 어렵사옵니다. 아울러 운영의 방법이나 소릿값조차 알지 못하는 처지오라 의문스러운 점을 묻사오니 저희의 어리석음을 일깨워 주시옵소서."

정인지가 다시 자리를 잡고 앉자 세종은 고개를 끄덕이며 좌중을 둘러보았다.

"그러한 물음이 있을 것이라 예측하고 있었소. 이미 세자와 대군들에게도 같은 내용의 질의를 받은 적이 있었소이다. 여기 적힌 이 모양들은 짐이 새로이 고안해 낸 것이 아니라 아주 오랜 예전 단군 조선 시대에 사용되었다는 우리의 고전자, 가림토 문자요. 나는 사부께 사사를 받던 어린 시절부터 이 글자의 숨겨진 비밀에 대해 무척 알고 싶은 일이 많았소. 그런데 동문수학을 하던 옛 지우에게서 이런 글자가 천축국을 위시한 중국 소수 민족 사이에서 쓰이고 있다는 믿기지 않는 놀라운 소식에 접하게 되었소. 그 말을 듣는 순간 짐은 온몸이 떨려 며칠 밤을 잠을 이루지 못하였소. 우리 민족이 중국 대륙 위에서 강대한 제국을 건설하고 세상을 호령하던 그때 쓰였던 문자가 지금도 먼 외지에서 살아 숨쉬고 있다니 이 아니 경탄할 일이겠소? 우리의 민족혼을 살리기 위해서라도 이 글자를 다시 소생시켜야겠다는 강한 책임감을 느꼈던 것이오."

세종은 좌중을 둘러보며 불끈 주먹을 쥐어 보였다. 그만큼 세종의 고전자를 사랑하는 마음은 강렬하였다.

"하오나 우리의 역사는 옛 기억 속에 묻혀 있고 근거도 희박한 것이어서 뚜렷이 내세울 수 없는 것이 오늘의 현실이라 여겨지옵니다. 이 모양의 글자 역시 역사적 자료나 근거도 없이 어림잡아 그럴 것이라 단언을 내리시어 일을 추진하신다면 나중 그에 대한 진가가 달리 내려졌을 때 그 뒷감당을 어찌하오리까?"

정인지 옆에서 옥판선지를 유심히 들여다보던 신숙주가 읍하며 아뢰었다.

"그 점에 대해서는 아무 염려 할 필요가 없소이다. 우리의 지난날이 오늘과 같이 된 것은 옛것을 되찾으려는 의지 없이 그날그날을 주어진 대로만 편히 살려 했기 때문이오. 외세의 침입에 대처하지 못하고 방관적 자세로 일관하며 오히려 남의 것을 내 것인 양 착각하며 살아 왔기 때문에 진정 우리의 것은 까맣게 잊혀지게 된 것이오. 하지만 아직도 늦지 않았소. 눈을 조금만 돌려 찾으려 한다면 얼마든지 우리 조상이 남긴 훌륭하고 위대한 유산을 찾을 수가 있소이다. 지금 이 자리에서 그런 것들을 일일이 열거할 수 없으니 간단한 시 몇 편을 통해 우리의 얼을 되새겨 보도록 합시다."

간략히 말을 마친 세종은 역시 옥판선지에 한자로 쓴 시 한 편을 수양에게 전하였다.

"거기에 쓰인 한시를 우리말로 번역해 보아라."

세종의 말이 떨어지자 수양 대군이 세종의 손에서 종이쪽지를 건네받아 눈으로 훑어 보았다.

옥판선지에는 한자로 '단적(檀跡)'이라는 시제가 붙어 있었고 오언으로 된 여덟 줄의 고시가 씌어 있었다. 수양이 한시를 읽으며 그 자리에서 우리말로 풀어 낭송하였다.

村郊稱弁韓 마을 밖 변한이라 이르는 곳에
別有殊常石 수상한 돌 하나 있네.
臺荒躑躅紅 대는 무너지고 철쭉만 붉었는데
字沒莓苔碧 글자는 지워지고 이끼만 푸르구나
生於剖判初 하늘이 갈라질 때 처음 생겨
立了興亡夕 서 있기 그치고 흥망이 다했구려
文獻俱無徵 문헌에 보이는 증거는 없지만
此非檀氏跡 이 어찌 단군의 자취가 아니겠는가

수양이 차분차분한 목소리로 단적을 해석해 나갔다. 좌중은 숙연히 앉아 수양이 읊는 한시를 귀에 담으면서 자신들도 시의 의미를 풀어 보려 노력하였다. 한시 읊기가 끝나자 세종은 만족하다는 듯 고개를 끄덕거렸다.

"들어들 보셨지요. 위의 내용 그대로요. 위 시는 단군세기에서 발췌한 것으로 장량과 함께 진시황을 시해하려 했던 천하장사 여홍성이 지은 것이라 하오. 단군조선 12대 아한 임금이 요하의 남쪽에 순수관경비를 세우고 역대 제왕의 이름을 새긴 것을 보고 여홍성이 이 곳을 지나다 읊은 것이라 하오. 수상한 돌이란 이 비를 말하는 것이오. 부판(剖判), 즉 세상이 처음 열릴 때 나라가 생겼다 읊었으니, 그 역사의 오래됨을 미루어 짐작하기 어렵지 않을 것이오. 맥수지탄(麥秀之歎)의 한이 뼈에 사무치는 노래라 생각됩니다."

세종은 감개무량한 듯 목소리까지 떨리고 있었다. 그러나 좌정한 사람들은 세종처럼 마음 깊이까지 와 닿지 않았다. 그것은 이들이 자라온 과정, 수학한 학문이 한문 문화 속에서였기 때문이었다. 민족의 긍지를 살리는 일일지라도 지나간 것이거나 갑작스러운 것은 그저 허황된 것이라는 관념이 머릿속에 박혀 있게 마련이었다. 단군에 관한 것이라면 어린 시절 할머니나 할아버지에게서 가끔 얻어 들은 이야기가 전부였던 이들에게는 쉽사리 수긍이 가지 않을 수도 있었다. 세종도 이런 점을 이해하고 있었다.

세종은 옆에 놓인 또 하나의 옥판선지를 들어 안평에게 전하였다. 옥판선지에는 조금 전과는 또 다른 한자로 노래가 적혀 있었다.

"여기 다시 볼 노래는 태백일사 고구려국 본기에서 발췌한 <태백가(太白歌)>요. 중화를 숭상하는 지금의 처지에서 이런 노래를 들려 준다는 것이 어떻게 보면 큰 나라를 비방하는 소아적 발상에서 비롯되었다 생각될지는 모르나 민족적 자존심을 가지고 대한다면 오히려 우리의 자긍심을 드높이고 민족의 얼을 되새기는 계기가 될 것이오."

세종은 안평으로 하여금 <태백가>를 풀이하도록 권하였다.

嗟汝蠢蠢漢家兒, 莫向遼東浪死歌
文武我先號桓雄, 綿亘血胤英傑多
朱蒙太租廣開土, 威振四海功莫加
維由一仁揚萬春, 爲他變色自靡踤

世界文明吾最古, 攘斥外寇保平和
劉徹楊廣李世民, 望風潰走作駒過
永樂紀功碑千尺, 萬旗一色太白峨

세종이 건네 준 옥판선지를 받아 든 안평은 잠시 눈을 들어 한자로
된 시를 훑어본 후 곧 우리말로 해득하기 새작했다. 안평 역시 수양과
마찬가지로 거침없이 <태백가>를 낭랑하게 읊어 내렸다.

　　　　가엾다 어리석은 한족의 아이들아
　　　　요동 땅 넘보지 마라 개죽음당하리라.
　　　　문무 겸한 우리 선조 환웅이라 불렀으니
　　　　면면히 자손들은 영웅호걸 즐비하다.
　　　　주몽대왕 광개토는
　　　　온 세상에 위세, 공적 떨쳤네.
　　　　유유, 일인, 양만춘은
　　　　나라 위해 몸을 던져 스스로 쓰러졌네.
　　　　세계의 문명은 우리가 가장 오래지
　　　　외적떼 물리치고 평화를 지켰네.
　　　　유철, 양광, 이세민도
　　　　바람처럼 무너지고 망아지처럼 도망갔네.
　　　　영락의 공적비가 천척이요
　　　　만기도 한 색으로 태백을 높였구나.

안평의 <태백가>는 수양의 <단적>보다는 마음에 와 닿는 면이 많
았다. 집현전 학사들은 모두 침묵 속에 안평이 낭송하는 시의 뜻을 하
나하나 곱씹으며 그 내용을 음미하고 있었다.
"그렇소. 노래는 나타난 그대로요. 우리의 문명은 그 어느 나라보다
앞서 있었으며, 국력 또한 어느 나라보다 강대하였었소. 이처럼 막강하

고 찬란했던 국력과 문화를 가졌던 민족이 썼던 문자가 지금 그대들 앞에 놓인 바로 그 글자들이오. 이를 새삼스러이 키우고 살려 이 세상에서 또다시 빛을 발하게 할 셈이오."

세종은 노래의 전모와 글자를 선택한 이유와 당위성에 대해 다시 한 번 자신의 견해를 확고히 하였다.

그러나 사대에 빠져 전혀 뒤를 돌아보지 못하는 일부 학사들은 도저히 그 내용을 수긍하려 들지 않았으며 오히려 이제까지 가지고 있던 자신의 신념이 무너지는 소리처럼 들리기도 하였다.

"전하께옵서는 이 글자가 우리의 고유한 문자라 하셨사오나 문헌에 나온 몇 마디 흔적만을 가지고 그토록 쉽게 단언하심은 혹시 선입견이시거나 내 민족만 아끼는 국수주의적 편견에서 온 것은 아니시온지요. 나라가 강대했었다고 하여 꼭 문자를 사용했었다고 말할 수는 없사옵니다. 혹시 천축국이나 중국의 소수 민족이 쓰던 문자가 우리 일반 백성들에게 유입되어 사용되지 않았나 하는 의구심을 품어 보시지는 않았사온지요. 황공하온 말씀이오나 소신이 본 바로는 이와 같은 기호는 무수리나 천민 사이에서 쓰이는 부적 같은 것들에서 보아온 바 있기 때문에 감히 말씀드리는 것이옵니다."

세종의 맞은편에 앉아 묵묵히 옥판선지의 글씨를 들여다보던 성삼문이 고개를 깊이 숙여 읍하며 의문을 던졌다.

"그대가 알고 있구려. 그렇소. 이 모양들은 아직도 우리 백성 사이에서 그림으로나마 통용되는 잊혀진 문자들이오. 짐은 그대들과는 달리 이 점에 마음 깊이 감동하고 있소. 가진 자나 알고 있는 자들은 현실에 쉽게 동화되어 환경이 변하면 자신의 입지를 세우려 가졌던 것을 헌신짝처럼 내동댕이치지. 그렇지만 가난하고 무식한 사람들은 자신들이 한번 간직한 것은 끝까지 버리지 않고 귀하게 여기며 언제까지나 지키려 하는 끈질긴 생명력을 가지고 있다는 것을 알아야 하오. 무수리나 천민들은 이것이 글자인지 무엇인지는 몰라도 그저 우리의 옛것이기에 간직하며 행운의 부적으로 써 왔소. 그 덕분에 수천 년이 지나

오는 동안 우리 것이 소중히 간직될 수 있었소. 짐은 이런 사실이 눈물겨울 뿐만 아니라 무한한 애정과 함께 연민의 정을 금할 수가 없소이다. 짐의 이런 마음은 편협된 아집이나 근거 없는 판단에서 온 것이 아니오. 어린 시절부터 남다르게 우리의 옛 문헌에 심취하고 가까이하다 보니 자연스럽게 우리 민족의 위대성을 깨닫게 되었지요. 우리의 찬란한 문화와 함께 문자까지도 세계로 번져 갔다는 사실이 절대 부정할 수 없는 확고한 신념으로 자리잡게 된 것이오. 짐이 일찍부터 평양에 단군 사당을 세우고 신라·고구려·백제의 시조묘를 참배하고 제사를 지내는 것으로 보면 짐의 선조에 대한 흠모의 정이 얼마나 큰 것인가 알 것입니다. 이에 대해서는 그 어느 누가 어떤 이의를 제기한다 하더라도 근거를 제시할 수 있는 이론적 바탕을 마련하고 있소이다."

세종은 강한 어조로 자신감을 피력하였다.

"전하께옵서 오랫동안 노심초사 궁구하신 끝에 내리신 하해 같으신 뜻을 무지한 소신들이 짧은 시간에 어찌 전부 헤아릴 수 있겠사옵니까. 다만 염려되옵는 것은 이미 사라져 버린 옛 고전자를 다시 사용함은 창제의 근본 원칙에서 벗어나는 것이 아닌가 하는 점이옵니다. 또한 한자와 병행 사용하는 것이 불가피한 마당에 이중적 문자 정책의 번거로움을 피할 수 없으리라 여겨지옵나이다. 또한 의욕을 앞세워 문자를 창제했다 하더라도 후세인들이 지속적으로 사용하지 않는다면 공연한 힘과 시간의 낭비로 혹자에 의해 비웃음을 면치 못할 것이오니 이 점이 심히 근심스럽사옵니다."

교리 최항이 자못 심각한 어조로 머리를 조아려 아뢰었다.

"예견되는 우려이며 근심입니다. 짐 역시 그런 점이 염려 되었었소. 하나, 문자 창제에 대한 당위성은 이미 오래 전부터 강조해 온 바이니 다시 재론할 필요가 없으리라 여겨지오. 그리고 창조나 창제에 대한 우리의 고정관념이 고전자를 재생함에 걸림돌이 된다면 이 역시 올바른 판단과 해석으로 진의를 파악해야 할 것으로 생각되오. 창제란 전혀 세상에 없는 것을 새로 만들어 내는 것이 아니라 이미 있는 것, 있었다가 사라진 것을 새로이 드러내게 하는 것이라 믿고 있소. 이 세상에 전혀 존재하지 않는 것을 새로이 만들어 내는 것은 조물주의 몫이지 우리 사람이 할 수 있는 일이 아니오. 어둠 속에서 빛을 찾아 내고, 침묵 속에서 소리를 찾아 냄은 수풀 속에서 메뚜기를 찾아 내는 일과 다를 바 없소. 우리 사람이 무엇을 새로이 발견하고 만들어 낸다는 것은 자연 현상 속에 이미 존재하고 있는 것을 발견하거나 결합하는 것에 지나지 않는다는 것을 깨달아야 할 것입니다. 없는 것을 억지로 짜내어 만들어 내는 것은 오히려 자연의 섭리에 어긋날 뿐더러 순간적인 눈속임은 될지언정 그것이 진정한 의미로는 창제라 할 수 없소. 짐이 문자를 창제하겠다 함은 우리 민족의 정서와 생활에 알맞은 문자가 없음을 안타깝게 생각했기 때문이오. 또한 문화 민족으로서 남의 문자를 차용하여 사용해야 하는 굴욕적 현실에서 벗어나기 위함이었소. 여기 우리 민족이 사용하던 문자가 있으니 선조의 위대한 유산을 찾아 내 이를 밝히고 계승하고자 함은 선조에 대한 후손으로서 마땅한 도리이며 예의라 생각하오. 이것이 곧 창제의 본 뜻이 아니겠소이까?"

세종은 잠시 말을 멈추고 타는 목을 축이기 위해 청자에 놓인 옥수를 따라 마셨다.

"아직, 그 종이에 적힌 모양의 글자가 그 옛날 어떤 음가를 가졌으며 어떤 방법으로 운용되었는지 전혀 알 수 없소이다. 앞으로 짐과 여기 모인 여러 사람들은 이 글자들을 첨삭하고 취사하여 유사 이래 없는 새 글자를 만들어야 할 것이오. 말이란 자의적(恣意的)이라서 어떤 사물에 어떤 이름이 붙는다는 것은 필요에 따라 선정되었을 뿐 절대적인 것은 아니오. 어떤 사람의 이름이 종열이든 마당쇠이든 이름을 어떻게 붙이든 본체는 변하지 않는 것과 같은 이치오이다. 마찬가지로 이 모양의 글자꼴에 어떤 음가가 부여되든 그것은 전적으로 여기 모인 사람들의 합의에 따라야 할 것이오. 그건 우리가 그 동안 힘을 기울여 연구·관찰한 성운학에 기반을 두고 하나 하나 정성을 들여 정해 나가기 나름이라 생각하오. 글자가 창제되어 제 모습을 갖추게 되면 기필코 조정에서 관용 문자로 쓸 수 있도록 최선을 다할 것이오. 뿐만 아니라 어리석은 백성은 물론 학사와 임금에 이르기까지 우리 백성이라면 누구나 한결같이 고루 쓸 수 있도록 강력하고도 지속적인 언어 정책을 펴 나갈 것이외다. 모든 문헌은 새로운 문자를 기록될 것이며, 과거 시험 역시 새로운 문자로 치러질 것이오. 일반 문서나 서신 그리고 문예문에 이르기까지도 새 문자로 씌어질 것이며, 나아가 외국의 서적들도 새로 창제된 우리 글로 해석·편찬될 것이외다. 이것이 지속적이며 확고하게 정착되기 위해서는 이 나라를 주도하고 있는 지식인들과 조정의 녹을 먹는 관리들이나 후대 왕들의 힘이 클 것이라 생각되오. 이를 부정할 수도, 부정해서도 안 되는 짐의 확고부동하고 강인한 의지와 믿음으로 전하는 것이니 그 뜻을 잘 이해해 주기 바라오. 그렇게 해야만 민족의 혼이 되살아날 것이며, 한자에 의해 소멸될 것이라는 새 문자의 앞날에 대한 기우도 봄눈처럼 사그라질 것이외다. 이러한 만백성의 의지가 하나로 모두어진다면 오히려 한자로 점철된 지금까지의 문자 생활이 새로이 창제되는 문자 생활로 바뀌어질 것은 불을 보듯 환할 것이라 믿어지오. 짐은 반드시 그렇게 될 날을 고대하며 문자 혁명을 추진해 나갈 것이외다."

세종의 의지는 더 할 수 없이 확고하였다.

처음에는 거부감과 의문점을 가지고 세종의 마음을 헤아려 보려 했던 집현전 학사들은 세밀하고 진진한 답변과 강한 의지 앞에 깊이 머리를 조아리지 않을 수 없었다.

세종은 거듭 문자 혁명에 최선을 다해 줄 것을 다짐했다.

회의가 파하자 세종은 다시 세자 향과 수양·안평·임영 세 대군을 동행하고 편전으로 향하였다.

"집현전 회의에서 논의되었던 것들은 문자 창제에 실제적인 당면 문제인고로 그것에 대처하기 위해 온갖 힘을 기울여야 할 것이다. 특별히 중요한 것은 글자 하나하나가 살아 숨쉬어야 해. 그러기 위해서는 우주의 원리와 질서에 입각한 지극히 합리적이며 과학적인 성운학에 바탕을 둔 것이어야 한다. 그 어느 누가 언제 어느 때 보더라도 명백하고 타당한 근거를 마련하지 않으면 안 될 것이다."

편전에 다시 모인 세종과 왕자들은 책상을 둘러 앉아 집현전 회의에서 오갔던 내용을 재검토하고 그에 대한 대비책을 논의하였다.

세종은 세자 향, 그리고 수양 유와 안평 용 두 대군과 함께 새 문자 창제의 꼴로 정한 가림토 문자를 펴놓고 면밀히 분석 정리하는 작업을 시작하였다.

어릴 때부터 곁에 두고 눈에 익혀 온 것이었지만 이런 글자들이 어떤 음가를 지녔으며, 어떻게 쓰였으며, 무엇을 근거로 하여 만들어졌는지……. 역사 속에 깊숙히 파묻히고 시간 속에 분해되어 버린 지금으로서는 전혀 그 원형을 알 수가 없는 것이었다.

세자와 대군들도 부왕의 권유에 따라 성운학을 공부하면서 이 글자들의 원형을 찾아 보려 노력했으나 모두 허사였다.

애초부터 세종은 이 옛 글자들을 그 이전처럼 복원시킬 생각은 아니었다. 만일 복원이 된다 하더라도 수천 년이 지난 지금 그것은 하나의 유물로 남을 공산이 클 것이다. 다시 사용한다 하더라도 상당 부분을 새롭게 가꾸고 변형시켜야 할 것이었다.

그러므로 원형을 복원시키는 일은 시간과 힘의 낭비라는 판단 아래 원형을 기본으로 하되 새로운 그리고 현실에 알맞은 방향으로의 모색을 시도하기로 하였다. 그 모양만 빌릴 뿐 음가와 운용 방법은 새로이 체계를 갖추어 전통적인 우리의 말과 지금 현재 사용하고 있는 말에 꼭 알맞은 글자를 창제하고자 하였던 것이다.

세종은 면밀한 분석과 합리적 운용 체계를 갖출 수 있는 문자의 세계로 한 발 한 발 파고 들었다. 바야흐로 새로운 문자 창제를 위한 고난의 세계를 향해 몸을 던진 것이었다.

가림토 문자는

· ㅣ ㅏ ㅓ ㅜ ㅗ ㅑ ㅕ ㅠ ㅛ
ㅈ ㅋ ㅇ ㄱ ㅁ ㅂ ㄴ ㅅ ㅊ

ㅈ ㅿ ㅿ ㆁ ㅅ ㅁ ㄹ ㄴ
ㅂ ㅍ ㄱ ㅊ ㅈ ㄱ ㅗ ㅍ ㅍ

등의 서른 여덟자였다.

"눈여겨 보지 않아도 점과 작은 선들로 이루어진 열한 자와 그 아래 스물일곱 자는 쓰인 형태가 다르옵니다."

안평 용이 설명하였다. 앞에 쓰인 ·ㅣ ㅡ ㅏ ㅓ ㅜ ㅗ ㅑ ㅕ ㅛ ㅠ 등 열한 자는 짧은 수직 수평의 막대기들에 점들이 어우러진 상태이고, 나머지 스물일곱 자는 원과 곡선, 몇 개의 선들이 모여 이루어져 있으므로 뚜렷이 앞의 글자와는 다른 형태를 갖추고 있었다.

세종은 우선 서른여덟 자의 글자를 앞의 열한 자와 뒤의 스물일곱 자를 묶음으로 나누고 다시 열한 자의 글자를 분석하기로 하였다.

"열한 자는 ·ㅣ ㅡ 세 글자를 기본으로 하여 서로 상하좌우로 어우러져 쉽고 간편한 발전이 눈에 띄옵니다. 열한 자는 다시 ·ㅣ ㅡ / ㅏ ㅓ ㅜ ㅗ / ㅑ ㅕ ㅛ ㅠ 의 세 부분으로 나눔이 가능한 듯하옵니다."

수양 유의 설명이었다.

세종은 특히 ·ㅣ ㅡ 세 글자에 의미를 부여하고 관심을 집중하였다. 열한 자의 열쇠는 이 세 글자가 쥐고 있다고 생각했기 때문이었다.

수학 시절 스승 이수가 시간이 있을 때마다 강조하며 가슴에 심어 준 천부경의 사상을 머리에 그렸다. 중국의 경서인 사서나 삼경이 지금의 우리 학문의 골격을 이루고 있으나, 그 근본 사상은 이미 우리 선조들이 만들어 생활의 근본으로 삼아 왔던 우리의 사상을 재정리한 것에 지나지 않는다. 주역(周易)에 들어 있는 사상이 오천 년 전 우리 고대 국가 한국(桓國)의 경서인 천부경에서 비롯되었다는 것은 여기 몇 가지 예를 들어 보더라도 쉽게 이해하리라 믿는다.

일시무시일(一始無始一)이라 했으니 하나로 시작하되 하나요. 석삼

극무진본(析三極無盡本)이라 했으니 삼극(三極)을 나누어도 근본이 다함이 없다. 즉 천일일(天一一), 하늘은 하나이며, 첫 번째요, 지일이(地一二), 땅도 하나로되 천(天)과 함께 두 번째요, 인일삼(人一三)이라 했으니 하늘과 땅 그리고 사람이 합하여 셋이니라.

이는 천지인(天地人)은 삼재(三才), 즉 삼극이니 세 개의 선(線)이 합하여 세모를 이루듯 어느 하나 중요하고 중요치 않은 것이 없으며 셋이 하나요 하나가 셋, 그러니까 삼위(三位)는 곧 일체라는 뜻이다.

이와 같은 가르침을 서연이 끝나고 남는 시간이 있을 때마다 수시로 들어 온 터였다.

이 우주의 시작은 하나의 작은 점에서부터 팽창한 것이라 주장하는 학자들이 있으니 참으로 하늘의 섭리란 오묘한 것이 아닌가. 사람이 만일 저 하늘 별들의 움직임처럼 규칙과 질서 속에 생활한다면 이 세상은 더할 나위 없는 태평한 세월이 유지될 것이다. 스승 이수는 어린 세종에게 이렇게 늘상 하늘의 질서, 우주의 섭리를 가르치려 애썼다.

세종은 우리 민족의 뿌리 사상인 천부경과 그에 얽힌 천지인(天地人)이라는 시가를 관련시켜 보았다.

天以玄默爲大　하늘은 아득하고 고요함을 크게 여기니
其道也普圓　　그 도는 둥근 것을 펴는 것이요
其事也眞一　　그 일은 오직 참이로다
地以蓄藏爲大　땅은 모으고 감춤을 크게 여기니
其道也效圓　　그 도는 둥근 것을 본받는 것이요
其事也勤一　　그 일은 오직 부지런함이로다
人以知能爲大　사람은 알고 능한 것을 크게 여기니
其道也擇圓　　그 도는 둥근 것을 가려 내는 것이요
其事也協一　　그 일은 오직 도움이로다
故一神降哀　　고로 하나의 신이 내려와

性通光明	성을 통해 빛을 밝히시며
在世理化	세상의 이치를 깨우쳐
弘益人間	널리 사람을 이롭게 하시도다

하늘 땅 사람, 하늘 땅 사람, 하늘 땅 그리고 사람…….

선조들은 그들의 철학·종교·문학 등 모든 부분에 천지인 사상을 불어 넣고 그 바탕 위에서 삶을 영위하고 있었음을 알 수 있었다. 세종은 그런 사상이 언어 생활에 도입되지 않으리라는 법은 없다고 생각하였다.

"그렇다면!"

이러한 생각은 세종으로 하여금 가림토 문자의 앞부분 · — ㅣ의 세 글자가 기필코 천지인과 무관하지 않다는 확신을 갖게 하였다. 세종의 얼굴에 비로소 환한 미소가 피어 올랐다.

새 문자의 윤곽이 드러나다

· 하늘
― 땅
ㅣ 사람, 우주의 밑거리

그리고 이 세 글자를 기본으로 초출자하여 ㅏㆍㅓㅗㅜ로 전개시키고, 재출자하여 ㅑㆍㅕㅛㅠ로 전개시켰음을 알 수 있었다.

분석과 정리가 이에 이르자 이제 이 글자들에 생명을 불어 넣는 일만이 남아 있었다.

세종은 취옥과의 발음 연구에서 입을 한 번 열어 낼숨을 쉬면서 소리를 낼 수 있었던 음을 머리에 떠올렸다. 모두 입곱 개의 소리가 단한 번의 목청 울림으로 발음 기관을 통하여 새어 나온 것으로 연구되었다. 따라서 ㆍ―ㅣㅏㆍㅓㅜㅗ의 일곱 자를 거기에 적용하기로 했다. 양성에 ㆍㅏㅗ, 음성에 ―ㅓㅜ, 중성에 ㅣ를 정하여 음양에 맞도록 분류할 수 있었다. 그 외에도 입을 둥글게 하여 내는 소리와 평평하게 하여 내는 소리로도 나누고 혀의 앞쪽과 뒤쪽에서 나는 소리들도 구분해 보았다. 다만 ㅏㆍㅓㅗㅜ 등은 쓰기에 불편하고 모양이 매끄럽지 못하다 하여 ㅏㅓㅗㅜ 등으로 모양새를 갖추어도 같은 글자로 보기로 하였다.

앞쪽의 열한 자를 분석·정리한 세종은 다시 아래쪽 스물일곱 자를 연구하기 시작하였다.

세종은 이미 중국의 홍무정운과 기타의 성운학을 다룬 서적을 통하여 오음(五音)과 칠음(七音)에 대한 예비 지식을 갖추고 있었다. 이미 그에 대한 대강의 체계와 이론도 정리해 놓은 상태였다. 다만 스물일곱 자의 모양을 여러 모로 쪼개어 보았지만 어떤 질서가 숨어 있는지 쉽게 이해되지 않았다. 그러므로 오음을 소리낼 때의 발음 기관의 모양과 그 강약을 생각하여 그중 가장 간단한 글자 다섯을 선정하였다.

어금닛소리인 아음(牙音)에는 ㄱ
혓소리인 설음(舌音)에는 ㄴ
입술소리인 순음(脣音)에는 ㅁ
잇소리인 치음(齒音)에는 ㅅ
목소리인 후음(喉音)에는 ㅇ

이렇게 오음의 기본 글자를 정한 다음 반혓소리에는 ㄹ, 반잇소리에는 ㅿ을 선정하여 칠음을 마무리하였다. 그리고 오음에 획을 더하여 ㅋㄷㅂㅈㆆ 등과 ㆁㅌㅍㅊㅎ 등을 만들어 음의 세기를 더하도록 하였다.

그러나 이렇게 몇 개의 글자를 배치하고 정리하였다 하여 문자를 완성시킨 것은 아니었다. 모든 학문이 그러하듯 처음에는 쉽게 발을 들여 놓았으나 한 발 한 발 앞으로 나갈수록 그 깊이가 깊고 심오하여 앞을 바라볼 수 없는 상태에 이르게 된다. 그와 마찬가지로 문자를 완성하기까지는 이제 걸음마에 불과하였으며 앞으로 나아갈 길에는 몇 굽이의 장애가 가로막고 있을는지 예측할 수 없었다.

그러나 세종은 조금도 주저함이 없이 다음 단계를 향해 앞으로 전진하였다. 그 날 정해진 내용은 곧 세자 향과 대군, 집현전 학사들에게 알리고 내명부에도 알려서 어떤 막힘이 있는지를 되묻곤 하였다.

아무리 글자를 새로 정하고 그 음이 새어 나오는 진원지를 밝혔다고는 하지만 아직도 그 글자들은 벙어리에 지나지 않았다. 우리에게는 애초에 글자가 없었으므로 어떤 형태의 글자에 어떤 음을 내게 할 것인가를 남에게 보이려면 그와 비슷한 음을 가진 한자를 인용할 수밖에 다른 도리가 없었다. 그러나 한자어의 발음은 우리와 달라서 원래의 중국 소리 분석은 성(聲)과 운(韻)으로 분석하기 때문에 첫소리만을 운서를 통하여 알 수 있을 뿐이었다.

"아뢰옵니다. 우리의 낱소리는 첫소리, 가운뎃소리 그리고 끝소리가 따로따로 나누어지고 붙여져 음절을 이루고 있사옵니다. 그런데 중국의 소리는 첫소리만을 떼어 낼 수 있고, 가운뎃소리과 끝소리는 한데 뭉뚱그려 소리를 내기 때문에 이 두 음의 분석이 불가능하옵니다. 이렇게 중국과 우리의 어법과 다르고 우리의 소리 글자가 없는 지금 한자의 소릿값을 대입할 방법밖에 다른 도리가 없사온데 이를 어떻게 극복해야 하겠사옵니까."

세자 향의 지적대로 우리말은 '돌'이라는 소리를 낼 때 ㄷ, ㅗ, ㄹ 세 소리를 각각 합쳐져서 '돌'이라고 소리를 내지만 중국 말은 ㄷ, ㄹ로 앞의 음(音)과 뒤의 운(韻)이 합쳐지므로 우리의 말소리 분석과는 다른 것이었다.

"그러하다. 그것이 우리말과 중국 말과 다른 점이니라. 그러니까 우리는 끝소리가 하나 더 있어 최대한 한 글자가 세 개의 형태로 나누어질 수 있다. 어렵게 생각될지 모르겠으나 운(韻)에서 우리의 종성에 해당하는 음을 떼어 내면 가운뎃소리는 자연히 남게 될 것이니 크게 염려치 않아도 될 것이다. 그러나 우리가 할 일이란 그에 대한 확실한 체계를 세우는 것이니라."

세종은 항상 상대의 의견에 귀를 기울였으며 의문점에 대해 최선의 해결책을 모색하려 노력하였다.

"우리가 오음과 칠음을 선정하고 그에 대한 대강의 글자를 정해 놓았다. 칠음은 가장 중요한 말의 첫소리이다. 그러나 입 밖으로 튀어나와 상대의 귀청을 울려야 하는데 그것을 받쳐 줄 뒷소리가 없으면 입 속에 남아 있을 뿐 밖으로는 나올 수가 없다. 그래서 반드시 첫소리를 받쳐 줄 가운뎃소리가 있어야 하는데, 입모양을 보고 꼴을 만든 ㄱ ㄴ ㅁ ㅅ ㅇ은 당연히 첫소리가 되어야 할 것이고, 뒤를 받쳐 줄 가운뎃소리는 앞서 의견을 나눈 · ㅣ ㅡ를 기본으로 한 열한 자가 되어야 할 것이다. 그러하므로 첫소리는 부딪쳐야 나는 소리, 즉 닿아야 소리가 나므로 자식인 자음(子音)으로 하고 가운뎃소리는 홀로 소리가 나면서 첫소리를 포용하므로 어미인 모음(母音)이라 명함이 좋을 것이다."

여기에 어떤 음가를 부여할 것인가에 대해 세종은 중국의 칠음에 밀접한 한자음을 생각하였다.

"종전에 말씀드린 바와 같이 끝소리는 어찌 정하시려 하시옵니까?"

안평 용이 궁금해 하며 물었다.

"그것에 대해서도 이미 마음에 정한 바가 있느니라. 첫소리를 다시 끝소리로 사용하면 될 것으로 생각한다."

이것은 세종이 벌써부터 머리에 그리고 있던 일이었다.

세종은 오랜 생각과 연구 끝에 확정지은 첫소리 열일곱 자와 가운뎃소리 열한 자를 다시 정리해 보았다.

첫소리.　　아 음(牙音) : ㄱ ㅋ ㆁ

설 음(舌音) : ㄷ ㅌ ㄴ

순 음(脣音) : ㅂ ㅍ ㅁ

치 음(齒音) : ㅈ ㅊ ㅅ

후 음(喉音) : ㆆ ㅎ ㅇ

반설음(半舌音) : ㄹ

반치음(半齒音) : ㅿ 등 열일곱 자.

가운뎃소리. · ㅡ ㅣ ㅗ ㅏ ㅜ ㅓ ㅛ ㅑ ㅠ ㅕ의 열한 자 등 모두 스물여덟 자가 또렷한 모습을 나타내었다.

"보아라. 이것이 이제까지 연구 검토하고 분석 통합한 글들의 모습이다. 이 스물일곱 자가 바로 그 동안 피땀 흘려 이룩하려 했던 문자 창제의 핵심이 되는 글자들이 될 것이다. 물론 이 글자로 우리말 전부를 표기할 수 있으리라고 생각지는 않는다. 미비한 점은 그때그때 발견되는 대로 연구 검토하고, 의견을 교환해 보자꾸나. 우리는 버릴 것은 버리고 덧붙일 것은 덧붙여 완벽한 글자를 만들기에 최선을 다해야 할 것이다."

종이 위에 먹으로 선명히 드러낸 스물여덟 글자들은 마치 알에서 깨어나 하늘을 향해 이제 막 비상하려는 새끼 용의 모습처럼 신선하고 선명하게 세자와 대신들의 눈에 비쳐졌다.

"이제 이 한 자 한 자에 음가를 부여하는 일이 남아 있다. 이미 그에 대한 언급이 있었지마는 우리에겐 애초에 소리를 묶어 둘 글자가 없었던 까닭에 중국의 운서인 홍무정운을 보기삼아 각 글자에 합당한 알맞은 소리의 한자를 찾아 끼워 맞추는 방식을 취할 수밖에 없을 것이다. 며칠 후 집현전 회의를 소집할 터이니, 각 글자에 알맞은 한자를 성음법에 맞게 연구하여 찾아 오기 바란다. 이와 같은 일은 집현전 학사들에게도 임무를 부여할 것이나 다만 이번 일은 그 누구보다 여기 앉아 있는 우리 왕가의 역할이 지대해야 할 것이니라."

세종은 세자 향과 두 대군, 수양 유와 안평 용에게 명하였다. 이번 같은 일은 몇 번의 회의와 논의로 거듭 반복 확인하여 이루어진 것이었으므로 세 사람은 별로 어려워하는 기색이 없었다.

문화 민족으로서의 자긍심을 살리고 우리 백성 모두가 쉽고 간편하게 쓸 수 있는 글자를 만들어 누대에 이르기까지 민족 문화 창달에 기여하도록 하겠다는 세종의 소망이 이제 그 모습을 드러내게 된 것이었다.

그러나 아직 시작이었다. 글자 하나하나에 음가를 부여하는 것 외에 운용의 방법, 통일성, 완벽한 체계 등을 갖추기 위해서는 합리적이며 과학적인 이론을 갖추지 않으면 안 되었다. 또한 누천 년 사대 사상에 젖어 뿌리 깊이 침투해 있는 한문 문화를 어떻게 극복해야 할는지 그것도 커다란 걱정거리였다. 몇 개의 글자를 만들었다 하여 하루아침에 한문 문화가 사라질 리는 만무할 것이므로 그에 대한 계몽 역시 글자 창제만큼 어려운 일이라 생각했다.

공연히 문자 혁명을 이룬다고 떠벌여 놓았다가 흐지부지되거나 실패했을 경우, 이제까지 글자 창제에 임했던 사람들의 실망, 시간과 힘의 낭비, 그리고 글자 창제에 대해 탐탁하게 여기지 않았던 사람들의 눈에 보이지 않는 조롱과 비웃음은 감당키 힘들 것이었다. 그보다 더 안타까운 것은 지금 글자 창제가 성공하지 않으면 이 민족은 영원히 글자 없는 눈먼 백성들로 살아야 하는 운명에 처한다는 절망감이 세종을 더욱 초조하게 만들었다.

"그 어느 때보다 더욱 마음을 단단히 먹고 정신을 똑바로 차려 일을 완벽하게 끝내지 않으면 안 돼."

세종이 다시 한 번 다짐하였다. 종이 위에 적어 놓은 스물여덟 글자를 면면히 들여다보고 있던 세종은 날이 어둑해서야 편전을 나왔다. 그렇게 늦은 시간은 아니라고 생각했는데 사방이 벌써 어두워 있었다.

"해가 짧아졌느냐? 날이 벌써 어두워졌구나."

세종이 앞서 가는 나인을 향해 물었다.

"아직 해거름이옵니다."

요즈음 세종의 건강은 극히 나빠져 있었다. 평소 가지고 있던 소갈병에 합병증이 겹쳐 쉽게 피로하고 야맹증까지 있어 밤이면 주위의 사물을 구별하지 못하였다. 더구나 글자 창제에 매달리다 보니 정신적 피로까지 겹쳐 더더욱 몸이 쇠약해져 있었다. 그런 것을 알 리 없는 나인이 바쁜 걸음으로 내전을 향해 발걸음을 옮겼다.

세종은 뒷짐을 지고 천천히 나인의 뒤를 따랐다.

"북쪽 하늘이 시커멓게 어두워 오는 것을 보니 소나기가 쏟아질 듯싶사옵니다."

나인은 여전히 발걸음을 재촉하였다.

"비가 내릴 것 같다 하였느냐. 오늘은 시원하게 비라도 맞고 싶구나."

건강이 좋지 않은 만큼 세종의 마음은 여유롭지 못하였다. 그러나 마음은 한결 편안한 것 같았다. 한편으로는 자신의 몸이 언제 어느 때 어떻게 될는지 모른다는 강박관념이 스스로를 초조하게 만들었다.

"후원으로 가자."

세종이 앞서가는 나인에게 명하였다.

종종걸음을 치던 나인이 그 자리에서 주춤거렸다.

"가야금 소리가 듣고 싶구나."

세종이 혼잣말처럼 중얼거렸다.

주춤거리던 나인이 발길을 돌려 후궁 쪽으로 향하였다.

미처 준비가 없었던지 취옥이 버선발로 세종을 맞았다.

"오늘 찾으시리라 미처 생각지 못하였사옵니다."

흐트러진 머리와 옷매무새를 고친 취옥이 황송히 세종을 보료 위에 앉혔다.

"지아비가 지어미를 찾는데 시와 때가 따로 있다더냐."

세종은 취옥을 대할 때마다 마음이 편안하였다.

세종을 간편한 옷으로 갈아 입힌 취옥이 잠깐 사이 수라상을 차려 내었다. 시장했던 세종은 밥 한 그릇을 간단히 비웠다. 상을 물리자 어느 틈에 주안상이 마련되었다.

"매화주 한잔 올리겠나이다."

"한두 잔이라면야 사양할 리 있겠느냐."

세종은 취옥이 따라 주는 술잔을 받아 단숨에 쭉 들이켰다. 술기운이 온몸으로 퍼지자 한꺼번에 피로가 몰려들었다. 밖에서는 후두둑후두둑 빗방울 떨어지는 소리가 들렸다.

청하지 않았는데도 취옥은 가야금 줄을 고르고 있었다. 화장기 없는 취옥의 얼굴에서는 풋풋한 살구처럼 순박함이 배어 나왔다.

　　백설이 잦아진 골에 구름이 머흘래라
　　반가운 매화는 어느 곳에 피었는고
　　석양에 홀로 서 있어 갈 곳 몰라 하노라.

취옥의 노래는 첫 소절부터 애절하였다. 계절에 맞지 않는 노래였으나 취옥은 목은(牧隱)의 <회고가>를 자신의 처지인 듯 구성진 가락으로 불러 내렸다.

세종은 취옥의 노래를 들으며 스르르 잠 속으로 빠져 들었다.

끝없이 펼쳐진 들판을 홀로 걷고 있었다. 사방을 둘러 보아도 아무 것도 보이지 않는 광활한 벌판에 오직 자기 한 사람뿐이었다. 넓은 벌판만큼이나 세종의 마음은 텅 비어 허전하고 쓸쓸하였다. 막막한 생각에 두려움까지 엄습하였다.

이때 벌판 멀리에서 뽀오얀 먼지를 일으키며 한떼의 군마가 이쪽을 향해 달려 오고 있었다. 먼지를 온통 뒤집어쓰고 초췌하게 달려 오는 모습으로 보아 패주하는 군마처럼 보였다. 군마는 세종 앞에 머무르자 말발굽을 멈췄다. 곧바로 같은 모양으로 먼지를 뒤집어쓴 또 한 떼의 군마가 가쁜 숨을 쉬며 몰려 왔다. 그리고 역시 세종 앞에서 발굽을 멈추었다.

"우리를 도와 다오."

앞서 도착했던 군마의 장수가 세종에게 황급히 도움을 청했다.

"너만이 우리를 도울 수 있다."

뒤에 도착한 군마의 장수가 한 발 앞으로 나서며 세종에게 애원하였다.

"아바마마!"

갑자기 나타난 두 사람을 본 세종이 놀라 소리쳤다.

앞의 장수는 할아버지인 태상왕 태조였고, 뒤의 장수는 아버지 태종이었다.

"어인 일이시온지요?"

세종이 몸둘 바를 모르고 그 자리에 무릎을 꿇었다.

"일어나거라. 저 앞이 보이질 않느냐."

부왕인 태종이 노한 얼굴로 꾸짖었다.

세종이 다시 일어나 앞을 보았을 때 멀지 않은 곳에 희뿌연 먼지를 일으키며 수천 수만의 군마가 이쪽을 향해 지쳐 오고 있었다. 그 규모는 온통 들을 덮어 넘쳤으며 위세는 하늘을 찌를 듯하였다.

"이 풍전등화의 위기를 너만이 막을 수 있다."

태상왕 태조가 어두운 얼굴로 세종을 향해 입을 열었다.

"소자는 겁 많고 허약한 선비에 지나지 않사옵니다. 어찌 대군을 맞아 싸워 물리칠 수 있겠사옵니까."

세종은 노도와 같이 밀려드는 군마를 보자 몸이 굳어 말문이 막혀 버렸다.

"용렬하구나. 어찌 이 애비의 자식 같지 않은 심약한 말을 하느냐? 하면, 군마의 발굽 아래 우리 삼대가 지푸라기처럼 짓밟혀 사라져야 옳다는 말이냐?"

선왕 태종의 얼굴에 핏발이 붉게 솟아 올랐다.

"하오나……."

부왕 태종의 노기 띤 얼굴을 보자 세종은 더욱 기가 질려 몸을 움츠렸다.

"듣기 싫다! 네 뒤를 보아라!"

세종은 부왕의 명에 자신도 모르게 고개를 뒤로 돌렸다.

"아—!"

뒤를 돌아본 순간 세종의 입에서는 자신도 모르게 탄성이 터져 나왔다. 어느 틈엔가 세종의 바로 뒤에는 억조 창생이 모여들어 지쳐 오는 군마를 향해 눈을 부릅뜬 채 마주 보고 있었다.

남녀노소 없이……. 선비며, 군관이며, 농군이며, 바치들이며……. 너나 할 것 없이 손에 손에 낫이며 삽이며 창이며 칼을 들고 결연한 낯빛으로 달려 오는 군마와 맞닥뜨릴 태세를 갖추고 있었다.

"너의 백성들이다. 너는 저 백성들의 어버이이다. 네가 있는 곳에 이들이 있으며 이들이 있는 곳에 네가 있으니, 네가 쓰러지면 저들도 쓰러질 것이요, 저들이 쓰러지면 너도 쓰러질 것이다."

태상왕 태조가 세종을 향해 외쳤다.

그 사이에도 군마들은 계속 말을 몰아 앞을 향해 전진하고 있었다.

"너만이 우리를 구할 수 있다."

부왕 태종이 앞장설 것을 재촉하였다. 뒤를 받치고 있는 백성들을 보자 백배의 용기를 얻은 세종은 단신으로 적을 마주 대하고 앞으로 나섰다.

천지를 진동시키듯 맹렬한 기세로 달려 오던 군마들의 말발굽이 갑자기 그 자리에서 멈춰섰다.

"물러가라!"

세종이 상대를 향해 사자후를 터뜨렸다.

세종의 고함은 세찬 폭풍이 되어 군마를 향해 날아갔다. 그러자 파죽지세로 몰려오던 군마들이 고함 소리에 날려 추풍의 낙엽처럼 흩어져 버렸다.

"장하구나, 아들아. 너만이 우리를 구할 수 있다."

태종이 오랜 만에 밝은 미소를 지어 보였다. 인자하고 다정다감한 부정이 넘치는 미소였다. 태종은 말을 마치자 말을 타고 곧바로 태상왕 태조와 함께 군마를 휘몰아 들판 저쪽으로 사라져 버렸다.

"아바마마!"

세종이 손을 저어 부왕을 향해 소리쳤다.

"전하, 꿈을 꾸고 계시옵니까?"

취옥이 허공을 젓고 있는 세종의 손을 두 손으로 잡아 가슴에 안았다. 서슬에 세종은 문득 꿈에서 깨어 눈을 떴다. 주위를 둘러 보았으나 모든 것이 눈앞에서 사라지고 희미한 등불 아래 소복한 취옥의 모습이 눈에 들어왔다.

"진정, 꿈이더냐."

밖에서는 제법 굵어진 빗방울이 세차게 창문을 때렸지만 세종에게는 그 소리가 아득하게만 들릴 뿐이었다.

"나랏일에 골몰하시느라 옥체를 돌보시지 않으시와 쇠약해지신 때문이옵니다."

취옥이 명주 수건으로 세종의 이마에 맺힌 땀방울을 닦아 주었다.

"나쁜 꿈이라도 꾸어 계시온지요."

취옥이 근심스러운 얼굴로 세종의 표정을 살폈다.

"꿈에 상왕께서 납시었다."

세종은 아직도 꿈에서 깨어나지 못하고 허둥거렸다.

"꿈에 윗분이 뵈이시면 어떤 가르침을 주기 위함이라 하셨습니다. 이르신 말씀이라도 있사온지요."

취옥은 예의 그 꿈 해몽에 관심을 보였다.

세종은 대답 대신 고개를 좌우로 흔들었다. 그리고 옆에 놓인 대접의 물을 한꺼번에 들여마셨다.

취옥은 더 이상 묻지 않았다. 창 밖의 빗소리가 한층 굵게 들려왔다.

세종은 방금 꾸었던 꿈을 되돌려 차근차근 음미해 보았다.

쫓기는 두 선대조.

구해 달라고 애원하던 할아버지 태조의 초췌한 모습, 너만이 우리를 구할 수 있다고 몇 번을 되풀이해 외치던 부왕 태종의 조급한 모습.

그들은 죽음의 세계에서 누군가에 의해 쫓기고 있음이 분명했다. 이승에서 있었던 일이 저승에 가서 어떻게 전개될 것인가는 그 누구도 알 수 없는 일이지만 윤회의 세상에서 업보란 삶의 철칙과 같은 것이라서 지금 선대조들이 이승에서 지은 그 과보의 늪을 걷고 있는 것이 아닌가 생각되었다.

또한 그것은 만약 지금의 시점에서 문화 창달을 꾀하여 나라의 기틀을 바로잡지 못한다면 창업의 위엄도 사직의 미래도 걷잡을 수 없는 몰락의 나락으로 떨어질 수밖에 없을 것이라는 것을 일깨워 주는 선왕의 외침이라고 생각되었다.

"한 나라가 세워짐은 하늘의 뜻이 없이는 이루어질 수 없는 일이옵니다. 어느 나라이든 세워지면 건국·과정에서 있었던 여러 이야기들이 살이 붙고 신격화되어 건국 신화로 남게 마련이지요. 결국 백성들의 정신적 지주가 되어 입에 오르내리게 되옵니다. 단군 신화를 비롯하여 주몽·혁거세 신화 같은 하늘이 이룩한 신화 말이옵니다. 하오나 조선은 연륜이 짧기도 하지만 왕가에 대한 무한한 경외심과 나라에 대한 충성심을 불러 일으킬 신화(神話)가 없사옵니다. 백성들의 영혼을 사로잡을 신화 말이옵니다. 하늘에 맞닿을 신화를 만드시옵소서. 물론 신화란 자연 발생적이어야 할 것입니다. 그러나 지금은 그럴 처지가 못 되오니 인위적으로라도 꼭 만들어야 할 것이옵니다. 이는 위로는 앞서 가신 선대조의 영혼을 받들고 위로하는 축문이 될 것이옵고, 아래로는 백성들에게 이 나라 백성됨을 자랑으로 삼아 스스로 충성심이 배어나게 하는 교화서가 될 것이옵니다. 요즘 주변을 돌아보면 선대의 군왕처럼 강력한 군주도, 군왕을 보필할 막강한 장수도 없는, 자칫 문약함이 내보이기 쉬운 시기이옵니다. 겉으로는 태평해 보입니다마는 고려의 멸망이 목전의 일이었사옵니다. 또한 두 번에 걸친 왕자의 난이나 외척과의 갈등으로 그 신뢰성을 잃어 지금 왕가는 눈에 보이지 않는 위기의 시기를 맞고 있사옵니다. 이럴 때일수록 사대부들과 백성을 계몽시킬 신화가 필요할 것이옵니다."

세종은 얼마 전 편전에서 이 학사가 들려 준 신화에 대한 이야기를 생각해 내었다.

조선은 이제 네 대째의 임금을 맞이하고 있으며, 건국한 지 겨우 오십 년에 불과한 때였다. 그러므로 아직도 고려의 유신과 유민들 사이에서는 망국의 한을 가슴에 지닌 채, 다시 그 날이 돌아올 것을 기대하는 사람들도 없지 않았다.

이러한 민심을 안으로 돌리고 새로운 국가, 조선의 백성이라는 자긍심과 확신을 갖게 하기 위해서는 유가를 기본으로 하는 충효 사상에 대한 지속적 계도와 애민 정신을 바탕으로 한 선정을 베풀어 나가는 것 외에 다른 방도가 없음을 이 학사는 굳게 강조하였다.

세종은 즉위 후 얼마 안 되어 백성들에게 충효 사상을 불어 넣어 주고자 삼강행실도(三綱行實圖)를 간행하여 배포하였다. 그러나 안타까운 것은 어리석은 백성들이 한자를 모르는 까닭에 그림을 그려 간행할 수

318

밖에 없었다. 그러나 그림만으로는 충효에 대한 깊이를 설명함에 한계가 있었다.

새 글자가 창제되어 백성이 모두 익혀 쓸 수 있게 된다면······. 그림 같이 보기만 하는 것이 아닌 심금을 울리는 절절한 글로 표현할 수 있다면 만백성에게 충효 사상을 불어 넣어 줄 수 있을 것이라는 생각이 세종의 머리를 떠나지 않았다. 나아가 이 학사의 말대로 글자가 창제되면 건국의 과정에서 일어났던 운명적 사건들을 낱낱이 글로 적을 것이라는 결심을 하였다. 그래서 건국의 타당성과 그 모든 고충을 백성들이 깨달을 수 있도록 노래로 만들어 불리게 할 것이라는 생각이었다. 그렇게 하기 위해서는 새 글자의 창제가 무엇보다 시급하였다.

"가까이 와 보려므나."

세종은 옥등에 심지를 돋우고 있는 취옥을 가까이에 불러 앉혔다.

"음가에 대해 다시 한 번 귀기울여 듣고 싶구나. 한 번의 입모양으로 소리 낼 수 있는 것이 어떤 것이라 하였더냐?"

세종은 취옥을 통해 가운뎃소리의 음가를 최종적으로 확인하고 싶었다.

"야심한 시각이옵니다. 옥체 보존하옵소서."

"걱정할 것 없다. 이 일을 끝내지 않고는 잠을 이룰 수 없을 것 같구나."

취옥의 권고를 가볍게 물리친 세종은 품고 다니던 옥판선지의 스물여덟 자를 꺼내 무릎 아래 펼쳐 놓았다. 취옥은 세종의 명에 따라 입을 오므리고 벌리며 정확한 소리를 뱉어 내었다. 단모음이었다.

세종은 취옥이 토해 내는 소리와 종이 위에 씌어진 · ㅣ ㅡ ㅏ ㅓ ㅗ ㅜ의 일곱 자를 결부시키며 그에 알맞은 한자의 중간음을 선정하기에 온 신경을 곤두세웠다.

별리

　호사다마라고나 할까. 글자를 창제하고 그 운용과 규약을 정하느라 정신을 쏟고 있을 때 세종의 마음을 아프게 하는 몇 가지 사연이 찾아들었다.

　매서운 추위였다. 북으로부터 날아온 동장군이 인왕과 북악을 넘어 마음껏 활개를 치고 다녔다. 그 서슬에 경회루 연못은 물론 멀리 한수까지도 꽁꽁 얼어붙어 버렸다. 동장군의 기세에 눌린 사람들이 추위를 피해 집 안으로 숨어 들었으므로 거리는 물론 궁중 안팎이 비로 씻은 듯 썰렁하였다. 이러한 추위에도 아랑곳하지 않고 세종은 일찍부터 편전에 나와 하루의 일과를 시작하고 있었다.

　나이가 들어 감에 따라 건강이 점점 나빠졌는지 쉽게 피로가 찾아들었다. 눈은 어두워 웬만한 글씨조차 보기 어려웠으므로 책을 읽기에는 애를 먹기 일쑤였다.

　그런 관계로 세종은 하루라도 빨리 동궁에게 나랏일을 맡겨 정사를 섭정케 할 계획을 세우고 있었다. 또한 문자가 완성되었을 때, 어떤 방식으로 계몽하고 가르쳐 빠른 시일 안에 모든 백성이 쉽게 깨쳐 쓸 수 있도록 하게 할 수 있을까에 대해서도 골몰하고 있었다.

　세종이 이런저런 생각으로 깊은 사색에 빠져 있을 때, 밖에서 기척이 나며 이 학사의 입실을 알리는 나인의 목소리가 들렸다.

　추운 날씨에, 그것도 이른 시간에 이 학사가 찾아온 것이 의외의 일이라는 생각이 잠깐 들었다. 그러나 세종은 밝은 얼굴로 이 학사를 맞왔다.

단조로운 궁중 생활에서 이 학사와 같이 스스럼없이 이야기를 나눌 수 있는 사람을 만난다는 것은 쉽지 않는 일이었다. 더구나 여러 가지 문제로 실마리를 풀지 못하여 곤궁에 빠져 있을 때 이 학사는 항상 옳고 현명한 판단으로 어려움을 극복케 해 주었다. 세종은 그를 대할 때마다 마음이 후련해지는 기분이었다.

"어서 오시게. 날씨도 추운데 어찌 지내시는가."

세종은 따뜻한 아랫목으로 이 학사를 앉도록 권하였다.

"며칠 찾아뵙지 못하였습니다. 옥체 만안하옵신지요."

이 학사가 머리를 깊게 숙여 문안하였다.

"덕분에 잘 지내고 있소이다. 글자의 꼴과 음도 정해져서 이제 마무리 단계에 있구려."

세종이 만면에 웃음을 머금었다.

"경하드릴 일이옵니다. 하루빨리 문자가 창제되어 온 나라 사람들이 익혀서 고금에 없는 태평세월이 이루어지기를 고대하옵니다."

이 학사의 얼굴에도 미소가 가득하였다.

"그래야지요. 옆에서 항상 격려하고, 많이 도와 주셔야 합니다. 이 학사는 항상 밝고 현명하시니, 곁에 있으면 천군만마를 얻은 바와 같이 든든하오이다."

세종은 옥잔의 차를 들어 앞으로 당기며 이 학사에게도 권하였다. 향긋한 차향이 코 끝에 스며 한층 정신을 맑게 하였다. 그러나 이 학사는 손을 무릎에 얹은 채 잠시 머뭇거렸다.

"황공하온 말씀 올리려 하옵니다."

이 학사가 무슨 결심을 한 듯 자세를 바로잡았다. 세종은 이 학사의 갑작스런 태도에 들었던 잔을 내려 놓았다.

"오랫동안 뵙지 못할 것 같사와……."

이 학사가 말끝을 흐렸다.

"무슨 말씀이오? 어디 먼 길이라도 갔다 오려는 겝니까?"

세종이 놀란 눈으로 이 학사를 바라보았다. 전혀 예기치 못한 말이었다.

"다시 떠날까 하옵니다."

마음의 안정을 찾은 듯 이 학사가 담담히 말하였다.

"왜? 무슨 일로 떠나신다는 겁니까? 오랜 주유천하 끝의 여독이 이제쯤은 풀린 듯싶어 이제쯤은 조정에 불러 같이 정사를 논해도 될 듯하였는데……."

애초부터 관직에 마음이 없었던 것을 잘 알고 있는 세종이었으나 오랫동안 세상을 돌아다니고 온 후여서, 마음이 변했을 것이라고 생각하고 있었다. 다만 외지로 돌아다니며 고생고생 끝에 귀향한 몸이라 어느 정도 건강이 회복되면 본격적으로 조정의 일을 맡겨 같이 정사를 의논하여야겠다는 것이 세종의 복안이었다.

"황공하옵니다. 소인은 본래 한 곳에 오래 머물러 있는 성격을 타고나지 못했습니다. 하는 일도 없이 세월만 흘리다 보니 조급하고 몸이 근지러워 가만히 있질 못하겠사옵니다. 새장 안의 새가 드넓은 창공을 그리워하듯, 소인 역시 방 안에 앉아 글을 읽기보다 저 넓은 세상으로 활개를 치며 뛰쳐 나가야겠다는 욕망을 억제할 수가 없었사옵니다. 전하께서는 현철하시옵고 동궁마마를 비롯한 대군들 역시 높은 학덕을 가지고 계시오며, 집현전에는 뛰어난 영재들이 즐비하옵니다. 미력한 소인이 가끔 전하의 말벗은 되었사오나 이렇듯 영명한 분들 사이에 끼어들 위인은 되지 못하옵니다."

이 학사는 그의 천성대로 살아가야겠다는 결심이 확고했다.

"이제 불혹(不惑)의 나이를 넘어 지명(知命)의 나이로 가고 있질 않습니까. 몸을 생각하세요. 이런 나이에 어디를 또다시 떠난다는 말씀이오. 마음을 돌리시고 가정을 꾸려 안정을 찾아야 될 것입니다."

세종은 이 학사의 그릇된 생각을 고치려 애를 써 보았다. 사실상 사십에 가까운 나이에 말도 글도 통하지 않는 외지의 험한 길을 돌아다니며 동가식서가숙한다는 것이 얼마나 어려운가를 너무도 잘 알기 때문이었다.

"오랜 시간 다짐 끝에 결심한 일이옵니다."

이 학사는 자신의 뜻을 굽히지 않았다. 방 안에는 침묵이 흘렀다.

"그래, 어디로 떠날 생각이시오."

세종이 먼저 말문을 열었다. 어릴 때부터 한번 먹은 마음을 꺾으려 하지 않는 이 학사의 성격을 잘 알고 있기 때문에 더 이상 어찌 해 볼 도리가 없었던 것이다.

"요동을 한바퀴 돌까 합니다. 지난번 주마간산격으로 대충 돌아보기는 하였으나 그 곳이야말로 우리 조상들의 숨결이 살아 있는 곳이기에 이번만큼은 온 산하(山河)를 낱낱이 섭렵하여 선조들의 웅대했던 자취를 가슴에 담을까 합니다. 뜻대로 일이 된다면 조상의 흔적을 하나하나 캐고 밝혀서 글로 써서 남길까도 생각하고 있사옵니다."

이 학사의 말을 들은 세종은 아무 말 없이 고개만 끄덕였다. 밖에서는 세찬 바람에 떠는 나뭇가지의 울음이 싸늘하게 문창살을 뚫고 들려왔다.

이 학사는 그렇게 떠나갔다. 든 정은 몰라도 난 정은 안다고, 항상 곁에 두고 서로의 마음을 나누던 마음 든든했던 지우(知友)가 사라지자 세종은 외로움에 한동안 가슴앓이를 해야 했다. 그러나 그보다 더 세종의 마음을 아프게 한 것은 총애를 아끼지 않고 가까이 했던 취옥과의 이별이었다.

이 학사와 이별한 지 얼마 되지 않은 어느 날, 내명부에 언젠가처럼 작은 파문이 일었다.

소헌 왕후를 중심으로 영빈 강씨, 신빈 김씨, 혜빈 양씨 들이 자리를 하고 있었다. 그 언젠가처럼 후궁이 된 취옥에 관해 논의가 시작되었다.

"마마, 후궁 취옥과 그 식솔들의 행패가 날로 극심하여 차마 눈뜨고 보기 어렵사오니 심히 송구스럽사옵니다."

혜빈 양씨가 동그란 눈을 깜빡거리며 소헌 왕후에게 아뢰었다.

"그래요? 금시초문이구려. 무슨 잘못된 일이 있는지 소상히 말해 보구려."

소헌 왕후는 별 대수롭지 않은 일인가 하여 차분히 주위를 진정시켰다.

"상감마마의 총애가 깊다 하여 저희가 한낱 관습도감의 여악을 후궁으로까지 추천하지 않았사옵까? 헌데 이 아이가 자기의 분수도 모르고 마치 궁 안의 주인인 양 행세한다고 하옵니다. 이 사람 저 사람에게 청탁을 받아 상감께 떼를 써서 지위를 주질 않나, 무고한 사람을 헐뜯어 좌천을 시키지 않나. 안하무인격으로 날뛰고 있다 하옵니다."

신빈 김씨가 자못 홍분을 감추지 못하고 언성을 높였다.

"하옵고 그 아이의 아비는 농군에 지나지 않은 일자무식인데도 제 딸의 위세만 믿고 고을원 자리를 달라고 보채고 있다 하옵니다. 그 오라비 되는 자는 채소를 싣고 건춘문을 출입패도 없이 수시로 드나드는데, 속이 뒤틀리면 출입을 맡은 사령들과 욕지거리에다 주먹질까지 일삼는 무지를 범하며 그 횡포가 이루 말할 수 없다 하옵니다."

영빈 강씨도 홍분을 참지 못하여 숨소리까지 거칠어져 있었다.

"그뿐 아니옵니다. 취옥이라는 아이는 관습도감에서 배운 창인지 타령인지를 가르쳐 준다고 뭇 여인들을 불러 들여 밤낮없이 소리를 지르며 소란을 피우는 통에 주위 사람들은 시끄러워 잠도 제대로 못 이룬다 하옵니다. 이렇듯 취옥의 횡포가 날로 더해만 가니 이 일을 장차어찌 해야 좋겠사옵니까."

혜빈 양씨가 강씨의 말을 받아 취옥의 횡포를 아뢰었다.

소헌 왕후는 곁에서 빈들이 토하는 열변을 조용히 듣기만 하고 있었다.

여인들의 격론은 쉽게 끝나지 않았다. 하나같이 입을 모아, 차제에 이와 같은 일을 상감께 낱낱이 고하여 단단히 버릇을 고쳐 줘야 한다고 홍분하고 있었다.

그러나 소헌 왕후는 이럴 때일수록 냉철한 판단을 해야 한다고 생각하고 있었다. 소문이란 과장되게 마련이었다. 만일 이런 일이 진실이라면 매사를 깔끔히 처리하는 상감인 세종이 모를 리가 없을 것이다. 또 그렇게 단순히 행동하거나 동조할 리도 없었을 것이라고 생각했다. 이런 다툼은 어느 누가 이기거나 진다 하더라도 하나도 이로울 것이 없는 공연한 힘의 낭비에 지나지 않았다.

소헌 왕후는 선대의 왕 시절 일어났던 두 번에 걸친 외척 몰살 사건을 누구보다 뼈저리고 피눈물나게 겪었었다. 이 사실이 비화되었을 때 일어날 일을 생각하니 온몸이 얼어붙지 않을 수 없었다.

"그만들 하시게."

소헌 왕후가 주위를 진정시켰다.

"여러 사람이 모여 의논을 나눔은 어떤 어려운 일이 벌어졌을 때 가장 현명한 결론을 얻어 그 일을 마무리짓는 일일세. 말이나 소문은 항상 과장되게 마련이니, 여간 조심하지 않으면 당사자나 말을 퍼뜨린 사람이나 화를 면치 못하게 되네. 이와 같은 이야기가 어디서부터 시작되었는지는 모르겠으나 만에 하나 이것이 소문에 불과하다면 여기 모인 우리는 앞뒤도 모르는 우매한 인물로 낙인 찍힐 것일세. 뿐만 아니라 한낱 투기심 많은 여인네로 손가락질받음을 면치 못할 걸세. 조금만 기다려들 주게. 내 상감마마와 조용히 의논하여 이번 일이 원만히 해결되도록 힘쓰겠네."

소헌 왕후가 간곡히 다짐하였다.

한강물이 풀렸다는 소식과 함께 세상을 추위로 꽁꽁 얼어붙게 했던 동장군도 서서히 북악산 뒤편으로 꼬리를 감추기 시작했다. 겨울이 오면 봄이 멀지 않다는 말과 같이 오늘따라 하늘에서는 진눈깨비가 내렸다.

하루의 일과를 마치고 일찍이 내전에 임한 세종은 평안한 마음으로 보료를 깔고 앉아 창제된 문자에 알맞은 이름을 어떻게 붙일까 생각하고 있었다. 동궁과 몇 번이고 상의를 거듭했으나 마땅한 이름을 찾지 못하고 있었다. 그러던 차에 백성을 가르치는 바른 소리라는 뜻의 훈민정음(訓民正音)이라는 이름이 제시되었다. 세종은 이 훈민정음이라는 이름이 가장 마음에 들었다.

"날씨가 한결 풀린 것 같사옵니다."

소헌 왕후가 다과상을 세종 앞으로 밀어 놓으며 다정히 말했다.

"그런 것 같구려. 밖에 진눈깨비가 내리는 걸 보니 봄도 머지않은 것 같소."

세종은 머릿속의 생각을 떨쳐 버리고 찻잔에 손을 대었다.

"요즘 그 아이를 자주 찾으시는지요."

소헌 왕후가 자신 앞에 놓인 찻잔을 들어 세종의 손에 건네 주며 말하였다.

"그 아이라니, 누굴 말하는 게요."

세종은 소헌 왕후의 갑작스런 물음에 얼른 초점을 잡지 못하고 머뭇거렸다.

"후궁 취옥을 말하는 것이옵니다."

소헌 왕후는 내친 김에, 전번에 내명부에서 있었던 논의를 하나도 빠짐없이 세종에게 들려 주었다.

"물론 이 사람도 그 아이가 그런 당돌한 짓을 했다고는 생각지 않습니다. 그것은 마마께서 더 잘 아실 테지요. 나인 몇을 풀어 일의 전말을 알아 보았기 때문에 왜 이런 소문이 퍼졌는가를 이 몸도 대강이나마 알고는 있습니다. 문제는, 왜 그런 소문이 나도는가 하는 것입니다. 지금 마마의 은총을 기다리는 것은 만백성들뿐만 아닙니다. 가깝게는 여기 앉아 있는 이 사람을 비롯하여 빈과 상침 후궁들, 이 모두가 마마의 일거일동을 주시하며 마마의 손길을 애타게 기다리고 있습니다. 마마께서 아무리 하해 같으신 마음으로 골고루 손길을 베푸신다 하더라도 어느 한 구석은 비어 있게 마련입니다. 이번에 이런 소란이 벌어진 것도 이런 여인네들의 외로움 가운데에서 일어난 일로 여겨집니다. 지금까지 드린 말씀은 어느 누구의 잘못이기보다 사람이 모여 살다 보면 자연스러이 일어나는 일이오니 마음 상하지 마시고 넓게 통찰하시어 이 이번 일이 더 이상 확대되지 않도록 힘써 주시옵소서."

소헌 왕후는 세종의 마음에 상처가 가지 않도록 조심스럽게 소문의 내용을 축소시켜 이야기하면서 당부하였다.

소헌 왕후의 이야기를 듣고 있는 동안 세종은 황당하고 어처구니없다는 생각에 정신이 혼란스러워 마음을 진정시킬 수가 없었다.

"그 아이는 문자 창제에 도움을 얻기 위해 궁에 들인 것이 아니겠소."

세종의 입에서는 다만 궁색한 변명만이 나올 뿐이었다.

"여인의 세계에서는 어떤 명분도 근원에 대한 해답을 얻지 못하옵니다."

소헌 왕후는 될 수 있으면 여인들의 마음을 헤아려 그 근본을 치유함으로써 이번 일을 슬기롭게 넘겨 줄 것을 바라고 있었다.

세종도 소헌 왕후의 뜻을 모르는 바 아니었다. 실상 임금의 여인으로 들어온 여자들은 그만큼 실권을 가지고 있는 세도가의 자식들이었다. 따라서 어릴 때부터 예의범절을 배웠고, 어느 정도의 학문도 습득하여 세상을 보는 눈이 보통 여인들과는 달랐다. 그러므로 어떤 경우를 당해 형평에 맞지 않거나 자기만이 소외되었다는 감정을 갖고 있을 때에는 그에 대한 회복을 위해 최선의 머리를 다 짜내 극복하려 했다.

어떻게 보면 궁중 여인들은 임금의 총애를 삶의 궁극적 목표로 삼고 한 방향을 향해 매진하고 있다고 해도 틀린 말은 아니었다.

"'아니 땐 굴뚝에 연기 날까?'라는 속담이 있습니다. 설혹 소문과 같지 않다 하더라도 궁중 생활에 알맞지 않은 미숙한 태도가 있었다면 고쳐야 할 것입니다. 저희 내명부에서도 힘을 쓸 것이오나 상감마마께서 나서야만 일이 쉽게 해결될 수 있을 것 같습니다."

소헌 왕후는 여인네들이 이번 일을 맡고 나설 경우 또 다른 문제점이 드러날 것을 염려하고 있었으므로 전적으로 세종에게 맡기고 싶었다.

"걱정 마시오, 별 대수로운 일도 아니니."

세종은 찻잔을 들며 소헌 왕후를 안심시켰다.

세종은 다시 아직 마치지 못한 글자의 운용과 체계를 완성하기 위해 모든 잡념을 떨쳐 버리고 한 곳에 정신을 집중하기로 하였다.

한 해가 아직은 꼬리를 감추지 않고 있었다. 아침 일찍부터 함박눈이 펑펑 쏟아져 내려 몇 번이고 뜨락을 쓸었는데도 금방 빗자루 위로 눈이 덮였다. 편전을 나온 세종은 나인 몇 명을 대동하고 후궁을 향해 발걸음을 옮겼다.

인왕산 골짜기부터 몰아친 설한풍이 매운 기세로 옷깃으로 스며 들었으므로 세종은 잠시 그 자리에 서서 바람을 피해야 했다. 바람은 나뭇가지 위에 덮인 눈까지 훑어 날렸으므로 후궁으로 가는 길이 까맣게 멀게만 느껴졌다.

희미한 등불 아래 취옥은 말없이 앉아 있었다. 깜빡이는 불빛이 금방이라도 꺼져 버릴 듯 방 안은 깊게 침묵이 감돌았다.

"들어 알고 있느냐?"

세종이 먼저 말문을 열었다. 취옥은 아무 말 없이 고개를 아래로 떨어뜨렸다. 전에 없었던 태도였다. 밝고 맑은 그녀였고 늘 총기있는 말로 세종을 기쁘게 했던 그녀였다.

"걱정할 것 없다. 모두 헛소문임을 누구보다 내가 잘 알고 있다."

세종은 취옥의 마음을 다독거려 안심시키려 하였다. 사실상 소문이란 근거가 없거나, 있다 하더라도 과장되게 마련이므로 우선 그 진의부터 캐어 알아야 하는 것이었다.

"전에 네 오라비에게 출입패를 만들도록 해 주겠다는 약속을 했었었지. 그 동안 글자 창제로 정신을 한 곳에 쏟다 보니 깜빡 잊어 버렸구나. 오라비가 건춘문 사령들과 실랑이를 벌였다면 그건 내가 약속을 지키지 못한 때문이니 전적으로 나의 불찰이 아니겠느냐. 또한 아비가 고을의 수령 자리를 달라고 보챘다는 소문도 그렇지. 전에 네가 나에게 네가 사대부집 딸로 태어났더라면 글도 깨치고 예의범절도 배웠을 테니, 그랬더라면 이 몸을 더 잘 모실 것이라고 말한 적이 있었지. 아마도 그 말이 어느 누구의 입을 통해 와전되고 과장되어 그리 된 것을 나는 잘 알고 있다. 내가 이렇게 말을 할 수 있는 것은 네가 나에게 그런 청을 한 적이 없기 때문이다. 이런 일이야 당사자 외에 어느 누가 더 소상히 알겠느냐.”

세종은 소문의 진상을 너무도 뻔히 알고 있었으므로 취옥에게 더 이상 마음을 다치지 않도록 다독거렸다.

“또한 너는 여악의 몸이니 새처럼 지저귀지 않을 수 없을 것이다. 다만 주위 사람들을 생각해서 너무 늦은 시각이나 이른 시각에는 삼가하려 애쓴다면 별 탈은 없을 것이다.”

세종의 다독거림에도 취옥은 쉽게 입을 열려 하지 않았다.

또다시 방 안은 침묵으로 감싸였다.

눈발을 헤집고 다니던 찬바람이 나뭇가지를 흔드는 소리가 마음을 산란하게 하였다.

“전하.”

언제까지 입을 열 것 같지 않던 취옥이 나직이 세종을 불렀다.

“왜 그러느냐?”

세종이 취옥 쪽으로 시선을 돌렸다.

“연전에 전하께서 무료히 궁중 생활을 하고 있는 궁녀들을 자유롭게 풀어 주시어 집으로 돌려 보내시고, 마음대로 시집가도록 은전을 베푸신 적이 있으시지요.”

취옥이 문득 대화에 없던 질문을 던졌다.

“그러하다. 공연히 궁중에 들어와 평생을 매여 지내며 고생할 필요가 있겠는가 싶어 후궁 몇 명을 집으로 돌려 보낸 적이 있었다.”

세종은 무심코 지난 일을 생각하며 취옥의 말을 받았다.

“소녀도 날아가게 해 주시옵소서.”

뜻밖이었다. 임금의 총애를 받고 있는 여인이었다. 더구나 방금 아무런 걱정을 하지 말라고 세종 자신이 곱게 타이르지 않았던가. 세종은 내심 당황하였다.

"그건 안 된다. 내 너를 총애하고 있음을 네가 잘 알지 않느냐."

"하오나 소녀는 한낱 보잘것없는 농부의 자식이옵니다. 푸른 들판과 물 맑은 시냇가에서 종달새처럼 날아오르고 토끼처럼 뛰놀며 붕어새끼처럼 헤엄치던, 짐승과 같이 살아 온 몸이옵니다."

"그걸 내가 왜 모르겠느냐. 전에도 말했었지. 너의 그런 면이 바로 너를 사랑하지 않을 수 없게 만드는 아름다움이라고……."

세종의 말에 취옥은 잠시 말문을 열지 못하였다. 그녀는 지그시 입술을 깨물고 있었다.

"하오나, 날고 싶사옵니다. 뛰고 헤엄치고 싶사옵니다. 새장에 갇힌 새가 세상을 그리워하듯 푸른 하늘과 넓은 들판이 그립습니다."

얼마 전 이 학사가 떠날 때 하던 말과 틀리지 않았다. 사람은 누구나 새처럼 날고 싶어한다. 그것은 세종도 마찬가지였다.

취옥의 눈에 눈물이 고이기 시작했다. 그녀의 목소리는 간청이라기보다 피맺힌 절규였다. 세종도 그것을 알고 있었다. 길들여지지 않는 여인이 구중궁궐 깊은 곳에 갇혀 사는 것이 얼마나 견디기 힘들며 한이 맺히는 일인지를…….

"황공하옵니다. 이 몸에 대해 내명부에서 논의가 있었다 함은 단지 소문 자체 때문만은 아닐 것이옵니다. 많은 여인들이 전하 한 몸을 주시하고 있는 가운데 어찌 소녀만을 총애하실 수가 있으시겠사옵니까. 그렇게 된다면 앞으로는 더욱더 소녀에 대한 소문이 무성할 터이고 급기야 헤어날 수 없는 지경에 이르게 됨은 불을 보듯 뻔한 일이옵니다. 그러하오니 이번 기회에 소녀를 살려 주신다는 하해 같은 마음으로 소녀를 밖으로 내쳐 주시옵소서. 그래야만 전하의 권위도 온전히 세워질 것이며 내명부의 지위도 돈독해질 것이옵니다."

취옥은 자신을 궁에서 내보내는 일만이 모든 일을 순리대로 풀어 나가는 일이라며 세종에게 간곡하게 간청하였다.

"보아라. 사랑에 무슨 대의명분이 있다더냐. 난관을 극복하고 그것을 승화시키는 것이 사랑이 아니겠느냐."

세종은 마음이 아팠다. 비록 짧은 시간이었지만 다른 여인들과는 달리 특별한 애정을 가지고 아꼈으므로 갑작스런 일을 당하여 어떻게 해야 할는지 쉽게 판단이 서질 않았다.

"이렇게 말하기까지 소녀의 마음 얼마나 찢어지게 아팠는지 모르시올 것입니다. 이 곳은 궁중이 아니옵니까. 전하께서는 만백성의 어버이이신 지존한 몸이옵고 소녀는 한낱 보잘것없는 후궁에 불과하옵니다. 어리석게도 필부(匹夫)와 필부(匹婦)로 만났더라면 웬만한 일은 칼로 물베기식으로 잊어버리고 다시 화해할 수 있을 것을, 하고 생각도 해 보았사옵니다."

이번에는 세종 쪽에서 입을 다물었다. 어느 선까지는 주장을 펴 나갔지만 생각이 떠오르지 않을 때에는 다시 원점으로 돌아가 다른 각도에서 실마리를 풀어 나가는 것이 세종의 방식이었다.

"그토록 아끼고 사랑했거늘."

세종은 운명이 두 사람을 떼어 놓는 것이라는 예감을 감지했다. 운명을 거역할 수 있는 것은 인간의 힘으로는 불가능이었다.

"굳이 떠나겠느냐?"

취옥은 말이 없었다. 한 번 떠남이 영원한 이별이라는 것을 취옥은 잘 알고 있었다. 남은 인생을 한 남자만을 머리에 그리며 가슴 찢어지는 세월을 살아야 한다는 것도 알고 있었다. 그러나 그녀는 자신이 취할 방도가 무엇인가를 깨닫고 있었다.

세종은 취옥과의 마지막 밤을 뜬눈으로 세웠다.

다음날 내전에 임한 세종은 소헌 왕후를 불러 취옥과 있었던 일을 전하고 조언을 구하였다.

"현명한 아이입니다. 마마께서 당분간 마음이 아프시겠지만 세월이 가면 차츰 잊으실 것입니다. 문자 창제에 도움도 주었고 마마의 총애도 받았으니, 그 아이가 살아가는 데 불편이 없도록 평생 양식은 궁에서 하사하기로 하시지요."

세종은 말없이 고개를 끄덕였다. 그리고 소헌 왕후의 깊은 마음씀에 다시 한 번 고마움을 느꼈다.

또 이렇게 해서 총애를 한몸에 받았던 취옥도 한 마리 새처럼 세종의 곁을 날아가 버렸다. 궁 안은 삽시간에 아무 것도 없는 텅 빈 공간처럼 썰렁해 보였다. 아직도 어디에선가 불쑥 두 사람이 나타날 것도 같기도 하고 바람 스치는 소리가 취옥의 노래처럼 환청으로 들리기도 하여 세종은 한동안 가슴앓이를 해야 했다. 그러나 세종은 이러한 아픔을 글자를 창제하고 마무리하는 데 쏟기로 하고 다시 정신을 가다듬었다.

글자에 숨을 불어 넣다

경복궁의 사계는 언제나 뚜렷하였다. 엊그제 가을비가 촉촉히 내리더니 비가 그치자 바람이 한결 냉랭해져서 머지 않아 겨울이 다가올 것을 예고하였다. 화신(花信)이 한수의 남으로부터 온다면 설신(雪信)은 북한산 봉우리로부터 날아 내렸다.

"바람이 차지는 걸 보니 겨울이 곧 닥치려나 봅니다."

양손을 소매 속에 깊숙히 집어 넣은 채 한껏 몸을 움츠린 부수찬 신숙주가 집현전 문을 들어서며 혼자말처럼 중얼거렸다.

"지난 여름 궂은비가 잦았으니 올 겨울엔 눈발이 유난하겠지요?"

이미 자리를 차지하고 서책을 들척이던 이선로가 역시 옆에 앉아 운서를 들여다보고 있는 이개에게 눈길을 돌리며 말을 던졌다.

오늘은 새 글자에 음가를 부여하는 일이 있으므로 방 안에는 일찍부터 긴장감이 감돌았다.

시간이 지남에 따라 새 글자 창제에 참여하는 학사들의 수가 늘어났고, 그에 직접 관계하지 않는 몇몇 학사들도 관심을 가지고 자리에 배석하였다.

얼마 후 세종이 세자 향과 수양·안평·임영 등 세 대군을 거느리고 집현전에 임하였다.

마치 커다란 경연(經筵)의 자리처럼 회의장이 술렁거렸다.

좌중이 안정하자 세종은 전에 나누어 주었던 스물여덟 자가 씌어진 옥판선지를 꺼내도록 하였다.

"이미 알고 있는 바와 같이 오늘은 지난번에 만들어 놓은 글자에 숨을 불어 넣으려 하오. 이 나라 온 백성이 누대를 두고 익혀 써야 할 막중한 글자이기에 그 꼴을 정함에 신중 또 신중을 기하였소. 그러나 음가를 갖게 하는 것도 그에 못지 않게 중하고 귀한 일이오. 그렇기 때문에 어느 한두 사람이 아닌 여기 모인 모든 이가 함께 머리를 맞대어 우리 언어 생활에 꼭 필요하고 알맞은 음가를 찾아 내어 글자 하나하나에 부여하도록 최선을 다해야 할 것이오. 우선 칠음(七音)을 보도록 합시다."

세종의 명에 따라 좌정한 사람들은 모두 옥판선지의 글자에 시선을 모았다.

"아음(牙音)은 목젖으로 콧길을 막으며 혀뿌리를 높여 입천장 뒤쪽에 붙여 입길을 막았다가 뗄 때 나는 소리요. ㄱ을 기본 글자로 하고 획을 더하여 거센소리 ㅋ을 만들었으며 된소리는 나란히 쓰기를 하여 ㄲ을 만들었소. 그리고 맑지도 흐리지도 않은 글자로 ㆁ을 만들었소. ㆁ은 비록 혀뿌리가 목구멍을 닫아 소리의 기운이 코로 나오므로 그 소리는 목소리 ㅇ과 서로 비슷하나 목구멍의 꼴을 본뜨되 어금닛소리에 포함시킨 것이오."

세종의 설명이 끝나자, 모두 준비해 가지고 온 초안을 토대로 목소리를 내어 나름대로의 음가를 제시하였다.

세종은 세자 향과 함께 홍무정운 등 운서를 통하여 각 글자에 알맞은 음을 가진 한자를 이미 정해 놓고 있었다. 뿐만 아니라 몸이 불편한 세종이 세자와 문자 창제에 관여한 학사 몇 명을 대동하여 청주 초수리 약수터로 휴양을 가서 오랜 시간 운서에 관해 의견을 교환한 바 있었다. 그러므로 오늘의 회의는 사실상 형식적인 것에 불과했다. 그러나 독단적으로 일을 처리한다는 인상을 피하기 위해 여러 학사의 의견을 수렴하는 형식으로 회의를 이끌었다. 이는 동시에 정해 놓은 한자가 실로 적당한 음가를 가졌는가를 재확인해 보는 기회이기도 하였다.

그러나 다행스러운 것은 학사들도 운서를 통하여 심사숙고하여 연구를 거듭한 후 결정을 본 것이므로 제시한 한자들은 세종의 것과 대부분이 일치하였다.

얼마간의 논의가 오간 끝에 음가가 확정되었다.

"아음의 음가를 확정지었소. 우리는 말은 있으나 글이 없으니 지금은 어쩔 수 없이 한자를 빌려 말하고 쓸 수밖에 다른 방도가 없소이다. 이것을 보면,

ㄱ. 牙音. 如君字初發聲

　　竝書. 如虯字初發聲

　　ㄱ은 어금닛소리이니 '군(君)'이라는 글자 처음 피어나는 소리와 같으며 나란히 쓰면 뀸(虯)이라는 글자 처음 피어나는 소리와 같다.

ㅋ. 牙音. 如快字初發聲

　　ㅋ은 어금닛소리이니 쾡(快) 자 처음 피어나는 소리와 같다.

ㆁ. 牙音. 如業字初發聲

　　ㆁ은 어금닛소리이니 업(業) 자 처음 피어나는 소리와 같다.

　　이렇게 풀이할 수 있을 거요."

이번에는 혓소리의 음가 찾기가 이어졌다.

"설음(舌音)은 목젖으로 콧길을 막고 혀끝을 윗 잇몸에 붙여 막았다가 뗄 때 나는 소리요. 'ㄴ'을 기본 글자로 하고 획을 더하여 'ㄷ'을 만들었으며, 거센소리는 'ㅌ,' 된소리는 나란히 쓰기를 하여 'ㄸ'을 만들었소. 이 글자들에도 음을 부여해 봅시다."

세종의 명이 떨어지자 또다시 주위가 술렁거렸다. 글자의 음을 정하는 것은 지금의 자리에서 하는 것이 아니라 이미 미리부터 학사들이 연구에 연구를 거듭하여 정해 온 것이므로 서로의 의견을 교환하는 것으로 간략히 진행되었는데, 설음 역시 세종이 정해 놓은 한자들과 대부분 일치하는 것들이었다.

ㄷ. 舌音. 如斗字初發聲

　　竝書. 如覃字初發聲

ㄷ은 혓소리이니 둫(斗)이라는 글자 처음 피어나는 소리와 같고, 나란히 쓰면 땀(覃)이라는 글자 처음 피어나는 소리와 같다.

　　ㅌ. 舌音. 如呑字初發聲

　　ㅌ은 혓소리이니 톤(呑) 자 처음 피어나는 소리와 같다.

　　ㄴ. 舌音. 如那字初發聲

　　ㄴ은 혓소리이니 낭(那) 자 처음 피어나는 소리와 같다.

이어서 입술소리의 음가를 정하는 논의가 진행되었다.

"순음(脣音)은 두 입술로서 입길을 꼭 막았다가 목에서 나오는 소리를 콧구멍을 통하여 목청을 떨게 하여 내는 'ㅁ'을 기본 글자로 획을 더하여 'ㅂ' 그리고 거센소리 'ㅍ'에 된소리는 'ㅃ'을 만들었소. 순음의 음가에 대한 논의를 해 보도록 합시다."

순음 역시 오랜 시간을 끌지 않고 간단히 합의를 보았다.

　　ㅂ. 脣音. 如彆字初發聲

　　　立書. 如步字初發聲

　　ㅂ은 입술소리이니 볋(彆)이라는 글자 처음 피어나는 소리와 같고, 나란히 쓰면 뽕(步) 자 처음 피어나는 소리와 같다.

　　ㅍ. 脣音. 如漂字初發聲

　　ㅍ은 입술소리이니 푱(漂) 자 처음 피어나는 소리와 같다.

　　ㅁ. 脣音. 如彌字初發聲

　　ㅁ은 입술소리니 밍(彌) 자 처음 피어나는 소리와 같다.

이번에는 치음에 관한 논의로 옮아져 갔다.

"치음(齒音)은 혀끝을 윗 잇몸에 닿을락말락하게 하고, 내쉬는 숨으로 그 사이를 갈아서 내는 'ㅅ'을 기본 글자로 하고 획을 더하여 'ㅈ' 그리고 거센소리에 'ㅊ,' 된소리로 'ㅆ'과 'ㅉ'을 만들었소. 여기에도 알맞은 음가를 정해 놓도록 합시다."

세종은 글자의 음가가 하나하나 정해질 때마다 지극히 만족한 표정을 지었다. 평생 숙원 사업이었던 글자 창제에 대한 꿈이 이제 막 실현되어 가고 있다는 감격에 가슴까지 떨려왔다.

ㅈ. 齒音. 如卽字初發聲

　　竝書. 如慈字初發聲

　　ㅈ은 잇소리이니 즉(卽)이라는 글자 처음 피어나는 소리와 같으
　　며 나란히 쓰면 쯩(慈) 자 처음 피어나는 소리와 같다.

ㅊ. 齒音 如侵字初發聲

　　ㅊ은 잇소리이니 침(侵) 자 처음 피어나는 소리와 같다.

ㅅ. 齒音. 如戌字初發聲

　　竝書. 如邪字初發聲

　　ㅅ은 잇소리니 슗(戌)이라는 글자 처음 피어나는 소리와 같으
며, 나란히 쓰면 썅(邪) 자 처음 피어나는 소리와 같다.

여기서 세종은 잠시 회의를 중단시킨 다음 서둘러 후음에 관해 자세
한 설명을 하였다.

"후음(喉音)은 목구멍을 본떠 만든 'ㅇ'을 기본음으로 하고 획을 더하
여 'ㆆ'을 만들고, 거센소리에 'ㅎ,' 된소리에 'ㆅ'을 만든 것이요, 다만
'ㅇ'은 소릿값이 없고 끝소리가 나지 않는 중국의 한자음에 붙여 음(音)
과 운(韻)의 체계를 맞출 때 쓰기 위해 만든 것이오. 이를테면 '자'를
'쯔'로 하지 않고 'ㅇ'을 아래에 붙여 '쯩'로 적는 것과 같은 이치요. 그
리고 'ㆆ'이라는 자는 우리말 음운에 쓰이기보다 한자의 초성, 그리고
된소리 부호, 관형격 사잇소리, 이영보래(以影補來) 등에 부호로 쓰기
위해 만들었소. 하여 후음의 음가는 짐이 이미 정하여 놓았으니, 종전
에 돌려 준 종이쪽지를 보아 주기 바라오."

집현전 학사들은 모두들 앞에 놓인 종이쪽지에 눈을 돌렸다.

ㆆ. 喉音. 如挹字初發聲

　　ㆆ은 목소리이니 흡(挹) 자 처음 피어나는 소리와 같다.

ㅎ. 喉音. 如虛字初發聲

　　竝書. 如洪字初發聲

　　ㅎ은 목소리이니 헝(虛)이라는 글자 처음 피어나는 소리와 같고,
나란히 쓰면 뽕(洪) 자 처음 피어나는 소리와 같다.

ㅇ. 喉音. 如欲字初發聲

ㅇ은 목소리니 욕(欲) 자 처음 피어나는 소리와 같다.

집현전 학사들은 세종이 돌려 준 종이쪽지에 쓰인 글씨를 들여다보고는 만족스럽다는 듯 모두 고개를 끄덕였다.

"자, 이제 오음(五音)의 음가는 결정을 보았소. 이제 반설음과 반치음의 음가를 정하면, 첫소리 칠음에 대한 음가는 모두 정해지는 것이외다. 반설음 'ㄹ'은 혀끝을 윗 잇몸에 가볍게 대었다가 떼면서 목에서 나오는 소리를 흘리어 내는 소리이다. 또 반치음 'ㅿ'은 'ㅅ'을 내는 소리와 같되, 어중(語中)에서 약화되어 목청을 떨며 내는 소리외다. 여기에도 알맞은 음가의 한자를 선정해 보도록 합시다."

반설음과 반치음은 그 발음하는 방법이 미묘한 관계로 약간의 의견 차이를 보았다. 그러나 얼마간의 숙의와 세종의 자세한 설명으로 끝 음가를 정할 수 있었다.

ㄹ. 半舌音. 如閭字初發聲

ㄹ은 반혓소리니 려(閭) 자 처음 피어나는 소리와 같다.

ㅿ. 半齒音. 如穰字初發聲

ㅿ은 반잇소리이니 샹(穰) 자 처음 피어나는 소리와 같다.

이렇게 하여 칠음의 음가에 대한 확정을 보았다. 오랫동안의 탐구와 연마로 축적된 지식을 망라하였으므로 회의는 순조롭게 진행되었다. 글자 창제의 일익을 담당했다는 자부심에 세종을 비롯하여 세자와 대군들 그리고 집현전 학사들은 모두들 밝은 표정이었다.

"지금 우리가 확정지은 칠음 열일곱 자와 각 음의 된소리 여섯 자를 합하여 스물세 자는 우리 글자의 첫소리로 쓰일 것이오. 또 경우에 따라서는 끝소리 글자로도 쓰일 것이외다. 그러나 이 글자들은 가운뎃소리의 도움이 없이는 그 소리를 밖으로 낼 수 없으므로 반드시 첫소리를 품어 줄 가운뎃소리가 있어야 하오. 짐은 이 가운뎃소리에 깊은 관심을 가지고 여러 날 연구를 집중하였소. 앞에 놓인 옥판선지를 다시 주시해 주기 바라오."

첫소리에 대한 음가를 부여하고 난 세종은 내친 김에 가운뎃소리에 대한 음가도 정해 놓을 결심을 하였다.

가운뎃소리는 그 생성 과정과 발전된 모습이 민족 신앙에 뿌리를 두고 있다고 보는 만큼 처음 대할 때부터 무한한 흥미와 신비를 가지고 있는 글자였다. 그러므로 그에 대한 분석과 쓰임 음가는 일찍부터 세종의 몫이 되었다.

옥판선지에는 · ㅡ ㅣ ㅗ ㅏ ㅜ ㅓ ㅛ ㅑ ㅠ ㅕ의 열한 자가 씌어 있고 그에 대한 음가가 가지런히 적혀 있었다.

"지난번에 이미 이 글자들에 대한 설명이 있었을 것이오. 부연하여 말한다면 이 글자들은 비록 간단히 형성된 것 같지만 우리 조상들의 사상과 정신이 그대로 배어 있는 글자들이오. · ㅡ ㅣ는 천지인 우주의 삼재(三才)를 나타낸 것이고, 이것을 좌우상하로 운영하여 ㅗ ㅏ ㅜ ㅓ로 초출자하고 다시 ㅛ ㅑ ㅠ ㅕ로 재출자하여 만든 것이오. 앞의 칠음을 포용하여 소리를 세상에 내뱉도록 하는 중요한 역할을 담당하게 되므로 앞의 첫소리를 자음(子音), 그리고 이 가운뎃소리를 모음(母音)이라 정하기로 했소. 가운뎃소리는 짐이 글자 창제 이전부터 관심을 가지고 연구 분석을 지속하여 온 것이므로 그 음가 선정은 물론 운용의 방법까지도 스스로 정해 놓았소. 운서를 통하여 수년에 걸쳐 이룩한 것이니 아래 글을 보고 선정의 모순점이나 의문이 있으면 지금 이 자리에서 논의하여 고쳐 나가기로 합시다."

·. 如吞字中聲
　·는 툰(吞)이라는 글자 가운뎃소리와 같다.
ㅡ. 如卽字中聲
　ㅡ 는 즉(卽)이라는 글자 가운뎃소리와 같다.
ㅣ. 如侵字中聲
　ㅣ 는 침(侵)이라는 글자 가운뎃소리와 같다.

ㅗ. 如洪字中聲

ㅗ는 **뽕**(洪)이라는 글자의 가운뎃소리와 같다.

ㅏ. 如覃字中聲

ㅏ는 **땀**(覃)이라는 글자의 가운뎃소리와 같다.

ㅜ. 如君字中聲

ㅜ는 군(君)이라는 글자의 가운뎃소리와 같다.

ㅓ. 如業字中聲

ㅓ는 업(業)이라는 글자의 가운뎃소리와 같다.

ㅛ. 如欲字中聲

ㅛ는 욕(欲)이라는 글자의 가운뎃소리와 같다.

ㅑ. 如穰字中聲

ㅑ는 **샹**(穰)이라는 글자의 가운뎃소리와 같다.

ㅠ. 如戌字中聲

ㅠ는 **슗**(戌)이라는 글자의 가운뎃소리와 같다.

ㅕ. 如彆字中聲

ㅕ는 **볋**(彆)이라는 글자의 가운뎃소리와 같다.

옥판선지에는 가운뎃소리 열한 자에 대한 음가가 가지런히 설명되어 있었다. 학사들은 각자의 지식을 동원하여 열한 자와 그 음에 해당하는 한자를 분석 평가해 보았으나 아무런 의문점도 발견해 내지 못했으므로 모두 세종이 제시한 음가에 대해 만족의 뜻을 표하였다.

한낮이 지날 때까지 회의는 진행되었다. 이미 축적된 지식을 통해 마련되어 온 것을 교환하는 자리였으나 신중에 신중을 기해야 하는 까닭에 시간이 소비되는 것은 불가피한 일이었다.

"오늘 비로소 글자에 숨을 불어 넣었구려. 이는 여기 앉은 모든 이들의 끊임없는 노력, 그리고 우리의 글자를 창제하겠다는 확고한 신념과 정열 때문이오. 이 감격스러움을 어떻게 표현해야 할는지 말문이 열리지 않는구려."

세종은 잠시 창 밖 먼 곳으로 시선을 옮겼다. 밖에는 흰 가루가 풀풀 흩날리고 있었다. 서설이었다.

"신 박팽년 의문점이 있사와 전하께 말씀드리고자 합니다."

잠시의 침묵을 깨고 부교리 박팽년이 자리를 털고 일어나 세종에게 아뢰었다.

"말씀해 보시구려."

세종이 고개를 돌려 담담한 표정으로 박팽년을 바라보았다.

"황공하옵니다. 지금의 이 몇 개 안 되는 글자로 이 세상 만물을 다 표현할 수 있겠으며, 무궁무진하고 변화무쌍한 말들을 모두 막힘 없이 대신해 쓸 수 있을는지 궁금하와 감히 여쭈어 올리는 바입니다."

박팽년이 자못 심각한 표정으로 말을 마치고 자리에 다시 앉았다.

"물론이오. 오늘 정한 글자만으로 이 세상 만물과 변화무쌍하기 그지없는 소리들을 다 써서 표현할 수 있소. 아직 끝소리 글자에 대하여는 여기 모인 사람들에게 언급하지는 않았으나 첫소리 글자를 그대로 쓰면 되는 것이니 별로 염려할 것이 없소이다. 또한 중국과 우리의 어법이 같지가 않아 이것이 염려되기는 합니다. 그러나 이것도 조금만 보완 수정하면 될 터이니 또한 염려치 않아도 될 것이오. 맨 처음 배우는 사람들에게는 한자의 성음을 알아야 한다는 어려움이 있겠지요. 그러나 여기 모인 여러 사람들이 미리 익혀 가르친다면 일부러 한자의 성음을 깨닫지 못한다 하더라도 입에서 입으로 전하여져 쉽게 깨칠 수 있을 것이오. 전에도 말했지만 말에는 자의성(恣意性)이라는 것이 있어 어떤 물건에 어떤 이름이 붙는 것은 필연적이 아니오. 그러하니 일단 소리로 말하고 지금 정해 놓은 글자를 주입시키면 자연스럽게 글자를 익히게 될 것이오. 이제 곧 글자의 결합과 운용 방법을 써서 전할 것이니, 그때 다시 만나도록 합시다."

세종은 사찬상을 내려 새 글자가 순조로이 창제되어 가는 기쁨을 자축하였다.

제규약

겨울이 깊어 가고 있었다.

경복궁 뜨락을 화사하게 수놓았던 단풍도 바람에 모두 날아가 버리고 나뭇가지마다 흰 눈이 수북이 쌓여 세상은 오직 흰 빛 하나에 흡수되어 버린 듯하였다.

간혹 참새들이 먹이를 찾아 뜰로 내려 앉을 때면 한갓지게 어슬렁대던 바람이 훌쩍 참새 발자국을 건너뛰어 담장 밖으로 사라지고는 했다. 바람이 사라진 저 멀리로는 오랫동안 바삐 움직이던 산천초목이 한잠을 자려는 것처럼 흰 이불을 덮고 길게 누워 있었다.

글자의 꼴과 음을 마련한 세종은 이번에는 운용에 관한 체계를 세우기 위해 세자 향과 함께 다시 골몰하기 시작하였다.

우선 시급한 것이 종성을 어떻게 배치하느냐 하는 것이었다.

끝소리는 첫소리를 처음 낼 때의 입모양과 시작이 같으므로 글자의 모양을 그대로 인용하기로 하고 몇 가지 규약을 마련하였다.

終聲復用初聲(종성부용초성).

(끝소리는 다시 첫소리로 쓴다.)

세종은 첫소리의 모든 글자를 끝소리에 쓴다고 말하고 싶었다. 그러나 첫소리를 끝소리에 모두 쓴다는 것은 혼란을 가져올 우려가 있었다. 끝소리에 실제적으로 필요한 음가는 열일곱 자 가운데 대표음인 ㄱ ㄴ ㄷ ㄹ ㅁ ㅂ ㅅ ㅇ 등 여덟 자만으로도 가능하였다. 그러므로 이 여덟 자만을 받침으로 만든다는 팔종성가족용법(八終聲可足用法)이라는 규정을 만들기도 하였다. 그러나 이 또한 혼란의 여지를 안고 있었다. 왜냐하면 자연스럽게 말을 할 때의 소리는 연음으로 나기 때문에 앞의 끝소리가 뒤로 이어져 소리나게 마련이다. 그것을 글로 표기하려면 역시 소리나는 그대로 연서(連書)로 하게 되는데 그때 본래의 글자 모양을 잊기 쉬운 우려가 있었다. 이를테면 '곶(花)'을 단독으로 쓰려 할 때 끝소리 ㅈ은 대표음인 ㅅ으로 써도 관계없지만 그 뒤에 '이'나 '올' 같은 토씨가 붙어 소리낼 때면 '고지,' '고줄'로 다시 제 음가로 환원해야 하는 번거로움이 있었다. 그러므로 ㅋ과 ㅎ을 제외한 ㅈ ㅊ ㅌ ㅍ은 본래의 음을 살리기 위해 끝소리로 두고 '종성부용초성'이라는 규약을 만들어 끝소리는 다시 첫소리를 쓴다 하였다.

○連書脣音之下(ㅇ연서순음지하) 則爲脣輕音(즉위순경음).

(ㅇ을 입술소리 아래 이어 쓰면 입술가벼운소리가 된다.)

ㅂ이나 ㅁ ㅍ이 모음 사이에 끼어 소리 날 때 그 소리가 약화되므로 이를 나타내기 위한 방법으로 ㅇ을 ㅂ ㅁ ㅍ 아래 이어 써서 ㅸ ㅱ ㆄ과 같이 입술가벼운소리를 만들어 사용하도록 하였는데 'ㅸ'은 '굽다'를 활용하여 쓸 때, '굽어-구버'와 같이 우리말 음운에 사용 표기하였으나 ㅱ과 ㆄ은 한자의 음(音)에서만 사용하기로 하였다.

初聲合用則竝書(초성합용즉병서) 終聲同(종성동).

(첫소리를 어우러 쓰려면 나란히 써라. 끝소리도 마찬가지이다.)

첫소리를 어울리게 쓰려 하면 나란하게 쓰고 끝소리도 마찬가지라는 규약도 정하였다. 각자병서(各字竝書)에는 ㄲ ㄸ ㅃ ㅆ ㅉ ㆅ 등을, 합용병서(合用竝書)에는 ㅳ ㅄ ㅽ ㅅ ㄹ …… 등으로 만들어 쓰도록 하였다. 그러나 아직도 대강의 틀이 짜여졌을 뿐 확정된 모양과 음가를 가지려면 얼마의 시간이 더 흘러야 될는지 예측할 수 없었다.

· ㅡ ㅗ ㅜ ㅛ ㅠ

附書初聲之下(부서초성지하)

(· ㅡ ㅗ ㅜ ㅛ ㅠ는 초성 아래에 붙여 써라.)

ㅣ ㅏ ㅓ ㅑ ㅕ

附書於右(부서어우)

(ㅣ ㅏ ㅓ ㅑ ㅕ는 오른쪽에 붙여써라.)

이 규약은 후세 사람들이나 지금 배우는 사람들이 초·중·종성의 배치 순서를 몰라 당황할 것을 염려하여 정해 놓은 규약이었다. 그러니까 'ㄱ' 또는 'ㄴ' 등 초성의 위치는 'ㄱ ㄱ 고 구 교 뉴'나 '나 느 노 누……' 등, 또는 '기 가 거…… 냐 녀' 등의 순서로 쓰고 그 아래 끝소리를 써서 글자를 완성하라는 뜻이었다.

凡字必合而成音(범자필합이성음).

(모름지기 글자는 어우러져야 소리가 난다.)

초성과 중성이 없이는 소리를 낼 수 없는 것처럼 중성도 초성이 없이는 원칙적으로 소리를 낼 수 없는 것과 같다. 모든 소리가 초성을 거쳐 중성으로, 그리고 종성으로 발전되어 소리가 나는 것이다. 초성을 설명할 때 초발성(初發聲)을 강조한 것은 그만큼 첫소리가 중요하기 때문이다. 'ㅏ'는 음가가 있다 하더라도 첫소리인 음가 없는 'ㅇ'을 붙여 '아'라 하지 않으면 다만 부호에 그칠 뿐 글자가 아닌 것이다.

이렇게 규정함으로써 세종은 모든 글자의 기본 체계를 정하여 처음 배우는 이들에게 혼란을 빚지 않도록 하였다.

운용의 방법과 체계를 여기까지 이루고 세밀한 검토를 거듭한 세종은 지금까지의 결과에 매우 만족하였다.

이제 여기에서 더 덧붙일 것이 없는 듯 보였다.

처음부터 간편한 글자를 만들어 누구나 쉽게 쓸 수 있도록 할 것이라고 굳은 결심을 했던 세종인만큼 이런 정도의 규정을 정해 놓은 것만으로도 크게 만족해 하였다.

"하오나 아바마마, 글자에는 높낮이와 장단이 있는 것인데, 그것에 관해 해답이 없으니 의아스럽고 무미한 듯 하옵니다."

세종의 만족해 하는 모습을 보고 있던 세자 향이 자신의 의견을 제시하였다.

"간편한 글자에 고저장단을 표시함은 번거롭지 않겠느냐."

고저장단은 말하는 사람의 말 속에서 이루어지는 것이므로 구태여 글자에 표시하여 복잡하게 만드는 것은 오히려 혼란을 가져올 것이라는 게 세종의 생각이었다.

"하오나, 오늘날의 시문(詩文)은 비록 한자의 영향을 받아 지어지기는 하나 운(韻)이 없으면 이루어질 수 없사옵니다. 우리말이라 할지라도 성음(聲音)이 없이는 너무 단조로워 시문의 미묘한 운율을 표시할 수 없을 것이며, 말을 나눔에도 다정다감함이 결여될까 염려되옵니다."

세자 향은 한자의 사성점을 우리말에도 도입시켜 미묘한 말과 글을 좀더 다양화시킬 것을 극구 주장하였다. 그에 대해 곰곰이 생각한 세종도 타당성 있음을 인정하고 세자의 의견을 받아들여 성음의 체계도 제정하기로 하였다.

左加一點則去聲(좌가일점즉거성)

(왼쪽에 한 점을 더하면 거성이 된다.)

二則上聲(이즉상성)

(점이 둘이면 상성이고)

無則平聲(무즉평성)

(점이 없으면 평성이며)

入聲加點同而促急(입성가점동이촉급)

(입성은 점을 더함과 같으나 빠르다.)

우리의 성음법은 중국의 것과 차이가 있었다. 그러므로 상하좌우로 점을 찍어 표시하는 사성점(四聲點)을 피하고 왼쪽에만 점을 찍어 표시하는 좌가점(左加點)으로 단순화시키고 방점(傍點)이라 하여 새로이 규약을 정하였다.

거성(去聲)은 가장 높은 소리로 글자의 왼쪽에 점을 하나 찍어 표시하고 낮다가 높아지는 상성은 점이 둘, 그리고 예사소리인 평성에는 점을 찍지 않기로 규약을 정하였다.

끝소리에 ㄱ, ㄷ, ㅂ, ㅅ 등이 올 때, 날숨이 폐쇄되므로 말소리가 빨리 끝나게 된다. 이를 입성으로 하고, 거성적 입성일 때에는 점이 하나, 상성적 입성일 경우 점이 둘, 그리고 평성적 입성일 때에는 점을 찍지 않도록 하여 성음법을 완결시켰다.

이렇게 되자 비로소 평생의 숙원이었던 문자가 제 모습을 갖추게 된 것이다.

세종은 곧 어지(御旨)를 만들어 만천하에 문자가 창제되었음을 알렸다. 이 나라 백성이면 누구나 힘써 글을 배울 것이며, 그리하여 평생 동안 문맹하여 세상을 바로 보지 못하고 그늘 속에 살던 사람들에게 새로운 광명의 세계를 보여 주고자 온 힘을 기울일 것을 다짐하였다.

세종은 온 누리가 한층 밝아짐을 느꼈다.

이제부터 백성들은 누구라 할 것 없이 글을 읽고 쓰게 될 것이다. 민족의 미래도 그러한 밝음 속에 날이 갈수록 발전하여 누대에 걸쳐 다시 없는 광명을 누리며 살게 될 것이다. 이런 생각을 하니 이제까지 글자 창제에 쏟은 힘과 노력이 더 할 수 없는 보람으로 느껴졌다. 또한 창제 과정에서 있었던 어려움이 봄눈 녹듯 한꺼번에 사라져 마음이 상쾌하였다.

세종은 이 기쁨을 왕실 가족들과 나누기 위해 세자 향을 비롯하여 안평·수양·임영·광평·금성·평원·영응 대군 등 여덟 아들을 한자리에 모이게 하였다.

이들은 모두 소헌 왕후 심씨와의 사이에서 태어난 아들들이었다. 천성이 밝고 영특하였으며, 학문에 노력을 아끼지 않아 학문의 깊이가 남달랐으므로 보는 사람으로 하여금 칭찬과 부러움을 아끼지 않게 하는 보배와 같은 아들들이었다.

"이제 비로소 평생의 숙원이었던 문자가 창제되었다. 우리는 수천 년 문화의 꽃을 피우며 오늘에 이른 민족이므로 유형무형의 찬란한 문화 유산이 곳곳에 널려 있다. 그러나 그 중에 단 하나 가장 소중한 문화 유산을 손꼽으라 한다면 단연코 문자 창제임은 두말할 필요가 없는 것이다. 글자의 창제로 인해 우리의 눈은 한층 더 밝게 뜨일 것이다. 나라의 위상도 한 단계 더 뛰어 오를 것이며, 사대에서 벗어나는 첩경이 될 것임을 의심치 않는다. 그러나 창제만 해 놓고 실용하지 않거나 소홀히 다룬다면 이는 옥을 갈아 보배를 만들지 않고 흙 속에 묻어 두는 것과 다를 바 없는 것이다. 지금 이 나라는 지식인 대부분이 사대에 젖어 있으므로 갑자기 우리 글자를 창제하여 보급시키려 한다면 거기에 대한 거부감으로 드센 저항이 있을 것은 불을 보듯 뻔하다. 어렵게 창제된 이 문자가 온 나라 방방곡곡에 퍼져 모든 백성이 빠르게 깨쳐 쉽고 평안하게 쓸 수 있도록 계몽과 가르침을 펼 사람들은 지금 이 자리에 모인 너희들이다. 이 애비는 나이도 많고 건강도 좋지 않아 앞 일이 어찌 될는지 예측하기 어렵다. 너희들이 사명감을 갖고 이 일에 적극 앞장서 주기 바란다."

세종은 늠름히 앉아 있는 아들들에게 간곡히 권하였다. 그리고 앞으로의 구체적인 계획도 설명하여 각자 알맞은 부서에서 일익을 담당하도록 하였다.

제일 먼저 할 일은 창제된 글자를 세상에 알리는 일이었다. 내적으로는 완성이 되었지만 아직 정리하는 일이 남아 있었다. 그러기 위해서는 글을 창제한 목적과 취지를 밝히는 글을 앞세워 글자의 꼴과 음가, 운영과 체계 등을 낱낱이 적어 책으로 만들어야 했다.

그와 동시에 창제된 글자로 중국의 운서를 번역하게 하고 우리말 한자음을 중국의 원음에 맞도록 운서를 만들어야 했다. 그리고 관용문자(官用文字)로 사용하도록 적극 계몽 지도하며, 그림으로만 그려 놓았던 삼강행실도를 창제된 글로 설명하는 일과 사적을 찬양하는 서사적 노래 창작 등 다방면에서 문자 정책을 펼 계획도 세웠다.

세월이 빠르게 지나갔다. 세종이 보위에 오른 지도 어느덧 스물다섯 해가 되었다. 건국 초기에는 나라의 기반을 닦느라 불필요한 힘의 낭비가 심했었지만 세종대에 이르러서는 그러한 요소들이 제거되고 나라의 기틀도 잡혀 나갔으므로 밖으로 쏟았던 힘의 출혈을 안으로 집중시켜 정치적인 안정과 문화 창달에 매진할 수 있었다.

세종은 보위에 오른 지 스물다섯 해 동안 수없이 많은 국책 사업에 손을 대어 괄목할 만한 성과를 이루었다. 그 가운데에서도 가장 의욕을 가지고 심혈을 기울여 완성한 것이 문자 창제였다.

세종은 세자 향이 이제는 무난히 정사를 담당할 수 있다고 판단하고 대부분의 일을 섭정케 한 뒤, 후면에 물러앉아 중요 사안만을 결재하였다. 그리하여 많은 시간을 창제한 문자를 다듬는 데 할애할 수 있었다.

세종은 창제된 글의 명칭을 백성을 가르치는 바른 소리라는 뜻의 훈민정음이라 하고 창제의 목적과 취지를 담은 글을 써서 세자와 대군들에게 보였다.

訓民正音
國之語音. 異乎·中國. 與文字不相流通.
故愚民. 有所欲言而終不得伸其情者.
多矣. 爲比憫然. 新制二十八字.
欲使人人易習. 使於日用耳.

훈민졍흠
나랏말ᄊᆞ미 듕귁에 달아 문쭝와로 서르 ᄉᆞᄆᆞᆺ디 아니홀ᄊᆡ
이런 젼ᄎᆞ로 어린 빅셩이 니르고져 홀배 이셔도
ᄆᆞ춤내 제ᄠᅳ들 시러 펴디 몯홇 노미 하니라

내 이룰 윙ᄒᆞ야 어엿비 너겨 새로 스믈여듧 ᄌᆞᆯ롤 밍ᄀᆞ노니

사ᄅᆞᆷ마다 ᄒᆡ여 수ᄫᅵ 니겨

날로 ᄡᅮ메 ᄲᅧᆫ한킈 ᄒᆞ고져 흘 ᄯᄅᆞ미니라.

"위 한자는 어지(御旨)의 초(草)를 잡은 것이고 아래는 새로 창제된 글자로 주해(註解)한 것이다. 어떠하냐? 보기에 좋지 않느냐?"

세종은 매우 흐뭇한 얼굴로 아들들을 돌아보았다.

"'나라의 말이 중국과 달라 한자와는 서로 통하지 아니하므로' 이는 새 글을 창제한 첫째 목적이며 사대에 물든 사람들에게 주체 사상을 불어 넣어 주기 위해 문장의 제일 앞에 넣어 만든 말이다. 또한, '이런 까닭으로 어리석은 백성이 이르고자 할 바가 있어도 마침내 자기의 뜻을 능히 펴지 못할 자가 많으니라. 내 이를 불쌍히 여겨 새로 스물여덟 자를 만든다' 한 것은 백성이 글을 알지 못해 송사가 나더라도 관리에 의해 무고하게 당하는 경우도 있으며, 너무 세상을 좁게 보며 사는 까닭에 마음의 여유를 갖지 못하는 것을 안타깝게 생각하여 애민(愛民)의 마음으로 쓴 것이다. 나머지 '사람마다 하여금 쉽게 익혀 날로 씀에 편안하게 하고자 할 따름이다' 한 것은 많은 사람들이 글을 깨쳐 일상 생활에 편리하게 쓰도록 하자는 실용 사상에 바탕을 둔 것이다. 이해가 가겠느냐?"

세종은 어지의 내용을 자세하게 아들들에게 설명하였다. 세종의 뜻을 이미 헤아리고 있는 세자와 대군들은 모두 환호의 소리를 높여 세종의 높은 뜻과 대문자의 완성을 경하하였다.

"하오나 아바마마, 글 가운데 우민(愚民)이라 하심은 어리석은 백성들이란 뜻이온데 정작 배우지 못한 우매한 자들만을 말하는 것이옵니까?"

소란 속에서도 가만히 글을 들여다보고 있던 안평 용이 조심스레 물었다.

"좋은 질문을 하였구나. 그 말을 쓸 때 어떤 적절한 말이 없을까 한

동안 머뭇거렸었다. 그러나 그것 외에는 달리 쓸 말이 없음을 알고 쾌히 문장을 마무리지었다. 거기에는 많은 뜻이 내포되어 있다고 본다. 사람이 세상의 이치를 안다고 하면 얼마나 알 것인가. 평생을 책 속에 파묻혀 살아도 진리의 변죽만 훑을 뿐 나아가 제 나라 말과 글을 갖지 못한 백성은 너 나 할 것 없이 어리석고 불쌍한 사람이라 생각한다. 그보다 더 가련한 것은 자기 나라 말과 글이 있음에도 사대에 젖어 남의 것을 높고 귀하게 여기고 제 것은 낮고 천하게 여기는 자들일 것이다. 그러하니 우민이란 다만 글을 알지 못하는 어리석은 자뿐 아니라 제 것의 소중함을 깨닫지 못하는 어리석은 자, 이 모두를 함께 칭하여 이르는 말이라 할 것이다."

안평과 다른 대군들은 부왕의 설명에 깊이 감동하고 모두 고개를 끄덕였다.

세종은 어지(御旨)를 앞세워 초성·중성의 글자 꼴과 음가 그리고 초성을 종성으로 다시 쓴다는 규약, 순경음 만들어 쓰기, 각자병서와 합용병서를 만들어 초성과 종성에 쓰는 법, 초성과 중성의 배치, 모든 글자는 어우러져야 소리가 난다는 규약, 방점과 그 사용법을 낱낱이 적어 정리하였다.

그리하여 하나의 글월로 체계가 잡혀지게 되자 그 해 12월, 우리 고유의 새 문자 훈민정음이 창제되었음을 만천하게 알리게 되었다. 세종이 보위에 오른 지 이십오 년, 나이 마흔일곱 되던 해였다.

훈민정음을 창제한 세종은 그에 그치지 않고 곧 실질적 문자 정책을 펴 나가기 위해 여러 가지 사업 계획을 세워 힘을 쏟기 시작하였다.

우선 머리가 총명하고 학식을 갖춘 서리(胥吏) 십여 명을 선발하여 훈민정음의 원리를 가르치고 그에 대한 지식을 습득케 하여 문자로서의 쓰임새에 어긋남이 없는가, 미비되거나 모순된 점은 없는가를 시험하였다.

또한 관용문자로 쓰기 위해 훈민정음으로 일차 시험을 치르고 합격한 자를 과거 시험에 응시하게 하였다. 한편 집현전 교리 최항, 부교리 박팽년, 부수찬 신숙주, 이선로, 이개, 돈령 부주부 **강희안** 등으로 하여 금 원나라 운서인 고금운회거요(古今韻會擧要)를 언문으로 번역하게 했 다. 그리고 세자 향과 수양 유, 안평 용 두 대군으로 하여금 이를 관장 토록 하였다. 이는 중국의 전통적인 성운 체계를 번역함으로써 우리말 한자음을 원음에 가깝게 표음하려는 어문 정책의 하나였다.

그 외에도 삼강행실도를 번역하고 선대조의 업적과 조선 창업을 칭 송하는 대서사시 편찬에도 손을 쓰기 시작하였다.

반대 상소문

밝은 면이 있으면 어두운 면도 있다. 세종이 훈민정음에 대해 지대한 애정과 관심을 가지고 다방면의 사업을 펴고 있는 반면에 일각에서는 이를 못마땅하게 생각하고 무가치한 것으로 여기는 부류도 있었다.

이들은 집현전 학사인 부제학 최만리를 비롯하여 정창손·신석조·하위지·조근 등이었다. 사대 사상이 강한 이들은 애초부터 문자 창제 자체를 이해하지 못했고 인정하려 하지도 않았다. 오히려 공연한 힘과 시간의 낭비라고 생각하고 있었다. 그래서 이들은 크게 여섯 조목의 예를 들어 훈민정음 제정에 대한 반대 상소문을 올리기로 하였다.

소신들은 엎드려 살펴보건데 언문을 지으심은 신묘하며 천고에 뛰어나십니다. 그러나 의심스러운 것이 있어서 삼가 조목을 들어 아뢰오니 상감마마의 결단을 바라는 바입니다.

우리 조정은 태조와 정종 이래 지극 정성으로 같은 글을 쓰고 수레바퀴 자국을 쫓듯 큰나라 중국 제도를 따랐습니다. 그런데 언문을 새로 만드시니 보고 듣는 이가 놀랍습니다.

예로부터 중국을 섬기는 나라들이 풍토가 달라도 글자를 따로 만드는 나라는 없었습니다. 오직 몽고·서하·여진·일본·서벌 따위가 제 글자를 가지고 있다고는 하나 이는 오랑캐의 일이니 무슨 말이 필요하겠습니까.

전(傳)에 이르기를, 중국 것을 사용하여 오랑캐를 변하게 한다고 하였으나 오랑캐에 의해 변화를 당한다는 말은 아직 듣지 못하였습니다. 오래 전부터 중국에서는 우리 나라를 기자(箕子)가 끼친 풍속이 있다 하여 문물과 예악을 중국과 견주었습니다. 이제 언문을 지으시어 중국을 버리고 오랑캐의 길을 걸으시니 이것은 소합(蘇合)의 향(香)을 버리고 쇠똥구리가 굴린 쇠똥 덩어리를 취함과 같으니 어찌 문명한 나라의 잘못이 아니겠습니까.

신라 때 설총이 만든 이두(吏讀)는 저급하고 천박하나 중국에서 통용되는 한자의 음(音)과 훈(訓)을 빌려 어조에 맞게 쓰니 한자와 동떨어진 것이 아닙니다. 그러므로 서리(胥吏)나 노복의 무리가 이두를 배우고자 하면 한자를 먼저 익혀야 하는 까닭에 오히려 한자를 아는 자가 많게 됩니다. 이는 학문을 일으키는 데 도움이 된 것입니다.

그러므로 우리 나라가 새끼를 묶어 뜻을 전하는 결승문자 시대라면 언문을 사용함도 좋겠습니다만 바른 논의를 말하는 사람이라면 임시 방편적 방식을 취하기보다 더디고 느리더라도 한자를 익혀 장구한 세월 편리하게 쓸 계획을 세움이 나을 것입니다.

이두는 수천 년을 장부·문서·회계 등을 적는 데 써 왔으나 아무런 불편함이 없었습니다. 이렇듯 예부터 써 왔던 아무런 폐해가 없는 글을 버리고 하찮고 이익이 없는 글을 만드는 것입니까.

만약 언문을 시행하면 서리들은 언문만 익혀 학문을 돌보지 않게 될 것이니 급기야 서리는 한자를 아는 자와 둘로 갈라지게 될 것입니다.

만일 관리가 된 사람이 언문으로 높은 벼슬에 오른다면 뒤따르는 사람들이 모두 이와 같은 것이니 스물일곱 자 언문으로 입신출세한다면 누가 힘써 성리학을 궁구하겠습니까.

이와 같이 된다면 수십 년 뒤에는 한자를 아는 자가 적어질 것입니다. 비록 언문으로써 서리의 일을 잘 처리한다 하더라도 성현의 글을 알지 못하면 사리의 옳고 그름을 판단하는 데 어두울 것이니 언문만 능통한들 무엇에 쓰겠습니까. 우리 나라가 오랜 세월 학문을 숭상하여 쌓아 올린 문화가 소멸될까 두렵습니다.

예전에 이두가 비록 한자를 이용하여 쓰였음에도 지식이 있는 사람들은 늘 비천하다 여겨 서리들이 쓰는 문자로 못박으려 하였습니다. 하물며 언문은 한자와는 아무런 연관도 없이 거리의 속된 말에 쓰여지니 더 일러 무엇하겠습니까. 자고로 언문이 앞의 임금님 때부터 있었다 하더라도 오늘같이 문명의 치세 아래 어리석음을 변치 않고 그 도만을 지켜 온 뜻을 그대로 이어 받을 수 있겠습니까. 반드시 다시 고치고자 주장하는 논의가 일어날 것은 확연히 알 수 있는 이치입니다.

옛것을 싫어하고 새것을 좋아하는 것은 고금의 통폐입니다. 지금 언문은 신기한 한 가지 재주에 불과할 뿐 나라를 다스림에 아무 이익도 없습니다. 몇 번이고 헤아려 보아도 옳은 일이라 볼 수 없습니다.

장문의 상소문이었다. 조목조목 이치를 따져 써 나간 것으로 보아 오랜 시간 치밀한 계획 아래 작성된 상소문임을 알 수 있었다.

상소문은 여기에서 그치지 않았다.

한 가지 이르겠습니다. 만일 사형과 같이 극단적인 옥사에 관한 자백서를 이두로 쓴다면 글 뜻을 모르는 어리석은 백 사람은 글자 하나의 차이로 원통한 처벌을 당할 수 있으나 이제 언문으로 직접 말을 받아 적어 이를 읽고 듣게 된다면 어리석은 사람이라도 다 쉽게 알아서 굽힐 사람은 없을 것입니다. 그러나 중국은 말과 글이 같음에도 송사에 억울한 일이 많았습니다. 우리 나라의 경우 죄수가 이두를 아는 자가 있어 무고히 고발됨을 조서를 보고 알 수 있으나 매질에 못 이겨 억울하게 죄를 뒤집어 쓰는 경우가 많습니다. 만약 그렇다면 언문을 알고 쓴다 한들 무엇할 것입니까. 형벌과 옥사가 공평한가 그렇지 않은가는 형을 다루는 자가 어떻게 하느냐에 있는 것이지 말과 글이 같고 같지 않음에 있는 것이 아닙니다.

언문으로써 조서의 처리를 공평하게 하고자 함은 옳다고 볼 수 없겠습니다.

무릇 일을 하여 공을 세움에는 가깝고 빠른 것을 귀하게 여기지 않습니다. 근래 나라의 조치는 빠르고 신속함에 힘을 쓰니 나라 다스림에 체통이 서지 않을까 두렵습니다.

만일 어쩔 수 없이 언문을 해야 한다 하면 이것은 풍속을 변하게 하고 바꾸는 일이니 큰일이 아닐 수 없습니다. 이런 일은 마땅히 재상으로부터 백료(百僚)에 이르기까지 함께 의논하여야 할 것이옵니다. 백성들이 모두 다 좋다고 하더라도 다시 세 번 생각하고 이웃 나라의 임금에게 질문하여 어긋남이 없어야 합니다. 중국에 고증하여 부끄러움이 없어야 하며 백세 후에 성인이 보더라도 의혹이 없게 한 연후에 법량을 만들어 행해야 할 것입니다. 지금 여러 사람의 논의를 널리 수집하지 않고 서리 무리 십여 명으로 하여금 가르쳐 익히게 하매 또 옛 사람이 이미 이루어 놓은 운서(韻書)를 가볍게 고치어 근거 없는 언문에 꿰어 맞추어 장인바치 수십인으로 글을 새겨 갑자기 널리 펴고자 하시니 세상 후세의 공론을 어찌 하시려 합니까?

또 이번 청주 초수로 거동하실 때 특히 흉년이 든 것을 염려하시어 모시는 여러 일을 간략하게 하도록 하심에 전에 비해 열에 여덟 아홉이 감소되었으며 공무를 여쭙는 일도 맡기셨습니다. 그럼에도 불구하고 언문은 나라의 일에 더디고 빠르며, 어쩔 수 없이 기일 안에 맞추어야 할 일이 아님에도 어찌 언문만큼은 홀로 쉬실 자리에서도 급급하게 하시어 옥체를 보존하셔야 할 때 번거롭게 하십니까. 더욱이 저희들은 옳은 일이라 볼 수 없습니다.

끝으로 한가지 더 말씀드립니다. 유가(儒家)의 선비가 말하기를, 무릇 백 가지 놀음 등 뜻을 빼앗고 편지를 쓰는 일은 선비의 하는 일 중 일상적인 일이지만 한결같이 좋아한다면 역시 뜻을 잃는다 하였습니다. 지금 동궁마마는 비록 당석은 성취하였으나 아직은 성학(聖學)에 깊이 마음을 두어 미완성된 학문을 궁구하실 때입니다. 언문이 비록 유익하다 하더라도 선비의 여섯 가지 재주 중 하나일 뿐입니다. 하물며 나라를 다스림에 전혀 보탬이 되지 않는 것에 정신을 쏟는다 생각하니 우리들은 학문 연구에 손실의 큼이 안타까울 뿐입니다.

우리들은 보잘것없는 글 하는 재주로 전하를 모시어 왔습니다. 마음에 품은 바가 있어 침묵을 지키지 못하고 마음을 파헤쳐 우러러 맑으신 전하의 총명하심을 더럽힙니다.

상소문에 대한 세종의 대처

　부제학 최만리의 긴 상소문에 접한 세종은 담담한 마음으로 문장 하나 단어 하나를 세밀하게 검토하였다.

　이미 전에도 문자 창제를 부당하게 생각하여 상소문을 올린 적은 있었으나 이처럼 본격적으로 깊고 긴 상소문을 올린 적은 없었다.

　상소문을 올린 최만리는 세종 1년 증광문과에 급제, 집현전 설치와 함께 박사로 임명되어 부제학에 오른 지금까지 스물다섯 해 동안 줄곧 세종을 보필하여 학문에 힘쓴 청백리(淸白吏)였다.

　상소문이 올려졌다는 소식에 접한 세자와 대군들이 편전에 모여 들었다.

　"아바마마께서 그토록 심혈을 기울여 창제에 몰두하고 계심을 바로 곁에서 지켜 본 사람들이 이런 장문의 상소문을 올린 것에 심히 섭섭함을 금치 못하겠습니다."

　세자 향이 자못 흥분하여 떨리는 목소리로 말하였다.

　"창제의 목적과 취지를 충분히 설명하고 이해를 구했음에도 마이동풍 격으로 귀를 막고 고집을 내세워 이같은 글을 작성함에 불쾌감을 감출 길 없습니다."

　수양 대군 유가 얼굴을 붉히며 언성을 높였다.

　"자제하거라. 비 온 뒤에 땅이 굳는다 하였다. 최만리는 집현전 설치와 함께 이제까지 나와는 고락을 같이한 큰선비이다. 그의 강직함이 이제 밖으로 드러난 것뿐, 사실 글자가 창제된 후 그것을 세밀히 관찰한 자와 대의명분에 대해 구체적 조언을 한 자는 없었다. 이제 이 상소문을 읽어 보니 과연 어느 면이 옳고 그름이 있는지 다시 한 번 깨닫게 된 것 같다. 내 그들을 다시 불러 자세한 경위를 의론한 후 버릴 것을 버리고 취할 것은 취할 터이니 조급하게 생각하지 말고 상소문의 내용을 세밀히 검토하고 분석해서 답할 것과 해명할 것을 생각토록 하여라."

정작 세종 자신은 담담할 뿐이었다. 상소문은 이제까지 노력하여 이룩한 결과를 거울에 비추어 보는 일이라 생각하고 있으며 검댕이가 묻었으면 지워 버리고 빈틈이 있으면 채우면 될 것이라고 생각했다.

"하오나 하나만 알고 둘은 모르는 그들에게 논의를 한다고 해서 꺾일 위인들이 아닙니다. 차제에 군왕을 업수이 여긴 죄를 들어 법으로 다스려야 마땅할 것입니다."

넷째 임영 대군도 임금을 모독한 죄를 그냥 보고만 있으면 점점 더 기고만장할 것이라면서 일벌백계로 다스려야 한다고 강조하였다.

"임영의 말에도 일리가 있사옵니다. 저들의 말투로 보아 우리글 창제를 해괴하다느니, 옛법에 어긋난다느니, 오랑캐의 글자라느니, 쇠똥구리의 쇠똥과 같다느니, 누적된 문화를 소멸시키는 처사라느니 하는 등등은 참으로 신하된 자로서 입에 담기 어려운 것들입니다. 비유의 말이라도 완곡하고 부드럽게 표현할 수 있을 터인데 이토록 과격하게 표현한 것은 왕가의 체통을 무너뜨리는 무례한 처사라 사료되옵니다."

안평 대군은 상소문의 표현이 너무 노골적 표현임을 지적하면서, 신하로서의 도를 넘어선 것이라 분개하였다.

그러나 세종은 서두르지 않았다. 상소문의 내용을 분석한 결과 크게 셋으로 나눌 수 있었는데, 첫째는 중국을 섬김에 어긋난다는 것, 둘째는 새 글의 불필요성, 셋째는 쓸데없는 시간과 힘의 낭비라는 것이었다.

건국 이래로 중국을 계속 섬겨 왔고, 누천 년 한자 문화에 젖어 온 이 나라의 형편과 성리학에 깊숙이 빠져 있는 학자들, 그런 분위기로 보아 당연히 들고 일어날 여건은 상존해 있었다. 또한 양반 계층은 문학과 학문을 함에 있어 한자보다 더 좋은 글자가 없다는 것이다. 서리들은 이두 문자가 있어 문서 작성이나 행정 수행에 아무 지장이 없으며, 일반 백성들은 글자 없이도 얼마든지 생활할 수 있는데 무슨 새 글자를 만들어 번거롭게 하느냐 하는 것이었다. 그리고 나라의 임금의 몸이 불편하여 나랏일에 힘을 기울임에도 힘들어하는 마당에 아무 쓸데 없는 글자 창제에 몰두하고 있으니 이해할 수 없는 일이라는 것이다. 동궁도 학문에 힘써야 할 시기에 재주스런 일에 시간을 낭비하니 옳지 않은 처사라 하는 내용이었다.

이는 세종이 우리 고유의 글자를 만들고자 어린 시절부터 고심해 왔던 근본 취지와는 전혀 상반된 생각이었으므로 해명이나 답변의 대상조차 되지 못하였다. 그러나 그런 자들이 한둘이 아닐 것이므로 지속적으로 이해시킬 필요는 있었다.

세종은 언문 반대 상소문에 관련된 부제학 최만리, 직제학 신석조, 직전 김문, 응교 정창손, 부교리 하위지, 수창 송처검, 저작랑 조근 등을 집현전으로 들게 하였다.

"짐이 어린 시절부터 꿈꾸어 왔던 이상 중 하나가 우리도 우리의 고유한 글을 가졌으면 하는 것이었소. 이는 집 없는 자가 집을 갖기를 원하며 부모 없는 자가 부모를 갖고 싶어하는 것처럼 진실로 애절하고 절실한 소망이었소. 그대들이 생각하는 '큰나라 섬김'과는 차원이 다른 것이오. 거의 사반 세기를 고락을 갖이하며 한 곳에서 생활해 온 그대들이 그 뜻을 헤아려 주지 못하니 안타깝고 서글플 뿐이오, 그대들이 올린 상소문 중 몇 가지는 근본을 바로 보지 못했거나 미래를 내다보지 못한 상태에서 지어진 것으로므로 그에 대한 심정을 토로하겠소."

좌중은 숨소리조차 내지 못하고 조용히 앉아 있었다. 임금의 치적에 대한 문제나 나라의 안위에 관한 어떤 잘못이 아닌 이상, 문화 창달의 한 몫을 차지하는 글자 창제에 그토록 긴 장문의 글을 올리기까지 허비한 시간과 힘의 낭비는 오히려 역공세를 받기에 충분하였다.

"그대들 중 운서(韻書)에 대해 아는 바 있거나 사성(四聲)과 칠음(七音) 그리고 자모(子母)가 몇 개 있는지 아는 사람 있으면 일어나 말해 보시오."

세종은 좌우를 둘러보았다. 그러나 누구 하나 그에 대해 답할 사람은 없었다. 오랜 시간 정적만이 방 안을 감돌고 있었다.

"보시오. 나라의 중책을 맡고 있는 그대들은 가만히 앉아 글을 읽거나 때로는 몇 마디 말로 공론을 벌이지만 운서에 대해서는 전혀 아는 바 없으며 잘못된 것을 고쳐 나가려 하지도 않고 있소. 몸과 행실이 바르려면 말과 글이 발라야 된다는 것은 어린 아이도 다 아는 바요. 우리는 오랫동안 한자를 배워 왔으나 정작 중국 사람들과 대화를 나누려면 한 마디 말도 제대로 할 수가 없소. 중국 한자음과 우리 한자음이 서로 다르기 때문이오. 만일 짐이 운서를 바르게 하지 않으면 어느 누가 이를 바르게 하겠소."

세종이 잠시 말을 끊고 다시 좌중을 돌아보았다. 모두들 숙연히 고개를 떨구고 있었다.

"그대들이 새 글자의 운용을 보고 소리를 쓰고 글자를 합하는 것이 옛것에 다 어긋난다고 하였으나 설총의 이두 또한 옛것과는 다른 소리요. 이두를 지은 본래의 뜻은 백성을 편하게 하기 위한다는 취지에서였을 거요. 만약 그렇다면 지금의 새 글 또한 백성을 편하게 하기 위함이오. 그대들은 설총을 옳다 하면서 제 임금의 한 일은 그르다 하니 그 저의가 무엇인지 심히 궁금하기 짝이 없소. 또한 상소문에 '새롭고 기이한 한 가지 재주'라 하였으나 짐이 늘그막에 소일하기가 어려워 책으로 벗을 삼을 뿐 어찌 옛것을 싫어하고 새것을 즐겨서 그 어려운 일을 하였겠소. 밭에서 매를 놓아 사냥이나 하는 놀음 따위가 아님에도 불구하고 그대들의 말이 너무 지나침에 안타까울 뿐이오."

세종은 이치를 따져 가며 둘러 앉은 사람들을 설득해 나갔다.

"내가 나이가 많아 나라의 모든 일을 세자가 관장하지만 비록 적은 일이라도 진실로 참여하여 결정함이 마땅하므로 새 글에 관한 것도 같이 걱정할 수밖에 없소. 만일 세자가 동궁에 있다 하여 나라의 중대한 일을 환관에게 맡길 수는 없지 않겠소. 그대들은 임금을 모시는 신하로서 그 뜻을 훤히 꿰뚫고 있으면서도 이렇듯 부당한 말을 쓰는 것이 옳다고 생각하시오?"

세종의 말 속에는 설득 속에 신하로서의 바른 도리를 갖추라는 꾸지람이 섞여 있었다.

"황공하옵니다. '새롭고 기이한 한 가지 재주'라는 표현은 육예(六藝)의 하나라는 뜻이옵지 다른 뜻이 있어 그런 것은 아니옵니다."

묵묵히 머리를 숙이고 있던 직제학 신석조가 표현이 너무 심했나 싶었던지 변명하였다.

"설총의 이두가 옛것과 다른 소리라 하셨으나 음과 뜻을 따오는 것이므로 한자와 이두의 글자 만듦이 원래 떨어진 것이 아니옵니다. 지금 새로 만든 글자는 여러 글자를 합하여 나란히 써서 음과 뜻을 변화시키니 한자의 꼴이라 볼 수 없사옵니다. 그런 의문이 있어 감히 말씀드렸던 것뿐이옵니다."

부교리 하위지가 역시 고개를 조아려 해명하려 하였다.

"동궁의 공사(公事)에 비록 적은 일이라도 참여하여 결정하지 않을 수 없으시겠으나 그리 급하지 않은 일에 어찌 날이 저물도록 근심을 다하시는 것입니까."

부제학 최만리가 상소문을 올린 동기를 세종의 건강 때문이라는 이유를 들었다.

"무슨 말을 하려는지 알고 있소이다. 눈앞의 일에 급급해 하지 말고 나라의 백년대계를 생각하시오. 우리가 언제까지 이 좁은 땅덩이 안에서 대국의 그늘 아래 살아야 한단 말입니까. 제 나라 글도 없으면서 남의 글을 제것인 양 쓰는 것은 구관조가 사람의 소리를 그럴 듯하게 흉내내는 것에 지나지 않소이다. 지금까지 우리가 이어 온 민족 문화의 유산 가운데 제 일을 손꼽으라 한다면 나는 단연 훈민정음의 창제를 꼽겠소. 또 그렇게 되도록 숨이 붙어 살아 있는 한 혼신의 힘을 쏟아부을 것이오. 앞으로 이 뜻을 도와 힘과 용기를 북돋지는 못할망정 하는 일에 걸림돌이 되는 일은 삼가 주기 바라오."

세종은 훈민정음 창제에 대한 자부심과 앞으로 민족 문화 유산으로서 고금에 없는 가치를 지닐 수 있도록 최선을 다하겠다는 신념과 의지를 보였다.

듣고 있는 사람들은 세종의 결연한 말과 태도에 눌려 모두 고개를 떨어뜨리고 자신들의 경솔한 처사에 부끄러워할 뿐이었다.

"내가 경들을 부른 것은 문책하려 한 것이 아니라 다만 상소문 안의 한두 마디를 물어 볼까 해서였소. 그러나 경들은 앞뒤를 돌아보지 않고 말을 바꾸어 변명을 하니 어디 강직한 신하라고 말할 수 있겠소? 신하된 자로서 임금의 뜻을 헤아리지 못한 죄 스스로 깨닫기 바라오."

세종은 이들에게 큰 벌을 내릴 생각은 애초부터 없었다. 그러나 주위의 여론과 앞으로의 기강을 생각하지 않을 수 없었다. 그래서 하룻밤을 의금부에서 근신토록 하고 다음날 풀어 주도록 명하였다.

용비어천가

부제학 최만리들의 상소문은 겉으로는 별로 큰 갈등 없이 가라앉았다. 그러나 세종을 비롯한 훈민정음 창제에 적극적으로 참여했던 사람들에게는 커다란 파장이 되어 퍼져 나갔다. 새 문자인 훈민정음을 더욱 심오한 학문적 체계로 강화시켜야 한다는 운동이 대두된 것이었다. 또한 구체적인 보급 사업을 펴 민중 속에 깊이 파고 들도록 해야 한다는 주장의 일치도 보았다.

그와 함께 창제와 동시에 만천하에 널리 퍼뜨려 모든 백성이 사용하도록 권장하려던 반포의 계획도 당분간 뒤로 미루기로 하였다.

세종은 의정부 우찬성 권제, 우참찬 정인지, 공조 참판 안지 등을 시켜 선대조의 업적을 칭송할 서사시를 짓도록 명했다. 또한 부왕 태종을 비롯하여 상위 육대조인 목조·익조·도조·환조·태조의 사적을 조사 발굴하도록 명하였다.

그리고 악장의 제목을 <용비어천가(龍飛御天歌)>라 칭하였다.

그와 병행하여 새 글자를 만든 대원리(大原理)와 훈민정음의 우수성, 그리고 우리 조상의 정신적 사상의 기반이 되는 천부경과의 연관 등을 낱낱이 그리고 세밀하게 글로 써서 후세인들이 훈민정음의 절대성을 믿도록 하는 작업도 펴 나갔다.

그러한 가운데 한 해가 지나고 새해가 밝았다. 지난 해에는 최만리 등의 훈민정음 반대 상소문으로 잠시 시끄러웠지만 그 후에는 세종이 강력한 문자 정책을 편 까닭에 그 누구도 새 글자에 대해 이런저런 말이 없었으므로 모든 것이 세종의 의도대로 진행되었다.

새해가 밝자마자 세종은 집현전 부수찬 신숙주와 성균관 주부 성삼문 그리고 행사용 손수산을 요동으로 보내어 운서(韻書)를 연구토록 하였다.

새해 벽두부터 이들을 멀리 요동까지 보낸 데에는 몇 가지 이유가 있었다.

세종이 처음 우리말을 적는 새 글자를 만들고자 했을 때 의욕은 앞섰으나 어디서부터 시작해야 할는지 그 시작과 끝을 알지 못하였다. 그런데 여러 서적을 들추다 보니 중국을 정복했던 원나라가 제 나라 문자가 없었으므로 중국말을 적는 한자를 공식적 나라 문자로 채택하여 쓰고, 그들 고유의 말은 위굴 문자를 빌려 써 오다가 종내에는 고유 문자의 필요성을 절감하고 따로 자기 나라의 글자 파스파 문자(원나라 때 쿠빌라이 칸의 명으로 만든 글자)를 창제하여 쓴 예를 알아낼 수 있었다.

이는 우리가 중국말은 한자로, 관용 문자는 이두를 사용하고 있는 실정과 같았다. 다만 파스파 문자의 칸에 우리 고유의 문자를 창제하여 끼워 넣는다면 같은 결과를 가져 올 수 있다는 깨달음을 얻게 되었던 것이다. 그러므로 원나라가 망한 지 이미 칠십여 년이 지났으나 아직 남아 있을 글자의 흔적과 그들이 사용한 음운의 비밀을 찾아 보기 위해 이들 세 사람을 요동으로 보내기로 결정하였던 것이다. 또한 요동에는 중국의 음운학자 황찬이 귀양살이를 하고 있다는 소식이 전해졌다. 그래서 중국의 말과 우리말의 차이가 어떤 것인가를 그를 통해서 알아 보기 위한 의도도 있었다. 사실상 몇 천 년을 한자권에서 살아온 현실이었지만 중국 사람과 말을 할 때에는 항상 통역이 옆에 있어야 했기 때문에 우리말 한자음을 중국의 한자음에 맞게 정리하지 않으면 안 되었다. 그래서 시도한 것이 명나라가 정한 운서 홍무정운(洪武正韻)을 번역하는 일이었다. 세종은 그 임무를 신숙주·성삼문·손수산 등에게 명했던 것이다. 그러므로 그들은 홍무정운 번역을 위한 다

방면의 지식을 얻기 위해서라도 요동 여행에 쾌히 응하지 않을 수 없었다.

세종의 이러한 일련의 계획은 태평한 세월 속에 일사천리로 진행되었다.

훈민정음이 창제된 지 삼년째 되던 사월 초여름, 녹음이 경복궁 뜨락을 초록으로 물들일 때 권제·정인지·안지 등이 <용비어천가> 10권 총 125장을 지어 올렸다.

<용비어천가>를 받아 본 순간 세종은 미지의 세계를 처음 보는 듯한 놀라움과 감격으로 인하여 가슴에 피가 끓어 오르고 눈시울이 붉어져 한동안 그 자리에서 움직일 줄 몰랐다.

<용비어천가>는 다른 시각으로 보면 사대주의로 가득한 한 권의 보잘것없는 책이었다. 왜냐하면 1장과 2장을 제외한 모든 장(章)이 중국의 사적에 준하여 육대조의 업적을 대구(對句)로 읊어 나간 노래이므로 조잡한 비유처럼 읽혀질 수도 있었다. 그러나 건국의 정당성과 선대조의 치적을 사대에 물든 사대부들에 알려 계몽시켜 깨우치려면 다른 어떠한 방도가 없었기 때문에 의도적으로라도 그런 방법을 쓰지 않으면 안 되었다. 세종을 감격케 한 것은 다른 데에 있었다. 선대조의 업적이 글로 씌어졌다는 것보다 새로 창제된 문자로 만들어진 최초의 문헌이라는 게 바로 그것이었다. 참으로 누천 년을 기다려 온 우리글로 지어진 노래였다. 글자 하나하나에는 생명이 철철 넘쳐 흘렀고, 말과 글이 일체가 되어 과거와 미래를 넘나들었다.

몇 번을 눈으로 보고 입으로 소리내어 읽어도 대견스러웠고 애정이 넘쳐 흘렀다. 수십 년을 걸쳐 땀과 피를 흘려 이룩한 쾌거임에 세종의 마음은 감개가 무량했다.

海東(해동) 六龍(육룡)이 ᄂᆞᄅᆞ샤 일마다
天福(천복)이시니,
古聖(고성)이 同符(동부)ᄒᆞ시니.

(해동에 여섯 용이 날으시어 일마다
하늘의 복이시니
성현의 업적과 일치하시니.)

불휘 기픈 남ᄀᆞᆫ ᄇᆞᄅᆞ매 아니 뮐씨
곶 됴코 여름 하ᄂᆞ니

시미 기픈 므른 ᄀᆞᄆᆞ래 아니 그츨씨
내히 이러 바ᄅᆞ래 가ᄂᆞ니

(뿌리가 깊은 나무는 바람에 움직이지 아니하므로
꽃이 좋고 열매가 많습니다.
샘이 깊은 물은 가뭄에 그치지 아니하므로,
내가 이루어져 바다에 갑니다.)

천세(千世) 우희 미리 定(정)ᄒᆞ샨 漢水(한수) 북(北)에, 累仁開國(누인개국)ᄒᆞ샤 卜年(복년)이 ᄀᆞᆺ업스시니, 聖神(성신)이 니ᅀᅳ샤도 敬天勤民(경천근민)ᄒᆞ샤ᅀᅡ, 더욱 구드시리이다. ·
님금하, 아ᄅᆞ쇼셔. 洛水(낙수)예 山行(산행)가 이셔 하나빌 미드니잇가.

제125장

(천세 전에 미리 정해 놓으신 한강 북쪽에 대 이은 어진 임금이 나라를 여시어 복으로 점지한 해가 끝이 없으시니 훌륭한 왕손이 이으신다 하여도 하늘을 공경하고 백성을 부지런히 섬겨야 더욱 굳을

것입니다.

　임금이여, 아십시오, 낙수에 사냥이나 가 있으면서 조상만 믿으시겠습니까?)

　문자란 그것이 그 나라 국민의 정서를 글로 **나타냈을 때** 가장 아름답게 빛나는 것이다. 이제까지 우리에게는 **희노애락**을 **나타내**는 시문과 노래가 있었다. 그러나 문자가 없어 제자리에 정착되지 못하고 입에서 입으로 구전되면서 생성과 소멸을 거듭해 왔던 것이다. 그러나 이제 우리 성정에 맞는 새 글자의 창제를 보았으니 백성의 **정신**을 살찌울 이보다 더 큰 음식이 어디 있겠는가? 세종은 기쁨에 넘쳐 식음도 폐하고 지어진 노래를 거듭 탐독하였다.

위대한 임금, 위대한 글자

세종은 반대 상소문 이후 보완하기로 했던 훈민정음 해례(解例)에 관한 내용들을 하나하나 정리해 나가기 시작했다. 해례를 작성하는 까닭은 창제 때 만들었던 본문격인 예의(例義)를 좀더 완벽을 기할 수 있도록 보완, 자세히 설명하고 미비된 점을 첨가 수정하고자 함이었다. 그래서 그 어느 누가 보아도 창제의 목적이나 취지, 그리고 운영의 방법들을 쉽게 이해하고 깨우쳐 조금의 의문점도 나타나지 않도록 해야 했다.

그러기 위해서는 정연한 논리와 심오한 철학적 사고, 우주적 원리를 토대로 전개시켜 나가야 할 것이라고 생각했다.

세자와 대군들 그리고 정인지·최항·박팽년·강희안·이개·이선로 등이 집현전에 다시 모였다. 신숙주·성삼문 등은 운서를 알아 보러 요동을 드나들었기 때문에 훈민정음 창제에 공로가 많았으나 이번만큼은 회의에 참석치 못하였다.

세자 향이 해례의 초(草)를 잡은 책자를 회의에 참석한 사람들에게 돌렸다.

책자에는 제자해(制字解), 초성해(初聲解), 중성해(中聲解), 종성해(終聲解), 합자해(合字解), 용자례(用字例) 등 여섯 가지의 해설을 실었다.

"참으로 경하할 일이외다. 이제 훈민정음을 자세히 해설한 책자를 보게 되었으니 이것으로 우리는 우리 고유 문자의 완성을 본 것이오. 다사다난한 국사에 매달려 불철주야 몸을 아끼지 않으면서도 십수 년을 글자 창제에 몰두하여 피땀을 흘린 그대들의 노고에 무어라 고마움을 표해야 되는지 할 말이 생각나지 않는구려."

세종은 그 동안 미비되어 꺼림칙했던 부분을 보완하여 완벽한 글자로 자리매김한 것에 대해 크게 고무되어 있었다.

"제자해에는 전하께서 지으신 글자 창제의 대원리를 앞세웠습니다. 아직은 훈민정음으로 표현함이 서투른 관계로 한자로 문장을 만들었습니다. 우리말로 읽겠으니 매끄럽지 못한 부분이 있으면 지적해 주시기 바랍니다."

세자 향이 자리에서 일어나 여러 사람들을 둘러보며 첫줄부터 천천히 읽어 나갔다.

하늘과 땅의 이치는 한 음양과 오행뿐이다. 곤(坤)과 복(復)의 사이가 태극(太極)이 되고 움직임과 고요함의 뒤가 음양이 된다. 무릇 천지 사이에 태어난 것으로서 음양을 버리고 어떻게 할 것인가. 그러므로 사람의 성음(聲音)은 다 음양의 이치가 있으나 돌아보건대 사람이 살피지 않을 뿐이다. 이제 정음(正音)을 만듦에도 처음부터 지혜로 이루고 힘으로 찾을 것이 아니라 다만 목소리를 따라 그 이치를 다할 뿐이니, 이치가 둘일 수 없는 것이라면 어찌 하늘과 땅 그리고 귀신과 더불어 그 씀을 같이하지 않을 수 있겠는가. 정음(正音) 스물여덟 자는 각각 그 꼴을 본떠서 만들었다.

여기까지가 정음(正音)에 대한 대원리입니다. 글을 천지의 이치에 부합시키려 한다면 좀 과장되게 생각될 수 있습니다. 그러나 이는 움직일 수 없는 진리이며 옛 성현의 글 속에서도 얼마든지 볼 수 있는 이야기입니다. 또 전하께오서는 우리 옛 고전자(古篆字)인 가림토 문자를 글의 꼴로 정하셨다고 하셨습니다. 오랜 연구 결과 가림토 문자 역시 발음 기관의 모양을 본떠 만든 것이 분명하다는 것을 알 수 있습니다. 가림토 문자와 발음 기관의 꼴은 별개의 것이 아니라 같은 선 위에 놓고 보아야 할 것입니다."

세자가 설명한 정음(正音)의 대원리는 세종이 직접 작성한 것이었다. 문자의 절대성을 우주적 원리에 부합시켜 문자를 익히려는 사람들로 하여금 정음에 대한 확고한 믿음을 갖기에 충분한 내용이었다.

세자 향이 자리에 앉자, 진양에서 수양으로 이름이 바뀐 유가 일어섰다.

"첫소리의 소리 내는 방법과 꼴에 대해서는 이미 예의를 설명할 때 언급된 바 있으므로 생략하기로 하겠습니다. 대원리를 바탕으로 하여 글자 하나하나에도 우주의 원리를 부여하였습니다. 그 다음을 읽어 드릴 터이니 역시 매끄럽지 못한 점을 지적해 주시기 바랍니다."

대저 사람의 말소리 있음이 오행에 뿌리를 두고 있으므로 사계절에 어울려 어긋나지 않고 오음(五音)에 맞추어 틀리지 않는다.

목구멍은 깊숙하고 윤택하니 오행의 물(水)이다.

소리가 비고 거칠 것 없음은 물이 비고 맑게 흘러 통하는 것과 같다. 계절로는 겨울(冬)이 되고 음악으로는 우(羽)에 해당된다.

어금니(牙)는 어긋나고 기니 나무다. 소리는 목구멍소리와 비슷하나 야무져서 나무가 물에서 나서 꼴이 있음과 같다. 계절로는 봄(春)이고 음악의 소리로는 각(角)이다.

혀(舌)는 날카롭고 움직이니 불이다. 소리가 구르고 드날림은 불이 굴러 퍼지며 피어나는 것과 같다. 계절로는 여름이고 음악의 소리로는 치(徵)가 된다.

이(齒)는 단단하고 끊으니 쇠(金)다. 소리가 부스러지고 거림은 쇠가 잘게 부서지고 가루가 되어 다져져 이루어지는 것과 같다. 계절로는 가을(秋)이고, 음악의 소리로는 상(商)이 된다.

입술(脣)은 모나고 합해지니 흙이다. 소리가 먹음고 넓음은 흙이 만물을 포용하고 감싸 넓고 큼 같다. 계절은 늦여름이 되고 음악의 소리로는 궁(宮)이 된다.

그러나 물은 산 것의 근원이요, 불은 물건을 이루는 데 쓰인다. 그러므로 오행 중에 물과 불이 크다. 목구멍은 소리가 나는 문이요, 혀는 소리를 분간하는 관(管)이니 목구멍과 혀가 오음 중 주(主)가 된다.

목구멍은 뒤에 있고 어금니는 그 다음이니 북쪽과 동쪽의 자리이다. 혀와 이는 또 그 다음에 있으니 남쪽과 서쪽의 자리이다.

입술은 가장 끝에 있으니 흙은 정한 자리가 없고 사계절에 붙어 왕성하다는 뜻이다.

이것은 첫소리 가운데 음양과 오행과 방위와 숫자가 있음이다.

"이와 같이 첫소리를 오행·계절·음악에 결부시킨 것은 앞서 말한 바와 같이 문자가 아무렇게나 조성되어 생긴 것이 아니라 우주의 근본 원리에 입각하여 지어진 것임을 알리자는 것입니다. 그러므로 해서 우리 고유의 문자인 훈민정음의 고귀성과 심오한 원리성을 나타내어 절대적 믿음으로 글을 깨쳐 나가게 하기 위함입니다."

수양 대군 유가 초성 열일곱 자에 대한 설명을 마치고 자리에 앉았다. 곧 안평 대군 용이 설명을 이어 받았다.

"소리의 맑음(淸)과 흐림(濁)을 가지고 말씀드리겠습니다.

전청(全淸)은 ㄱ, ㄷ, ㅂ, ㅈ, ㅅ, ㆆ 예사소리,

차청(次淸)은 ㅋ, ㅌ, ㅍ, ㅊ, ㅎ 등 거센소리,

전탁(全濁)은 ㄲ, ㄸ, ㅃ, ㅉ, ㅆ, ㆅ 등 된소리로 정하였으며, 맑지도 흐리지도 않은 불청불탁(不淸不濁)은 ㆁ, ㄴ, ㅁ, ㅇ, ㄹ, ㅿ 으로 분류하게 된다. 전청은 나란히 쓰면 전탁이 되고 전청의 소리가 엉기면 전탁이 되기 때문이다. 오직 목구멍 소리는 차청이 전탁이 되는 것은 ㆆ는 소리가 깊어서 엉기지 못하나 ㅎ은 ㆆ에 비하여 소리가 옅으므로 엉겨서 전탁이 된다.

사람이 말을 할 때 똑같은 소리를 계속 반복해 내면 귀에는 비슷하게 들릴지 모르지만 낼숨의 강약, 발음 기관의 차이 때문에 열이면 열,

백이면 백이 다 다른 것입니다. 그렇기 때문에 예사소리, 거센소리, 된 소리, 무성음과 유성음 같은 미묘한 소리의 세계를 밖으로 드러내어 밝히지 않는다면 그것은 미개한 야만의 나라 말이나 짐승이 지르는 소리에 지나지 않는 것입니다."

안평 대군은 소리의 맑고 흐림과 목청의 울림과 안울림 등을 해례에 밝힘을 설명하고 그 필요성과 비중에 대하여 자신의 의견을 피력하였다.

안평의 설명이 끝나자 임영 대군이 자리에서 일어났다. 이렇듯 세자와 대군들이 자리를 차고 일어나 해례(解例)에 대해 주된 설명을 하게 된 것은 전적으로 세종의 계획으로 이루어진 일이었다. 물론 방 안에는 정음 창제에 대해 혼신의 힘을 기울인 사람들뿐이어서 어느 누가 일어나 설명을 하더라도 거부감을 가질 사람은 없었다. 그러나 지난번 정음 반대 상소문이 있었던 것처럼 정음 창제가 임금과 왕자들에 의해 이루어졌다는 것을 알림으로써 문자 창제에 대한 비중을 더욱 크게 하기 위함이었다. 또한 세자와 대군들은 세종과 더불어 주야로 훈민정음에 관해 연구를 거듭해 왔고 의견을 교환하여 왔으므로 그 어느 누구보다 새 글에 대해 해박한 지식을 가지고 있는 것은 사실이었다.

중성은 무릇 열한 자다.

기본 글자가 천지인 삼재(三才)에서 비롯되었다 함은 이미 언급된 것이므로 더 이상 설명이 필요없다. ㅛㅑㅠㅕ는 모두 ㅗㅏㅜㅓ가 ㅣ에서 일어났다. 예의에서 없었던 글자가 합하여 된 ·ㅣ ㅓㅚ ㅐㅟㅔ ㅚㅐㅟㅖ 열 자와 두 글자 중성에 ㅣ가 합한 ㅙㅠㅙㅞ 등을 더 활용한 네 자가 있다.

임영은 중성 열한 자 외에 ㅣ에서 시작된 열 자와 그를 활용한 넉 자가 더 있음을 설명하고 중성의 낱낱의 글자도 음양의 이치에 의해 이루어졌음을 자세히 설명하였다.

다시 세자 향이 일어나 초성을 어떻게 운용해 나가는가에 대해 자세한 설명을 덧붙였다.

정음의 초성은 운서의 자모(子母)다. 음성이 이로 말미암아 나므로 모(母)라고 말할 것이다.

가령 어금닛소리 '군(君)' 자의 초성은 'ㄱ'인데 'ㄱ'은 '군'과 합하여 군이 되며 '쾡(快)' 자의 초성은 'ㅋ'인데 'ᅫ'와 합하여 쾌가 된다. 뿔 없는 용 규(虯) 자는 중국 원래 발음으로는 '뀸'으로 소리나므로 첫소리가 'ㄲ'인데 '뀸'과 합하여 '뀸'이 된다. '업(業)' 자의 첫소리는 'ㅇ'이니, 'ㅇ'이 '겁'과 합하여 '업'이 되는 따위와 같다.

혓소리, 입술소리, 잇소리, 목구멍소리, 반혓소리, 반잇소리도 모두 이와 같은 이치에 의해 이루어진다.

"앞서 예의에서는 초성의 칠음(七音)이 어떠하다는 것만을 말하였으나 이번에는 칠음이 어떻게 초성으로 쓰이는가에 대해 설명하였습니다. 다만 'ㄱ'이 '군'과 합하여라고 말한 것은 처음 글을 깨우칠 때 이해가 미치지 못할 것 같아 음(音)과 운(韻)만으로 나누었습니다. 다시 중성해(中聲解)와 종성해를 본다면 ㄱㅜㄴ과 같이 초·중·종성의 구분이 어떻게 나누어지는가 하는 것을 알게 될 것입니다."

다시 수양 대군이 자리에서 일어났다.

"이제부터 중성해에 관해 말씀드리겠습니다.

중성은 글자 소리의 가운데에 있어서 초성과 종성을 합쳐 소리를 이룬다.

가령 툰(呑) 자의 가운뎃소리는 아래아 'ㆍ'가 'ㅌ'과 'ㄴ' 사이에 있으므로 '툰'이 된다. 즉(卽) 자의 가운뎃소리는 'ㅡ'인데, 'ㅡ'가 'ㅈ'과 'ㄱ' 사이에 있어서 '즉'이 된다. 침(侵) 자의 가운뎃소리는 'ㅣ'인데 'ㅣ'가 'ㅊ'과 'ㅁ' 사이에 있어서 '침'이 되는 따위와 같다. ㅗ ㅏ ㅜ ㅓ ㅛ ㅠ ㅕ 는 모두 이와 같다.

두 글자를 합하여 쓸 때에는 'ㅗ'와 'ㅏ'는 'ㆍ'에서 나왔으므로 합해서 'ㅘ'가 된다. 'ㅛ'와 'ㅑ'는 또 'ㅣ'에서 나왔으므로 'ㆇ'가 된다. 이들은 같이 나와 같은 무리가 되므로 서로 합하여도 어그러지지 않는다. 'ㅣ'

가 깊고 얕고 닫히고 열리는 소리에 다 잘 따를 수 있는 것은 혀가 펴지고 소리가 얕아서 입을 여는 데 편하기 때문이다.

조금 전의 설명과 같이 음(音)과 운(韻)에서 다시 운을 세분하면 중성과 종성으로 나뉘게 됩니다. 또 한 글자 중성이 ㅣ와 합한 것 열 개, 두 글자 중성이 ㅣ와 합찬 것 네 개는 이미 말씀드린 바 있습니다."

수양 대군이 자리에 앉자 다시 안평 대군이 책자를 펴 종성해에 대해 설명을 시작하였다.

"끝소리는 첫소리와 가운뎃소리를 이어서 글자의 소리를 이룬다. 가령 '즉'(卽) 자의 끝소리는 'ㄱ'인데 'ㄱ'이 '즈'의 끝에 있어 '즉'이 되고, '夢'(洪) 자 끝소리는 'ㅇ'이니 'ㅇ'이 '瑔'의 끝에 있어 '夢'이 되는 따위와 같다. 혓소리, 입술소리, 잇소리, 목구멍소리도 모두 이와 같다. 소리에는 늦고 **빠름**이 다름으로 평성(平聲)·상성(上聲)·거성(去星) 그 끝소리가 입성(入聲)의 촉급(促急)함과 같지 않다. 불청불탁(不清不濁)의 글자는 그 소리가 세지 않으므로 끝소리로 쓰면 평성·상성·거성에 알맞으며, 끝소리로 쓰면 입성에 알맞다. 그러므로 ㆁ, ㄴ, ㅁ, ㅇ, ㄹ, ㅿ 의 여섯 글자는 평성·상성·거성의 끝소리가 되고 그 나머지는 모두 입성이 된다. 그러나 ㄱ, ㆁ, ㄷ, ㄴ, ㅂ, ㅁ, ㅅ, ㄹ의 여덟 글자도 넉넉히 쓸 수 있다.

종성해에 대해서는 예의에서 언급한 바와 같이 종성부용초성을 원칙으로 하나 팔종성가족용법도 가능하다는 점에 대해 좀더 자세히 설명을 덧붙였습니다."

수양 대군이 종성해를 설명하고 자리에 앉았다.

"그 다음 장(章)은 합자해(合字解)와 용자례(用字例)를 써서 글자가 어떻게 합하여 소리와 뜻을 이루는가를 설명하였습니다. 글자의 어울림, 첫소리의 합용병서, 각자병서, 끝소리의 합용병서, 사잇소리, 성음은 이미 앞에서 설명한 바와 같습니다. 다만 한자의 어휘들이 우리말에 깊숙히 파고들어 있으므로 우리의 고유어가 한자어에 밀려 가고 있는 실정입니다. 한편 우리 글을 보고 금방 그 뜻을 깨닫게 되기까지 시간

374

이 걸릴 것입니다. 용자례에서는 우리 고유말에 한자의 같은 뜻을 부여함으로써 그 의미를 명확히 하고자 하였습니다. 이를테면 첫소리 'ㄱ'은 '감'이 '시'(柿)가 되고 '골'(갈대)이 '노'(蘆)가 됨과 같고, '콩'이 '대두'(大豆)가 됨과 같다는 식으로 뜻을 더하였습니다."

세자 향이 일어나 해례의 끝을 마무리하였다.

"십수 년의 고심과 노력 끝에 우리는 비로소 우리 고유의 글자를 갖게 되었소. 여기 모인 여러 사람과 문자 창제에 관심을 가지고 격려와 협조를 아끼지 않은 사람들의 덕으로 생각하오. 이제 우리의 학문이 일목요연하게 글로 쓰여 정착하게 되었으며 다정한 이야기, 흥겨운 노래도 글로 남아 후대에 전해지게 되었소. 어떤 소리, 어떤 생각도 하나의 붓대로 형상을 갖추어 다른 이에게, 후손에게 전달될 것이오. 앞을 보지 못하고 귀가 뚫리지 않아 고생하던 사람들이 이제는 광명과 소리를 찾았으니 참으로 사람다운 사람이 되어 보람찬 세상을 살아가게 되었소. 이 어찌 기뻐 날뛸 일이 아니겠소."

세종은 감격에 젖어 말을 잇지 못하였다.

"자, 이제 자리를 박차고 뛰쳐 나가 우리 글이 태어났음을 만천하에 반포합시다."

세자 향이 두 손을 높이 쳐들었다. 자리에 앉은 사람들도 스스로 감격해 자리를 차고 일어났다.

정인지가 급히 붓을 들어 세상에 널리 알릴 서문(序文)을 써 나갔다.

하늘과 땅, 자연의 소리가 있으면 곧 반드시 천지 자연의 소리가 있다. 그러므로 옛 사람이 소리를 따라 글자를 만들어 만물의 뜻을 통하게 하고 삼재(三才)의 이치를 실어 후세 사람들이 능히 바꾸지 못하게 하였다. 그러나 사방(四方)의 풍토가 구별되어 소리와 기운이 또한 다르다. 무릇 다른 나라의 말은 그 소리는 있으나 글자는 없어서 중국의 한자를 빌려 뜻을 통하였다. 이것은 마치 모난 자루가 구멍이 맞지 않아 어기적거림과 같으니 어찌 능히 통달함에 막힘이 없겠는가. 그러하므로 모두 각각의 입장에 따라 편안하게 하여야 하며 억지로 같게 할 수는 없는 것이다.

우리 나라는 예악(禮樂)과 문장이 중국과 나란한 수준이나 다만 방언과 속어 [俚語]가 서로 같지 않으므로 글을 배우는 사람은 그 뜻을 깨침을 근심하고 옥사를 다스리는 이는 그 곡절을 통찰하기 어려움을 안타깝게 여겼다.

옛날 신라 때 설총이 이두를 지어 관가나 일반 백성 사이에 지금까지 사용하고 있으나 다 한자를 빌려 쓰는 것이어서 혹은 막히고 혹은 걸려 말을 씀에 천하고 누추하며 요령이 없을 뿐이어서 말을 하는 데 만의 하나도 도달할 수가 없다.

계해년(癸亥年) 겨울 우리 임금님께서 정음 스물여덟 자를 새로 만드시고 간략히 보기와 뜻을 들어 보이시니 이름하여 훈민정음이라 하셨다.

발음 기관의 꼴을 본따고 글자는 우리 고유의 옛 전자(篆字)를 본받았으며 소리를 따라 음은 일곱 가락에 어울리고 삼극(三極)의 뜻과 이기(二氣)의 묘한 이치가 모두 포함되어 있다.

스물여덟 자를 어울려 바꿈이 무궁하고 간단하고 요약되고 지극히 자세하고 두루 통하므로 지혜로운 사람은 하루아침에 깨칠 것이며 어리석은 사람이라도 열흘 정도 안에 배울 수가 있다. 정음으로 한문을 풀이하면 그 뜻을 알 수 있고 송사(訟事)의 사정을 들으면 가히 그 정상을 알 수가 있다.

자운(字韻)으로서는 맑음(淸)과 흐림(濁)이 구별되고 노래로서는 율(律)과 려(呂)가 고르게 어울리며, 쓰는 곳마다 갖추어지지 않음이 없고, 가는 곳마다 도달하지 않음이 없다. 아울러 바람 소리 학의 울음, 닭 우는 소리, 개 짖는 소리까지도 다 적을 수 있다.

임금님께서 명하시어 자세히 풀이하여 모든 사람에게 알려 주라 하였으니, 이를 신(臣) 정인지는 집현전 응교 최항, 부교리 박팽년, 신숙주, 수찬 성삼문, 돈령부 주부 강희안, 행 집현전 부수찬 이개,

이선로 들과 함께 삼가 여러 가지 해설과 보기를 지어 그 줄거리를 써서 보는 사람으로 하여금 스승 없이도 스스로 깨치도록 하였다.

그러나 그 깊은 근원과 정밀한 뜻의 묘함은 우리 신(臣)들이 드러낼 수 있는 바가 아니다.

공손히 생각건대, 우리 임금님은 하늘이 내신 성인으로 제도(制度)를 베풀어 행하심이 모든 임금보다 뛰어나셨다.

정음을 지으심은 조상이나 스승의 것을 본받아 서술하여 밝힌 것이 없이 자연히 이루신 것이다.

일찍이 그 지극한 이치는 모든 것에 다 있는 것이므로 사람의 힘으로 되는 사사로움이 아니다. 무릇 우리 나라가 동쪽에 있음이 오래지 않은 것은 아니지만 만물의 뜻을 열어 일을 이룸의 큰 지혜가 오늘을 기다려 있게 되었다.

정통(正統) 11년(세종 28년) 9월 상한

온 세상에 훈민정음을 반포할 글을 마친 정인지는 끝머리에 '사헌대부 예조판서 집현전 대재학 지춘추관사 세자 우빈객 신 정인지는 두 손 모아 절하고 머리를 조아려 삼가 씁니다'라고 글쓴이를 밝힌 다음 '훈민정음' 네 글자를 써서 마무리하여 세종께 바쳤다.

정인지의 서(序)를 찬찬히 훑어 본 세종은 지극히 만족하여 용안에 미소가 가득하였다. 일생일대의 소망이었던 내 나라 내 글이 창제되었으니 이보다 더 큰 보람은 없었고, 이 세상 그 무엇과도 비교할 수 없었다. 세종은 꿈을 꾸듯 훈민정음을 한 글자 한 글자 들여다보고 또 들여다보았다.

스승 이수의 목소리가 들렸다.

"수만 년 역사 속에 수없이 일어났던 사건들, 나라의 흥망성쇠, 가깝게는 고려의 멸망과 조선의 건국, 두 번씩 일어났던 왕자의 난과 양녕의 탈선 등 이 엄청난 일들이 왜 일어났는지 아시옵니까? 그 도도한 물줄기가 어디를 향해 흐르고 있는지 아시옵니까? 그것은 바로 여기

바로 앞에 앉아 계신 충녕군을 향해 흘러 오고 있는 것이옵니다. 이제
대해(大海)에 다다랐으니 마음껏 가슴을 펴고 고금에 없는 치적을 쌓으
시옵서."

세종은 어릴 때 들려 주던 스승의 말을 이제야 깨달을 수 있을 것
같았다.

바다에 다다른 세종은 곧 온 나라 백성에게 영원히 역사 속에 꺼지
지 않을 불, 민족 고유의 새 문자 훈민정음을 반포하였다.

　　나랏말ᄊᆞ미 듕귁에 달아 문쭝와로 서르 ᄉᆞᄆᆞᆺ디 아니홀씨
　　이런 젼ᄎᆞ로 어린 빅셩이 니르고져 홂배 이셔도
　　ᄆᆞᄎᆞᆷ내 제ᄠᅳ들 시러펴디 몯홂 노미 하니라
　　내 이룰 윙ᄒᆞ야 어엿비 너겨 새로 스믈 여듧쭝룰 ᄆᆡᆼᄀᆞ노니
　　사ᄅᆞᆷ마다 ᄒᆡᅇᅧ 수비 니겨 날로 ᄡᅮ메 뼌한킈 ᄒᆞ고져 홇 ᄯᆞᄅᆞ미니라.

민족의 등불 세종대왕과 훈민정음.
세종대왕은 훈민정음이었고 훈민정음은 곧 세종대왕이었다. (끝)

우리 글이 있다는 기쁨

    빛나는 문화 유산은 항상 시련 속에서 꽃을 피운다.

    나라의 기틀이 아직 다져지지 않은, 중화 사상이 팽배한, 시대에 얽매인 고루한 한문 학자들의 곱지 못한 눈총 가운데에서도 민족 고유의 문자를 창제한 세종 대왕의 굳건한 신념과 불굴의 추진력에 다시 한 번 고개가 숙여진다.

    위대한 대왕이 창제한 위대한 글.

    어느 날 자유지성사 김종윤 사장과 이 위대함을 형상화하여 세상에 펴내 놓는 것이 어떻겠느냐 하는 논의가 있었다.

    삼십여 년간 학생들을 가르치느라 '훈민정음'이라는 이름이 몸에 배고 눈에 스며 있는 나는 얼핏 그 가능성이 손에 잡힐 듯하여 쾌히 고개를 끄덕여 승낙하였다.

    그러나 막상 원고지를 펴 놓고 보니 붓대가 그 자리에 서서 움직이질 않았다. 훈민정음 그 자체가 곧 철학이요, 문학이요, 예술이요, 심오한 종교인 것을…….

    더구나 한 발 한 발 발걸음을 디딜 때마다 깊이를 알 수 없는 방대한 사료와 그에 얽힌 무궁한 뒷이야기들을 재구성한다는 것이 어리석은 일이 아닌가 여겨지기도 하였다.

    또한 앞서 시도한 역량있는 문장가들의 작품에 흠집이나 내지 않을까 하는 우려도 몇 번이고 붓길을 멈추게 하는 요인이 되었다. 이러한 가운데에서도 끝내 붓을 놓지 못했던 것은 창제의 뒤편에 숨어 있는, 토해 내지 않고는 못 배길 그 무엇이 있기 때문이었다.

    세종대왕은 민족에 대한 자긍심이 유난히 컸던 임금이었다. 단군사당을 세우고, 고구려·신라·백제의 시조묘에 해마다 참배를 올렸던 것만 보아도 조상과 민족에 대한 숭앙의 마음이 얼마나 컸던가를 엿볼 수 있다.

그러한 까닭에 우리 조상이 가졌던 옛 고전자를 찾아 새 글 창제의 글자 꼴로 삼았으리라는 것은 무리한 추측이라고 생각지 않는다. 웅대했던 선조의 영화를 다시 이루려는 욕망은 후손된 자이면 누구인들 마음에 품지 않을 것인가.

역사 소설, 그것도 실록을 형상화하는 경우 사실과 허구가 얼마의 비율로 어우러져야 할까? 허구를 너무 앞세우면 알맹이 없는 거품뿐일 것이요, 사실에 비중을 두면 설명문이나 논설문이 되어 버릴 것이다. 그러나 소설은 역시 소설의 본질인 허구를 벗어나서는 안 된다는 신념을 저버리지리 않았음에도 간혹 교과서적인 이야기가 튀어나오는 것은 교단의 습성임을 인정치 않을 수 없다.

"유구한 역사의 흐름 속에 있었던 민족의 수난과 고려를 비롯한 수많은 나라의 흥망성쇠와 그리고 가깝게는 두 번의 피비린내 났던 왕자의 난과 외가의 참변과 양녕의 폐위와 그리고 처가의 몰락…… 등 노도와 같은 이 물줄기는 과연 무엇 때문에, 누구를 위하여 이제껏 흘러오고 있는지 아십니까? 이는 오직 앞에 계신 전하를 위함 때문입니다."

대왕의 스승이었던 이수의 말이 떠오른다.

과연 글을 쓰고 있는 이 사람은 유구한 역사의 흐름 속에 이 글을 쓰기 위한 존재로 이 자리에 서 있는 것인지.

우리 글이 있으므로 시도 쓰고 소설도 쓰고 그리고 아무거나 다 쓸 수 있는 이 기쁨. 더군다나 세종대왕의 탄신 600돌을 맞는 해에 ≪훈민정음≫의 출간을 보게 되니 이보다 더 큰 기쁨이 어디에 또 있겠는가.

이 소설이 탄생되기까지 고락을 같이한 자유지성사 김종윤 사장께 감사를 드린다.

2022년 6월
안문길

지은이 안문길

* 고려대학교 문과대학 국어국문학과 졸업
* 충암고등학교 국어교사 역임
* 한국문인협회 회원
* 한국소설가협회 회원
* 한국문협 은평지부 소설 · 수필분과장역임

〈저서〉
* 소설 훈민정음
* 소설 공무도하가 상 · 하
* 소설 왕오천축기
* 문해력 용비어천가
* 현인들의 형이중학
* 6,25 실중실화
* 대가야
* 수필집으로 〈아름다운 시절〉등이 있다.

대통령의 선생님이 쓴 소설 훈민정음

초판 인쇄일 : 2023년 10월 25일
초판 1쇄 발행일 : 2023년 10월 27일

지은이 : 안문길
발행인 : 김종윤
펴낸곳 : 주식회사 자유지성사
등록번호 : 제 2 - 1173호
등록일자 : 1991년 5월 18일

서울특별시 송파구 위례성대로 8길 58, 202호
전화 : 02) 333- 9535 | 팩스 : 02) 6280- 9535
E-mail : fibook@naver.com
ISBN : 978 - 89 - 7997 - 561 - 1   03810